아들과 연인 1

Sons and Lovers

세계문학전집 **59**

아들과 연인 1

Sons and Lovers

D. H. 로렌스

정상준 옮김

민음사

일러두기
이 판본은 로렌스의 완전한 최종 원고에 그가 직접 수정한 것을 반영하여 인쇄한 것
이다. 이 텍스트는 케임브리지 대학교 출판부에서 로렌스 학자들을 위해 전문가용으
로 출간한 판과 같다.

차례

서문
무삭제 케임브리지판에 대하여

삭제하거나 고치지 않은 『아들과 연인(Sons and Lovers)』의 완전한 판본이 마침내 출간되었다. 지금까지 독자들은 1913년에 처음 출판된 축소본으로만 읽을 수 있었다.

『아들과 연인』은 20세기의 위대한 소설 가운데 하나로 평가되고 있지만 D. H. 로렌스는 이 작품을 출판하는 데 대단한 고통을 겪었다. 하이네만(Heinemann) 출판사는 이 소설이 너무 노골적이고 체계가 없다는 이유로 출판을 거부했다. 그래서 로렌스는 원고를 수정하여 덕워스(Duckworth) 출판사의 편집자였던 친구 에드워드 가넷(Edward Garnet)에게 보냈다. 가넷은 원고를 검토한 후 여러 부분을 검열하고 삭제하여 작품이 원래보다 10퍼센트 정도나 짧아졌다. 그는 이러한 변경 사항을 로렌스와 상의하여 결정하지 않았으며 원고를 직접 인쇄업자에게 보냈고, 인쇄업자 또한 구두점을 완전히 다시 찍었으며 그 결과 많은 곳에서 작품의 의미를 급격하게 변경시켰다. 지금까지 독자들이 접할 수 있었던 것은 이 왜곡된 텍스트뿐이었다.

왜 로렌스는 자신의 작품이 이렇게 무참하게 잘려 나갔는데도『아들과 연인』을 출판해야 했을까? 한마디로 말하자면 로렌스는 돈이 한 푼도 없었기 때문이다. 로렌스는 교사직을 그만두었고 작품을 쓰기 위해 외국에 가 있었다. 북부 이탈리아에서 더할 나위 없이 형편없이 살고 있었고, 뿐만 아니라 이혼 절차만 끝나면 결혼하려고 기다리고 있는 프리다 위클리(Frieda Weekley)도 부양해야 했다. 그는 가넷이 소설의 여러 부분을 삭제하기로 한 결정에 '슬픔과 고뇌'를 느꼈지만 저항할 힘이 없었다. 작품의 교정쇄를 다시 검열해야 한다는 말을 들었을 때 그의 감정이 폭발했다. '난 덕워스 사가『아들과 연인』에서 수상쩍은 곳을 백 쪽이나 잘라 내더라도 개의치 않겠어! 어쨌든 이 책은 잘 팔려야 하고 난 살아야 해.' 그러나 실제로 로렌스가 이 소설과 관련하여 덕워스 사로부터 받은 돈은 백 파운드의 선금이 전부였다.

출판사의 편집자로서 25년의 경험을 가진 에드워드 가넷은 왜『아들과 연인』을 줄여야 한다고 고집했을까? 거기에는 두 가지 이유가 있다. 첫째, 순전히 상업적인 면에서 볼 때『아들과 연인』은 1913년의 문학 시장에서는 그 분량이 너무 많았다. 원고 전체를 인쇄하면 약 500쪽이 되어 보통의 소설보다 약 백 쪽 정도가 더 많았다. 따라서 줄이지 않고 소설을 출판

할 경우 상업적으로 실패할 가능성이 높았다.

두 번째 이유는 소설의 구조와 노골적인 성적 묘사에 대해 가넷이 보인 반응과 관련이 있다. 로렌스는 굳게 자리 잡은 인습과 결별하고 싶었다. 그는 새로운 심리적 깊이를 탐구할 수 있는 소설을 쓰고 있었기 때문에 새로운 종류의 소설이 요구된다고 믿었다. 그러나 가넷은 소설의 전반부에서 폴의 형인 윌리엄의 삶이 매우 자세하게 서술되어 있는 이유를 이해할 수 없었고 따라서 전반부를 과감하게 삭제했으며 그 결과 작품의 제목에서 복수인 'Sons'가 갖는 의미를 크게 약화시켰다. 그는 또한 모렐과 모렐 부인 간의 격렬한 다툼을 빠르게 주고받는 간단한 대화로 축소시켰다. 게다가 가넷이 삭제한 부분 중에는 어색한 곳이 많다. 그가 제거한 장면 가운데 여러 장면이 소설의 다른 부분에서 다시 언급된다. 그리하여 독자들은 로렌스가 작품을 엉성하게 썼다고 생각하게 된다. 그러나 그러한 틈은 전적으로 가넷의 개입으로 생긴 것이며 삭제되지 않은 작품을 보면 로렌스가 얼마나 교묘하게 전체 구조를 발전시켰는지 알 수 있다.

성적인 검열은 오늘날의 관점에 보면 매우 지나치게 개입한 것으로 보인다. 예를 들면, 가넷은 '엉덩이(hips)'를 '몸(body)'으로, '허벅지(thighs)'를 '다리(limbs)'로 바꾸었다. 가넷은 '그는 그녀에게서 자연스러운 향기를 희미하게 맡을 수 있었다.'에서 '자연스러운(natural)'이라는 단어를 제거했다. 그는 다음과 같은 구절을 또 삭제함으로써 이 소설의 중심적인 성애 장면을 간단히 생략했다.

그녀의 가슴은 육중했다. 그는 열매받침에 달린 거대한 열매처럼 그녀의 가슴을 한 손에 하나씩 움켜쥐고 두려움에 떨며 거기에 키스했다. (……) 그녀의 무릎이 갑자기 보였고 그는 거기로 내려가서 열렬하게 키스를 했다. 그녀는 몸을 부르르 떨었다. 그리고 그가 손가락으로 허리를 만지자 다시 경련했다.

변경되기 이전의 여러 부분은 아직도 독자를 놀라게 하거나 심지어 충격을 주기까지 한다. 폴이 기차를 놓치고 클라라가 그에게 그녀의 침실을 내주었을 때 가닛의 판에 따르면 폴은 깜박 졸다가 '발을 꼬고 앉아 어둠 속에서 꼼짝하지 않고 귀를 기울이며 방을 바라보았다'. 그러나 로렌스는 실제로 다음과 같이 썼다.

그는 앉아서 어둠 속에서 방을 바라보았다. 곧 의자 위에 그녀의 스타킹 한 켤레가 있다는 것을 알았다. 그는 조용히 일어나서 스타킹을 신었다. 그리고 가만히 앉아 있었다. 자기가 그녀를 가져야 한다는 것을 알았다. 발을 꼬고 침대에 똑바로 앉아 꼼짝하지 않고 귀를 기울였다.

'똑바로(erect)'라는 단어를 도입한 것 외에 여기서 로렌스의 의도는 무엇인가? 그가 복장 도착증(服裝倒錯症)이나 동성연애 성향의 발단을 암시하고 있는가? 폴의 다리가 클라라의 스타킹에 들어가는 이미지가 성행위를 함축하고 있는가? 혹은 폴이 클라라와 매우 친밀한 관계를 맺게 되면서 그녀처럼 되는 것이 어떤 것인지 느껴보는 것인가?

　스물다섯 살의 로렌스는 암으로 죽어가며 누워 있는 어머니에게 바치기 위해 이 작품을 집필하기 시작했고 그것은 그녀에게 고통스러운 삶을 보상해 주기 위한 시도였다. 그는 어머니의 결혼을 '하나의 지독한 육체적인 싸움'이라고 요약했다. 그는 자신이 아버지를 증오하면서 태어났고 '남편과 아내'의 사랑으로 어머니를 사랑하게 되었다고 믿었다. '우리는 하나였고 말이 전혀 필요없을 정도로 서로에게 예민했다.' 그러나 그는 또한 '그것이 다소 끔찍했고 어떤 면에서는 나를 비정상적으로 만들었다.'고 생각한다.

　지금까지 난도질당한 텍스트로만 접할 수 있었음에도 불구하고 『아들과 연인』은 인기 있는 고전으로 자리 잡았고 각 세대에게 새로운 목소리로 말하고 있다. 삭제되지 않은 형태로 복원된 이 소설은 더욱 설득력 있게 이야기한다. 폴과 그의 어머니의 관계는 로렌스 자신의 초기 삶에 대한 허구적 서술 이상이 될 정도로 강렬하게 제시된다. 그것은 모자 관계에 대한 더없는 최고의 서술이다. 그것은 햄릿과 오이디푸스에서 고전적으로 극화되었고 프로이트가 또한 정신분석학의 중심으로 삼기 시작했던 인간의 근본적인 문제를 20세기의 용어로 탐구하고 있다.

　이제 이 작품이 출판되었던 1913년 당시의 제약은 더 이상 존재하지 않는다. 현대의 독자는 가넷이 가지 친 판본을 거부하고, 로렌스가 구상한 그대로 그의 걸작을 기대하고 있다.

헬렌 바론과 칼 바론

1부

1 모렐 부부의 신혼 생활

　'보텀스(Bottoms)'는 '헬로우(Hell Row)'의 뒤를 이어 세워졌다. 헬로우는 그린힐 레인의 시냇가에 늘어선 불룩한 모양에 이엉으로 덮인 작은 집들이 모여 있는 구역을 말한다. 그곳에는 광부들이 살았는데 그들은 두 들판 너머의 작은 노천 탄광에서 일했다. 오리나무 아래로 시냇물이 하나 흘렀는데, 이 작은 광산들 때문에 별로 더럽혀지진 않았다. 당나귀들이 지친 듯이 기중기 둘레를 돌아 터벅터벅 걸으면서 탄광의 석탄을 지상으로 날랐다. 이러한 탄광이 그 지역 도처에 있었는데 어떤 것들은 찰스 2세 때부터 가동되어 온 것이었으며, 몇 명 되지 않는 광부들과 당나귀들이 개미처럼 땅속을 파고 들어가 밀밭과 목초지 사이에 기묘한 덩어리를 쌓고 조그마한 검은 부분들을 만들어 놓았다. 이 탄광 광부들이 사는 오두막은 여러 채가 모여 있거나 여기저기 쌍쌍이 붙어 있었다. 드문 드문 보이는 농가가 긴 양말을 짜는 사람들의 집들과 더불어 교구 전체에 흩어진 채 베스트우드 마을을 이루고 있었다.

그런데 육십 년쯤 전에 갑작스런 변화가 일어났다. 자본가들의 대규모 광산이 작은 탄광들을 밀어내었다. 노팅엄셔와 더비셔에서 탄광과 철광이 발견되었다. '카스턴웨이트'라는 회사가 등장했다. 세간의 흥분이 대단한 가운데 파머스턴 경이 셔우드 숲 가장자리의 스피니 파크에 그 회사의 첫번째 광산을 공식적으로 개장했다.

이때쯤 쇠락해 가면서 나쁜 평판을 얻던 악명 높은 '헬로우'가 불에 타 버리고 오물이 쓸려갔다. 많은 쓰레기가 치워졌다.

카스턴웨이트 사는 그곳에 광물이 풍부하다는 사실을 발견했다. 그래서 셸비와 너털로부터 시내의 계곡을 따라 새로운 광산들이 들어섰고 곧 여섯 개의 탄광이 가동되었다. 너털로부터 숲을 가로지르며 사암 위로 철로가 났고, 그것은 카르투지오 수도회의 황폐한 수도원과 로빈 후드의 샘을 지나 스피니 파크로 연결되었으며, 이어서 밀밭 사이의 커다란 광산 '민턴'으로 이어졌다. 민턴에서는 계곡의 농경지를 가로질러 벙커즈힐로 연결되고 거기에서 두 갈래로 나누어져서 북쪽으로는 베걸리와 셸비로 이어졌다. 셸비에서는 크리치와 더비셔 언덕 너머로 들판에 박힌 검은 못처럼 여섯 개의 광산이 섬세한 사슬 같은 철로로 둥글게 연결되어 있는 것을 볼 수 있었다.

다수의 광부들에게 숙소를 제공하기 위해서 카스턴웨이트

사는 베스트우드의 언덕 쪽에 거대한 사각형의 숙소 스퀘어즈를 지었고 그 이후에 시내 계곡의 '헬로우'가 있던 자리에 '보텀스'를 지었다.

보텀스는 여섯 블록으로 이루어져 있었고 도미노 패의 점들처럼 세 블록이 두 줄을 이루고 있었으며 각 블록에는 열두 채의 가구가 있었다. 이 두 줄로 된 집들은 베스트우드의 꽤 가파른 경사지의 아래쪽에 위치하고 있었는데 최소한 다락방 창문에서는 셸비 쪽으로 오르는 계곡의 완만한 경사를 볼 수 있었다.

집 자체는 견고하고 근사하게 보였다. 그 주위를 걸어다니면 조그마한 앞뜰을 볼 수 있었는데 그늘진 아래쪽 블록에는 앵초와 범의귀 류가 있고 햇빛이 드는 위쪽 블록에는 패랭이꽃들이 피어 있었다. 말끔한 앞 창문과 조그마한 현관, 자그마한 쥐똥나무 울타리, 그리고 다락방의 지붕창도 볼 수 있었다. 그러나 그것은 바깥 모습이었고 광부의 아내들이 자주 드나들지 않는 작은 응접실 쪽의 풍경이었다. 가족들이 머무는 거실과 부엌은 집의 뒤쪽에 있었고 블록들 사이를 향하고 있었으며 잡목이 무성한 뒤뜰과 그 너머의 뒷간을 내다볼 수 있었다. 집들이 늘어선 사이로, 길게 이어진 뒷간들 사이로 좁은 길이 나 있는데, 거기에서 아이들은 놀이를 하고 여자들은 잡담을 했으며 남자들은 담배를 피웠다. 사람들이 부엌에서 살아야 하고 부엌은 불결한 뒷간을 향하고 있었기 때문에 보텀스가 아주 잘 지어졌고 대단히 근사해 보였지만 그 실질적인 삶의 조건은 상당히 불쾌한 것이었다.

모렐(Morel) 부인이 베스트우드에서 보텀스로 이사하게 되었을 때는 보텀스가 세워진 지 이미 십이 년이나 되었다. 그녀는 그 내리막길에 있는 마을로 이사하고 싶어하지 않았다. 그러나 그것이 최상의 방편이었다. 게다가 그녀는 위쪽 블록의 막다른 집이어서 이웃이 한 집밖에 없었고 다른 쪽에 여분의 긴 뜰을 가질 수 있게 되었다. 그리고 이러한 위치 때문에 그녀는 아래쪽에 사는 다른 여자들보다 일종의 귀족적인 우월감을 누리게 되었다. 왜냐하면 그 집세는 일주일에 5실링이 아니라 5실링 6펜스였기 때문이다. 그러나 이렇게 우월한 위치에 있다는 것이 그녀에게 대단한 위안을 주지는 못했다.

그녀는 서른한 살이었고 결혼한 지 팔 년이 되었다. 몸집이 자그마하고 가냘프지만 자세가 꼿꼿했고 보텀스의 여자들과 처음 접촉하게 되었을 때 약간 몸을 사렸다. 7월에 그녀는 이사했고 9월에 셋째 아이를 낳을 예정이었다.

그녀의 남편은 광부였다. 그들이 새 집에 이사한 지 삼 주쯤 지났을 때 축제가 시작되었다. 모렐이 틀림없이 축제를 휴일처럼 즐기리라는 것을 그녀는 알고 있었다. 그는 축제일인 월요일 아침 일찍 집을 나섰다. 두 아이들은 무척 흥분해 있었다. 일곱 살배기 아들인 윌리엄은 아침을 먹자마자 달아나 축제 장소를 어슬렁거렸고 집에 남아 있는 다섯 살 난 애니는 자기도 가겠다고 아침 내내 투정을 부렸다. 모렐 부인은 집안일을 했다. 그녀는 아직 이웃 사람들을 거의 알지 못해서 어린 딸을 맡길 만한 사람도 없었다. 그래서 그녀는 점심을 먹은 후에 축제에 데려다 주겠다고 딸에게 약속했다.

윌리엄은 12시 반에 나타났다. 그는 금발 머리에 주근깨가 있고 어딘지 덴마크나 노르웨이 사람의 분위기를 풍기는, 아주 활동적인 소년이었다.

"점심 먹을 수 있어요, 엄마?" 그는 모자를 쓴 채 뛰어 들어오면서 소리쳤다. "축제가 1시 반에 시작한대요."

"준비가 되면 먹을 수 있지." 어머니가 대답했다.

"아직 안 되었어요?" 그는 푸른 눈으로 어머니를 응시하며 화가 나서 소리쳤다. "그렇다면 점심 안 먹고 갈래요."

"그렇게 할 수는 없지. 5분이면 될 거다. 이제 12시 반밖에 안 됐어."

"곧 시작할 거란 말이에요!" 그는 반은 울먹이고 반은 소리를 지르며 말했다.

"시작한다고 네가 죽지 않아. 게다가 12시 반밖에 안 됐잖아. 그러니 한 시간이나 남았다." 어머니가 말했다.

소년은 서둘러 식탁을 차리기 시작했고 세 사람은 곧 식탁에 앉았다. 그들이 푸딩과 잼을 먹고 있었을 때 소년은 갑자기 의자에서 벌떡 일어나 가만히 섰다. 약간 멀리 떨어진 곳에서 회전목마가 처음으로 돌아가는 소리와 나팔 소리를 들을 수 있었다. 어머니를 쳐다보는 그의 얼굴이 떨렸다.

"그것 보세요!" 모자를 집으러 서랍장으로 뛰어가면서 그가 말했다.

"푸딩을 들고 가려무나…… 그런데 지금 1시 5분밖에 안 되었으니 네가 잘못 알았어…… 2펜스도 가지고 가야지." 그의 어머니는 단숨에 말했다.

소년은 몹시 실망해서 돌아와서 2펜스를 받고는 아무 말도 없이 가 버렸다.

"나도 가고 싶어, 갈래!" 패니가 울기 시작하며 말했다.

"그래, 너도 가게 해 줄게, 이 조그만 칭얼쟁이야." 어머니가 말했다. 오후 늦어서야 그녀는 아이를 데리고 높은 산울타리 아래로 언덕을 터벅터벅 걸어 올라갔다. 들판에는 건초를 모아 놓았고 소 떼를 몰아 놓았다. 소 떼들이 짧게 풀이 난 곳에 몰려 있었다. 날씨는 따뜻하고 평화로웠다.

모렐 부인은 이 축제를 좋아하지 않았다. 그곳에는 회전목마가 두 대 있었는데 하나는 증기로 움직였고 또 하나는 조랑말이 끌었다. 그리고 세 대의 풍금이 울리고 있었으며 이따금 들리는 땅땅 하는 총소리와 코코넛 장수의 딸랑이가 내는 끔찍한 찍찍 소리, 여자 목상의 입에 꽂힌 파이프를 부러뜨리는 놀이 장수가 지르는 고함 소리, 요지경 들여다보기 여자 장수의 소리가 들렸다. 어머니는 아들이 윌리스 사자의 노점 앞에서 흑인 한 명을 죽이고 백인 두 명을 평생 불구로 만들었다는 유명한 사자의 그림을 넋이 나간 듯 바라보고 있는 것을 보았다. 그녀는 아들을 내버려 두고 애니에게 사탕을 사 주러 갔다. 곧 소년이 대단히 흥분하여 그녀 앞에 나타났다.

"엄마가 올 거라고는 말하지 않았잖아요…… 정말 볼 것이 많지요? ……저 사자가 세 사람이나 죽였대요…… 난 벌써 2펜스를 다 썼어요…… 여기 보세요."

그 아이는 주머니에서 분홍색 장미 장식이 있는 달걀 받침 컵을 두 개 꺼냈다.

"저기 구슬을 구멍에 넣는 가게에서 이 컵을 샀어요. 이 두 개를 두 판에 땄는데…… 한 번 하는 데 반 페니씩이에요. 보세요, 장미가 있어요. 나는 이게 마음에 들었어요."

그녀는 아들이 자신을 위해 컵을 샀다는 것을 알았다.

"흠!" 그녀가 기뻐하며 말했다. "정말 예쁘구나!"

"깨뜨릴까 봐 겁나니까 엄마가 가지고 계실래요?"

이제 어머니가 와서 그 아이는 흥분이 극에 달했고 엄마를 이리저리 데리고 다니며 모든 것을 보여 주었다. 그러다가 요지경 들여다보기를 하는 곳에서 어머니는 그 그림들을 일종의 이야기처럼 설명해 주었고 아이는 주문에 걸린 듯 빠져들었다. 그 애는 어머니를 떠나려 하지 않았고 어머니에 대한 자랑스러움으로 가득 차서 내내 그녀 옆에 붙어 있었다. 왜냐하면 조그마한 검은 보닛을 쓰고 외투를 입은 자기 어머니처럼 귀부인으로 보이는 여자는 없었기 때문이었다. 그녀는 자기가 아는 여자들을 볼 때면 미소를 지었다.

그녀는 고단해져서 아들에게 말했다.

"자, 지금 돌아갈래, 아니면 나중에 갈까?"

"벌써 가요?" 그는 비난으로 가득 찬 얼굴로 소리쳤다.

"벌써라고? ……4시가 넘었다는 걸 내가 알지."

"무엇 때문에 벌써 가는 거예요?" 그는 슬픈 목소리로 말했다.

"가고 싶지 않다면 너는 안 가도 돼." 그녀가 말했다.

그녀는 어린 딸을 데리고 천천히 멀어져 갔고 그녀의 아들은 어머니를 가게 한 것이 마음 아팠지만 그렇다고 그곳을 떠날 수도 없어서 어머니를 바라보며 서 있었다. 그녀는 술집 '문 앤 스타즈' 앞의 공터를 지나면서 사람들이 떠드는 소리를 들었고 맥주 냄새를 맡으며 그녀의 남편이 아마도 그 술집에 있을 거라고 생각하면서 걸음을 재촉했다.

약 6시 반경에 그녀의 아들은 지치고 창백하며 약간 비참한 기분으로 집에 돌아왔다.

"흠!" 그에게 약간 화난 척하면서 그녀가 말했다. "5분만 늦었더라면 다 치웠을 게다. 다른 때였다면 여러 시간 전에 배고파 죽었을 거야."

그리고 그녀는 그에게 차를 주었다. 그 아이는 비록 자신은 깨닫지 못했지만 어머니를 혼자 가도록 했기 때문에 비참한 기분이었다. 그녀가 돌아간 이후로 그는 축제가 즐겁지도 않았다.

"아빠, 오셨어요?" 그가 물었다.

"아니." 어머니가 대답했다.

"아빠는 술집에서 시중 드는 일을 돕고 있어요. 창문의 검은 양철 구멍으로 아빠가 소매를 걷어붙이고 있는 것을 보았어요."

"하!" 그녀가 짧게 소리를 냈다. "네 아빠가 돈이 없거든. 많건 적건 간에 용돈이라도 얻는다면 만족하실 거다."

그녀는 아이들을 자기 침실의 창문에 앉도록 했다. 그들은 사람들이 시장에서 산 장난감을 들고 집으로 오는 모습을 바라보고, 떠들썩한 음악 소리와 고함소리, 날카로운 총소리, 가느다란 쇠로 만든 표적이 희미하게 내는 고통 소리에 귀를 기울였다. 그리고 마침내 그들은 고단해져서 자러 갔다.

햇빛이 사라지고 더 이상 바느질감을 볼 수 없게 되었을 때 그녀는 일어나 문으로 갔다. 도처에 만연한 흥분의 소리와 휴일의 들뜬 분위기가 마침내 그녀에게도 영향을 주었다. 그녀는 뜰로 나갔다. 여자들이 축제에서 돌아오고 있었고 아이들은 연두색 발을 가진 하얀 양이나 목마를 안고 있었다. 때때로 남자들이 잔뜩 취해서 비틀거리며 지나갔다. 때로 착한 남편들은 가족과 함께 평화로이 지나갔다. 그러나 보통은 여자들과 아이들뿐이었다. 집에 머물러 있던 여자들은 석양이 지는 시간에 흰 앞치마 속으로 팔짱을 끼고 길모퉁이에 서서 잡담을 하고 있었다.

모렐 부인은 혼자였지만 그녀는 그것에 익숙해 있었다. 그녀의 아들과 어린 딸은 2층에서 자고 있었고 그래서 그녀의 집은 안정되고 확고한 듯이 보였다. 그러나 그녀는 이제 출산할 아이 때문에 비참한 기분이었다. 이 세상은 황폐한 곳으로 보였고 (최소한 윌리엄이 성장할 때까지 어떠한 일도 일어나지 않을 듯이 여겨졌다. 그러나 그녀에게는 아이들이 자랄 때까지) 황량함을 견디는 수밖에 없었다. 그리고 아이들은! 그녀는 이 아이를 낳을 여유도 없었고 원하지도 않았다. 아이의 아버지는 술집에서 맥주를 나르며 취하도록 퍼마시고 있었다. 그녀는 남편을 경멸했지만 그에게 묶여 있었다. 이제 출산할 아이는 그녀에게 너무 버거운 짐이었다. 만약 윌리엄과 애니만 아니었다면. 그녀는 가난과 추함과 조악함과의 싸움에 넌더리가 났다.

그녀는 밖으로 나다니기에는 너무 몸이 무거웠지만 그렇다고 집안에 있을 수도 없어서 앞뜰로 들어섰다. 열기 때문에 그녀는 숨이 막히는 듯했다. 그리고 장차 삶을 생각해 볼 때 그녀는 마치 자신이 생매장되고 있는 듯이 느꼈다.

앞뜰은 쥐똥나무 울타리로 둘러싸인 조그마한 네모진 땅이었다. 그녀는 거기에 서서 꽃 향기와 지는 저녁의 아름다움으로 자신을 달래려고 애썼다. 그녀의 집 작은 문 맞은편에는 산울타리를 넘어가는 계단이 있었고 그 계단은 높은 산울타리를 따라서 언덕으로 향했으며 언덕 양편에는 석양에 타오르는 짧은 풀밭이 펼쳐져 있었다. 머리 너머의 하늘은 빛으로 고동치고 맥박이 뛰는 듯이 보였다. 작렬하던 빛은 들판에서 이내 사라져 버렸고 땅과 키 큰 나무들은 어스름을 피워 냈다. 점점 어두워지면서 언덕 위에 불그스레한 빛이 비쳤고 그 눈부신 빛으로부터 축제의 소동이 희미하게 들려왔다.

때로 길가의 산울타리 아래 어둠의 도랑을 따라 남자들이 비틀거리며 집으로 향했다. 한 젊은이는 언덕 발치의 가파른 부분을 떠밀리듯 달려 내려오다가 울타리 계단에 가서 부딪쳤다. 모렐 부인은 몸을 떨었다. 그는 몸을 일으키며 마치 그 울타리가 자기를 해치려 했다는 생각이라도 한 듯이 몹시 욕을 퍼부었는데 그것이 애처롭게 들렸다.

그녀는 자기의 처지가 전혀 달라지지 않을 것인지 생각하며 집안으로 들어갔다. 이제 그녀는 달라지지 않을 것이라는 것을 깨닫기 시작하고 있었다. 그녀는 자신의 소녀 시절로부터 너무 멀리 떨어져 나온 듯했고, 보텀스의 뒤뜰을 무거운 몸으로 걷고 있는 그 사람이 십 년 전 쉬어니스의 방파제에서 그다지도 가볍게 뛰어다녔던 사람과 같은 존재인지 의아할 정도였다.

'도대체 그것이 지금의 나와 무슨 관련이 있나!' 그녀는 혼자서 중얼거렸다. '이 모든 걸 어떻게 해야 할까? 이제 내가 낳을 아이는! 내 사정은 고려되지도 않은 것 같아.'

때로 삶은 한 인간을 사로잡아 그 육신을 이끌고 다니면서 그 사람의 역사를 완성하지만 그 삶은 진실로 여겨지지 않고 그의 자아는 무심하게 내버려진다.

모렐 부인이 중얼거렸다. '나는 기다리고 또 기다리는데 내가 기다리는 것은 결코 오지 않을 거야.'

그녀는 부엌을 치우고 램프에 불을 붙이고 난롯불을 살피고 다음 날의 빨랫거리를 찾아서 물에 담갔다. 그러고 나서 그녀는 앉아서 바느질을 시작했다. 오랜 시간 동안 천 사이로 바늘이 규칙적으로 반짝였다. 때로 그녀는 한숨을 쉬었고 마음을 편하게 하기 위해서 몸을 움직였다. 그리고 그녀는 아이들을 위해 자신이 가진 것을 어떻게 최대한으로 활용할 수 있을지를 계속 생각했다.

11시 반에 그녀의 남편이 돌아왔다. 그의 뺨은 검은 콧수염 위로 아주 붉었고 대단히 번들거렸다. 그는 머리를 조금씩 끄덕거렸다. 대단히 기분이 좋아 보였다.

"오! 오! 날 기다리고 있었소, 여보? 난 안토니를 도와주었소. 그런데 그 작자가 나에게 뭘 주었는지 알아? 인색하게도 겨우 반 크라운이야. 그게 전부야."

"그 사람은 당신이 맥주로 나머지를 충당했다고 생각한 거지요." 그녀는 퉁명스럽게 말했다.

"그런데 그러지 않았소…… 난 그렇게 하지 않았어요……
정말이오. 오늘은 아주 조금 마셨지. 조금만." 그의 목소리는
부드러웠다. "여기, 당신을 위해 생강과자와 아이들에게 줄 코
코넛을 가져왔지." 그는 생강과자와 털투성이 코코넛을 탁자
위에 놓았다. "자, 그런데 당신은 평생 어떤 것에 대해서도 고
맙다는 말을 한 적이 없지, 안 그렇소?"

화해의 몸짓으로 그녀는 코코넛을 들고 그 안에 물이 있는
지를 확인하려고 흔들어 보았다.

"아주 싱싱한 거요. 목숨을 걸어도 좋아요. 그걸 빌 호지키
슨에게서 얻었소. '빌, 그게 세 개나 필요한 건 아니겠지……
내 아들놈과 딸년에게 주게 그걸 하나 주지 않겠나?' 하고 말
했지. '그러지, 월터, 이 친구야. 마음에 드는 걸 하나 가지게
나!'라고 하더군. 그래서 하나를 가지고 고맙다고 말했지. 나
는 그 사람이 보는 데서 그걸 흔들어 보려고 하지 않았지만
그가 '싱싱한지 확인해 보는 게 좋을 걸세!'라고 말하더군. 그
래서 싱싱하다는 걸 알았소. 그 녀석 좋은 사람이야, 빌 호지
키슨은 좋은 녀석이오!"

"술에 취하기만 하면 무엇이든 나눠줄 수 있지요. 당신이나
그 사람이나 똑같이 취했어요." 모렐 부인이 말했다.

"어, 누가 취했다는 말인지 알고 싶은데? 이 쓸모 없는 잘난
여편네야." 모렐이 말했다. 그는 문 앤 스타즈에서 하루 시중
을 들고 아주 기분이 좋아서 계속 이야기를 했다.

모렐 부인은 대단히 피곤하고 그의 수다에 염증이 나서 그

가 난롯불을 갈퀴로 쑤시고 있는 동안 가능한 한 빨리 잠자리에 들었다.

모렐 부인은 전통 있는 훌륭한 상인 집안 출신이었다. 그의 조상은 1640년대 내란 때 허친슨 대령과 함께 싸웠던 유명한 독립 교회파였고 이후로도 굳건한 조합 교회주의자로 남았다. 그녀의 할아버지는 노팅엄에서 레이스 제조업자들이 대다수 몰락했던 시절에 레이스 사업을 하다가 파산했다. 그녀의 아버지 조지 커퍼드는 기술자였는데, 체구가 크고 잘생겼으며 거만했고 자신의 흰 피부와 푸른 눈을 자랑스러워했지만, 자신의 고결함을 더욱 자랑스럽게 여겼다. 거트루드의 조그만 체구는 어머니를 닮았지만 자부심이 강하고 굽히지 않는 성격은 부친 커퍼드 가문에서 이어받은 것이었다.

조지 커퍼드는 자신의 가난함을 몹시 비감하게 받아들였다. 그는 쉬어니스의 조선소 기술자들의 감독이 되었다. 모렐 부인(거트루드)은 둘째 딸이었다. 그녀는 어머니를 닮았고 어머니를 누구보다도 더 좋아했지만 그녀의 맑고 푸른 도전적인 눈과 넓은 이마는 커퍼드 가문에서 이어받은 것이었다. 그녀는 부드럽고 유머가 있으며 친절한 영혼을 가진 어머니를 아버지가 위압적으로 대하는 것을 미워했던 기억을 가지고 있었다. 그녀는 쉬어니스의 방파제를 뛰어다니고 배를 바라보던 때를 기억했다. 섬세하고 약간 도도한 아이였기 때문에 그녀가 조선소에 갈 때면 모든 직공들이 그녀를 귀여워하고 그녀에게 아부를 했던 것을 그녀는 기억했다. 그녀는 그 우스꽝스러운 노부인을 기억했고 그 부인의 조교가 되어 사립 학교에서 즐겁게 수업을 도와주었던 일을 기억했다. 그리고 그녀는 존 필드에게서 받은 성서를 아직도 가지고 있었다. 열아홉 살이었을 때 그녀는 존 필드와 함께 교회에서 집으로 걸어오곤 했다. 그는 부유한 상인의 아들이었고 런던에서 대학을 다녔으며 장차 사업에 몸을 바칠 작정이었다.

그녀는 어느 9월의 일요일 오후에 그와 함께 아버지의 집 뒤에 있는 포도 넝쿨 아래 앉아 있었던 것을 언제나 상세하게 기억할 수 있었다. 햇빛이 넝쿨 잎사귀의 틈 사이로 쏟아졌고 그녀와 그의 몸 위에 레이스 스카프처럼 아름다운 무늬를 만들었다. 어떤 이파리는 노랗고 납작한 꽃처럼 샛노란 색이었다.

"자, 가만히 앉아 있어요." 그가 큰소리로 말했다. "당신 머리카락을 뭐라고 표현해야 할지 모르겠어요! 구리와 금처럼 반짝이고 불에 탄 구리처럼 붉은색이면서도 햇빛이 그 위에 빛날 때마다 황금색 실 가닥들을 보여 주는군요. 사람들이 그걸 갈색이라고 한다니 어이가 없지요. 당신 어머니는 그걸 쥐색이라고 하더군요."

그녀는 그의 빛나는 눈을 바라보았다. 그러나 그녀의 맑은 얼굴은 자신의 내면에 솟아오르는 기쁨을 전혀 드러내지 않았다.

"하지만 당신은 사업을 좋아하지 않는다면서요." 그녀는 하던 말을 계속했다.

"전혀 좋아하지 않습니다…… 증오하지요." 그는 열렬하게 소리쳤다.

"그리고 당신은 성직자가 되고 싶다고요." 그녀는 거의 간청하듯이 말했다.

"정말이에요…… 내가 일류 설교자가 될 수 있다면 그러고 싶어요."

"그렇다면 왜 그렇게 하지 않아요…… 왜 그렇게 하지 않는 거죠?" 그녀의 목소리는 도전적으로 울렸다. "만약 내가 남자라면 어떤 것도 나를 가로막을 수 없을 거예요."

그녀는 머리를 꼿꼿이 세웠다…… 그는 그녀 앞에서 다소 소심했다.

"하지만 아버지가 아주 완고하시거든요. 나를 사업가로 만들 작정이시고 틀림없이 그렇게 하실 거예요."

"당신이 진정한 남자라면요!" 그녀가 큰소리로 말했다.

"남자라는 것이 전부는 아니지요." 그는 당황하면서 무기력하게 느끼며 이마를 찡그리고 대답했다.

이제 그녀는 보텀스에서 생활하면서 남자가 어떠한 존재인지를 경험했으므로 그것이 전부가 아니라는 것을 알고 있었다.

스무 살이 되었을 때 그녀는 건강 때문에 쉬어니스를 떠났고 그녀의 아버지는 은퇴하여 노팅엄의 집에 머물렀다. 존 필드의 아버지는 사업에 실패했고 그 아들은 선생이 되어 노우드로 떠났다. 이 년 후 작정하고 수소문한 끝에 그녀는 그의 소식을 들었다. 그는 하숙집 여주인과 결혼한 후였고 그 여자는 마흔 살의 부유한 과부였다.

아직도 모렐 부인은 존 필드의 성경을 간직하고 있었다. 이제 그녀는 그가 성직자가 되리라고 믿지 않았다. 글쎄 그녀는 그가 무엇이 될 수 있었을지 또는 무엇이 될 수 없었을지를 상당히 잘 이해했다. 그래서 그녀는 그의 성경을 간직했고 그녀 자신을 위하여 그의 기억을 그녀의 가슴속에 그대로 남겨 두었다. 그녀가 죽는 날까지 삼십오 년 동안 그녀는 그에 대한 이야기를 입 밖에 내지 않았다.

그녀가 스물세 살이었을 때 그녀는 어느 크리스마스 파티에서 어워시 밸리 출신의 젊은이를 만났다. 모렐은 그때 스물일곱 살이었다. 그는 아주 체격이 좋고 몸이 곧고 매우 멋졌다. 그의 물결치는 검은 머리는 빛났고 한번도 면도하지 않은 그의 검은 콧수염은 원기 왕성하게 보였다. 그의 뺨은 불그레했고 붉고 촉촉한 입술은 그가 자주 호탕하게 웃었기 때문에 눈에 띄었다. 풍부하게 울리는 그의 웃음소리는 아주 드물게 들을 수 있는 것이었다. 거트루드 커퍼드는 매료되어 그 남자를 지켜보았다. 그는 혈색이 좋고 활기로 충만했으며 그의 목소리는 희극적이고 엉뚱한 어조로 쉽게 빠져들었고 누구하고나 쉽게 어울렸고 유쾌했다. 그녀의 아버지도 풍부한 유머 감각이 있었지만 그것은 풍자적이었다. 이 남자의 유머는 그와 달리 부드럽고 따뜻하며 지적이지 않고 일종의 장난 같은 것이었다.

그녀 자신은 정반대의 성향을 가지고 있었다. 그녀의 마음은 호기심이 강하고 감수성이 예민했으며 다른 사람들의 이야기를 듣는 데서 기쁨과 즐거움을 맛보았다. 그녀는 다른 사람들을 계속 이야기시키는 재주가 있었다. 그녀는 관념을 좋아했고 대단히 지적이라는 평판을 받았다. 그녀가 가장 좋아한 것은 교육받은 사람과 종교, 철학, 정치에 관하여 이야기하는 것이었다. 이런 일을 자주 누릴 수는 없었기 때문에 그녀는 항상 다른 사람들이 스스로에 대해서 이야기하도록 만들었고 그러한 데서 즐거움을 맛보았다.

그녀의 용모는 자그마하고 섬세했으며 이마는 넓었고 갈색의 고운 곱슬머리가 흘러내렸다. 그녀의 푸른 눈은 진지하고 정직하며 사물을 탐색하듯이 날카로웠다. 그녀는 커퍼드 가문의 특징인 아름다운 손을 가지고 있었다. 그녀의 옷차림은 항상 차분했다. 그녀는 암청색의 실크 옷을 입었고 은조가비 장식이 달린 특이한 은 목걸이를 하고 있었다. 이것과 사슬처럼 꼬인 무거운 금 브로치가 그녀의 유일한 장식품이었다. 그녀는 아직도 범접할 수 없는 듯 보였고 깊이 종교적이었으며 아름다운 정직함으로 충일했다.

월터 모렐은 그녀의 앞에서 녹아내릴 듯했다. 그 광부에게 그녀는 신비하고 매혹적인 대상, 즉 귀부인과 같았다. 그녀가 그에게 말을 걸었을 때 그녀의 남부식 발음과 순수한 영어를 듣는 것은 그를 전율시켰다. 그녀는 그를 지켜보았다. 그는 마치 춤추는 것이 그에게 자연스럽고 즐거운 일인 양 춤을 잘 추었다. 그의 할아버지는 피난 온 프랑스인이었으며 술집에서 일하는 영국인 여자와 결혼했다. 그것을 결혼이라고 할 수 있다면 말이다. 거트루드 커퍼드는 그 젊은 광부가 춤을 추는 동안 그를 지켜보았고 환희와 같이 그의 동작에서 배어 나오는 미묘한 기쁨과 그의 육체의 꽃이라 할 수 있는 얼굴이 뒤엉킨 검은 머리카락 사이로 불그스레하게 빛나는 것과, 그와 춤추는 파트너들은 누구든지 똑같이 웃음을 짓는 것을 바라보았다. 그녀는 그런 남자를 본 적이 없었기 때문에 그를 경이롭다고 생각했다. 그녀에게는 자신의 아버지가 모든 남자의 표본이었다. 그리고 잘생기고 태도가 거만하고 신랄하며, 신학 저서를 읽기 좋아하고, 오직 한 사람 바로 사도 바울에게만 공감을 느끼며, 엄하게 다루고 친숙한 사이에서는 아이러니컬하며, 모든 감각적 쾌락을 무시하는 그녀의 아버지는 그 광부와 정반대의 사람이었다. 거트루드 자신도 춤을 경멸했으며 춤을 배우고 싶은 마음이 전혀 없었고 심지어 로저 드 코벌리 같은 민속춤조차 배우지 않았었다. 그녀는 아버지와 마찬가지로 청교도였으며 고결한 마음의 소유자였고 대단히 엄격했다. 그러므로 그녀의 삶처럼 사고와 정신에 사로잡혀 좌절되어 백열광을 내지 않고 촛불처럼 그의 육체에서 흘러내리는 이 남자의 관능적인 삶의 어슴푸레하며 부드럽고 황금빛 나는 불꽃은 그녀에게 미지의 경이로운 것이었다.

그가 그녀에게 다가와 인사를 했다. 그녀의 몸은 포도주라도 마신 듯 열기를 발산했다.

"자, 이리 와서 나하고 이번에 같이 춥시다." 그는 애무하듯이 말했다. "아주 쉬워요. 당신이 춤추는 것을 정말 보고 싶어요."

그녀는 춤을 추지 못한다고 그에게 말했었다. 그녀는 그의 겸손한 태도를 바라보며 미소를 지었다. 그녀의 미소는 아주 아름다웠다. 그 미소에 반해 그 남자는 모든 것을 잊어버렸다.

"아니에요, 춤추지 않을 거예요." 그녀는 부드럽게 대답했다. 그녀의 말은 또랑또랑하게 울렸다.

자신이 무엇을 하는지도 모르면서 (그는 종종 본능적으로 적절한 일을 했다.) 그는 그녀의 옆에 앉아 존경하듯이 몸을 굽혔다.

"하지만 당신은 이번 춤을 놓쳐서는 안 돼요." 그녀가 항의했다.

"아니에요, 나는 춤추고 싶지 않아요. 이건 내가 좋아하는 것이 아니에요."

"하지만 내게 추자고 했잖아요."

그는 이 말에 호탕하게 웃었다.

"그 생각은 못 했는데요. 당신 앞에서 내 어리석음이 금방 드러나는군요."

이번에는 그녀가 재빨리 웃었다.

"당신은 별로 드러난 게 없는 것 같은데요." 그녀가 말했다.

"나는 돼지 꼬리가 꼬부라지는 것처럼 어쩔 수 없이 나의 어리석음이 드러나요." 약간 떠들썩하게 그가 웃었다.

"뭘 좀 마시지 않겠어요?"

"괜찮아요…… 난 전혀 목이 마르지 않아요."

그는 주저했다. 그녀가 절대 금주가라고 생각했고 거절당했다고 느꼈다.

곧 그는 몇 가지 상당히 공손하고 관심을 보이는 질문을 했다. 그녀는 명랑하게 대답했다. 그는 별스러워 그녀의 흥미를 끌었다.

"그런데 당신이 광부라고요!" 그녀가 놀라서 소리쳤다.

"네, 열 살 때 탄광에 들어갔지요."

그녀는 놀랍고도 당황하여 그를 바라보았다.

"열 살 때였다고요! ……아주 힘들지 않았나요?" 그녀가 물었다.

"곧 익숙해지지요. 쥐처럼 살다가 밤이 되면 튀어나와 어떤 일이 일어나고 있는지 둘러보지요."

"마치 장님이 되는 것 같겠군요." 그녀가 이마를 찡그렸다.

"두더지 같지요!" 그가 웃었다. "그래요, 정말 두더지처럼 돌아다니는 녀석들도 있지요." 그는 두더지가 눈이 어두워 코를 내밀고 쿵쿵거리며 방향을 찾는 것처럼 얼굴을 앞으로 내밀었다. "그 녀석들은 정말 이렇게 해요!" 그는 순진하게 대꾸했다. "그 녀석들은 어떻게 땅 밑으로 들어갔는지도 모르게 들어가지요. 이 광산에 기어 들어가는 모습을 본 적이 없을 거요. 그러니 한번 나와 함께 땅 밑으로 들어가서 직접 한번 보세요."

그녀는 놀라서 그를 바라보았다. 이것은 그녀 앞에 갑자기 펼쳐진 새로운 삶의 영역이었다. 그녀는 땅 속에서 힘겹게 일하고 저녁이면 땅위로 올라오는 수백 명의 광부들의 삶을 실감했다. 그는 그녀에게 고귀하게 보였다. 그는 매일매일 자신의 목숨을 걸면서 일했고 그것도 즐겁게 하고 있는 것이었다. 그녀는 그를 바라보았고 그녀의 순수하고 겸손한 눈빛에는 일말의 호소력이 있었다.

"그러고 싶지 않아요?" 그가 부드럽게 물었다. "물론 그렇지 않겠지요. 그대의 옷을 더럽힐 테니까요."

그녀는 과거에는 '그대'라고 불렸던 적이 전혀 없었다.

다음 해 크리스마스에 그들은 결혼했고 세 달간 그녀는 완벽하게 행복했다. 다음 여섯 달 동안은 대단히 행복했다.

그는 금주 맹세에 서약을 했었고 절대 금주가의 상징인 푸른 리본을 달았다. 허세를 부리지 않으면 그가 아니었다. 그녀는 자기들이 살고 있는 집이 그의 소유라고 생각했었다. 그것은 작지만 아주 편리했고 그녀의 정직한 영혼에 어울리는 견실하고 가치 있는 가구들로 아주 근사하게 꾸며졌다. 이웃에 사는 여자들은 그녀에게 낯설었고 모렐의 어머니와 누이들은 그녀의 귀부인 같은 태도를 종종 비웃었다. 그러나 그녀는 남편만 가까이 있다면 혼자서 완벽하게 잘살 수 있었다.

때때로 그녀 자신이 사랑 이야기에 싫증이 날 때면 그녀는 그에게 자신의 마음을 진지하게 털어놓으려고 애썼다. 그러나 그는 그녀를 존중하는 태도로 듣기는 했지만 그녀의 말을 전혀 이해하지 못하고 있음을 그녀는 알 수 있었다. 이런 일이 좀 더 고상하게 가까워지려는 그녀의 노력을 좌절시켰고 그녀는 섬뜩한 공포를 느꼈다. 때로 그는 저녁에 안절부절못했고 그저 그녀의 옆에 있는 것만으로는 그에게 충분치 않다는 것을 그녀는 깨달았다. 그가 사소한 일거리를 만들어 몰두할 때면 그녀는 즐거웠다.

그는 놀랄 정도로 솜씨 좋은 사람이어서 어떤 것이든 만들고 고칠 수 있었다. 그녀가 이렇게 말했다.

"당신 어머니의 석탄 갈퀴가 맘에 들던데요…… 작으면서 볼품이 있어요."

"그래, 여보? 그거 내가 만들었소. 당신에게도 하나 만들어 줄 수 있지."

"뭐라고요…… 그건 강철로 만들어진 거예요!"

"그건 상관없소! ……꼭 같은 걸 당신에게 만들어 줄 수는 없겠지만 아주 비슷할 거요."

그녀는 집 안이 더럽혀지는 것이나 망치 소리, 소음에 신경 쓰지 않았다. 그는 분주했고 행복했다.

그러나 일곱째 달이 되었을 때 그의 일요일 양복을 솔질하다가 그녀는 안주머니에 종이가 들어 있는 것을 느꼈고 갑자기 호기심에 사로잡혀서 그것들을 꺼내 읽었다. 그는 결혼할 때 입었던 프록코트를 거의 입지 않았고 이전에 그녀는 그 서류에 관해 호기심을 느끼지 않았었다. 그것은 아직 지불하지 않은 집안 가구의 청구서였다.

밤에 그가 몸을 씻고 저녁을 먹은 후에 그녀가 말했다. "이 봐요. 당신 결혼 양복 주머니에서 이게 나왔어요. 당신 아직 그 청구서를 지불하지 않았어요?"

"못 했소…… 기회가 없었어."

"하지만 당신이 모두 지불했다고 말했잖아요. 내가 토요일에 노팅엄에 가서 그것을 해결하는 것이 좋겠어요. 나는 다른 사람의 의자에 앉는다거나 아직 지불도 하지 않은 식탁에서 밥 먹는 것이 싫어요."

그는 대답하지 않았다.

"내가 당신 통장을 가져도 되겠지요?"

"가져도 되지. 그게 당신에게 어떤 도움이 된다면 말이야."

"난……." 그녀가 말을 시작했다. 그는 돈이 꽤 남아 있다고 말했었다. 그러나 이제 물어보았자 소용이 없다는 것을 그녀는 깨달았다. 그녀는 비통함과 분노로 경직되어 앉아 있었다.

다음 날 그녀는 그의 어머니를 만나러 갔다.

"어머니께서 월터에게 가구를 사 주지 않으셨어요?"라고 그녀는 물었다.

"그랬지." 노부인은 가시 돋친 말투로 대답했다.

"그러면 그가 가구 값을 지불하라고 어머니에게 얼마를 주었어요?"

노부인은 예리한 분노로 마음이 상한 것 같았다.

"그렇게 알고 싶다면 말해 주지. 80파운드야." 그녀가 대답했다.

"80파운드라고요! 그러면 아직도 갚아야 할 게 42파운드나 돼요!"

"어쩔 도리가 없지."

"하지만 그 돈이 다 어디로 갔어요?"

"찾아보면 다 서류가 있을 거야…… 나한테 10파운드 빚졌고 여기서 결혼식 비용으로 쓴 게 6파운드고."

"6파운드라고요!" 거트루드가 소리쳤다. 그녀의 아버지가 결혼 비용을 과다할 정도로 지불했는데도 월터의 부모 집에서 먹고 마시는 데 6파운드를 낭비하고 그것도 그에게 비용을 물렸다는 것이 그녀에게는 터무니없는 일로 여겨졌다.

"그리고 그가 집들을 사느라 얼마나 돈을 썼어요?" 그녀가 물었다.

"그의 집들이라니…… 어느 집 말이냐?"

거트루드 모렐은 입술 끝까지 하얗게 질렸다. 그는 지금 살고 있는 집과 그 옆집이 자기 소유라고 말했었다.

"우리가 살고 있는 집이……." 그녀가 말을 시작했다.

"그 두 채는 다 내 집이야." 시어머니가 말했다. "게다가 아 직 다 갚지도 못했어. 융자의 이자를 갚는 것만으로도 벅차."

거트루드는 하얗게 질려 말없이 앉아 있었다. 이제 그녀는 자신의 아버지와 똑같았다.

"그렇다면 우리는 어머니에게 집세를 내야겠군요." 그녀가 냉랭하게 말했다.

"월터가 나에게 집세를 내고 있다." 그 어머니가 대답했다.

"얼마를요?" 거트루드가 물었다.

"일주일에 6실링 6펜스야." 그 어머니는 딱 잘라 대답했다.

그것은 집에 비해 비싼 집세였다. 거트루드는 머리를 꼿꼿 이 세우고 자기 앞을 똑바로 바라보았다.

"돈 걱정을 다 떠맡고 너를 자유롭게 해 주는 남편을 두었 으니 네게는 운 좋은 일이지." 노부인은 신랄하게 말했다.

젊은 아내는 말이 없었다.

그녀는 남편에게 거의 말을 하지 않았지만 그에 대한 태도 는 달라졌다. 자존심이 강하고 고귀한 그녀의 영혼이 바위처 럼 단단한 형태로 구체화되어 나타났다.

10월이 되었을 때 그녀는 크리스마스만 생각했다. 그녀는 이 년 전 크리스마스에 그를 만났었고 작년 크리스마스에 결 혼했었다. 이번 크리스마스에 그녀는 그의 아이를 낳을 것이 었다.

다정한 성격을 지닌 그녀는 곧 이웃들을 알게 되었고 종종 그들과 이야기하며 서 있었다. 그러나 서로 말투가 달랐기 때문에 시가 쪽 사람들이 느끼는 것과 마찬가지로 그들도 그녀가 잘난 척한다고 여기지 않을까 두려워했다. 그들은 언제나 그녀에게 말할 기회를 먼저 주었지만 그들은 그녀를 좋아했다.

"당신은 춤을 추지 않지요, 부인?" 10월이 되어 베스트우드의 브릭 앤 타일에서 춤 강습을 연다는 이야기로 떠들썩할 때 가장 가까운 이웃 사람이 물었다.

"그래요…… 춤추고 싶다는 생각을 해 본 적이 없어요." 모렐 부인이 대답했다.

"그것 참! 그런데 당신 남편과 결혼했다는 것이 얼마나 재미있는 일이에요. 당신 남편이 춤 솜씨로 유명하다는 걸 알고 있지요?"

"그이가 유명한지는 몰랐는데요." 모렐 부인이 웃으며 말했다.

"정말이에요. 아니, 당신 남편이 오 년이 넘도록 마이너스 암스 클럽에서 춤 강습을 해 왔잖아요."

"그랬어요?"

"그럼요. 그랬어요." 그 여자는 도전적이었다. "화요일, 목요일, 토요일마다 발 디딜 틈도 없이 몰려들었지요…… 게다가 사람들 말을 들어 보면 꽤 시시덕거리며 놀았다더군요."

이런 일들이 모렐 부인에게는 쓰라리고 비통한 것이었고 그녀는 이런 일들을 어지간히 겪었다. 처음에는 여자들이 그녀를 그저 내버려 두려고 하지 않았는데 그것은 그녀로서는 어쩔 수 없이 그녀가 도도하게 보였기 때문이었다.

그는 집에 다소 늦게 들어오기 시작했다.

"광부들이 요사이 매우 늦게까지 일하는 모양이지요?" 그녀는 세탁하는 여자에게 물었다.

"평소보다 더 늦지는 않지요. 하지만 엘런즈에서 한잔하고 이야기하다 보면 그렇게 되지요! ……저녁 식사는 차갑게 식고…… 그것도 당해 싸지만요."

"하지만 제 남편은 술을 마시지 않는데요."

그 여자는 옷가지를 떨어뜨리고 모렐 부인을 바라보다가 아무 말도 없이 자기 일을 계속했다.

사내아이가 태어날 때 거트루드 모렐은 심한 산통을 겪었다. 모렐은 그녀에게 정성을 들여 잘해 주었다. 그러나 그녀는 자신의 가족들과 멀리 떨어져서 몹시 외롭게 느꼈다. 그녀는 이제 남편과 같이 있을 때도 외로웠고 그의 존재는 외로움을 더욱 가중시킬 뿐이었다.

아이는 처음에 조그맣고 약했지만 이내 건강해졌다. 그 애는 짙은 황금색 머리털이 곱슬곱슬한 아름다운 아이였고 그의 암청색 눈은 점차 맑은 회색으로 변해 갔다. 그의 어머니는 그를 열정적으로 사랑했다. 그 아이는 어머니에게 환멸의 쓰라림이 가장 견디기 어려울 때, 삶에 대한 그녀의 믿음이 흔들리고 그녀의 영혼이 황량하고 외로울 때 태어났다. 그녀는 아이를 대단히 소중하게 여겼고 아이의 아버지는 그것을 질투했다.

마침내 모렐 부인은 남편을 경멸하게 되었다. 그녀는 아이의 아버지에게서 등을 돌리고 아이에게로 향했다. 그는 그녀를 소홀하게 대하기 시작했는데 그로서는 이제 자기 집의 새로운 존재가 사라진 것이었다. 그가 용기도 없는 인간이라고 그녀는 쓰라린 마음으로 중얼거렸다. 그에게는 한순간에 느낀 것, 그것이 전부였고 어떤 것도 지속되지 못했다. 그의 허세 뒤에는 아무것도 없었다.

남편과 아내 사이에서 전투가 시작되었고 그것은 어느 한쪽이 죽어야만 끝날 수 있는 끔찍하고 지독한 싸움이었다. 그녀는 남편이 책임감을 가지고 자신의 의무를 다하도록 만들려고 싸웠다. 그러나 그는 그녀와 너무 달랐다. 그의 본성은 순전히 감각적이었고 그녀는 그를 도덕적이고 종교적으로 만들려고 노력했다. 그녀는 그가 사물을 직시하도록 만들려고 애썼다. 그는 그것을 참을 수 없었다. 그는 미칠 지경이었다.

아이가 아직 어렸을 때 아이 아버지가 아주 성을 잘 내게 되었기 때문에 아이를 맡길 수가 없었다. 아이가 조금이라도 말썽을 부리면 그는 아이를 위협했다. 게다가 광부의 거친 손으로 아기를 때렸다. 그럴 때면 모렐 부인은 남편을 미워했고 그것은 며칠씩 지속되었다. 그러면 그는 밖으로 나가 술을 마셨고 그녀는 그가 무슨 일을 하든지 거의 개의치 않았다. 다만 그가 돌아오면 그녀는 신랄한 말로 그에게 상처를 줄 뿐이었다.

그들 사이의 괴리로 인해 그는 의식적이든 무의식적이든 간에 과거에는 그렇게 하지 않았을 부분에서도 거칠게 그녀의 기분을 상하게 했다. 윌리엄은 막 한 살이 되었고 막 걷고 귀엽게 말하기 시작했다. 그는 귀염둥이였고 더부룩한 곱슬머리가 이제 짙어지고 있었다. 그는 아버지를 좋아했으며 그의 아버지는 기분이 나면 매우 애정이 깊었고, 응석을 받아 주고 아이를 즐겁게 해 주는 재주가 넘쳤다. 두 사람은 함께 놀았고 모렐 부인은 종종 어느것이 진짜 아이의 모습인지 의아해했다.

모렐은 휴일이건 평일이건 아침에 언제나 5시나 6시쯤 일찍 일어났다. 일요일 아침이면 그는 일어나서 식사를 준비했다. 불이 꺼지도록 내버려 둔 적이 없었다. 막 자러 갈 시간에 불을 긁어모았다. 즉 거의 아침까지 오래 탈 수 있도록 큰 석탄 덩어리를 얹어 놓았다. 일요일 아침에 그 아이는 아버지와 함께 일어났고 그동안 그의 어머니는 한두 시간 더 침대에 누워 있었다. 그때 그녀는 어느 때보다 더 편안하게 쉬었다. 아래층에서 아버지와 아이가 함께 놀고 쓸데없는 말을 하고 있었다.

윌리엄은 겨우 한 살이 되었고 그의 어머니는 그를 자랑스럽게 여겼으며 그는 대단히 귀여운 아기였다. 그녀는 이제 여유가 없었으므로 그녀의 자매들이 아이의 옷을 사 주었다. 타조 깃털을 꽂은 작은 하얀 모자를 쓰고 하얀 코트를 입은 그 아기는 그녀에게 기쁨이었고 그의 모자 밑으로 곱슬머리가 빙 둘러 흘러내렸다. 어느 일요일 아침 모렐 부인은 누워서 아래층에서 나는 아버지와 아이의 말소리를 듣고 있었다. 그러다가 그녀는 깜빡 잠이 들었다. 그녀가 아래층으로 내려왔을 때 난로에서는 불길이 타오르고 있었고 방은 무덥고 아침 식사는 아무렇게나 놓여 있었다. 그리고 모렐이 안락의자를 굴뚝에 기대고 약간 소심하게 앉아 있었다. 그의 다리 사이에 서 있는 아이는 (양처럼 머리털을 아주 짧게 깎인 채 기묘하게 생긴 머리통을 드러내고) 그녀를 의아한 눈빛으로 쳐다보았다. 난로 앞깔개에 펼쳐진 신문 위에는 초승달 모양의 곱슬머리가 금잔화 꽃잎처럼 불빛으로 붉게 되어 무수히 깔려 있었다.

모렐 부인은 꼼짝할 수 없었다. 그 아이는 그녀의 첫째 아이였다. 그녀는 하얗게 질려 아무 말도 할 수 없었다.

"보기가 어떻소?" 모렐이 불안해하며 웃었다.

그녀는 두 주먹을 불끈 쥐고 들어올린 채 앞으로 나갔다. 모렐은 주춤 물러섰다.

"당신을 죽여 버리겠어. 정말!" 그녀가 말했다. 두 주먹을 들고 그녀는 분노로 숨이 막혔다.

"애를 계집애로 만들 순 없잖아." 모렐은 겁에 질린 목소리로 그녀의 눈을 피하려고 머리를 숙이고 말했다. 웃음으로 얼버무리려는 시도는 이미 끝났었다.

어머니는 들쭉날쭉 아주 짧게 잘린 아이의 머리를 바라보았다. 그녀는 아이의 머리카락에 손을 얹고 그의 머리를 만지고 쓰다듬었다.

"오, 애야!" 그녀는 더듬거렸다. 그녀의 입술이 떨리고 얼굴이 일그러져서 아이를 갑자기 안아 올리고 그의 어깨에 얼굴을 파묻고 고통스럽게 울음을 터뜨렸다. 그녀는 울지 않는 여자였고 남자들처럼 고통을 겪는 여자였다. 그녀의 울음은 그녀에게서 무엇인가를 찢어 내는 것 같았다. 모렐은 무릎에 팔꿈치를 대고 앉아서 손가락 마디가 하얗게 될 때까지 손을 움켜쥐고 있었다. 그는 불을 응시하고 있었고 놀라서 거의 기절할 듯이 숨을 쉴 수 없는 것처럼 느꼈다.

이내 그녀는 울음을 멈추었고 아이를 달래고는, 아침 식사를 치웠다. 그녀는 곱슬곱슬한 머리카락이 흩어져 있는 신문을 깔개 위에 펼쳐진 채로 내버려 두었다. 마침내 그녀의 남편이 그것을 그러모아 불길 뒤쪽으로 던져 넣었다. 그녀는 입을 다물고 아주 조용히 일을 했다. 모렐은 기가 죽었다. 그는 비참하게 살금살금 걸어 다녔고 그날 그의 식사는 고통스러운 일이었다. 그녀는 그에게 공손하게 말했고 그가 한 일에 대해 전혀 언급하지 않았다. 그러나 그는 어떤 결정적인 일이 일어났다는 것을 느꼈다.

나중에 그녀는 자신이 어리석었고 아이의 머리카락을 조만간 잘라야 했을 것이라고 말했다. 더 나아가 그녀는 자신의 남편이 그때 이발사 노릇을 한 것은 잘한 일이었다고 말하기까지 했다. 그러나 그 행위가 그녀의 영혼에 중대한 어떤 일이 일어나게 했다는 것을 그녀는 알고 있었고 그녀의 남편도 알고 있었다. 그녀는 평생 그 장면을 자신이 가장 강렬한 고통을 겪었던 순간으로 기억했다.

이 남성적인 서투른 행위는 모렐에 대한 그녀의 사랑의 옆구리를 찌르는 창과 같았다. 이전에 그녀가 가차없이 남편에 대항하여 싸웠을 때 그녀는 마치 남편이 자신에게서 벗어나기라도 한 것처럼 그에 대해 안달복달했었다. 이제 그녀는 그의 사랑에 대해 초조하지 않게 되었고 그는 그녀에게 이방인이었다. 이것이 삶을 훨씬 견딜 만하게 만들어 주었다.

그럼에도 불구하고 그녀는 아직도 그와 다투었다. 그녀는 몇 세대의 청교도들에게서 이어받은 고귀한 도덕 의식을 아직도 가지고 있었다. 그것은 이제 종교적인 본능이었고 그녀는 그를 사랑하기 때문에 아니 그를 사랑했었기 때문에 그에 대하여 지나치게 열렬했다. 그가 죄를 지으면 그녀는 그를 고문했다. 그가 술을 마시고 거짓말하고 종종 비겁하게 굴거나 때로 무례하게 굴면 그녀는 무자비하게 채찍을 휘둘렀다.

안타까운 일은 그녀가 너무나 그와는 정반대의 인간이라는 사실이었다. 그녀는 그의 성공하지 못한 모습에 만족할 수 없었고 그가 마땅히 되어야 할 대단한 사람이 되기를 바랐다. 그래서 그에게 가능한 것보다 더욱 고귀한 인간으로 만들려고 하면서 그녀는 그를 파괴했다. 그녀는 스스로에게 해를 입히고 다치게 하고 상처를 내었지만 자신의 가치를 전혀 잃지 않았다. 게다가 그녀에게는 아이들이 있었다.

그는 대부분의 광부들보다 더 심한 정도는 아니었지만 술을 꽤 많이 마셨고 언제나 맥주를 마셨기 때문에 그의 건강이 영향을 받기는 했지만 결코 심하게 손상되지는 않았다. 주말은 그가 술잔치를 벌이는 때였다. 그는 금요일과 토요일, 그리고 일요일 저녁에는 언제나 문 닫을 시간까지 마이너즈 암즈 클럽에 앉아 있었다. 월요일과 화요일에 그는 10시경이면 마지못해 일어나 나와야 했다. 때로 수요일과 목요일 저녁에는 집에 있었고 아니면 한 시간 정도만 나갔다 왔다. 실제로 그가 술 때문에 결근을 해야 했던 경우는 없었다.

그러나 그가 매우 꾸준히 일했지만 그의 임금은 떨어졌다. 그는 허튼소리를 잘했고 수다를 잘 떨었다. 그는 권위를 몹시 싫어했으며 그가 비난할 수 있는 인물은 탄광 십장들뿐이었다. 그는 파머스톤에서 이렇게 말하곤 했다.

"오늘 아침 십장이 우리 탄갱에 내려와서 이렇게 말하더군. '이봐, 월터. 여기는 안 되겠군. 이 버팀목이 어떻게 된 거야?' 그래서 내가 말했지. '무슨 이야기야? 그 버팀목이 어때서?' '여긴 안 되겠어. 조만간 지붕이 내려앉고 말 거야.' 그가 말하더군. 내가 말했지. '자네는 딱딱한 점토 위에 서서 지붕을 자네 머리로 바치고 있는 것이 좋겠구먼.' 그랬더니 그 녀석이 미친 듯이 화가 나서 욕지거리를 하고 욕설을 퍼붓더군. 그리고 다른 녀석들은 웃었지." 모렐은 흉내 내는 재주가 있었다. 그는 십장이 기름지고 끽끽거리는 목소리로 표준 영어를 쓰려고 애쓰는 것을 흉내 냈다.

"'이건 안 돼 월터. 그것에 대해 누가 더 잘 아나, 자넨가, 난가?' 그래서 내가 말했지. '자네가 얼마나 아는지 난 모르네, 알프레드. 자넨 탄광 밑으로 내려갔다 돌아올 정도밖에 모르지.'"

이런 식으로 모렐은 친한 동료들을 웃기며 수다를 떨었다. 이런 말 가운데 어떤 것은 사실이었다. 탄광 십장은 교육받은 사람이 아니었다. 그는 모렐과 같이 어렸을 적부터 일해 왔고 그래서 그 둘은 서로를 싫어했지만 다소 상대방을 당연하게 여겼다. 그러나 알프레드 찰스워스는 작업반장이 이렇게 술집에서 한 이야기들을 용서하지 않았다. 따라서 모렐이 열심히 일하는 광부였고 그가 결혼할 무렵 때때로 일주일에 5파운드나 벌곤 했지만 그는 점차 석탄이 적고 캐기 어려우며 벌이가 안 되는 더욱 열악한 채탄장에 배정되었다.

작업반장은 계약직이었다. 두세 명의 작업반장에게 탄층을 따라 일정한 길이가 주어졌고 그들은 일정한 거리까지 파내도록 되어 있었다. 그들은 자기들이 캐내는 석탄 양의 사분지 삼 정도를 지불받았다. 이 돈으로 그들은 자신들이 하루 고용하는 탄층 뚫는 사람과 석탄 나르는 사람 등에게 일당을 지불하고 또한 도구와 화약 등등을 샀다. 그들에게 배정된 채탄장이 좋아서 탄갱이 계속 돌아가면 백 톤이 되는 석탄을 캐고 돈을 괜찮게 벌었다. 그러나 채탄장이 시원찮으면 그들은 마찬가지로 열심히 일을 하더라고 얼마 벌지 못했다. 모렐은 삼십 년에 걸친 광부 생활에서 좋은 채탄장을 배정받은 적이 없었다. 그러나 그의 아내가 지적했듯이 그것은 그 자신의 잘못이었다.

또한 여름이면 탄광은 침체기에 접어들었다. 때로 화창한 여름 날 아침 광부들이 10시, 11시, 또한 12시에 무리를 지어 집으로 돌아오는 모습을 볼 수 있었다. 탄광 입구에 대기하고 있는 빈 화차가 없었다. 언덕 편에서 여자들은 담장에 대고 난로 깔개를 털면서 건너다보고는 기관차가 계곡으로 가는 길을 따라 탄광으로 끌고 가는 화차의 숫자를 세었다.

"일곱 대라." 그들은 서로에게 말했다. "민턴 탄광이나 스피니팍 탄광용이지. 탄광이 돌아가기에는 너무 많은 양인데."

아이들은 점심 시간에 학교에서 돌아오면서 들판을 내려다보고 주축대 위의 바퀴가 서 있는 것을 보고는 말했다.

"민턴 탄광이 일을 멈췄네. 아빠가 집에 계시겠구나."

그러면 주말경이면 돈이 떨어질 것이기 때문에 여자들이나 아이들, 남자들 모두에게 일종의 그늘이 드리워지곤 했다.

모렐은 아내에게 모든 것, 즉 집세와 음식, 옷, 동호회비, 보험, 진료비 등을 지불하도록 일주일에 30실링을 주기로 되어 있었다. 때로 그가 여유가 있을 때는 35실링도 주었다. 그러나 이러한 경우가 25실링을 주는 경우를 결코 상쇄하지 못했다. 겨울에 좋은 채탄장이 걸리면 그는 일주일에 50실링이나 55실링을 벌 수도 있었다. 그러면 그는 아주 행복했다. 금요일 밤과 토요일, 일요일에 그는 1파운드 정도를 황제같이 써 버리곤 했다. 그리고 그렇게 많은 돈에서 아이들에게 1페니를 남겨 준다든지 사과 1파운드 정도 사다 주는 일도 없었다. 그 돈은 모두 술값으로 나갔다. 경기가 나쁠 때면 상황은 더욱 염려스러웠지만 그가 술에 취하는 횟수는 줄었다. 그래서 모렐 부인은 "차라리 돈이 부족할 때가 더욱 나은 것 같아. 남편에게 돈 여유가 있을 때면 잠시도 평화롭지 않으니까."라고 말하곤 했다.

40실링을 벌면 그는 10실링을 가졌다. 35실링에서는 5실링, 32실링이면 4실링, 28실링이면 3실링, 24실링이면 2실링, 20실링이면 1실링 6펜스, 18실링이면 1실링, 16실링이면 6펜스를 가졌다. 그는 1페니도 절약하지 못했고 그의 아내에게도 저축할 수 있는 기회를 주지 않았다. 오히려 그녀는 때로 그의 빚을 갚아야 했다. 술집에 진 빚은 여자들에게 넘어오지 않았으므로 술값이 아니라 그가 카나리아나 멋진 지팡이를 샀을 때 진 빚 따위였다.

축제 기간에 모렐은 일거리가 신통치 않았고 그녀는 임산부 수당을 모으려고 애쓰고 있었다. 그래서 자신은 고통받으며 집에 있는 동안 모렐은 밖에서 즐기면서 돈을 쓰고 있다는 것을 생각하면 그녀는 몹시 화가 났다. 이틀간의 휴일이 있었고 화요일 아침에 모렐은 일찍 일어났다. 그는 기분이 좋은 상태였다. 6시도 채 되기 전에 아주 일찍 그녀는 그가 아래층에서 혼자 휘파람을 불고 있는 것을 들었다. 그는 활기차고 음악적이며 유쾌하게 휘파람을 불었다. 그는 거의 언제나 성가를 휘파람으로 불었다. 그는 어릴 적에 아름다운 목소리를 가진 소년 성가대원이었고 사우스웰 성당에서 독창을 했었다. 그가 아침에 부는 휘파람 소리만이 이러한 사실을 드러내 주었다.

그의 아내는 누워서 그가 뜰에서 무엇인가를 수선하면서 내는 소리를 듣고 있었고 그의 휘파람 소리는 그가 톱질하고 망치질하는 가운데 울려 퍼졌다. 아이들이 아직 깨지 않은 밝은 이른 아침에 그가 자기 나름대로 남자다운 일에 행복해하면서 내는 소리를 침대에 누워서 듣는 것은 그녀에게 언제나 따뜻함과 평화로움을 주었다.

9시가 되어 아이들이 맨발과 맨다리로 소파에서 놀고 있고 어머니는 설거지를 하고 있을 때 그는 소매를 걷어붙이고 조끼를 열어젖힌 채 목공일을 끝내고 집안으로 들어왔다. 그는 아직도 물결치는 검은색 머리카락에 검고 두툼한 콧수염이 보기 좋은 사람이었다. 그의 얼굴은 약간 지나치게 붉어져 있었고 못마땅하다는 듯이 짜증스러운 표정을 지었다. 그러나 지금 그는 명랑했다. 그는 아내가 설거지하고 있는 싱크대로 곧장 갔다.

"뭐야, 당신이 여기 있구려!" 그가 떠들썩하게 말했다. "내가 좀 씻게 비켜서요."

"설거지 끝날 때까지 기다려요." 그의 아내가 말했다.

"오, 그래야 돼? ……그렇게 안 하겠다면?"

이런 유쾌한 으름장이 모렐 부인을 즐겁게 했다.

"목욕통에 가서 씻을 수 있잖아요."

"하! 그렇게 하지, 빌어먹을 잘난 여편네야."

이렇게 말하고 그는 서서 그녀를 잠시 지켜보다가 나가서 그녀의 일이 끝나기를 기다렸다.

마음이 내킬 때면 그는 다시 진짜 '멋쟁이'가 될 수 있었다. 보통 그는 목에 스카프를 두르고 나가는 것을 좋아했다. 지금 그는 정성 들여 몸단장을 했다. 그는 아주 즐겁다는 듯이 푸푸거리면서 몸을 씻었고 신속하게 부엌의 거울로 달려가서는 그 나지막한 거울 앞에서 몸을 숙이고 젖은 검은색 머리칼에 꼼꼼하게 가르마를 탔다. 이런 태도가 모렐 부인을 짜증나게 했다. 그는 접은 칼라를 달고 검은 나비넥타이에 외출복을 입었다. 그것만으로도 그는 말쑥하게 보였다. 그리고 그의 옷으로 충분하지 못한 면은 자기의 잘생긴 용모를 최대한 활용할 줄 아는 그의 본능이 보충해 주었다.

9시 반에 제리 퍼디가 그의 친구를 부르러 왔다. 제리는 모렐의 가장 가까운 친구였고 모렐 부인은 그를 싫어했다. 그는 키가 크고 말랐으며 얼굴이 여우같이 생겼는데 눈썹이 별로 없는 얼굴이었다. 그는 자기 머리가 딱딱한 스프링 위에 얹혀져 있기라도 하듯이 뻣뻣하고 부서질 듯 무게를 잡으며 걸었다. 그는 냉정하고 교활한 사람이었다. 내키는 곳에서는 관대할 수 있는 사람으로서 그는 모렐을 대단히 좋아하는 듯이 보였고 다소 모렐을 돌보아 주는 듯이 보였다.

모렐 부인은 그를 몹시 싫어했다. 그녀는 그의 아내를 알고 있었다. 그녀는 결핵으로 죽었고 마지막에는 자기 남편에 대한 격한 증오심을 가지게 되어 남편이 그녀의 방에 들어오면 출혈을 하곤 했었다. 이런 것들을 제리는 전혀 개의치 않는 듯이 보였다. 이제는 열다섯 살 된 그의 큰딸이 빈곤한 살림을 맡아서 어린 두 동생을 돌보았다.

"야비하고 냉혹한 장작개비 같은 양반!" 모렐 부인이 그에 대해 말했다.

"내 평생 제리가 인색한 것을 본 적이 없소!" 모렐이 항의했다. "내가 알기로는 그렇게 손이 크고 베풀기 잘하는 사람을 다른 데서 찾아볼 수 없을 거요."

"당신에게나 손이 크겠지요." 모렐 부인이 대꾸했다. "그러나 불쌍한 자기 아이들에게는 주먹을 꼭 움켜쥐고 있어요."

"불쌍한 애들이라고! ……그 애들이 왜 불쌍한지 알고 싶은데?"

그러나 모렐 부인은 제리에 대해서는 마음이 풀리지 않았다.

이 논쟁의 주인공이 식기실의 커튼 너머로 가느다란 목을 길게 빼고 들여다보는 것이 보였다. 그의 눈과 모렐 부인의 눈이 마주쳤다.

"안녕하세요, 부인! ……바깥양반이 집에 있습니까?"

"네…… 있어요."

"제리는 들어오라는 말을 하지도 않았는데도 들어와서는 부엌 문간에 서 있었다. 모렐 부인은 그에게 앉으라는 말도 하지 않았고, 그는 남자들과 남편들의 권리를 냉정하게 시위하듯이 그곳에 서 있었다.

"좋은 날이에요." 그가 모렐 부인에게 말했다.

"그래요."

"오늘 아침 밖의 날씨가 굉장하군요…… 산책하기에 멋진 날이지요."

"당신들이 산책 갈 거란 말인가요?" 그녀가 물었다.

"네, 노팅엄까지 걸어갈 겁니다." 그가 대답했다.

"흠!"

그 두 남자는 즐거워하며 서로 인사했다. 제리는 자신감에 차 있었지만 모렐은 자기 아내 앞에서 너무 즐거워 보이는 것을 염려하듯이 조금 차분하게 보였다. 그러나 그는 활기차게 재빨리 신발 끈을 매었다. 그들은 들을 가로질러 노팅엄까지 16킬로미터 정도 산책할 작정이었다. 보텀스로부터 시작되는 언덕길을 오르며 그들은 쾌활하게 아침을 향했다. 문 앤 스타즈에서 첫 잔을 걸치고 나서 그들은 올드 스팟으로 갔다. 그런 다음 불웰까지 8킬로미터나 되는 긴 길을 한잔도 마시지 않고 지나서는 1파인트의 맥주를 거나하게 마셨다. 그러나 건초를 만드는 사람들이 일하는 들판에서 그들은 갤런들이 술병에 가득 찬 술을 나눠 마시고 나서 도시가 눈앞에 보이게 되었을 때 모렐은 졸음을 느끼게 되었다. 그 도시는 그들의 앞 위쪽으로 펼쳐져 있었는데 한낮의 눈부신 햇빛 아래 희미한 연기를 내뿜고 있었고 멀리 남쪽으로 뾰족탑과 큰 공장 건물들 그리고 굴뚝들이 봉우리들처럼 솟아 있었다. 도시로 들어가기 직전의 들판에서 모렐은 떡갈나무 밑에 누워 한 시간이 넘도록 곤히 잠을 잤다. 그가 일어나서 다시 걸으려 했을 때 그는 무언가 이상하게 느꼈다.

그들은 메도우즈에서 제리의 누이와 같이 점심을 먹고 '펀치 볼'로 함께 가서 비둘기 경기의 열기에 끼어들었다. 모렐은 평생 카드놀이를 해 본 적이 없었고 카드를 어떤 마술적이고 사악한 힘을 가진 것으로 생각했으며 '악마의 그림'이라고 불렀었다. 그러나 그는 스키틀과 도미노 게임의 명수였다. 그에게 뉴억에서 온 어떤 사람이 스키틀 게임을 하자고 도전해 왔다. 그 오래되고 긴 술집에 있던 모든 사람들이 편을 갈라서 이쪽 또는 저쪽에 돈을 걸었다. 모렐은 웃옷을 벗었다. 제리는 돈이 든 모자를 들고 서 있었다. 탁자에 앉아 있는 사람들이 모두 지켜보았다. 어떤 이들은 손에 머그를 들고 서 있었다. 모렐은 큰 나무공을 신중하게 만지작거리다가 그것을 굴렸다. 그는 아홉 개의 핀을 사정없이 무너뜨렸고 반 크라운을 벌었으며 그것으로 빚을 다 갚았다.

7시경까지 그 두 사람은 아주 기분이 좋은 상태였다. 그들은 7시 반에 집으로 돌아오는 기차를 탔다.

모렐 부인은 그날 기분이 우울하고 형편없었다. 그녀는 할 수 있는 만큼 빨래를 했지만 방망이로 세탁물을 휘젓는 것은 그녀에게 벅찬 일이었다. 윌리엄이 그녀를 위해 집을 치웠다.

"엄마, 제가 더 할 일 없어요?"

"됐다. 네가 할 일은 없단다…… 애니를 데리고 나가 놀겠니?"

"그러기 싫어요."

"싫든 좋든 그렇게 해야지."

그래서 어머니가 일하는 동안 그 아이는 밖으로 나가 동생에게 매였다. 그는 자기에게 짐을 지운 어머니에게 화가 났지만 어머니 때문에 마음이 아팠다. 그는 무슨 문제가 있다는 것을 알았다. 그래서 그가 자라면서 어머니에 대한 사랑으로 힘든 경우가 있었지만 그는 최선을 다했다.

오후에 보텀스는 참을 수 없는 곳이었다. 집에 있는 사람들은 모두 바깥으로 나왔다. 여자들은 모자도 쓰지 않고 앞치마 차림으로 둘씩 셋씩 집들 사이의 골목길에 모여 서서 이야기를 나눴다. 남자들은 술 마시는 사이에 잠시 쉬면서 쭈그리고 앉아 이야기를 했다. 그곳은 퀴퀴한 냄새가 났고 건조한 열기로 슬레이트 지붕은 반짝거렸다.

모렐 부인은 어린 딸을 데리고 180미터도 채 떨어지지 않는 풀밭 사이의 시냇가로 내려갔다. 돌들과 깨어진 도자기 조각들 위로 물은 재빨리 흘러갔다. 어머니와 아이는 양들이 건너도록 만든 낡은 다리 난간에 기대어 바라보았다. 목초지 반대편 위쪽에 있는 양들을 씻기기도 하는 폭이 넓은 개울에서 소년들의 벌거벗은 몸들이 누런색의 깊은 물가에서 번쩍거리거나 때로는 밝은 모습이 활기 없는 거무스레한 풀밭 너머로 번쩍이며 휙 지나가는 것을 모렐 부인은 볼 수 있었다. 그녀는 윌리엄이 그 웅덩이에 있다는 것을 알고 있었고 그가 빠지지 않을까 늘 두려워했다. 애니는 키 크고 오래된 산울타리 밑에서 오리나무 방울을 주우면서 놀고 있었고 그것을 건포도라고 불렀다. 그 아이에게는 아직도 관심을 많이 쏟아야 했고 파리가 성가시게 굴었다.

7시에 아이들은 잠자리에 들었고 그러고 나서 그녀는 잠시 일을 했다.

월터 모렐과 제리가 베스트우드에 도착했을 때 그들은 마음에서 한 짐을 덜은 듯했다. 이제 철도 여행이 끝났으므로 그들은 멋지게 보낸 날을 마무리할 수 있었다. 그들은 집에 돌아온 여행자들의 만족감을 느끼며 '넬슨' 주점에 들어섰다. 모렐 부인은 내세에 자기 남편을 위해 마련되어 있는 것은 아무것도 없을 것이라고 늘 말했다. 탄갱에서 집으로 올 때 그는 지옥에서 연옥으로 올라왔으며 파머스턴 암즈에서 천국으로 들어갔다.

저녁이 되어 시원해지면서 보텀스의 작은 정원은 향기로워졌다. 모렐 부인은 밖으로 나가 꽃들을 바라보고 저녁의 공기를 마셨다. 이웃집에 사는 커크 부인은 집에 없었다. 그녀가 있었다면 두 사람은 이야기를 나눴을 것이다. 그녀는 혼자였다. 아이들이 '악마 새'라고 부르는 검은색의 칼새가 바로 그녀의 머리 위에서 이리저리 검은 화살촉처럼 빠르게 날았다. 그 새들은 집 모퉁이를 돌아 방향을 바꾸고 넓은 처마를 거치면서 지저귀고, 그곳에서 다시 미끄러지듯 빠져나와 작은 소리로 울면서 공중으로 돌진했다. 그 울음소리는 조용한 새에게서가 아니라 빛으로부터 나오는 것 같았다. 누군가가 꿩비름을 짓밟고 지나가 흰 장미 꽃잎과 함께 흩어져 있었다. 그녀는 몸을 숙여서 그것을 집어서 털고 작고 노란 꽃을 다시 세웠다.

다음 날은 일을 해야 했고 그 생각은 남자들의 기분을 망쳐 놓았다. 게다가 대부분은 돈을 다 써 버렸다. 그래서 어떤

이들은 우울한 기분으로 내일을 준비하기 위해 잠을 자려고 벌써 집으로 비틀거리며 돌아가고 있었다. 모렐 부인은 그들의 애처로운 노래를 들으면서 집안으로 들어왔다. 9시가 지나고 10시가 지났지만 아직도 그 '단짝'은 돌아오지 않았다. 어딘가 문간에서 한 남자가 큰 소리로 천천히 「온화한 빛이시여, 우리를 인도하소서」를 부르고 있었다. 모렐 부인은 술 취한 사람들이 감상적이 되면 그 성가를 부르는 것에 항상 분개했다.

'「제네비에브」 같은 유행가나 부르면 적당할 사람들이!' 그녀가 중얼거렸다.

부엌은 약초와 홉 열매 끓는 냄새로 가득했다. 시렁 위의 검고 큰 냄비는 서서히 김을 내고 있었다. 모렐 부인은 황토로 빚은 두껍고 커다란 그릇을 꺼내서 바닥에 흰 설탕을 한 덩어리 뿌리고는 힘들여 무게를 지탱하면서 그 액체를 쏟아부었다.

바로 그때 모렐이 들어왔다. 그는 '넬슨'에서는 아주 기분이 좋았지만 집으로 돌아오면서 짜증이 났다. 그는 대낮에 몸의 열기가 있을 때 땅위에서 잠을 자고 난 후의 짜증과 고통을 완전히 떨치지 못했고 집이 가까워지면서 양심의 가책이 그를 괴롭혔다. 그는 자신이 화가 나 있다는 사실을 알지 못했다. 그러나 정원의 문이 잘 열리지 않자 그는 그것을 걷어찼고 빗장을 부수었다. 그는 모렐 부인이 약초 우려낸 물을 냄비에서 붓고 있을 바로 그때 집안으로 들어섰다. 약간 비틀거리면서 그는 식탁에 부딪쳤다. 끓는 액체가 튀었고 모렐 부인은 깜짝 놀라 뒷걸음쳤다.

"맙소사, 술에 취해서 집에 돌아오다니!" 그녀가 소리 질렀다.

"어떻게 집으로 온다고?" 그는 모자를 눈언저리까지 덮어쓴 채 으르렁거렸다.

갑자기 그녀의 피가 분출하듯이 솟아올랐다.

"그럼 취하지 않았단 말이에요!" 그녀가 발끈했다.

그녀는 냄비를 내려놓고 액체의 설탕을 젓고 있었다. 그는 두 손으로 식탁을 내리치면서 얼굴을 그녀에게 내밀었다.

"취하지 않았단 말이냐고." 그는 말을 반복했다. "당신같이 역겨운 계집만이 그런 생각을 할 거야."

"글쎄요, 당신은 하루 종일 술을 마셨으니 밤 11시에 취하지 않았다면……" 계속 저으면서 그녀가 대답했다.

"난 하루 종일 술을 마시지 않았어…… 난 하루 종일 술을 마시지 않았어…… 그건 당신이 실수한 거요." 그가 으르렁거리며 말했다.

"내가 실수를 한 것 같군요." 그녀가 대답했다.

"같다고…… 같다고…… 오…… 오, 정말! ……오!"

"아침 9시에 나가서 자정이 되어 비틀거리며 집에 들어왔어요. 게다가 당신의 멋진 제리와 함께 밖에 나가 뭘 하는지 우린 잘 알아요."

"'당신의 멋진 제리'라고…… 뭐? ……이 여편네가 무슨 말 하는 거야…… 어? ……뭐라고!"

그는 얼굴을 그녀에게 더욱 내밀었다.

"다른 데 쓸 돈은 없어도 술 퍼마실 돈은 있군요."

"나는 오늘 2실링도 쓰지 않았어." 그가 말했다.

"돈 한 푼 없이 그렇게 황제처럼 취할 수는 없지요." 그녀가 대답했다. "게다가!" 그녀는 갑자기 분노를 번뜩이며 말했다. "당신이 그토록 좋아하는 제리를 우려먹었다면, 그 사람 자기 아이들이나 돌보라고 하세요. 애들이야말로 보살핌이 필요하니까요."

"그 사람 자기 아이들이나 돌보라고? 그래, 그 사람 자식들보다 보살핌을 잘 받는 애들이 있는지 알고 싶소."

"이봐요, 당신 애들은 아니지요. 당신이 돌봤다면…… 아침부터 밤까지 술로 배를 채울 수 있는 남자니……."

"그건 거짓말이야, 그건 거짓말이야!" 화를 버럭 내고 식탁을 치며 그가 소리를 질렀다.

"자기 자식들을 돌볼 수 없지요." 그녀가 계속했다.

"그게 당신과 무슨 상관이 있소?" 그가 소리쳤다.

"나와 무슨 상관이 있느냐고요…… 아니, 많지요…… 내게 겨우 25실링을 주고 살림을 다하게 해 놓고 하루 종일 신나게 놀다가 밤에 비틀거리며 집으로 돌아와서……."

"그건 거짓말이야, 이 여편네야, 거짓말!"

"그리고 내가 닦고 열심히 일하고 머리를 쥐어짜서 살림을 꾸려 갈 거라고 생각하고 자기는 술을 실컷 마시고 돈을 다 날리고 노팅엄까지 유람 가서 흥청거리며 놀고……."

"거짓말이야, 거짓말…… 이봐, 입다물지 그래?"

그들은 이제 전투적인 상황에 다다랐다. 두 사람 모두 상대방에 대한 증오와 그들 사이의 전투를 제외하고 모든 것을 잊어버렸다. 그녀는 그 남자만큼이나 불같이 화가 나 있었다. 그가 그녀를 거짓말쟁이라고 부를 때까지 이런 상태가 지속되었다.

"아니야." 그녀는 거의 숨을 쉴 수 없어 벌떡 일어나면서 소리쳤다. "나를 그렇게 부르지 말아…… 당신이야말로 구두 신고 걸어 다니는 인간 중에서 가장 경멸스러운 거짓말쟁이야." 그녀는 마지막 말을 질식할 듯한 허파에서 뽑아내었다.

"당신이 거짓말쟁이야!" 그는 주먹으로 식탁을 내리치며 고함을 질렀다. "당신이 거짓말쟁이야, 당신이 거짓말쟁이야."

그녀는 주먹을 불끈 쥐고 몸을 뻣뻣이 세웠다.

"내가 할 수만 있다면 당신을 죽여 버릴 거야, 비겁한 짐승 같으니라고." 그녀가 낮고 떨리는 목소리로 말했다.

그러고 나서 다음 감정의 파도로 그에 대한 격렬한 혐오감이 넘쳐 나왔다. 그가 그녀에게 맹렬하게 화를 내고 집안이 울리도록 식탁을 치고 있는 동안 그녀는 그에 대한 자기의 모든 경멸감과 증오심을 그에게 퍼부었다.

"집 안이 당신 때문에 불결해!" 그녀가 소리쳤다.

"그러면 나가면 될 거 아냐…… 이 집은 내 거라고. 나가." 그가 소리쳤다. "집으로 돈을 벌어오는 사람은 나야. 댁이 아니라고. 이건 내 집이야. 당신 것이 아니고. 그러니 나가라고…… 나가!"

"그래 나갈 거야." 그녀는 갑자기 떨면서 무력한 눈물을 흘리며 소리질렀다. "아, 이 아이들만 아니었다면 오래전에 나가지 않았을 것 같아? 그래, 몇 년 전 애가 하나만 있었을 때 나가지 않은 것을 후회하지 않는 줄 알아……." 그러고는 갑자기 눈물을 멈추고 분노에 가득 찼다. "내가 당신 때문에 여기 머물러 있다고 생각해…… 당신을 위해서 1분이라도 머물 것 같아?"

"그러면, 가 버리라고." 그는 제정신이 아닌 상태로 소리쳤다. "가!"

"안 가!" 그녀는 몸을 돌렸다. "안 가!" 그녀는 크게 소리 질렀다. "당신 마음대로 모든 걸 가질 수는 없어. 당신 좋을 대로 모든 것을 할 수는 없어. 나는 아이들을 돌봐야 돼. 맙소사……." 그녀는 웃음을 터뜨렸다. "아이들을 당신에게 맡긴다면 내 꼴이 좋겠지."

"가!" 그가 주먹을 들고 잠긴 목소리로 소리쳤다. 그는 그녀가 두려웠다. "가라고!"

"나간다면 나는 너무나 기쁠 따름이야…… 당신에게서 벗어날 수만 있다면 웃고 또 웃을 거야, 주인어른." 그녀가 대답했다.

그는 충혈된 눈에 붉은 얼굴을 앞으로 내밀고 그녀에게 다가와서 그녀의 팔을 잡았다. 그녀는 그에 대한 두려움으로 소리를 지르며 놓여나려고 애썼다. 그는 약간 정신을 되찾고 혈떡거리면서 그녀를 거칠게 현관문 쪽으로 밀어서 그녀를 바깥으로 밀어내고는 빗장을 큰 소리가 나게 걸었다. 그러고는 부엌으로 돌아가 안락의자에 털썩 주저앉았고 혈기로 터질 듯한 그의 머리를 무릎 사이에 숙였다. 그러고는 피로와 숙취로 점차 인사불성 상태에 빠져들었다.

8월 밤의 달이 높이 장엄하게 떠 있었다. 격한 분노로 소진한 모렐 부인은 거대한 흰 달빛 가운데 서서 몸을 떨었다. 달빛이 몸에 차갑게 와 닿아서 그녀의 격노한 영혼에 충격을 주는 것 같았다. 그녀는 잠시 문 옆에 반짝이는 커다란 장군풀 잎사귀를 무력하게 바라보며 서 있었다. 그러고는 숨을 들이쉬었다. 떨리는 팔다리로 정원에 난 길을 따라 걸어가는 동안 배 속의 아기는 요동을 쳤다. 잠시 그녀는 의식을 통제할 수 없었다. 기계적으로 그녀는 마지막 장면을 되새겨 보았고 그리고 또다시 기억에 떠올렸다. 그때마다 어떤 말이나 어떤 순간이 그녀의 영혼에 붉고 뜨거운 낙인을 찍는 것과 같았다. 그녀가 지나간 시간을 반추할 때마다 그 낙인은 같은 곳에 찍혔고 급기야 그 흔적은 타고 들어가 고통을 소진시키고 마침내 그녀는 정신을 차릴 수 있었다. 그녀는 이러한 혼미한 상태로 삼십 분쯤 있었을 것이다. 그러고 나서 그녀는 다시 밤의 정경을 느낄 수 있었다. 그녀는 두려움에 주위를 돌아보았다. 자신이 어느새 옆 뜰로 나와 긴 울타리 아래 까치밥나무 덤불 옆길을 오르락내리락하고 있었다. 정원은 좁고 긴 땅이었는데 무성한 가시나무 산울타리가 집채들 사이를 가로질러 난 큰 길과의 경계를 이루고 있었다.

그녀는 서둘러 앞뜰로 나왔고 그곳에서 거대한 흰 빛의 심연에 서 있는 듯이 느꼈다. 달은 그녀의 면전에서 높이 유영하고 있었고 달빛은 앞쪽의 언덕으로부터 솟아올라 보텀스가 웅크리고 있는 계곡을 거의 눈멀게 할 정도로 채우고 있었다. 그곳에서 고통에 대한 반응으로 헐떡이고 거의 울부짖으며 그녀는 혼자서 끊임없이 중얼거렸다. '골치 아픈 일이야! ……골치 아픈 일!'

그녀는 주위의 무엇인가를 의식하게 되었다. 의식적으로 자신을 일깨우려고 노력하면서 그녀는 자신의 의식을 꿰뚫고 들어온 것이 무엇인지를 보았다. 키 크고 하얀 백합들이 달빛을 받으며 흔들거리고 있었으며 대기는 마치 어떤 존재로 충만한 듯이 백합 향기로 가득 차 있었다. 모렐 부인은 약간 두려움을 느끼며 숨이 막혔다. 그녀는 꽃받침 위에 달린 크고 창백한 꽃을 어루만지고는 몸을 떨었다. 꽃들은 달빛 아래 뻗어 나가는 듯이 보였다. 그녀는 하얀 꽃잎에 손을 대었지만 그녀의 손가락이 달빛에 반사되어 황금색 꽃가루가 거의 보이지 않았다. 그녀는 몸을 숙이고 노란 꽃가루를 보려고 했지만 어스레하게 보일 뿐이었다. 그러고 나서 그녀는 꽃 향기를 깊이 들이마셨다. 그 향기는 그녀를 거의 어지럽게 만들었다.

그녀는 주위를 돌아보았다. 쥐똥나무 산울타리가 어두운 가운데 희미하게 빛났다. 다양한 흰 꽃이 피어 있었다. 앞쪽에는 높고 어두운 산울타리에 막혀 언덕이 희미하게 보였고 어슴푸레한 달빛 속에 움직이는 소 떼들로 말미암아 불안하게 보였다. 여기저기에 달빛이 잔물결을 일으키는 것처럼 보였다.

모렐 부인은 정원의 문에 기대어 밖을 내다보며 잠시 정신을 잃었다. 그녀는 자신이 무엇을 생각하고 있는지 몰랐다. 약간 아프다는 느낌과 아기에 대한 의식을 제외하고는 그녀 자신은 꽃 향기처럼 빛나고 창백한 대기 속으로 녹아들었다. 잠시 후에 아기도 그녀와 함께 달빛으로 어우러진 대기에 녹아들었고 그녀는 언덕과 백합, 집들 모두가 부유하며 일종의 황홀한 무아의 상태에 있는 가운데 쉬었다.

그녀가 정신을 차렸을 때 피곤해지면서 잠을 자고 싶었다. 힘없이 그녀는 주위를 둘러보았다. 하얀 꽃창포 덤불은 수풀에 아마포를 덮어놓은 것 같았고 나방 한 마리가 그 위에서 그리고 금방 정원을 가로질러 튀듯이 날았다. 그것을 눈으로 쫓으며 그녀는 정신을 차렸다. 꽃창포의 강하고 생생한 향기가 몇 번 풍기면서 그녀의 기운을 차리게 해 주었다. 그녀는 길을 따라 지나가다가 흰 장미 덤불에서 망설였다. 그것은 달콤하고 소박한 향기를 냈다. 그녀는 장미의 흰 꽃잎들을 만졌다. 그 신선한 향기와 차고 부드러운 잎사귀들은 그녀에게 자신이 아주 좋아하는 아침 시간과 햇빛을 상기시켜 주었다. 그러나 그녀는 피곤했고 잠자고 싶었다. 그 신비로운 대기 중에서 그녀는 외로웠다.

주위에서는 아무 소리도 들리지 않았다. 분명히 아이들은 잠을 깨지 않았거나 아니면 다시 잠이 든 모양이었다. 5킬로미터 떨어진 곳에서 지나는 기차의 기적 소리가 계곡을 가로질러 들려왔다. 밤은 거대하고 아주 낯설었으며 그 회백색의 거리를 무한히 확장하는 듯했다. 멀지 않은 곳에서 우는 뜸부기와 한숨 같은 기차 소리, 그리고 멀리서 남자들이 지르는 것 같은 희미하고 거친 소리가 은회색 어둠의 안개로부터 들려왔다.

그녀의 진정되었던 가슴이 다시 빨리 뛰기 시작했고 서둘러 집 옆을 지나 뒤뜰로 갔다. 부드럽게 그녀는 빗장을 들어 보았다. 문은 아직도 잠겨 있었고 그녀에 대하여 굳게 닫혀져 있었다. 그녀는 가만히 두드리고 기다렸다가 다시 두드렸다.

'아이들이나 이웃 사람들을 깨워서는 안 돼. 그는 틀림없이 잠자고 있을 게고 쉽게 깨지 않을 거야.' 그녀는 집 안으로 들어가고 싶어서 마음이 타기 시작했다. 그녀는 문손잡이를 꽉 잡았다. 그것은 차가웠다. '감기에 걸릴지도 몰라. 그것도 이런 상태에서!'

머리와 팔을 앞치마로 감싸고 그녀는 다시 서둘러 옆으로 돌아가서 부엌 창문으로 갔다. 창틀에 기대어 그녀는 남편의 팔이 식탁 위에 놓여 있고 그의 검은 머리가 탁자 위에 있는 것을 블라인드 아래로 간신히 볼 수 있었다. 그는 식탁에 얼굴을 대고 잠들어 있었다. 그의 자세는 무엇인가가 그녀로 하여금 매사에 염증을 느끼도록 만들었다. 그녀는 구릿빛 불빛을 보고 램프가 연기를 내며 타고 있다는 것을 알 수 있었다. 그녀는 창문을 좀 더 세게 두드렸다. 마치 유리가 깨어질 것 같았다. 여전히 그는 일어나지 않았다.

헛된 노력을 한 뒤 기진맥진하고 차가운 돌에 몸을 대고 있었던 탓인지 그녀는 몸을 떨기 시작했다. 태어나지 않은 아이에 대한 걱정이 끊이지 않아 그녀는 어떻게 온기를 얻을 수 있을까 생각했다. 그녀는 석탄 창고로 갔다. 거기에는 넝마주이에게 주려고 그녀가 전날 내다놓은 낡은 난로 깔개가 있었다. 그것을 그녀는 어깨 위로 덮었다. 때가 묻긴 했지만 따뜻했다. 그러고 나서 정원을 오르락내리락 걸어다니면서 이따금 블라인드 아래로 안을 들여다보고 두드리다가 결국에는 그가 불편한 자세 때문에 일어날 거라고 혼자 중얼거렸다.

마침내 약 한 시간 후에 그녀는 창문을 나지막하게 오랫동안 두드렸다. 차츰 그 소리는 그의 의식을 꿰뚫었다. 그녀가 절망하여 두드리는 것을 멈추었을 때 그녀는 그가 몸을 움직이고 무의식적으로 얼굴을 들어올리는 것을 보았다. 그는 가슴이 불편하여 잠에서 깨어났다. 그녀는 단호하게 창문을 두드렸다. 그는 깜짝 놀라 잠이 깨었다. 곧 그녀는 그가 주먹을 쥐고 눈을 번득이는 것을 보았다. 그는 육체적 공포라고는 전혀 없는 사람이었다. 만약 스무 명의 도둑이 왔다고 해도 그는 앞뒤 가리지 않고 그들을 향해 달려들었을 것이다. 그는 당황하긴 했지만 싸울 준비를 갖추고 날카로운 눈초리로 주위를 둘러보았다.

"문 열어요, 월터" 그녀는 냉정하게 말했다.

그는 주먹을 풀었다. 자신이 어떤 일을 저질렀는지 생각이 떠올랐다. 그는 머리를 떨구었고 시무룩하고 고집스럽게 보였다. 그녀는 그가 서둘러 문으로 가는 것을 보았고 빗장이 꿰목에서 빠지는 소리가 들렸다. 그는 걸쇠를 빼려고 했다. 문이 열렸다. 그러자 거기에는 은회색의 밤이 펼쳐져 있었고 그것은 황갈색의 램프 불에 익숙한 그에게 두려움을 주었다. 그는 서둘러 돌아섰다.

모렐 부인이 들어섰을 때 그녀는 그가 문을 지나 거의 뛰다시피 층계로 가는 것을 보았다. 그는 그녀가 들어오기 전에 가려고 서둘러 목 주위의 칼라를 잡아채었고 칼라의 단춧구멍이 찢어진 채 버려져 있었다. 그것을 보자 그녀는 화가 났다.

그녀는 몸을 따뜻하게 하고 스스로를 진정시켰다. 피곤한 가운데 그녀는 모든 것을 잊고 남아 있는 사소한 집안일들을 하면서 이리저리 움직였다. 그녀는 그의 아침상을 차리고 탄광에서 쓰는 물병을 씻고 작업복을 따뜻하도록 난롯가에 걸어 놓고 그 옆에 신발을 놓았다. 그리고 깨끗한 스카프와 가방, 사과 두 개를 꺼내 놓고 불을 살핀 다음 잠자리에 들었다. 그는 이미 정신없이 잠들어 있었다. 그의 가늘고 검은 눈썹이 언짢고 비참한 표정으로 그의 이마에 모아져 있었다. 반면에 뺨에 새겨진 그늘과 부루퉁한 입술은 '당신이 누구이든 무엇이든 상관없어. 나는 내 마음대로 할 거야.'라고 말하는 듯이 보였다.

모렐 부인은 그를 너무 잘 알고 있었기 때문에 길게 바라보지도 않았다. 브로치를 빼면서 자기 얼굴이 백합의 노란 가루로 얼룩져 있는 것을 거울에서 보고 그녀는 희미하게 웃었다. 꽃가루를 털어 내고 그녀는 마침내 잠자리에 들었다. 얼마 동안 그녀의 마음은 계속해서 불꽃을 뿜어내고 있었지만 그녀의 남편이 취해서 잠든 후 처음 깨어났을 때 그녀는 잠들어 있었다.

2 폴의 출생과 또 다른 투쟁

지난번 사건이 있고 나서 월터 모렐은 며칠간 겸연쩍어하고 수치스러움을 느꼈지만 이내 예전의 위협적이면서도 무심한 태도를 회복했다. 그렇지만 그의 자신감은 약간 위축되고 감소되었다. 육체적으로도 그는 움츠러들었고 그의 보기 좋고 당당하던 모습이 시들었다. 그는 전혀 살이 찌지 않았기 때문에 곧고 단호한 태도가 없어지면서 그의 외모는 그의 자존심과 정신력과 더불어 수축되는 듯이 보였다.

그러나 이제 그는 자기 아내가 몸을 이끌고 다니며 일하는 것이 얼마나 힘든지를 깨닫게 되었고 그의 동정심이 참회하는 심정으로 촉발되어 서둘러 일을 도와주려고 했다. 그는 탄광에서 곧장 집으로 돌아왔고 저녁을 집에서 보냈다. 적어도 금요일까지는 그랬다. 금요일이 되면 그는 집에 있을 수 없었다.

하지만 밤 10시면 거의 멀쩡한 상태로 돌아왔다.

그는 항상 아침을 혼자 차려 먹었다. 일찍 일어나 시간이 많은 사람이었기 때문에 그는 다른 광부들이 하듯이 아침 6시에 아내를 침대 밖으로 끌어내지 않았다. 그는 5시나 때로는 더 일찍 깨어서 곧장 침대에서 일어나 아래층으로 내려갔다. 그의 아내는 잠을 잘 수 없을 때면 누워서 평화로운 시간을 기대하듯이 이 시간을 기다렸다. 진정한 휴식은 그가 집에 없을 때만 가능한 것 같았다.

그는 셔츠 같은 잠옷 바람으로 아래층으로 내려와서는 따뜻하도록 밤새 난롯가에 걸쳐 놓은 작업복 바지를 끙끙거리며 입었다. 모렐 부인이 불을 긁어모아 놓았기 때문에 언제나 불기운이 남아 있었다. 집안에서 처음 들리는 소리는 모렐이 차를 끓이기 위해서 남아 있는 석탄을 부수느라 부지깽이를 갈퀴에 대고 탕탕 치는 소리였다. 주전자에 물을 채우고 시렁에 올려놓으면 한참 후에 물이 끓었다. 음식만 빼고 컵과 칼, 포크 등 필요한 것은 모두 준비되어 식탁의 신문지 위에 놓여 있었다. 곧 그는 아침을 준비하고 차를 끓이고 바람을 막기 위해 깔개로 문지방을 메우고 불이 활활 타도록 석탄을 쌓아 놓고는 앉아서 즐거운 한 시간을 맞이했다. 그는 포크로 베이컨을 찍어 구우면서 떨어지는 기름을 빵에 받아 발랐다. 그러고 나서 베이컨 조각을 두툼한 빵 조각에 놓고 접칼로 빵을 자르고 차가 식도록 받침 접시에 따르고 행복한 기분을 맛보았다. 식구들이 옆에 있을 때면 식사 시간이 그다지 즐겁지 않았다. 그는 포크를 싫어했는데 그것은 아직 가난한 사람들에게는 거의 사용되지 않는 새로운 물건이었다. 모렐은 접칼을 더 좋아했다. 그는 혼자서 먹고 마셨고 때로 추운 날씨에는 따뜻한 굴뚝 부위에 등을 기대고 음식을 난로 가림판에 놓고 컵을 난로 앞바닥에 놓은 채 작은 의자에 앉아서 식사를 했다. 그러고 나서 어제의 석간신문을 집어 들고 힘들게 글자를 살펴 가면서 읽을 수 있는 부분을 읽었다. 그는 블라인드를 내리고 촛불을 켜두는 것을 좋아했다. 심지어 대낮에도 그랬는데 그것은 탄광에서의 습관이었다.

6시 15분 전에 그는 일어나 두꺼운 빵을 두 조각 잘라서 버터를 바르고 흰 옥양목 가방에 넣고 양철병에 차를 채웠다. 그는 탄광에서 우유나 설탕을 타지 않은 차가운 차를 마시기 좋아했다. 그리고 그는 잠옷을 벗고 두꺼운 플란넬로 된 목이 많이 파이고 속옷처럼 소매가 짧은 광부용 웃옷을 입었다.

그리고 그는 2층의 아내에게 올라갔다. 그녀가 아프기 때문에 그리고 방금 그 생각이 떠올라서 그는 차 한잔을 가져왔다.

"여보, 차를 가져왔소." 그가 말했다.

"그럴 필요 없는데요. 내가 차를 싫어하는 것을 알잖아요." 그녀가 대답했다.

"마셔 봐요. 곧 다시 잠들게 해 줄 거요."

그녀는 차를 받아 들었다. 그녀가 그것을 받아서 한 모금 마시는 것이 그를 즐겁게 해 주었다.

"이건 분명히 설탕이 들어 있지 않군요." 그녀가 말했다.

"들어 있어…… 그것도 커다란 설탕인데." 그는 감정이 상해서 대답했다.

"이상하네요." 그녀는 다시 한 모금 마시면서 말했다.

그녀가 머리를 풀고 있을 때면 그녀의 얼굴은 매력적이었다. 그는 그녀가 이런 식으로 투덜대는 것을 좋아했다. 그는 그녀를 다시 바라보고 아무런 작별 인사도 없이 나갔다. 그는 탄광에서 먹을 점심으로 버터를 바른 빵 두 조각만 가지고 갔기 때문에 사과 한 쪽이나 오렌지 하나도 그에게는 별식이었다. 그녀가 그에게 과일을 꺼내 줄 때면 그는 항상 기분이 좋았다. 그는 목에 스카프를 두르고 크고 무겁고 목이 긴 작업화를 신고 웃옷을 입고 커다란 주머니에 가방과 찻병을 넣었다. 그리고 문을 닫고 잠그지는 않은 채 신선한 아침 공기 속으로 나아갔다. 그는 이른 아침을 좋아했다. 사람들은 대략 7시가 되어야 나타났지만 그는 항상 6시에 집을 나섰고 탄광까지는 걸어서 30분 정도밖에 걸리지 않는 거리였다. 보통 그는 들판을 가로질러 갔고 여름에는 종종 버섯을 찾느라, 이전에 노천 탄광이었으나 폐광이 되어 목초지가 된 곳을 살펴보고, 탄광 부츠를 신고 이슬에 젖은 무성한 풀 사이를 배회하며 숨어 있는 하얀 살결의 버섯을 찾았다. 혹시 하나라도 찾게 되면 그는 조심스럽게 그것을 주머니에 집어넣었다. 신선하고 차가운 아침 공기를 떠나 지하로 내려가는 것은 그에게 그다지 어려운 일이 아니었다. 그는 그 일에 너무나 익숙해 있었기 때문에 그것은 그저 단순하고 자연스러운 것이었다. 그래서 그가 산울타리에서 꺾은 가지를 입에 물고 광산에 나타났을 때, 그는 탄광에서 입이 마르지 않도록 그 줄기를 하루 종일 씹고 있었는데, 들판에 있을 때와 똑같이 행복해했다.

나중에 아이가 태어날 날이 가까워졌을 때 그는 일하러 가기 전에 부지깽이로 재를 쑤셔 내고 난로를 문질러 닦고 집안을 쓸어 내는 등 늘 그러했듯이 되는 대로 부산을 떨었다. 그러고 나서 스스로 대단히 잘했다고 느끼며 2층으로 올라갔다.

"자, 당신을 위해 청소했소. 하루 종일 발가락도 움직일 필요가 없을 거요. 그러니 앉아서 책이나 보구려."

그녀는 화가 나 있었음에도 불구하고 웃음이 나왔다.

"그럼 밥은 저절로 되겠군요?" 그녀가 대답했다.

"어, 밥 짓는 것은 전혀 모르는데."

"먹을 게 없으면 알게 되겠지요, 될 거예요."

"아, 아마도 그렇겠지." 그가 나가면서 대답했다.

그녀가 아래층에 내려와 보니 집은 정돈되어 있었지만 지저분했다. 집안을 완벽하게 청소할 때까지 그녀는 쉴 수 없었다. 그녀가 쓰레받기를 가지고 뒷간으로 나갔을 때, 그녀가 나오는 걸 커크 부인이 보고 그 순간에 맞춰서 자기도 석탄을 가지러 나오곤 했다. 그리고 나무 담장 너머로 소리를 지르곤 했다.

"그래, 계속 바쁘게 일하는군요?"

"그래요." 모렐 부인이 탄식조로 대답했다. "별 도리가 없잖아요."

커크 부인은 마르고 신경이 과민한 여자였는데 히스테리를 부리는 경향이 있었다. 모렐 부인은 그녀를 좋아했다. 두 여자는 담장 양쪽으로 와서 각각 쓰레받기를 들고 잠깐 이야기를 했다.

“그러다가 댁이 쓰러질 거예요.” 커크 부인이 말했다. “남편은 댁을 위해 아무 일도 하지 않아요? 톰은 그 정도는 아니에요.”

“남편이 오늘 아침에 올라와서 자기가 청소를 했으니까 나는 앉아서 책이나 읽고 있으면 될 거라고 하더군요.” 모렐 부인이 대답했다.

“에, 남자들은 대단히 얼간이들이지요!” 커크 부인이 큰소리로 말했다.

“그래서 내려와 보니 난로에는 고운 재가 쌓여 있고 난로깔개 밑에는 온갖 먼지가 그득하더군요.”

커크 부인은 마른 얼굴에 이를 드러내며 웃었다.

“항상 똑같아요.” 그녀가 말했다. “그저 빗자루와 먼지떨이를 들고 한 번 쓱 쓸거나 털고 마는 거죠. 맙소사, 남자들에겐 그걸로 충분하니까요.”

“남자들은 돼지처럼 더럽게 해 놓고도 개의치 않을 거예요.” 모렐 부인이 말했다.

“그럼요. 톰도 똑같아요.”

“모두 똑같지요.” 모렐 부인이 말했다.

“알숍 부인에 대한 이야기 들었어요?”

“아뇨.”

“못 들었다고요? ……그녀가 돌아왔대요.”

“정말이에요? 언제요?”

“그저께 밤에…… 폭풍우가 친 후에…….”

“정말?”

그리고 두 여자는 폭소를 터뜨렸다.

"양품업자를 보았어요?" 길 건너편에서 아주 작은 여자가 물었다. 그녀는 안토니 부인이었는데 검은 머리에 이상하게 몸이 작았고 항상 몸에 딱 붙는 갈색 벨벳 옷을 입었다.

"못 보았는데요." 모렐 부인이 대답했다.

"아, 그 사람이 왔으면 좋겠는데. 옷이 세탁 가마에 넘치도록 가득 찼고, 게다가 그의 종소리를 분명히 들었어요."

"저기 봐요…… 그 사람이 저 끝에 있군요."

두 여자는 길 아래쪽을 바라보았다. 보텀스의 아래쪽에서 한 남자가 일종의 구식 마차에 서서 크림색의 꾸러미 위로 몸을 굽히고 있었다. 여자들 여럿이 그에게 팔을 내밀고 있었고 몇몇은 꾸러미를 들고 있었다. 안토니 부인도 크림색의 염색되지 않은 스타킹 꾸러미를 팔에 걸치고 있었다.

"나는 이번 주에 열 다스나 했어요." 그녀는 자랑스럽게 모렐 부인에게 말했다.

"참!" 상대방이 대답했다. "어떻게 그럴 시간이 있는지 모르겠군요."

"아! 시간이야 만들면 되지요." 안토니 부인이 말했다.

"어떻게 그럴 수 있지요." 모렐 부인이 말했다. "그런데 그 일을 하면 얼마나 받지요?"

"한 다스에 2펜스 반이에요." 상대방이 대답했다.

"글쎄, 나라면 2펜스 반을 벌려고 앉아서 열두 켤레의 양말을 깁느니 차라리 굶겠어요."

"오, 글쎄요." 안토니 부인이 말했다. "일을 하다 보면 다 빠르게 하게 되지요."

양품업자가 종을 울리며 길을 따라오고 있었다. 여자들은
꿰맨 스타킹을 팔에 걸치고 마당 끝에서 기다리고 있었다. 이
남자는 흔히 볼 수 있는 사람이었는데 여자들과 농담을 하고
그들을 속이려고 하거나 협박도 했다. 모렐 부인은 경멸스럽
다는 태도로 자기 집 뜰로 올라갔다.

부인들이 이웃의 도움이 필요하면 부지깽이를 불속으로 넣
어 벽난로의 뒤편을 탕탕 두드리면 된다는 것은 누구나 알고
있는 사실이었다. 벽난로들이 서로 등을 마주하고 있었기 때
문에 이웃집에 큰 소리를 내기 마련이었다. 어느 날 아침 커크
부인은 푸딩 재료를 섞고 있다가 벽난로에서 쿵쿵 소리를 듣
고는 거의 떨 듯이 놀랐다. 손이 밀가루로 범벅이 된 채 그녀
는 담장으로 뛰어갔다.

"모렐 부인, 당신이 두드렸어요?"

"괜찮으시다면요, 커크 부인."

커크 부인은 자기 집 가마로 올라가 벽을 넘어 모렐 부인네
가마로 내려서서는 그녀에게 달려갔다.

"아, 어때요?" 그녀는 염려하는 목소리로 물었다.

"바우어 부인을 데려다주시겠어요?" 모렐 부인이 말했다.

커크 부인은 마당으로 나가서 크고 날카로운 목소리를 한
층 돋워서 소리를 질렀다.

"애기! 애기!"

그 소리는 보텀스의 한쪽 끝에서 다른 쪽 끝까지 들렸다.
마침내 애기가 달려와 바우어 부인을 데리러 갔고 그동안 커

크 부인은 푸딩을 내버려 둔 채 그녀의 이웃과 함께 있었다.

모렐 부인은 침대에 누웠고 커크 부인이 애니와 윌리엄의 점심을 차려 주었다. 뚱뚱한 바우어 부인은 어기적거리고 다니면서 집안의 주인 노릇을 했다.

"남편 저녁으로 냉육을 잘게 썰어 놓고 사과 푸딩을 만들어 주세요." 모렐 부인이 말했다.

"당신 남편 오늘만큼은 푸딩을 안 먹어도 괜찮아요." 바우어 부인이 말했다.

보통 모렐은 올라올 준비를 갖추고 탄광 바닥에 일착으로 모여드는 사람들에 끼지 않았다. 어떤 사람들은 작업 끝을 알리는 호각이 울리는 4시가 되기도 전에 모여들었다. 그러나 모렐의 빈약한 탄갱은 이 당시 거의 2킬로미터 반이나 떨어져 있었는데 그는 보통 그의 동료가 일을 마칠 때까지 일했고 그 후에야 자신도 끝냈다. 그러나 오늘 그는 몹시 일하기가 싫었다. 2시에 그는 녹색 촛불 빛으로 시계를 보았고 (그는 안전한 곳에서 작업하고 있었기 때문에 안전등이 필요없었다.) 2시 반에 또다시 보았다. 그는 다음 날의 일에 장애가 되는 바위 조각을 잘라 내고 있었다. 그는 쪼그리고 앉거나 무릎을 꿇고 앉아서 '으싸! 으싸!' 하고 소리를 내면서 세차게 곡괭이질을 했다.

"이봐, 그만 끝낼까?" 그의 동료 반장인 바커가 말했다.

"끝낸다고…… 지구가 돌고 있는 한 안 될 말이야!" 모렐은 으르렁거렸다.

그리고 그는 계속 곡괭이질을 했다. 그는 지쳐 있었다.

"정말 지긋지긋한 일이야." 바커가 말했다.

그러나 모렐은 한계점에 이르렀기 때문에 화가 나서 대답도 하지 않았다. 그는 계속해서 온 힘을 다하여 내리치고 깨트렸다.

"월터, 자네 그만하는 것이 좋겠어." 바커가 말했다. "자네가 그렇게 고생하지 않아도 내일 일에는 차질이 없을 거야."

"나는 내일은 이 망할 것에 손도 대지 않겠어, 이스라엘." 모렐이 말했다.

"글쎄, 자네가 하지 않는다면 누군가 다른 사람이 해야겠지." 이스라엘이 말했다.

그러자 모렐은 계속 두들겼다.

"어이, 거기. 끝내라고." 옆 탄갱에서 일하던 사람들이 가면서 소리쳤다.

모렐은 계속 내리쳤다.

"뒤따라오게나." 바커가 가면서 말했다.

그가 가 버리자 모렐은 혼자 남아 화가 치미는 것을 느꼈다. 그는 자기의 일을 아직 끝내지 못했다. 그는 제정신이 아닐 정도로 미친 듯이 일했다. 땀으로 흠뻑 젖어 일어나면서 그는 연장을 내던지고 코트를 입고 촛불을 불어 끄고는 등을 들고 걸어갔다. 큰 통로를 따라서 다른 사람들의 불빛이 흔들리며 지나갔다. 여러 목소리들이 공허하게 울렸다. 그것은 지하에서의 길고 힘든 행진이었다.

그는 탄갱의 바닥에 앉았고 그곳에는 커다란 물방울이 뚝 뚝 떨어지고 있었다. 많은 광부들이 시끄럽게 이야기하면서 올라갈 차례를 기다리고 있었다. 모렐은 짤막하고 퉁명스럽게 대답했다.

"이봐, 비가 오고 있다네." 위에서 소식을 들은 늙은 자일스가 말했다. 모렐에게는 한 가지 위안이 있었다. 그는 등을 보관하는 방에 낡은 우산을 두었는데 그 우산을 좋아했다. 마침내 그가 승강기를 탔고 그는 일순간에 꼭대기로 올라왔다. 그리고 그는 등을 건네주고 경매에서 1실링 6펜스를 주고 샀던 우산을 집었다. 그는 탄광 입구에 흙을 쌓아 놓은 곳의 가장자리에 잠시 서서 둘러보았다. 들판 위로 회색의 비가 내리고 있었다. 화차에는 비에 젖어 빛나는 석탄들로 가득 차 있었다. 화차의 양옆으로 'C. W. & Co.'라고 흰 색으로 쓰인 회사 상호 위로 물이 흘러내렸다. 비에 아랑곳하지 않고 걸어가는 광부들은 선로를 따라 내려가서 들판으로 올라가는 회색의 우울한 군상이었다. 모렐은 우산을 펴 들고 물방울을 흩뿌리는 것이 재미있었다.

베스트우드로 가는 길 내내 비에 젖은 회색의 더러운 광부들은 터벅터벅 걸었지만 그들의 붉은 입술은 활기차게 이야기를 했다. 모렐도 한 무리와 같이 걸었지만 그는 아무 말도 하지 않았다. 그는 길을 걸으며 언짢은 듯이 얼굴을 찡그리고 있었다. 많은 사람들이 '프린스 오브 웨일즈'나 '엘런즈' 같은 술집으로 들어갔다. 모렐은 유혹에 저항할 수 있을 정도로 불쾌한 기분이어서 공원 벽에 드리워져 물을 뚝뚝 떨구고 있는 나무들 아래를 따라서 그리고 내리막길의 그린힐 레인의 진흙을 밟으며 힘들게 걸었다.

모렐 부인은 침대에 누워서 빗소리와 민턴에서 돌아오는 광부들이 걷는 소리, 그들의 목소리, 그리고 그들이 울타리 계단을 넘어 들판으로 갈 때 문이 탕탕 닫히는 소리를 들었다.

"식료품 저장실 문 뒤에 약초로 만든 맥주가 있어요." 그녀가 말했다. "남편이 술집에 들르지 않는다면 마실 것을 찾을 거예요."

그러나 그는 늦었고 그래서 그녀는 비가 오기 때문에 그가 한잔하러 들렀다고 생각했다. '그가 아이나 그녀에 대해 무슨 관심이 있겠어.'

아이들이 태어날 때 그녀는 몹시 산통을 겪었다.

"뭐예요?" 그녀는 죽을 것 같은 고통을 느끼며 물었다.

"아들이에요."

그 말은 그녀에게 위안을 주었다. 자신이 남성의 어머니라는 사실은 그녀의 마음을 따뜻하게 해 주었다. 그녀는 아기를 보았다. 아이는 푸른 눈과 숱이 많은 금발 머리를 가지고 있었고 귀여웠다. 그 모든 것에도 불구하고 그녀의 사랑은 뜨겁게 솟아올랐다. 그녀는 아이를 자기 침대에 뉘었다.

지치고 화가 난 모렐은 아무 생각도 없이 정원 길을 따라 발을 질질 끌며 올라갔다. 그는 우산을 접고 그것을 싱크대에 세웠다. 그러고는 무거운 부츠를 끌고 부엌으로 갔다. 바우어 부인이 문간에 나타났다.

"아이고, 당신 부인은 최악의 상태예요." 그녀가 말했다. "남자아이예요."

그 광부는 끙 소리를 내고는 빈 가방과 양철 병을 찬장에 놓고 식기실로 가서 웃옷을 걸고 나와서 의자에 털썩 주저앉았다.

"마실 것이 있어요?" 그가 물었다.

바우어 부인은 저장실로 갔고 코르크 마개를 따는 소리가 들렸다. 그녀는 모렐 앞의 탁자에 약간 불쾌한 듯이 탁 소리를 내며 컵을 놓았다. 그는 한 모금 마시고 숨을 헐떡이고 스카프의 끝 부분으로 그의 큰 콧수염을 닦고 다시 마시고 숨을 몰아쉬고는 의자에 길게 앉았다. 그녀는 다시는 그에게 말을 하지 않을 작정이었다. 그녀는 그의 저녁 식사를 차려 주고 위층으로 올라갔다.

"남편이에요?" 모렐 부인이 물었다.

"당신 남편에게 저녁을 주었어요." 바우어 부인이 대답했다.

그는 팔을 식탁에 올려놓고 앉아 있다가 (바우어 부인이 식탁에 식탁보를 깔지 않았고 제대로 된 정찬을 차려 주지 않고 약식으로 차려 주었다는 사실에 그는 기분이 나빴다.) 그는 먹기 시작했다. 그의 아내가 아프다든지 자신에게 또 아들이 생겼다는 사실이 그 순간 그에게는 아무런 의미도 없었다. 그는 너무 지쳤고 저녁을 잘 먹고 싶었으며 식탁에 팔을 올려놓고 앉아 있고 싶었고 바우어 부인이 주위에서 왔다 갔다 하는 것이 싫었다. 게다가 불기운은 그의 성에 차지 않게 약했다.

식사를 마친 후 그는 20분간 앉아 있었다. 그러고 나서 그는 불길이 세게 타오르도록 지폈다. 그리고 그는 양말을 신은 채 마지못해 2층으로 올라갔다. 그 순간 그의 아내를 대면하는 것은 노역이었고 그는 지쳐 있었다. 그의 얼굴은 검고 땀으로 얼룩져 있었다. 그의 내의는 다시 마르면서 더러운 얼룩을 흡수하고 있었다. 그는 더러운 모직 스카프를 목에 매고 있었다. 그래서 그는 침대 발치에 섰다.

"자, 당신 어떻소?" 그가 물었다.

"괜찮아질 거예요." 그녀가 대답했다.

"흠!"

그는 다음에 무슨 말을 해야 할지 몰라 서 있었다. 그는 피곤했고 이 성가신 일은 그에게 짜증스러운 것이었으며 자기가 어디 있는지도 확실히 알지 못했다.

"아들이라고 하더군." 그가 말을 다듬었다.

그녀는 침대보를 내려서 아이를 보여 주었다.

"축복이 있기를!" 그가 중얼거렸다. 이 말이 그녀를 웃게 만들었는데 그가 외운 것처럼 축복했기 때문이었다. 그는 그때에 느끼지도 않는 부성애를 가장했다.

"이제 가세요." 그녀가 말했다.

"그럴 거야, 여보." 그가 돌아서면서 대답했다.

가라는 말을 듣자 그는 그녀에게 키스하고 싶었지만 감히 그럴 용기가 없었다. 그녀는 남편이 키스해 주기를 바라는 마음이 절반쯤 있었지만 그런 표시를 할 수는 없었다. 그녀는 그가 희미한 탄광 먼지 냄새를 뒤에 남기고 밖으로 나갔을 때 자유롭게 숨을 쉴 수 있을 뿐이었다.

모렐 부인은 조합교회주의파 목사로부터 매일 방문을 받았다. 히튼 씨는 젊고 아주 가난했다. 그의 아내는 첫 아이를 출산하다가 죽었고 그래서 그는 목사관에서 혼자 살았다. 그는 케임브리지 대학 출신의 문학사였고 수줍음을 많이 탔으며 설교자 타입이 아니었다. 모렐 부인은 그를 좋아했고 그는 그녀에게 의지했다. 그녀가 몸이 괜찮을 때면 그는 몇 시간 동안 그녀에게 이야기를 했다. 그는 아기의 대부가 되었다.

아기의 어머니는 침대에 누워 아이들에 대해 생각했다. 그녀에게는 자기만의 생활이 없었고 청소하고 요리하며 아이를 돌보고 바느질하느라 아침부터 밤까지 바빴기 때문에 그녀는 자신의 삶을 젖혀 놓고 실상 아이들이라는 은행에 맡겨 놓아야 했다. 그녀는 아이들에 대해 생각하고 기대했으며 아이들이 자랐을 때 자신은 아이들의 뒤에서 밀어 주는 원동력으로 남아 있으면서 아이들은 무엇을 하게 될까 환상에 잠겼다. 벌써 윌리엄은 그녀에게 연인과 같았다. 그녀가 때때로 심하게 겪는 신경통을 앓게 되어 창백하고 말이 없이 일을 하면 그가 물었다.

"엄마, 이가 아파요?"

"그래."

"몹시 아파요?"

그녀는 고통스러우면서도 웃었다. 그러나 때때로 그녀가 아기에게 젖을 먹이고 있을 때 고통이 너무 심해서 그녀는 움직일 수도 없었다. 그럴 때면 그녀의 첫 아들은 혼자 앞쪽 방에서 쓰라리게 울곤 했다. 그의 아버지가 그에게 물었다.

"무슨 일이냐, 얘야?"

"엄마 이가 아프대요." 그가 대답했다.

"참!" 모렐 부인은 이 말을 듣고 말하곤 했다. "네가 아픈 것도 아닌데 무엇 때문에 우는 거야, 이 바보?"

그런데 큰아이는 새 아기를 좋아하지 않았다.

"엄마, 아기가 못되게 생겼어요." 그가 말했다.

"왜?" 어머니가 물었다.

"얼굴을 찌푸리잖아요." 윌리엄이 말했다.

그러면 모렐 부인은 재빨리 아기에게 키스했다. 아이는 마치 태어나기 전에 무엇인가가 그의 조그만 의식을 깜짝 놀라게 한 듯이 이마에 특이한 주름살이 있었다. 아기를 볼 때면 모렐 부인은 마음속 어딘가에 통증을 느꼈다. 그러나 아이는 괜찮았다. 종종 그녀는 앉아서 아기에게 동요를 불러 주었다.

"아기가 엄마 노래를 이해하지도 못하는데 왜 노래를 불러 줘요?" 윌리엄이 말했다.

"글쎄, 아이가 소리를 좋아할 거야." 드물게 나타나는 다정한 온기로 그녀의 푸른 눈이 빛을 발하는 가운데 어머니는 아기에게 미소 짓고 그 조그만 손가락들을 입술로 깨물면서 말했다. 윌리엄은 옆에 서서 시근거리고 있었다.

종종 목사는 모렐 부인과 차를 마셨다. 그럴 때면 모렐 부인은 일찍 식탁보를 깔고 연한 녹색 테두리가 있는 가장 좋은 컵을 꺼내고 모렐이 일찍 돌아오지 않기를 바랐다. 실제로 그가 술 한잔하고 온다 하더라도 모렐 부인은 그런 날에는 개의치 않았다. 그녀는 항상 정찬을 두 번 차렸는데 아이들은 정찬을 점심에 먹어야 한다고 그녀가 굳게 믿고 있었고 모렐은 저녁 5시에 정찬을 먹었기 때문이었다. 그래서 모렐 부인이 푸딩 반죽을 치대거나 감자 껍질을 벗기는 동안 히튼 씨는 아이를 안고 그녀를 계속 지켜보면서 그의 다음번 설교에 대해 이야기하곤 했다. 그의 사고는 기묘하고 환상적이었기 때문에 그녀는 그를 적절한 방식으로 지상으로 끌어내렸다. 그것은 가나에서의 결혼식에 관한 논의였다.

"그분이 가나에서 물을 포도주로 바꾸었을 때." 그가 말했다. "그것은 결혼한 부부의 일상 생활이나 심지어는 혈액조차도 이전에는 물과 같이 영감이 없었지만 이제 성령으로 가득 차게 되어 포도주처럼 되었다는 상징입니다. 왜냐하면 사랑이 개입되면 인간의 정신적 조직 자체가 변화되어 성령으로 가득 차고 그의 형태조차 변화되기 때문입니다."

모렐 부인은 혼자 생각했다.

'그래, 불쌍한 이 같으니. 그의 젊은 아내가 죽어서 이제 그의 사랑을 성령으로 바꾸고 있구나.'

"아니에요." 그녀가 소리내서 말했다. "사물을 상징으로 바꾸지 마세요. 이렇게 말하세요. '결혼식이었고 포도주가 떨어졌다. 그러자 손님들에게 접대할 것이 물밖에 없었기 때문에 장인이 애를 먹었다. 당시에는 차나 커피도 없었고 오로지 포도주뿐이었다. 그런데 사람들이 앞에 물컵을 놓고 앉아 있는 것을 그가 어떻게 보겠는가. 주인과 그의 아내는 수치스러웠고 신부는 비참했으며 신랑은 불쾌한 기분이었다. 예수님은 그들이 귓속말을 하고 걱정하고 있는 것을 보았다. 그리고 그분은 그들이 가난하다는 것을 알고 있었다. 그들은 어쩌면 농장의 일꾼들이었을 것이다. 그래서 그분은 생각했다, 참 부끄러운 일이야! ……결혼식을 망쳤으니. 그래서 그분은 가능한

한 빨리 포도주를 만들었다.' 이렇게 말하세요, '포도주는 맥주가 아니다, 맥주처럼 취하게 하지 않는다…… 게다가 동방의 사람들은 결코 취하지 않는다. 맥주가 나쁜 것은 취하게 만들기 때문이다.' 이렇게요."

그 불쌍한 남자는 그녀를 쳐다보았다. 그는 인간의 사랑이 성령의 실존이며 연인들을 신성하고 불멸의 존재로 만든다고 몹시 말하고 싶었다. 모렐 부인은 그가 성경을 사람들에게 현실적인 것으로 느끼도록 만들고 그 자신의 해석을 그 사이에 조금씩 끼워 넣어야 한다고 주장했다. 그들 둘은 대단히 고무되어 있었고 행복했다. 갑자기 윌리엄이 나타났다.

"맙소사!" 모렐 부인이 소리쳤다. "벌써 이렇게 시간이 되었나?"

그녀는 갑자기 주전자를 올려놓고 남편이 일찍 돌아오지 않기를 바라면서 하나 남은 깨끗한 식탁보를 서둘러 깔았다. 윌리엄과 애니는 버터 바른 빵을 한 조각씩 들고 길거리로 놀러 나갔다. 차를 마시면서 먹을 샐러드용 무와 잼, 마멀레이드가 식탁에 놓여 있었다. 모든 것이 깨끗하고 아름답게 보였다. 모렐 부인은 그 성직자의 설교에 대해 그를 놀리기도 하고 그 신사와 함께 앉아 차를 마시면서 행복했다. 그 신사는 그에게 버터 바른 빵을 건네주기도 하고 그녀가 먹기를 기다렸다.

그들이 첫 잔을 반쯤 마셨을 때 탄광용 부츠가 끌리는 소리를 들었다.

"맙소사!" 모렐 부인은 자기도 모르게 소리쳤다.

목사는 좀 겁에 질려 보였다. 모렐이 들어섰다. 그는 기분이 상당히 좋지 않았다. 그는 목사에게 고개를 끄덕여 인사를 했고 목사는 그와 악수하려고 일어섰다.

"아니오." 모렐은 손을 보여 주면서 말했다. "이걸 보시오! 이런 손과 악수하고 싶지 않겠지요? 곡괭이 자루와 삽 먼지가 잔뜩 묻었소."

목사는 당황하여 얼굴을 붉히고 다시 앉았다. 모렐 부인은 일어서서 김이 나는 스튜 냄비를 밖으로 내갔다. 모렐은 웃옷을 벗고 안락의자를 식탁으로 끌어당겨서 털썩 주저앉았다.

"피곤하세요?" 목사가 물었다.

"피곤하냐고요…… 바로 그렇소." 모렐이 대답했다. "당신은 나처럼 피곤한 것이 어떤 건지 모를 거요."

"모릅니다." 목사가 대답했다.

"자, 여기를 보시오." 광부는 내의의 어깨를 보여 주면서 말했다. "지금은 약간 말랐지만 아직도 땀으로 넝마 조각처럼 젖었소. 만져 봐요."

"맙소사!" 모렐 부인이 소리쳤다. "히튼 씨는 당신의 지저분한 옷을 만지고 싶어 하지 않아요."

목사는 조심스럽게 손을 내밀었다.

"그럼. 아마 그럴 거요." 모렐이 말했다. "그렇든 아니든 간에 이 땀이 전부 나에게서 나온 거요. 그리고 매일 똑같이 내 옷은 쥐어 짤 수 있을 정도로 젖는단 말이오. 그런데 당신은 탄광에서 숨통이 막혀 집에 돌아온 사람에게 마실 것도 주지 않는군."

"당신이 맥주를 다 마셔 버린 걸 알잖아요." 모렐 부인은 차를 따라 주면서 말했다.

"그럼 더 없단 말이오?" 그가 목사에게 몸을 돌리며 말했다. "탄광 바닥에서 먼지를 뒤집어쓰고 먼지로 목이 꽉꽉 채워진 사람이 집에 오면 마실 게 필요한 법이죠."

"물론 그렇겠죠." 목사가 말했다.

"그러나 십중팔구 그가 마실 것이 없지요."

"물도 있어요…… 그리고 차도 있고요." 모렐 부인이 말했다.

"물이라…… 목구멍을 청소하려면 물 가지고는 안 돼요."

그는 컵에 차를 가득 부어서 입김을 불어 식히고 크고 검은 수염 사이로 그것을 들이킨 다음 한숨을 내쉬었다. 그러고 나서 그는 또다시 차를 가득 붓고 탁자 위에 컵을 놓았다.

"식탁보 좀 봐요!" 모렐 부인은 컵을 접시 위에 놓으며 소리쳤다.

"나처럼 집에 돌아오는 사람은 너무 피곤해서 식탁보 따위에 신경을 쓸 수가 없소." 모렐이 말했다.

"안됐군요!" 그의 아내가 비꼬듯이 말했다.

방은 고기와 야채, 그리고 탄광 작업복의 냄새로 가득했다.

그는 검은 얼굴에 입술은 대단히 붉은 채 큰 수염을 앞으로 내밀고 목사에게 몸을 굽혔다.

"히튼 씨." 그가 말했다. "하루 종일 검은 구멍 속에 내려가 저 벽보다도 더 단단한 석탄 채벽을 끊임없이 파내던 사람은……."

"그렇다고 한탄할 필요는 없어요." 모렐 부인이 끼어들었다.

"그럴 필요가 없다고…… 아, 그럴 필요가 없다고! 당신이 듣고 싶어 하지 않는다는 건 알고 있소." 그리고 그는 그녀로부터 몸을 돌려 다시 목사를 보았다. "아주 지쳐서 집에 돌아오기 때문에 무얼 해야 좋을지 모르지요." 그는 자기 앞에 차려진 저녁 식사를 보았다. "그래요, 너무 피곤해서 저녁을 먹을 수도 없지요. 정말이오." 그러면서 그는 석탄 먼지로 검게 얼룩진 그의 팔을 흰 식탁보 위에 올려놓았다.

"무슨 짓이에요, 이건 깨끗한 식탁보예요." 자기도 모르게 모렐 부인이 소리쳤다. 그것이 유일하게 깨끗한 식탁보였다.

"내가 개처럼 마당에서 밥을 먹으란 말이오?" 그가 소리 질렀다.

"마당에 대한 얘기는 없었어요." 그의 아내가 냉정하게 말했다.

그는 팔을 여전히 식탁보 위에 올려놓고 있었다.

"사람이 하루 종일 단단한 바위에 곡괭이질을 하다 보면, 히튼 씨, 팔이 너무 아파서 팔을 어떻게 해야 좋을지 모르게 되지요."

"이해할 수 있습니다." 목사가 말했다.

그 광부는 그에게 일종의 낯선 짐승과 같았다.

"의자에 팔걸이가 있잖아요." 모렐 부인이 말했다.

"당신은 꼭 끼어들어서 훼방을 놔야겠소!" 그녀의 남편이 말했다.

그녀는 자기도 노예처럼 혹사당하며 일하고 있다는 말을 구차스러워서 하지 않았다. 그는 칼로 음식을 집어서 게걸스럽게 소리 내어 먹었다. 그것이 그녀를 섬뜩하게 만들었다. 그는 다른 사람의 감정은 전혀 개의치 않았다. 잠시 후 그는 칼을 내려놓았다.

"히튼 씨, 머리 아픈 데 어떤 게 좋을까요?" 그가 말했다.

"털갈매나무의⋯⋯." 목사는 머뭇거리며 말했다.

"그이에게 맥주를 덜 마시고 간장을 쉬도록 하라고 말하세요." 모렐 부인이 말했다.

"맥주를 덜 마시라고!" 모렐이 따라했다. "오! 오! 그래, 모든 게 다 맥주 탓이오! 우연히 맥주 한 잔 마시게 되면, 히튼 씨, 그 얘기를 끊임없이 듣게 됩니다."

"한 잔만 마신다니 다행이네요." 모렐 부인이 말했다.

그녀는 남편을 미워했다. 그는 들어주는 사람이 한 명이라도 있으면 동정을 받기 위한 푸념과 연극을 일삼았다. 아기를 돌보며 앉아 있던 윌리엄은 거짓 감정에 대한 소년의 증오심과 자기 어머니를 무식하게 대하기 때문에 아버지를 미워했다. 애니는 아버지를 좋아한 적이 없었고 그저 피해 다닐 뿐이었다.

목사가 돌아가고 난 후 그녀는 식탁보를 보았다.

"엉망으로 만들었군요!" 그녀가 말했다.

"당신이 목사하고 차를 마시고 있다고 해서 내가 팔을 떨어뜨리고 앉아 있을 거라고 생각하오?" 그가 고함을 질렀다.

그들은 둘 다 화가 났지만 그녀는 아무 말도 하지 않았다. 아기가 울기 시작했고 모렐 부인이 난로에서 스튜 냄비를 집다가 우연히 애니의 머리를 치게 되자 애니도 흐느껴 울기 시작했고 모렐은 애니에게 소리를 질러 댔다. 이런 수라장 속에서 윌리엄은 벽난로 위에 걸린 유리를 끼운 큰 액자를 올려다 보면서 분명한 목소리로 읽었다.

"신이여, 우리 가정을 축복하소서."

그 말에 모렐 부인은 아기를 달래려고 하다가 벌떡 일어나 윌리엄에게 달려가 그의 귀싸대기를 갈기며 말했다.

"네가 왜 끼어드는 거야?"

그러고 나서 그녀는 앉아서 눈물이 뺨에 흘러내리도록 웃었고 윌리엄은 앉아 있던 의자를 발로 차고 모렐은 으르렁거렸다.

"도대체 웃을 일이 뭐가 있는지 모르겠군."

모렐 부인이 남편의 권위를 파괴하게 된 것은 이때쯤이었다. 지금까지 그녀는 너무나 외로웠기 때문에 남편에게서 떨어져 나올 수가 없었다. 그러나 윌리엄이 자라고 있었고 그의 어린 영혼은 온전히 그 어머니의 것이었다. 애니도 역시 자기 아버지에게 적대적이었다. 그리고 마지막으로 이 막내 아기가 있었다. 모렐 부인은 아기가 태어나기 전 해에 남편을 미워했었다. 그들은 가난했고 모렐은 인색하게 굴었다. 그는 한 무리의 친구들과 어울렸는데 그중 한 명이 제리였고 그는 남자가 일을 하니까 번 돈을 가지고 자기가 즐겨야 한다고 주장했다. 그들은 아내가 처한 굴종 상태의 다양한 정도에 대해 논의했다. 모렐은 자기 아내가 충분히 굴복하고 있지 않다고 느꼈다. 제리가 '어떤 여편네의 지배도 참지 마라. 도대체 남자가 무엇 때문에 남자야?'라고 그에게 말한 어느 날 저녁 그는 제리의 말에 자극을 받고 아내에게 소리쳤다.

'내 발 소리만 듣고도 벌벌 떨게 해 주겠소.'

그것은 그녀의 인생에서 역사적인 구절이었다. 그녀는 그 말에 기분이 좋아지고 명랑해질 때까지 계속 앉아서 웃었다. 그는 분노와 치욕감으로 터질 듯이 느끼며 서 있었다. 그리고 그녀에게 가능한 한 돈을 적게 주고 술을 많이 마시고 여자들에 대한 그의 생각과 그 자신을 야만적으로 만든 사람들과 어울림으로써 그녀에게 보복했다. 그래서 그녀는 그가 아이들이 누려야 할 것을 빼앗아 감으로써 아이들의 삶에서 자신의 쾌락을 끌어내고 있다고 생각했고 따라서 남편에 대항하여 아이들 편에 헌신하게 되었다.

어느 날 저녁 목사가 방문한 직후 그녀는 더 이상 남편의 과시를 참을 수 없다고 느끼면서 애니와 아기를 데리고 밖으로 나갔다. 모렐은 윌리엄을 발로 찼고 그녀는 남편을 도저히 용서할 수 없었다.

그녀는 양들의 다리를 지나 목초지의 한 구석을 가로질러 크리켓 구장으로 갔다. 풀밭은 멀리서 물방아의 물줄기가 속삭이듯이 들리는, 무르익은 저녁빛이 펼쳐진 거대한 공간과 같았다. 그녀는 크리켓 구장의 오리나무 밑의 의자에 앉아 저녁해를 바라보았다. 그녀 앞에 빛으로 충만한 바다의 침상과 같이 고르고 단단한, 넓은 녹색의 크리켓 구장이 펼쳐져 있었다. 아이들은 간이천막의 푸르스름한 그늘에서 놀고 있었다. 높은 곳에서 띠까마귀들이 까악까악 울면서 부드럽게 엮어진 하늘을 가로질러 둥지로 돌아가고 있었다. 까마귀들은 긴 곡선을 그리며 황금빛 속으로 하강했고 천천히 움직이는 소용돌이에 휩싸인 검은 파편들처럼 빙빙 돌면서 풀밭의 검은 점처럼 모여 있는 나무들 위로 울음소리를 내며 모여들었다.

신사들 몇 명이 크리켓을 연습하고 있었고 공 치는 소리가 들려왔다. 남자들의 목소리가 갑자기 그녀를 일깨워서 그녀는 벌써 땅거미가 피어나는 녹색 들판 위에서 말없이 움직이는 남자들의 흰 형체를 볼 수 있었다. 멀리 떨어진 농장의 건초 더미의 한쪽은 불 붙듯이 환하게 타고 있고 다른 쪽은 회청색으로 어두웠다. 곡식 단을 실은 수레가 녹아내리는 듯한 황금빛 노을을 가로질러 조그맣게 흔들리며 지나갔다.

해가 지고 있었다. 구름이 끼지 않은 저녁이면 더비셔의 언덕들은 붉은 석양으로 활활 타올랐다. 반짝이는 하늘에서 태양이 가라앉으면서 그 너머로 부드러운 푸른색을 남기고 그 사이 서쪽 하늘은 모든 불꽃이 헤엄쳐 몰려들 듯이 붉게 타오르며 그 뒤에 종 모양의 하늘은 한 점 티 없이 푸른색으로 덮이는 것을 모렐 부인은 바라보았다. 들판을 가로질러 마가목의 열매가 잠시 불타오르듯이 어두운 이파리에서 두드러지게 돋보였다. 추수를 끝낸 땅의 한쪽 구석에 쌓아올린 밀단이 마치 살아 있듯이 우뚝 서 있었다. 그녀는 그것들이 고개를 숙이는 것처럼 느껴졌다. 어쩌면 그녀의 아들은 요셉과 같은 인물이 될지도 모른다. 동쪽 하늘은 서쪽의 진홍빛 석양을 반사하여 분홍색 빛이 흐르고 있었다. 번쩍이는 빛을 받고 있는 언덕 쪽의 큰 건초 더미가 차갑게 식어 갔다.

모렐 부인에게 이러한 순간은 자질구레한 조바심이 사라지고 사물의 아름다움이 돋보이는 정적의 순간이었고 그녀는 스스로를 돌아볼 수 있는 평안함과 힘을 얻었다. 때때로 제비 한 마리가 그녀 가까이 날아왔다. 때로 애니는 한 줌 가득 오리나무 열매를 들고 왔다. 아기는 손으로 빛을 잡으려고 애를 쓰며 어머니의 무릎에서 쉴 새 없이 움직였다.

모렐 부인은 그를 내려다보았다. 그녀는 남편에 대한 감정 때문에 이 아기가 마치 재앙과도 같다는 두려움을 느꼈다. 그리고 지금 그녀는 이 아기에 대해 불가사의한 감정이 들었다. 그녀의 마음은 마치 아기가 건강하지 않다거나 기형이기라도 한 것처럼 아기 때문에 무거웠다. 그러나 아기는 상당히 건강하게 보였다. 그러나 아기는 고통스러운 무엇을 이해하려고 애쓰는 듯이 특이하게 이마를 찡그리고 기묘하게 침울한 눈빛을 지니고 있었다. 그녀는 아이의 어둡고 생각에 잠긴 듯한 눈을 볼 때마다 가슴에 무거운 짐이 얹혀진 듯했다.

"아이가 무엇인가를 생각하는 것처럼 보이네요…… 상당히 슬픈 것을 말이에요." 커크 부인이 말한 적이 있었다.

그 아이를 쳐다보면서 갑자기 어머니 가슴의 답답한 느낌은 강렬한 슬픔으로 서서히 바뀌었다. 그녀는 아기 위로 몸을 굽혔고 눈물 몇 방울이 그녀의 가슴속 깊은 곳에서 빠르게 흘러나왔다. 아이는 손가락을 들어 올렸다.

"내 어린 양!" 그녀는 부드럽게 속삭였다.

그리고 그 순간 그녀는 자기 영혼의 깊은 내면에서 자신과 남편에게 죄가 있다고 느꼈다.

아기는 어머니를 올려다보고 있었다. 아기의 눈은 어머니와 마찬가지로 푸른색이었지만 그 표정은 자기 영혼의 어느 부분에 충격을 준 그 무엇을 인식하고 있는 듯이 무겁고 확고했다.

그녀의 팔에 그 연약한 아기가 안겨 있었다. 그 깊고 푸른 눈은 깜빡이지 않고 항상 그녀를 올려다보면서 그녀 내면의 생각을 이끌어 내는 것 같았다. 그녀는 남편을 더 이상 사랑하지 않았다. 그녀는 이 아이가 태어나기를 바라지 않았지만 아기는 이제 그녀의 팔에 안겨서 그녀의 심장을 끌어당기고 있었다. 그녀는 그 연약한 작은 몸을 그녀의 몸과 이어 주었던 탯줄이 아직도 끊어지지 않은 것처럼 느꼈다. 뜨거운 사랑의 물결이 그녀에게서 아이에게로 흘러갔다. 그녀는 아이를 자기 얼굴과 가슴에 바짝 당겨 안았다. 사랑받지 못하고 이 세상에 태어나게 한 것에 대해서 그녀는 자기의 모든 힘과 영혼을 바쳐서 보상할 생각이었다. 이제 아기가 여기 존재하고 있으므로 그녀는 아기를 더욱더 사랑으로 감싸 줄 생각이었다. 아기의 투명하고 무엇인가를 아는 듯한 눈은 그녀에게 고통과 불안감을 주었다. 아기가 그녀에 대해 모든 것을 알고 있을까? 아기가 그녀의 심장 아래 누워 있었을 때 모든 것을 다 듣고 있었을까? 아기의 표정에 비난하는 듯한 기색이 있는 것일까? 그녀는 두려움과 고통으로 골수가 녹아내리는 듯했다.

그녀는 건너편 언덕 능선을 태양이 붉게 물들이고 있는 것을 다시 한번 보게 되었다. 그러고는 갑자기 아기를 쳐들었다.

"저것 봐! 예쁜 아가야, 저것 좀 봐!"

그녀는 거의 안도감을 느끼며 아기를 진홍빛의 고동치는 태양을 향해 쳐들었다. 그녀는 아기가 작은 주먹을 들어올리는 것을 보았다. 그러고 나서 그녀는 아기가 태어난 곳으로 다시 돌려보내고 싶은 충동을 느낀 것을 부끄러워하면서 아기를 다시 가슴에 안았다.

'아기가 계속 살아남는다면 이 아이가 어떻게 될까…… 무엇이 될까?' 그녀는 혼자 생각했다.

그녀의 마음은 걱정으로 가득 찼다.

'아이를 '폴'이라고 부르겠어.' 그녀는 자신도 이유를 알 수 없이 갑자기 말했다.

잠시 후 그녀는 집으로 갔다. 미세한 그늘이 암녹색의 풀밭에 드리워져 모든 것을 어둡게 만들었다.

그녀가 예상했던 대로 집은 비어 있었다. 모렐은 10시에 집에 돌아왔고 그날은 최소한 평화롭게 마감했다.

월터 모렐은 당시 상당히 화를 잘 냈다. 그는 일로 기진맥진했다. 그는 집에 돌아와서 누구에게도 상냥하게 말하지 않았다. 불이 활활 피고 있지 않으면 짜증을 내며 다른 사람을 들볶았고 저녁 식사에 대해서도 투덜거렸으며 아이들이 지껄이고 있으면 아이들에게 소리를 질러서 애들 어머니의 피를 끓어오르게 하고 아이들이 그를 미워하도록 만들었다.

"애들 머리가 떨어져 나가도록 그렇게 소리지를 필요는 없잖아요. 우리들 중에 귀머거리는 없어요." 모렐 부인이 말하곤 했다.

"이 녀석들, 단단히 혼내 주겠어." 그는 소리를 질렀다.

그가 식기실에서 몸을 씻고 있는 동안 누군가 집으로 들어오거나 집에서 나가기라도 하면 그는 '문 닫아!'라고 소리질렀는데 그 소리를 보텀스의 아랫동네에서도 들을 수 있었다.

"안됐군! 불쌍한 약해 빠진 양반!" 모렐 부인이 조용히 말했다.

"누구 때문에라도 내 옆구리에 바람이 들어와 갈비뼈가 시리도록 하지는 않겠어!" 그는 소리를 지르곤 했다. 그는 화가 날 때마다 소리를 질렀다.

"맙소사, 여보, 당신이 집에 있는 동안에는 잠시도 평화로운 때가 없군요." 그녀가 마침내 말했다.

"그래, 나도 알아. 내가 당신에게 보이지 않을 때까지 당신이 편치 않아한다는 것을 알고 있어."

"맞아요." 그녀는 조용히 중얼거렸다.

"오, 난 알고 있소…… 당신이 무슨 불평이 있는지 알고 있소. 당신은 내가 탄광 속에 들어가 있고 당신 앞에 없어야 만족하지. 사람들이 날 거기다가 당나귀처럼 가두어 두어야 하는데 말이야."

"맞아요." 그녀는 입을 굳게 다물고 몸을 돌리면서 작은 목소리로 다시 말했다.

그는 몹시 화가 나서 머리를 앞으로 내밀고 서둘러 집 밖으로 나가 버렸다.

"망할 계집을 단단히 혼내 주어야지." 자기 아내를 계집이라 부르며 그는 혼자 중얼거렸다.

그는 11시까지 돌아오지 않았다. 아기는 몸이 좋지 않아 끊임없이 보채고 내려놓기만 하면 울었다. 모렐 부인은 죽을 정도로 피곤하고 아직도 몸이 회복되지 않아 거의 정신을 차릴 수 없었다.

'그 성가신 사람이라도 돌아왔으면 좋겠는데.' 그녀는 지쳐서 중얼거렸다.

아기는 마침내 그녀의 팔에 안겨 잠이 들었다. 그녀는 너무 피곤해서 아이를 요람으로 옮길 수도 없었다.

'하지만 남편이 몇 시에 돌아오든지 아무 말도 안 할 거야. 말을 해 봐야 화만 나니까 아무 말도 안 할 거야.' 그녀는 혼자 중얼거렸다. 그러나 그녀는 자신을 믿을 수가 없었다. 계속해서 그녀는 같은 말을 반복하면서 자신을 억제하겠다고 결심했지만 갑작스레 그녀의 분노가 터져 나왔다. 그녀는 피로에 지쳐 혐오감을 느끼며 그가 집에 돌아올 때 그를 보지 않기를 바랐다. 그녀가 먼저 잠자리에 들지 않고 남편이 마음 내킬 때 방에 들어오지 않게 하는 이유…… 어떤 여자라도 그 이유를 알 것이다.

'남편이 어떤 일이라도 하면 내 피가 거꾸로 솟을 거야.' 그녀는 애처롭게 중얼거렸다.

그녀는 남편이 돌아오는 소리를 듣고는 마치 그것이 견딜 수 없는 것인 양 한숨을 쉬었다. 그는 복수를 할 생각으로 거의 만취되어 있었다. 그녀는 그가 들어설 때 그를 보지 않을 생각으로 아이 위로 고개를 숙이고 있었다. 그러나 그가 비틀거리고 지나가면서 찬장에 부딪쳐서 양철 그릇들이 딸가닥 소리를 내고 그는 몸을 지탱하려고 찬장 서랍에 달린 흰 도기 손잡이를 움켜쥐었을 때 그녀의 몸에 번쩍 뜨거운 불길이 타올랐다. 그는 모자와 코트를 걸고 다시 돌아와 아기 위에 몸을 굽히고 앉아 있는 아내에게서 조금 떨어진 곳에서 그녀를 노려보며 서 있었다.

"집안에 먹을 거라곤 아무것도 없소?" 그는 마치 하인에게 말하듯이 무례하게 물었다. 그가 술이 취해서 어느 단계가 되면 그는 도시 사람들의 거드럭거리고 발음을 생략하는 말투를 흉내 냈다. 모렐 부인은 이런 상태일 때 그를 가장 싫어했다.

"집안에 뭐가 있는지 알잖아요." 그녀는 아주 냉정하게 말해서 거의 감정이 없는 듯이 들렸다.

그는 서 있는 상태로 전혀 움직이지 않고 그녀를 노려보았다.

"나는 예의 바르게 물었고 예의 바른 대답을 기대하오." 그가 가장하는 태도로 말했다.

"그렇게 대답했어요." 그녀는 여전히 그를 무시하며 말했다.

그는 다시 무섭게 노려보았다. 그리고 불안정하게 앞으로 나아갔다. 그는 한손으로 탁자에 기대며 다른 손으로 빵 칼을 꺼내려고 탁자의 서랍을 홱 잡아당겼다. 그가 옆으로 당겼기 때문에 서랍이 끼었다. 그는 화가 나서 서랍을 잡아당겼고 서랍은 몽땅 떨어져 나와 스푼이며 포크, 칼 같은 금속 기구들이 벽돌 바닥에 시끄러운 소리를 내면서 부딪치고 튀었다. 아기가 깜짝 놀라 잠깐 경련을 일으켰다.

"뭐 하는 거예요? 서투른 술주정뱅이 바보 같으니." 아기 엄마가 소리쳤다.

"그러면 당신이 직접 차려 줬어야지. 당신도 다른 여자들이 하듯이 일어나 남편 시중을 들어야 해."

"당신 시중을 들라고요…… 당신한테!" 그녀가 소리를 질렀다. "그래, 알겠어요."

"그래, 당신한테 무엇을 해야 할지 가르쳐 주겠어. 내 시중을 들라고, 그래 내 시중을 들게 될 거야……."

"절대 안 해요, 주인어른. 차라리 문간의 개 시중을 들겠어요."

"뭐…… 뭐라고?"

그는 서랍을 끼우려고 하고 있었다. 그녀의 마지막 말에 그는 몸을 돌렸다. 그의 얼굴은 진홍빛이었고 그의 눈은 충혈되어 있었다. 그는 협박하듯이 조용히 1초 동안 그녀를 바라보았다.

"푸!" 그녀는 경멸하듯이 재빨리 자리를 떴다.

그는 흥분하여 서랍을 잡아채었다. 서랍이 빠져 떨어지면서 그의 정강이에 심하게 부딪쳤고 반사적으로 그는 서랍을 아내에게 던졌다.

그 얕은 서랍의 한 귀퉁이가 그녀의 이마를 스치고 벽난로에 가 부딪쳤다. 그녀의 몸이 흔들렸고 정신이 아찔하여 그녀는 거의 의자에서 떨어질 뻔했다. 그녀의 영혼 깊은 곳까지 그녀는 혐오스러움을 느꼈고 아기를 가슴에 꼭 안았다. 얼마 시간이 지났다. 그러고 나서 그녀는 애써 정신을 차렸다. 아기는 애처롭게 울고 있었다. 그녀의 왼쪽 이마에서 피가 상당히 흐르고 있었다. 머리가 빙빙 도는 것을 느끼며 그녀가 아기를 내려다보았을 때 핏방울들이 아기의 하얀 숄에 스며들었다. 그러나 최소한 아기는 다치지 않았다. 그녀가 평형을 유지하려고 머리를 들자 피는 그녀의 눈으로 흘러갔다.

월터 모렐은 자기가 서 있던 대로 한손으로 식탁에 기대고 멍한 얼굴로 서 있었다. 몸의 균형을 충분히 유지할 수 있게 되었을 때 그는 방을 가로질러 그녀에게 갔고 몸을 흔들흔들 하며 거의 그녀가 떨어질 정도로 그녀가 앉은 흔들의자의 등 받이를 잡아 기울였다. 그러고는 그녀에게 얼굴을 굽히고 휘 청거리면서 놀랍고 염려하는 목소리로 말했다.

"당신 맞았소?"

그는 아기 몸 위로 넘어질 것처럼 다시 몸을 흔들었다. 이 대재난으로 그는 균형 감각을 모두 잃어버렸다.

"저리 가요!" 그녀는 제정신을 차리려고 애쓰면서 말했다.

그는 딸꾹질을 했다. "어디…… 어디 한번 봅시다." 그는 다 시 딸꾹질하며 말했다.

"저리 가요." 그녀는 소리쳤다.

"어디…… 어디 한번 보게 해 줘, 여보"

그녀는 그의 술 냄새를 맡았고 흔들의자 등받이를 잡고 있 는 손이 흔들리며 불규칙하게 잡아당기는 것을 느꼈다.

"저리 가요." 그녀는 말하면서 힘없이 그를 밀었다.

그는 균형을 잡지 못하고 그녀를 바라보며 서 있었다.

그녀는 모든 힘을 그러모아 한 팔로 아기를 안고 일어섰다. 비정하기까지 한 의지의 노력으로 그녀는 몽유병 환자처럼 움 직이면서 방을 가로질러 식기실에서 잠깐 찬물로 눈을 닦았 다. 그러나 그녀는 너무 어지러웠다. 기절하게 될까 봐 두려워 서 그녀는 흔들의자로 돌아왔고 그녀의 사지는 모두 떨리고 있었다. 본능적으로 그녀는 아기를 꼭 끌어안았다.

모렐은 얼떨떨한 상태로 서랍을 제자리에 끼워 넣었고 무릎을 꿇고는 흩어진 숟가락들을 마비된 손으로 그러모으고 있었다.

그녀의 이마는 아직도 피를 흘리고 있었다. 곧 모렐이 일어나 다가와서 그의 목을 길게 빼고 그녀를 보았다.

"도대체 어떻게 된 일이오, 여보?" 그는 아주 비참하고 초라한 목소리로 물었다.

"어떻게 된 일인지 보면 알잖아요." 그녀는 대답했다.

그는 무릎 바로 위를 손으로 잡고 몸을 지탱한 채 몸을 앞으로 굽히고 서 있었다. 그는 뚫어지게 상처를 쳐다보았다. 그녀는 턱수염이 무성한 그의 얼굴이 앞으로 다가오는 것을 피해서 가능한 한 멀리 그녀의 얼굴을 돌렸다. 입을 굳게 다물고 돌처럼 차갑고 무감각한 그녀를 쳐다보면서 그는 무기력함과 절망감을 느끼며 넌더리가 났다. 비참한 기분으로 얼굴을 돌리려고 할 때 그는 고개 돌린 얼굴의 상처에서 피 한 방울이 아기의 연약하고 반짝이는 머리카락 위로 떨어지는 것을 보았다. 그것에 매료되어 그는 그 무겁고 검붉은 핏방울이 반짝이는 머리카락에 매달려 있다가 그 섬세한 머리카락을 끌어내리는 것을 보았다. 또 한 방울이 떨어졌다. 그것은 머리통으로 곧장 스며들어 갔다. 그는 매료되어 바라보면서 그것이 스며드는 것을 만져 보았다. 그러는 가운데 급기야 그의 남자다운 호기는 사라졌다.

"이 아이는 어떻게 하지요?" 그녀가 남편에게 말한 것은 이

것이 전부였다. 그러나 그녀의 나지막하고 강렬한 목소리가 그의 고개를 더욱 숙이도록 만들었다. 그녀의 태도가 조금 부드러워졌다.

"중간 서랍에서 솜을 가져다주세요." 그녀가 말했다.

그는 대단히 순종적으로 비틀거리며 찬장으로 가서 곧 솜을 가지고 왔고 그녀는 아이를 무릎에 앉힌 채 그것을 불에 그슬려서 자기 이마에 대었다.

"이제 깨끗한 작업용 스카프를 가져다주세요."

또다시 그는 서랍을 더듬거리며 뒤졌고 붉은색의 좁다란 스카프를 가지고 왔다. 그녀는 그것을 받아서 떨리는 손으로 그것을 머리 뒤로 묶으려고 했다.

"내가 그걸 묶어 주겠소." 그가 겸손한 어투로 말했다.

"내가 할 수 있어요." 그녀가 대답했다.

그것이 끝나자 그녀는 남편에게 불을 지피고 문을 잠그라고 말한 다음 2층으로 올라갔다.

아침에 모렐 부인이 말했다.

"촛불이 꺼져서 깜깜한데 부지깽이를 찾다가 그만 석탄 창고의 빗장에 넘어졌어." 그녀의 두 어린아이들은 놀란 눈을 크게 뜨고 그녀를 올려다보았다. 그들은 아무 말도 하지 않았지만 아이들의 벌어진 입은 그들이 무의식적으로 느끼는 비극을 드러내는 듯했다.

월터 모렐은 다음 날 침대에 누워 거의 점심 시간까지 일어나지 않았다. 그는 전날 밤의 사건에 대해서 생각하지 않았다. 그는 어떤 것에 대해서도 거의 생각하지 않았지만 그 사건에 대해서는 생각하지 않으려고 했다. 그는 골난 개처럼 누워서 끙끙거렸다. 가장 상처를 입은 사람은 자신이었다. 그는 아내에게 한마디 말도 하지 않고 또 자신의 슬픔을 표현하지 않으려고 했기 때문에 더욱 큰 상처를 입었다. 그는 그럭저럭 그 사건에서 벗어나려고 애썼다.

'전부 다 여편네 잘못이야.'라고 그는 중얼거렸다. 그러나 그의 내면적 의식이 그에게 벌을 가하는 것은 막을 수 없었고 그것은 그의 정신을 녹처럼 부식시켰으며 그는 술을 마셔야만 그 고통을 완화시킬 수 있었다.

그는 자발적으로 일어나 말 한마디라도 하거나 움직일 수 있는 기운도 없고 다만 개처럼 누워 있을 수밖에 없다고 느꼈다. 게다가 머리에 심한 통증이 있었다. 토요일이었다. 정오쯤에 일어나 식품 저장실에서 빵을 잘라 고개를 숙인 채 먹고는 부츠를 신고 나가서 3시쯤 돌아왔는데 약간 비틀거리면서 마음이 풀어진 상태로 곧장 침대로 갔다. 저녁 6시에 다시 일어나 차를 마시고 곧바로 나갔다.

일요일도 마찬가지였다. 정오까지는 누워 있고 2시 반까지는 '파머스턴 암즈'에 있다가 저녁을 먹고 잠자리에 들었고 거의 한마디도 말하지 않았다. 모렐 부인이 4시경에 외출복을 갈아입으려고 위층에 갔을 때 그는 잠에 취해 있었다. 그가 한 번이라도 '여보, 미안해.'라고 말했으면 그녀는 남편에 대해 안쓰럽게 느꼈을 것이다. 그러나 그는 결코 그 말을 하지 않았고 전부 아내의 잘못이라고 스스로에게 되풀이했다. 그래서 그녀는 그를 그냥 내버려 두었다. 그들의 격렬한 감정은 이러한 막다른 교착 상태에 빠졌고 그녀가 더 강자였다.

식구들이 모여 차를 마시기 시작했다. 일요일은 모두 함께 앉아 식사를 같이 하는 유일한 날이었다.

"아버지가 일어나시지 않을까요?" 윌리엄이 물었다.

"누워 계시게 그냥 두자." 어머니가 대답했다.

온 집안에 비참한 감정이 감돌았다. 아이들은 유독한 공기를 들이마셨고 황량한 기분이었다. 아이들은 수심에 잠겨 무엇을 해야 할지 모르고 어떤 놀이를 할지도 몰랐다.

모렐은 깨자마자 곧장 침대에서 나왔다. 그것은 평생 지속된 그의 습관이었다. 그는 활동적인 사람이었다. 침대에 엎드려 활동을 하지 못한 지난 이틀간의 아침이 그를 질식시키고 있었다.

그는 거의 6시가 되어 내려왔다. 그의 주춤하고 예민해졌던 태도가 다시 무감각해져서 이번에 그는 주저하지 않고 들어왔다. 그는 가족이 어떻게 생각하고 느끼든 더 이상 신경 쓰지 않았다.

식탁 위에는 차 그릇들이 있었다. 윌리엄은 잡지 《아이들만의 세상》을 크게 읽고 있었고 애니는 그것을 들으면서 끊임없이 '왜?'를 연발하고 있었다. 두 아이는 아버지가 양말 신은 발로 쿵쿵거리면서 가까이 오는 소리를 듣자 숨을 죽였고 그가 들어섰을 때 몸을 사렸다. 그러나 대체로 그는 아이들에게 관대한 아버지였다.

모렐은 혼자서 야만적으로 음식을 먹었다. 그는 필요 이상으로 시끄럽게 먹고 마셨다. 아무도 그에게 말을 걸지 않았다.

가족 생활은 그가 끼어들자 중단되고 움츠러들었으며 죽은 듯이 잠잠해졌다. 그러나 그는 더 이상 자신의 소외에 대해 신경 쓰지 않았다.

차를 다 마시자마자 그는 밖으로 나가려고 신속하게 일어났다. 모렐 부인에게 가장 넌더리나는 것은 밖으로 나가려는 이 신속함, 서두름이었다. 그가 차가운 물에 머리를 신나게 흠뻑 담그는 소리를 들을 때, 그가 머리를 적시면서 쇠빗으로 대야의 옆을 열심히 긁는 것을 들을 때면 그녀는 혐오스러워서 눈을 감았다. 몸을 굽히고 신발 끈을 묶는 그의 동작에는 말 없이 지켜보는 다른 가족들과 그를 분리시키는 어떤 천박한 활기가 있었다. 그는 언제나 자신과의 전투에서 달아났다. 심지어 자기 마음의 내밀한 곳에서도 그는 '만약 그녀가 이러저러한 말을 하지 않았더라면 그 사건은 일어나지 않았을 거야. 당할 만한 일을 한 거야.'라고 말하며 스스로를 변명했다. 아이들은 그가 나갈 준비를 하는 동안 침묵하며 기다렸다. 그가 나가고 나면 그들은 안도의 한숨을 쉬었다.

등뒤로 문을 닫고 나면 그는 즐거웠다. 비 오는 저녁이었다. 파머스턴은 더욱 포근할 것이다. 그는 기대에 차서 서둘러 갔다. 보텀스의 모든 슬레이트 지붕들은 비에 젖어 검은색으로 빛났다. 석탄 먼지로 언제나 검은 길은 거무스레한 진흙으로 덮여 있었다. 그는 서둘러 길을 따라갔다. 파머스턴의 창문에는 김이 서려 있었다. 통로는 젖은 신발들로 질벅거렸다. 공기는 비록 더럽기는 하지만 따뜻했고 여기저기서 들려오는 목소리와 맥주 냄새, 담배 냄새로 가득했다.

"월터, 자넨 뭘 마실 건가?" 모렐이 문간에 들어서자마자 어떤 목소리가 크게 들렸다.

"오, 짐, 자네, 자네는 어디서 나타났나?"

남자들은 그의 자리를 만들어주었고 그를 따뜻하게 맞이했다. 그는 즐거웠다. 일이 분 지나자 그들은 그의 책임감이나 수치심, 고통을 모두 녹여 버렸고 그는 아주 가벼운 마음으로 즐거운 밤을 보낼 수 있었다.

그러나 다음 날 저녁 그가 뜰에 있는 문에 쭈그리고 앉아 담배를 피우면서 길 건너편의 광부들을 부르기도 하고 탄광에서 돌아와 아직 세수도 하지 않고 축구를 하는 젊은이들을 바라보고 있을 때 커크 부인이 마당으로 나왔다.

"안녕하세요, 부인!" 모렐은 그의 당당하고 씩씩한 말투로 말했다.

"좋아 보이는군요." 커크 부인이 말했다.

"아니, 뭐 잘못된 일이 있나요?" 모렐이 물었다.

"당신 부인의 이마가 그렇게 찢어졌잖아요." 커크 부인이 말했다.

"네, 아주 위험한 사고였지요." 모렐은 아내가 이웃에게 사실을 말하지 않는 것을 다행스러워하면서 말했다.

"당신 부인이 어떻게 그런 일을 당했는지 상상할 수가 없어요." 커크 부인이 말했다.

"그래요. 저도 그렇습니다." 모렐이 대답했다.

"어쨌든 평생 흉터가 남을 거예요."

"네, 정말 심하게 부딪쳤지요." 모렐이 말했다. "그래요……

아주 유감스러운 일이에요! 의사에게 가 보았으면 좋겠는데 집사람이 가려고 하지 않네요."

"당신 남편은 다친 눈을 의사에게 좀 보였으면 좋겠다고 하던데요." 커크 부인이 모렐 부인에게 말했다.

"그렇게 말해요?" 모렐 부인이 대답했다.

그다음 수요일에 모렐은 돈이 한 푼도 없었다. 그는 아내를 두려워했다. 아내에게 상처를 주었기 때문에 그는 그녀를 미워했다. 그는 2펜스도 없기 때문에 파머스턴에 갈 수도 없고 또 이미 상당히 빚을 많이 졌기 때문에 어찌 할 바를 몰랐다. 그래서 아내가 아이를 데리고 정원으로 내려간 사이에 그는 아내가 지갑을 보관하는 찬장의 윗서랍을 뒤져서 지갑을 찾아 열어 보았다. 반 크라운 동전 하나와 반 페니 두 개, 그리고 6펜스가 있었다. 그래서 그는 6펜스를 가지고 지갑을 조심스럽게 돌려 놓은 다음 밖으로 나갔다.

다음 날 야채 장사에게 돈을 주려고 그녀는 6펜스 동전을 지갑에서 찾아보다가 가슴이 쿵 내려앉았다. 그녀는 앉아서 생각했다. '6펜스가 있었나? ……내가 그걸 쓰지 않았을 텐데? ……그것을 어디 다른 데 둔 건 아닐까?'

그녀는 기운이 다 빠졌다. 온 집 안을 다 뒤졌다. 그러는 동안에 남편이 돈을 가져갔을 거라는 확신이 들기 시작했다. 그녀가 지갑에 가진 것이 그녀의 전 재산이었다. 그런데 남편이 그런 식으로 그녀에게서 돈을 몰래 훔쳐 갔다는 것은 견딜 수 없는 일이었다. 그는 전에도 두 번이나 그런 짓을 했다. 처음에 그녀는 남편을 힐난하지 않았고 그는 주말에 1실링을 그녀의 지갑에 다시 넣어 주었었다. 그래서 그녀는 남편이 돈을 가져갔었다는 것을 알게 되었다. 두 번째에는 돈을 돌려주지 않았다.

이번에 돈을 가져간 것은 너무 심한 일이었다. 그가 저녁을 먹고 난 후 (그는 그날 일찍 집에 돌아왔다.) 그녀는 차가운 목소리로 말했다.

"어젯밤에 내 지갑에서 6펜스를 가지고 갔어요?"

"내가!" 그는 화가 난 태도로 쳐다보며 말했다. "아니, 안 그랬소! 당신 지갑에 눈독 들인 일 없소."

그러나 그녀는 거짓말을 감지할 수 있었다.

"당신이 한 일을 알잖아요." 그녀는 조용히 말했다.

"안 그랬다고 말했잖소." 그는 소리를 질렀다. "또 덤벼드는 거요. 이런 일은 이제 지겹소."

"그래, 당신은 내가 빨래를 걷는 사이에 내 지갑에서 6펜스를 훔쳤지요."

"이번 일로 당신은 그 대가를 치를 거요." 그는 노발대발하여 의자를 뒤로 밀면서 일어났다. 그는 부산을 떨며 몸을 씻고 단호한 태도로 2층으로 올라갔다. 곧 그는 옷을 입고 내려왔는데 커다란 푸른색 체크무늬의 보자기로 싼 큰 꾸러미를 들고 있었다.

"이제 당신은 언제 나를 보게 될지 모를 거요." 그가 말했다.

"내가 원하기도 전에 보게 될 거예요." 그녀는 대답했고 그 말에 그는 행군하듯이 꾸러미를 들고 나가 버렸다. 그녀는 약간 떨면서 앉아 있었지만 그녀의 마음은 경멸로 가득했다. 그가 다른 탄광으로 가서 일자리를 얻고 다른 여자와 어울리면 그녀는 어떻게 할까? 그러나 그녀는 그를 너무나 잘 알고 있었다. 그는 그럴 위인이 못 되었다. 그녀는 남편에 대해 절대적으로 확신했다. 그럼에도 불구하고 그녀의 마음은 고통스러웠다.

"아빠는 어디 계세요?" 윌리엄이 학교에서 돌아와 말했다.

"멀리 가 버린다고 그러더라." 어머니가 대답했다.

"어디로요?"

"글쎄, 나도 모르지. 푸른 보자기로 싼 꾸러미를 들고 나가면서 돌아오지 않겠다고 하더라."

"우린 어떻게 해요?" 아이가 소리쳤다.

"신경 쓰지 마라. 멀리 가지 않을 테니."

"하지만 돌아오지 않으면요?" 애니가 울먹이는 목소리로 말했다.

그리고 애니와 윌리엄은 소파에 앉아 울었다. 모렐 부인은 앉아서 웃음을 터뜨렸다.

"이런 울보들 같으니라고! 이 울보 녀석들!" 그녀가 큰소리로 말했다. "너희들 오늘 밤 안으로 아빠를 보게 될 거야."

그러나 아이들은 울음을 그치려 하지 않았다. 저녁 때가 되었다. 모렐 부인은 몹시 지쳐서 불안해졌다. 그녀의 한 부분은 남편을 다시 보지 않게 된다면 마음이 편안해질 거라고 말했다. 그러나 다른 부분은 아이들을 키우는 것 때문에 초조했다. 그리고 아직은 그녀의 마음속에서 남편을 가도록 내버려둘 수 없는 부분이 있었다. 마음속 깊은 곳에서 그녀는 그가 갈 수 없다는 것을 잘 알고 있었다.

뜰 자락의 석탄 창고로 내려갔을 때 그녀는 문 뒤에 무언가 있다는 것을 알게 되었다. 그래서 들여다보았더니 거기 어두운 구석에 크고 푸른 꾸러미가 있었다. 그녀는 그 꾸러미를 앞에 두고 석탄 위에 앉아 크게 웃었다. 낙심한 것처럼 끝 부분을 매듭에서 툭 늘어뜨린 상태로 어두운 구석에 살며시 도망치려는 듯이 자리 잡고 있는, 덩치는 크지만 면목 없어 보이는 그 꾸러미를 볼 때마다 그녀는 다시 웃었다.

그녀는 석탄을 가지고 집안으로 들어왔다. 애니와 윌리엄은 그녀가 밖으로 나갔기 때문에 또다시 울고 있었다.

"어리석은 애기들 같으니." 그녀가 말했다. "석탄 창고에 가서 문 뒤를 봐라. 그러면 네 아빠가 얼마나 멀리 갔는지 알 수 있을 거야."

"뭐라고요?" 윌리엄이 애처롭게 말했다.

"가서 봐."

그러자 윌리엄은 살금살금 걸어갔고 그 뒤에 애니가 눈물을 훌쩍이며 종종걸음으로 따라갔다. 곧장 윌리엄은 보따리를 끌어안고 대단히 흥분해서 나타났다.

"이제 아빠는 가 버리지 않으시겠지요, 그렇죠, 엄마?" 아들이 소리치며 물었다.

"물론이지…… 엄마는 알고 있었다. ……네 아빠가 뭔가 저당 잡힐까 봐 그게 유일한 걱정거리다. 자, 그걸 가져다가…… 원래 있었던 곳에 갖다 두어라."

"하지만……." 윌리엄이 머뭇거렸다. "이 안에 뭐가 있어요?"

"다시 갖다 두라니까! 그리고 신경 쓰지 마라."

아이는 그 무거운 보따리를 다시 질질 끌고 마당으로 나가서 석탄 창고 문 뒤에 두었다. 그러고 나서 아이들은 아직 편안하지는 않지만 그래도 안심이 되어 잠자리에 들었다.

모렐 부인은 앉아서 기다렸다. 그가 돈이 없었으므로 만약 술집에 있다면 빚을 늘리고 있을 거라는 것을 그녀는 알고 있었다. 그녀는 남편에 대해 죽고 싶을 정도로 지쳤다. 그는 보따리를 마당 너머로 가지고 갈 용기도 없었다.

그녀가 생각에 잠겨 있는 동안 9시쯤 되어 그가 문을 열고 여전히 골이 난 상태로 살며시 들어왔다. 그녀는 아무 말도 하지 않았다. 그는 웃옷을 벗고 살며시 안락의자로 가서 부츠를 벗기 시작했다.

"신발 벗기 전에 그 보따리를 가져오는 것이 좋을걸요." 그녀가 조용히 말했다.

"오늘 밤에 내가 돌아온 것을 당신은 행운의 별에 감사해야 할 거요." 그는 고개를 숙인 채 올려다보면서 인상적으로 보이려고 애쓰며 퉁명스럽게 말했다.

"참, 나, 당신이 갈 데가 어디 있겠어요? 보따리를 마당 너머로도 갖고 가지 못하면서." 그녀가 말했다.

그가 너무 바보처럼 보였기 때문에 그녀는 그에게 화가 나지도 않았다. 그는 계속 부츠를 벗고 잠자리에 들 준비를 하고 있었다.

"당신의 푸른 보따리에 뭐가 들었는지 모르지만 당신이 그냥 내버려 두면 아이들이 아침에 가져올 거예요." 그녀가 말했다.

그 말에 그는 일어나 밖으로 나가서는 곧 돌아와 얼굴을 돌리고 부엌을 지나 서둘러 2층으로 올라갔다. 모렐 부인은 그가 꾸러미를 들고 안쪽 문을 통해 재빨리 슬쩍 들어서는 것을 보고 혼자 웃었다. 그러나 그녀의 마음은 쓰라렸고 그것은 그녀가 그를 사랑했었기 때문이었다.

3 모렐을 버리고 윌리엄을 택하다

다음 주에 모렐이 성질을 부리는 것은 거의 참을 수 없을
정도였다. 광부들이 다 그러하듯이 그도 약을 무척 좋아했는
데 이상하게도 약값을 스스로 내는 일이 종종 있었다.

"황산염정을 사다 주시오. 집안에 한 방울도 없다니 이상
해." 그가 말했다.

그래서 모렐 부인은 그가 가장 좋아하는 황산염정을 사다
주었다. 그리고 그는 스스로 쓴 쑥차를 한 주전자 끓였다. 그
는 다락방에 말린 큰 약초 다발들을 걸어 두었는데 거기에는
쓴 쑥, 루타, 박하, 딱총나무꽃, 파슬리, 양아욱, 민들레, 그리
고 도깨비부채 등이 있었다. 보통 이것들 가운데 하나를 달인
물이 벽난로 시렁 위의 주전자에 들어 있었고 그는 이것을 듬
뿍 마셨다.

"아주 좋군!" 그는 쓴 쑥차를 마신 후 입맛을 다시면서 말했다. "아주 좋아!" 그리고 아이들에게 마셔 보라고 권했다.

"너희들이 마시는 차나 코코아보다 맛이 더 낫다." 그가 단언했다. 그러나 아이들은 솔깃해하지 않았다.

그러나 이번에는 약이나 황산염이나 그의 약차도 그 '머릿속의 고약한 통증'을 덜어 줄 수 없었다. 그는 뇌염을 앓고 있었다. 그가 제리와 노팅엄에 갔을 때 땅에 누워 잔 이래로 그의 건강 상태는 좋지 않았다. 그 이후로 그는 술을 마시면 사납게 날뛰었다. 이제 그는 심각하게 아프다고 느끼게 되었고 모렐 부인은 그를 간호해야 했다. 그는 간호하기 가장 어려운 환자였다. 그런 사실에도 불구하고 또 그가 가정의 생계를 이끌어가는 사람이라는 사실을 젖혀 두고라도 그녀는 그가 죽기를 바라지는 않았다. 아직도 그녀의 한 부분은 자신을 위해 그를 원하고 있었다.

이웃 사람들은 그녀에게 매우 친절했다. 때때로 어떤 사람들은 아이들을 데려다 밥을 먹였고 때로 어떤 사람들은 그녀를 위해서 집안일을 해 주었으며 누군가는 아기를 하루 종일 보아주기도 했다. 하지만 그럼에도 불구하고 그녀의 일은 대단히 진이 빠지는 일이었다. 이웃 사람들이 매일 도와주는 것도 아니었다. 그러면 그녀는 아기와 남편을 돌보고 청소와 요리, 그 밖의 모든 일을 해야 했다. 그녀는 완전히 지쳤지만 자기가 해야 할 일을 했다.

돈은 그저 충분한 정도였다. 그녀는 조합에서 일주일에 17실링을 받았고 금요일이면 바커와 다른 작업반장이 채탄장 수익의 일부를 모렐의 아내를 위해서 떼어 주었다. 그리고 이웃 사람들이 고깃국을 끓여 주기도 하고 달걀이나 환자에게 필요한 사소한 물건들을 가져다주었다. 이 당시에 이웃들이 그녀를 그렇게 후하게 도와주지 않았더라면 모렐 부인은 빚을 지지 않고는 그 난국을 헤쳐 나갈 수 없었을 것이고 빚을 지게되었더라면 그녀는 더욱 힘들었을 것이다.

몇 주일이 지나갔다. 모렐은 상상 외로 나아지기 시작했다. 그는 건강한 체질을 가지고 있어서 일단 차도가 있자 곧바로 회복기에 들어섰다. 곧 그는 아래층에서 어정거리며 다닐 수 있었다. 그가 아픈 동안 아내는 그에게 조금 아량을 베풀었고 모렐은 그것이 지속되기를 바랐다. 그는 종종 손을 머리에 대고 입술 양끝을 내린 다음 자기가 느끼지도 않는 고통을 가장했다. 그러나 그녀를 속이는 것은 불가능했다. 처음에 그녀는 그저 혼자 미소를 지었다. 그러다가 그를 따끔하게 야단치기도 했다.

"맙소사, 이봐요, 그렇게 눈물을 흘리지 말아요."

이 말이 그에게 조금 상처를 주었으나 그는 여전히 아픈 척했다.

"나라면 그런 응석받이 애기처럼 되지 않을 거야." 그녀는 냉랭하게 말했다.

그러면 그는 화가 나서 아이들처럼 작은 소리로 욕을 했다. 그는 어쩔 수 없이 정상적인 말투를 써야 했고 우는 소리를 그만두어야 했다.

그럼에도 불구하고 집안에는 평화로운 상태가 얼마 동안

지속되었다. 모렐 부인은 남편에게 더욱 관대하게 대했고 그는 거의 어린아이처럼 그녀에게 의존하면서 행복해했다. 그들 둘 다 그녀가 그에게 더욱 관대한 것이 그를 덜 사랑하기 때문이라는 것을 알지 못했다. 지금까지는 그 모든 것에도 불구하고 그는 그녀에게 남편이자 남자였다. 그녀는 남편이 자신을 위해 하는 일이 다소간 그녀를 위하는 것이라고 느꼈었다. 그녀의 삶은 그에게 의존해 있었다. 그에 대한 그녀의 사랑이 쇠퇴하는 데에는 여러 단계가 있었지만 그것은 언제나 쇠퇴 일로에 있었다.

이제 셋째 아이가 태어나면서 그녀는 더 이상 무력하게 남편을 향하지 않게 되었고 차오르지 않는 조수(潮水)처럼 남편으로부터 물러서 있었다. 그 이후에 그녀는 남편에 대해 욕망도 거의 느끼지 않았다. 이제 그녀는 남편에게서 멀리 떨어져서 그가 자기 자신의 일부가 아니라 상황의 일부일 뿐이라고 느끼면서 그가 무엇을 하건 개의치 않았고 그를 내버려 둘 수 있었다.

그다음 해는 한 남자의 삶에서 가을과 같이 침체와 쓸쓸한 그리움이 자리 잡았다. 그의 아내는 절반쯤은 유감스러워하면서 그러나 무자비하게 그를 내몰고 있었고 그를 버리면서 이제 아이들에게서만 사랑과 생명을 추구하고 있었다. 그 이후로 그는 다소 껍데기에 불과했다. 그리고 그는 많은 남자들이 자신들의 자리를 아이들에게 내어주면서 그렇게 하듯이 절반쯤은 순응했다.

사실 그들 관계가 끝나 버린 그 시기에, 그러니까 모렐이 회복되어 갈 때 그들은 둘 다 신혼 초에 몇 달간 느꼈던 옛 관계로 돌아가 보려고 어느 정도 노력했다. 그는 집에 앉아서 아이들이 잠자리에 들고 그녀가 바느질을 하고 있을 때 (그녀는 손바느질로 셔츠나 아이들 옷을 모두 만들었다.) 그녀에게 신문을 읽어 주었는데 단어를 천천히 발음하며 전달하는 것이 마치 고리 던지기를 하는 사람 같았다. 종종 그녀는 남편을 재촉했고 그에게 다음에 나올 단어를 미리 말해 주었다. 그러면 그는 아내의 말을 겸손하게 받아들였다.

그들 사이의 침묵은 특이한 것이었다. 그녀의 바늘이 재빨리 움직이면서 작은 소리를 냈고 그가 담배 연기를 내뿜을 때 그의 입술에서 날카로운 '푸' 소리가 들렸으며 그가 난롯불에 침을 뱉을 때 난로 가리개에서 지글거리는 소리가 나고 따뜻함이 느껴졌다. 그러면 그녀의 생각은 윌리엄에게로 향했다. 벌써 그는 큰 소년으로 성장하고 있었다. 그는 반에서 일등이었으며 그의 선생님은 그가 전교에서 가장 똑똑한 아이라고 말했다. 그녀는 그가 그녀를 위해서 이 세상을 다시 빛나게 해줄 활기찬 젊은이라고 상상했다.

그러면 모렐은 특별히 생각할 것도 없이 완전히 홀로 거기 앉아서 막연하게 불편함을 느끼곤 했다. 그의 영혼은 손을 내밀어 어림짐작으로 그녀를 찾았지만 그녀가 가 버리고 없다는 것을 알게 되었다. 그는 마치 그의 영혼이 진공 상태인 것처럼 일종의 공허함을 느꼈다. 그는 불안정하고 초조했다. 이내 그는 그러한 분위기에서 살 수 없었고 그의 심정은 그의 아내에게 영향을 주었다. 그들은 얼마간 함께 있을 때면 둘 다 숨쉬기가 힘들다는 것을 느꼈다. 그러면 그는 잠자러 갔고 그녀는 앉아서 일하고 생각하고 살아 있으며 혼자 있는 것을 즐겼다.

모렐은 자신의 존재를 묵살하는 데에는 적응할 수 없었고 그 자신이 살 수 있는 분위기로 가야만 했기 때문에 주저하면서 다시 파머스턴과 제리에게로 돌아갔고 그의 아내는 마음속 깊은 곳에서 그가 가 버린 데 대해 안도감을 느꼈다.

그는 게임에서 진 것이었다. 물론 그는 반복해서 자신의 옛 자아로 되돌아갔고 여전히 지배와 권위, 자존심을 누리는 순간들도 있었다. 그러나 그것들은 메아리와 같았다. 그 역시 이 상하게도 아기 폴에게 마음의 동요를 느끼게 되었는데 폴은 자기 아버지가 만지는 것조차 참으려고 하지 않았다. 아기는 여덟 달이 되었을 때 귀에 고름이 생겨서 무척 보챘다. 모렐은 달래려고 아기를 안으려고 했다. 병든 자기 아이를 돌보는 것은 아버지에게 좋은 일이었으리라. 그러나 아이는 아버지의 보살핌을 받으려고 하지 않았다. 아기는 아버지의 팔 안에서 몸을 뻣뻣하게 했고 평소에는 조용한 아기였지만 소리를 지르며 아버지의 팔에서 빠져나가려고 했다. 모렐은 아기가 얼굴을 돌리고 조그만 주먹을 쥐고 눈물에 젖은 푸른 눈으로 필사적으로 어머니를 찾는 것을 보고는 참을 수 없는 절망감에 빠지곤 했다.

"자, 와서 아이를 받아요!"

"아이가 당신 수염을 무서워하는 거예요." 그녀는 아이를 받아 가슴에 안으면서 대답했다. 그럼에도 불구하고 그녀의 마음은 고통으로 쓰라렸다. 그리고 모렐은 아기를 두려워했다.

그동안에 멀어지고 있는 부모 사이에 잠깐 동안의 평화와 다정함의 결실로서 새로운 아기가 태어나게 되었다. 그 아기가 태어났을 때 폴은 열일곱 달이었다. 폴은 그때 통통하고 창백한 아기였고 짙은 푸른 눈에 여전히 특이하게 이마를 약간 찡그리고 있었다. 막내도 남자였는데 금발에 귀여운 아기였다. 모렐 부인이 임신한 사실을 알게 되었을 때 그녀는 경제적인 이유와 그리고 자신이 남편을 사랑하지 않기 때문에 유감스러워했지만 아기 때문은 아니었다.

　그들은 아기를 아서라고 불렀다. 아서는 황금빛 고수머리의 아주 예쁜 아기였고 처음부터 아버지를 좋아했다. 이 아기가 아버지를 좋아해서 모렐 부인은 다행으로 여겼다. 광부의 발자국 소리를 들으면 아기는 팔을 내밀고 까르륵 소리를 내며 좋아했다. 기분이 좋을 때면 모렐을 곧 진심어린 부드러운 목소리로 대답했다.

　"왜 그래, 우리 이쁜이…… 곧 네게 갈게."

　그리고 그가 탄광 옷을 벗자마자 모렐 부인은 아기를 앞치마로 둘러싸 아버지에게 넘겨주곤 했다.

　"애기 꼴 좀 보세요!" 그녀는 때로 아이를 돌려 받으며 소리치곤 했는데 아이는 아버지의 키스와 장난으로 얼굴에 검은 얼룩투성이었다. 그러면 모렐은 즐겁게 웃었다.

　"그 애는 어린 광부야. 작은 몸에 축복이 있기를" 그가 큰소리로 말했다. 그리고 그녀의 마음속에서 아이들과 아버지가 같이 포함되어 있을 때 이러한 순간들이 이제는 그녀의 삶에서 행복한 시간들이었다.

그동안 윌리엄은 점점 크고 튼튼하게 자라면서 더욱 활동적이 되었고 폴은 항상 섬약하고 조용한 아이였는데 더욱 마르고 늘 어머니의 그림자처럼 종종걸음으로 그녀를 따라다녔다. 평상시에는 활동적이고 호기심이 많은 아이였지만 때로 우울증을 겪었다. 그럴 때면 서너 살쯤 된 아이가 소파에 앉아 울곤 했다.

"무슨 일이니?" 어머니가 물었지만 아무 대답도 듣지 못했다.

"무슨 일이야?" 그녀는 화가 나서 다시 물었다.

"모르겠어." 아이는 흐느끼며 대답했다.

그래서 그녀는 폴을 알아듣도록 타이르거나 즐겁게 해 주려고 했지만 소용없었다. 이럴 때마다 그녀는 이성을 잃을 정도로 화가 났다. 그러면 언제나 참을성이 없는 그 아버지는 의자에서 벌떡 일어나 소리치곤 했다.

"울음을 그치지 않으면 그칠 때까지 세게 때려 줄 거야."

"그런 말 말아요." 그 어머니는 쌀쌀하게 말했다. 그러고 나서 그녀는 아이를 데리고 마당으로 나가서 작은 의자에 털썩 앉히고는 말했다.

"자 여기서 울어라, 가엾은 녀석!"

그러면 장군풀 이파리에 앉은 나비 한 마리가 그의 시선을 끌거나 아니면 울다가 마침내 지쳐 잠들었다. 이러한 발작이 종종 있는 것은 아니었지만 이것이 모렐 부인의 마음에 그늘을 드리웠고 그래서 그녀는 폴을 다른 아이들과 다르게 다루었다.

어느 날 아침 모렐 부인은 '효모요.' 하는 소리를 듣고 컵을

들고서 길거리로 내려갔다. 효모 장수가 아직 그녀의 집 앞에
올라오지 않았기 때문에 그녀는 그 사람이 깡통을 통에 담그
고 여자들이 그에게 내민 단지를 채우면서 부르는 찬송가 가
사를 들으며 서서 기다렸다. 그는 명랑한 노인으로서 그의 얼
굴은 뭉툭하고 우스꽝스럽게 생겼으며 흰 구레나룻에 둘러싸
여 있었다. 그의 낡고 오래된 수레에는 젖은 부대에 덮인 양조
효모가 담긴 통이 두 개 있었다. 그는 석 달 전에 개종했기 때
문에 길을 가면서도 찬송가를 부르며 다녔다.

우리는 강을 넘어서 만날 거라네.
파도가 일렁이지 않는 곳에서…… 효모요!

그의 크고 약간 익살스러운 소리가 거리를 따라 들려왔다.
그리고 그는 여자들에게 반 페니어치의 효모를 떠주면서 장
난을 쳤다. 모렐 부인은 갑자기 자기를 부르는 소리를 들었다.
그것은 갈색 벨벳옷을 입은 마르고 조그마한 안토니 부인이
었다.

"저기, 모렐 부인, 당신 아들 윌리에 대해 할 말이 있어요."

"그러세요?" 모렐 부인이 대답했다.

안토니 부인은 가까이 오지 않고 길 건너편에 서서 소리를
질렀다.

"당신 아들이 우리 알피의 칼라를 뒤에서 뜯어낼 권리가
있다고 생각하세요?"

"아니, 우리 아이가 그런 일을 했어요?" 모렐 부인도 되받아

소리쳤다. 두 여자 다 서로에게 가까이 가는 것을 자존심 상하는 일이라 느꼈다.

"그랬어요…… 믿지 못하겠다면 내가 가서 그것을 가져오죠."

"그럴 필요가 없을 것 같네요." 모렐 부인이 말했다. "하지만 우리 윌리엄이 그랬다는 것을 어떻게 아시죠?"

"아니, 그러면 우리 알피가 거짓말을 했다고 생각하세요? 보텀스에서 그 애보다 더 정직한 애는 없어요. 좋아요. 애니 바우어나 다른 아이들에게 물어보세요. 당신 애가 우리 애의 칼라를 잡고 뒤에서 떼어냈어요. 그리고 다른 사람들이 그렇게 칼라를 뜯어낼 때마다 내가 새 칼라를 사 줄 수는 없어요……."

"그러시겠지요." 모렐 부인이 말했다.

"내가 말하려는 것은 당신 아들이 흠씬 맞아야 한다는 거예요. 바로 그게 약이에요." 안토니 부인이 성을 내며 말했다.

"십자가에서, 십자가에서 나는 찾았다네…… 효모요! 효모오! ……얼마나 드릴까요, 부인?"

"반 페니어치 주세요." 모렐 부인이 자기 컵을 내밀면서 말했다.

"이 컵에 반 페니어치라. 여기 있어요. 아주 신선하고 뚝뚝 넘치는군요. 그리고 신의 축복이 있기를." 효모 장수가 말했다. 그와 그의 수레가 두 여자 사이에 서 있게 되었다.

"백합이 어떻게 자라는지 보아라…… 네, 안토니 부인…… 반 페니어치요. 모두 반 페니어치씩이군요! 괜찮아요. 그것은 노력도 하지 않고 실도 잣지 않는다. 그러나 솔로몬도…… 고맙습니다!"

그는 두 여자들에게 조금도 영향을 주지 못하고 계속 나아갔다. 안토니 부인은 오히려 더욱 화가 나 있었다.

"다른 아이보다 나이도 많은데 다른 아이 옷을 뒤에서 찢어내는 아이한테는……." 안토니 부인이 말했다.

"당신 아들 알프레드는 우리 윌리엄과 나이가 같잖아요." 모렐 부인이 말했다.

"우연히도 그렇지요. 하지만 그렇다고 그 애가 다른 아이의 칼라를 붙잡고 그걸 뒤에서 뜯어낼 권리가 있는 것은 아니지요."

"글쎄, 나는 아이들에게 매질을 하지 않아요. 그리고 설사 한다 하더라도 아이들 편의 이야기를 들어 보고 싶군요." 모렐 부인이 말했다.

"애들이 매를 단단히 맞으면 훨씬 나아질 거예요." 안토니 부인이 쏘아붙였다. "그리고 다른 아이의 깨끗한 칼라를 뒤에서 떼어내는 일로 말하자면 그것도 고의로……."

"틀림없이 우리 애가 고의로 그러지는 않았을 거예요." 모렐 부인이 말했다.

"내가 거짓말쟁이란 말이에요!" 안토니 부인이 소리 질렀다.

모렐 부인은 집으로 걸어가서 문을 닫았다. 효모를 담은 컵을 잡은 손이 떨렸다.

"당신 남편에게 일러 줄 거예요." 안토니 부인이 그녀의 등에 대고 소리 질렀다.

저녁 시간에 윌리엄이 밥을 다 먹고 다시 나가려고 하자 (그는 그때 열한 살이었다.) 그의 어머니가 그에게 말했다.

"무엇 때문에 너 알프레드 안토니의 칼라를 떼어냈니?"

"내가 언제 그 애의 칼라를 떼었어요?"

"언제인지는 모른다. 하지만 그 애의 엄마가 네가 그랬다고 하더라."

"응…… 어제였어요…… 그런데 그건 벌써 뜯어져 있었어요."

"하지만 네가 그것을 더 뜯어 놓았지."

"저를 열일곱 번이나 이기게 해 준 코블러가 있었는데 알피 안토니가 나한테 와서 말했어요. '아담과 이브와 '나를 꼬집어'가 목욕하러 강에 갔어. 아담과 이브는 물에 빠졌는데 그 중에 누가 구함을 받았다고 생각하니?' 그래서 내가 '아, 너를 꼬집어.'라고 말하며 그 애를 꼬집었지요. 그랬더니 알피가 화가 나서 내 코블러를 낚아채서는 그걸 가지고 달아났어요. 그 래서 내가 알피를 쫓아서 뛰어갔는데 걔를 막 잡으려고 할 때 알피가 몸을 피해서 칼라가 뜯어졌어요. 하지만 전 코블러를 찾았어요."

그는 주머니에서 줄에 매달린 검고 낡은 마로니에 열매를 꺼냈다. 이 낡은 코블러가 비슷한 줄에 매달린 다른 코블러들을 열일곱 개나 쳐서 부서뜨린 것이었다. 그래서 그 소년은 그의 역전의 용사를 자랑스러워했다.

"글쎄, 네가 걔 칼라를 뜯어내서는 안 된다는 건 알고 있지?" 모렐 부인이 말했다.

"저, 엄마!" 윌리엄이 대답했다. "그럴 생각은 전혀 없었어요…… 게다가 그건 낡은 고무 칼라였고 이미 뜯어져 있었어요."

"다음에는 네가 좀 더 조심해라. 네 칼라가 뜯어진 채로 집에 돌아오면 내 기분이 좋지 않을 거야." 어머니가 말했다.

"전 상관없어요, 엄마. 결코 고의가 아니었어요."

소년은 야단을 맞아 상당히 비참한 기분이었다.

"그렇겠지…… 하지만 좀 더 조심해야지."

윌리엄은 겨우 놓여난 것을 기뻐하면서 다른 곳으로 가 버렸다. 그리고 이웃과의 말다툼을 싫어하는 모렐 부인은 자신이 안토니 부인에게 상황을 설명하면 모든 일이 끝날 거라고 생각했다.

그러나 그날 저녁 모렐은 아주 불쾌한 표정으로 탄광에서 돌아왔다. 그는 부엌에 서서 눈을 부라리고 주위를 돌아보면서 몇 분 동안 아무 말도 하지 않았다. 그러고 나서 물었다.

"윌리 녀석 어디 있어?"

"무엇 때문에 그 애를 찾아요?" 이미 사태를 짐작한 모렐 부인이 물었다.

"그 녀석을 붙잡으면 알려 줄 거야." 모렐은 물병을 찬장에 세게 내려놓으면서 말했다.

"안토니 부인이 당신을 붙잡고 알피의 칼라에 대한 이야기를 했군요." 모렐 부인은 거의 조롱조로 말했다.

"누가 나를 붙잡았던 그건 상관없소. 내가 이 녀석을 붙잡기만 하면 이 녀석 뼈에서 으드득 소리가 나게 해 주겠어." 모렐이 말했다.

"참 한심하군요." 모렐 부인이 말했다. "당신 애들을 욕하는 여우 같은 여자의 말을 그렇게 쉽게 믿다니."

"이 녀석에게 버릇을 가르쳐 주겠어! 누구 아들이건 그건 중요하지 않아. 이 녀석이 제정신이 있는 한 다시는 찢고 뜯으며 돌아다니지 못하게 할 거야." 모렐이 말했다.

"찢고 뜯는다고요!" 모렐 부인이 따라했다. "윌리엄은 자기 코블러를 가지고 달아난 알피의 뒤를 쫓다가 그 애의 칼라를 우연히 잡은 거예요…… 그 애가 몸을 살짝 피했기 때문이죠…… 안토니라면 그렇게 하고도 남죠."

"다 알고 있소!" 모렐이 협박하듯이 소리쳤다.

"이야기를 듣기도 전에 알고 있다고요?" 그의 아내가 신랄하게 말했다.

"신경 쓰지 마. 내가 할 일은 알고 있어!" 모렐이 호통쳤다.

"그것 참 믿을 수 없군요." 모렐 부인이 말했다. "어떤 수다쟁이의 말을 듣고 자기 자식에게 매질을 하려 하다니."

"다 알고 있다고." 모렐이 되풀이해서 말했다.

그리고 그는 더 이상 말하지 않고 앉아서 자기의 성난 기분을 돋웠다. 곧 윌리엄이 뛰어들어오면서 말했다.

"차 좀 주세요, 엄마?"

"차보다 더한 걸 주마!" 모렐이 소리질렀다.

"이봐요, 말 조심해요. 그리고 그렇게 터무니없이 굴지 마세요." 모렐 부인이 말했다.

"터무니없는 놈은 저 녀석이야. 내가 이 녀석을 끝장내 버리겠어!" 모렐은 자기 의자에서 일어나 아들을 노려보면서 소리쳤다. 나이에 비해 키는 컸지만 아주 민감한 윌리엄은 창백해지고 공포에 질려 자기 아버지를 쳐다보고 있었다.

"밖으로 나가!" 모렐 부인이 아들에게 명령했다.

3 모렐을 버리고 윌리엄을 택하다

윌리엄은 몸을 움직일 정신이 없었다. 갑자기 모렐이 주먹을 꽉 쥐고 몸을 웅크리고 달려들 자세를 취했다.

"내가 이 녀석을 때려서 쫓아낼 거야!" 모렐은 미친 사람처럼 소리 질렀다.

"뭐라고요! 그 여편네 말 때문에 그 애의 몸에 손대도록 할 수는 없어요. 당신이 그렇게 하도록 내버려 두지 않겠어요. 그렇게는 안 돼요." 모렐 부인이 분노로 헐떡거리며 소리쳤다.

"그래?" 모렐이 소리질렀다. "그래?"

그러고는 아들을 노려보면서 그는 앞으로 달려 나왔다. 모렐 부인은 주먹을 들고 그들 사이에 뛰어들었다.

"감히 그럴 생각 말아요." 그녀가 소리를 질렀다.

"뭐!" 그는 잠시 당황하여 소리쳤다. "뭐라고!"

그녀는 몸을 홱 돌려 아들에게 향했다.

"집 밖으로 나가!" 그녀는 화가 나서 아들에게 명령했다. 소년은 최면술에 걸린 것처럼 갑자기 몸을 돌려 나가 버렸다. 모렐이 문으로 돌진하여 쫓아갔지만 너무 늦었다. 탄광의 먼지로 뒤덮인 그의 얼굴이 분노로 창백하게 질린 채 그가 돌아왔다. 그러나 이제 그의 아내가 완전히 화가 나 있었다.

"감히 그렇게만 해 봐요!" 그녀가 크고 울리는 목소리로 말했다. "감히 해 봐요, 주인어른. 어디 아이에게 손가락 하나라도 감히 건드려 봐요. 평생 후회할걸요."

그는 그녀가 두려웠다. 그리고 격렬한 분노를 느끼며 앉았다.

"안 돼. 전에는 그렇게 했지만 다시는 안 돼요!" 잠시 후 그녀가 갑자기 소리를 질렀다. "예전에 늙은 샤프 부인이 그 애에게 악의를 품고 한 말 때문에 당신이 그 애에게 발길질을 해서 멍투성이로 만들었던 때를 난 잊지 않았어요…… 다시는 당신이 그렇게 하도록 내버려 두지 않겠어요…… 당신이 다시 그렇게 하도록 내버려 두지 않겠어요." 그녀는 헐떡거리며 말했다. 격한 분노로 그녀는 거의 숨을 쉴 수 없었다.

"내버려 두지 않겠다고? 내버려 두지 않겠다고?" 모렐이 반복해서 말했다.

"당신은 깡패야. 당신은 약한 사람을 들볶는 겁쟁이야!" 그녀가 소리 질렀다. "당신은 안토니 같은 도둑고양이 같은 여자가 와서 당신에게 당신 아이들을 매질하라고 명령하면 그 말에 순종하는 것 말고 다른 배짱은 없어? 그 여자가 당신에게 모든 일을 결정해 주면 당신은 집에 와서 애를 때려 줘야 해? ……그 여자가 시키는 대로 한단 말이야. 당신은 겁쟁이고 깡패야! ……안 돼. 내가 여기 있는 한은 안 돼!"

"당신이 여기 있는 동안 어떤 일이 일어나는지 보여 주겠소." 모렐이 협박했다.

"다시는 결코 안 돼요, 주인어른. 다시는 내 아이들에게 손가락 하나 대지 말아요."

"오! 오오!" 그는 으르렁거렸다.

그리고 그날 밤 그는 나가서 술에 취했고 그 주말에 윌리엄에게 주는 용돈 1페니를 주지 않았다.

"안 받는 편이 더 낫다." 모렐 부인이 아들에게 말했다.

아이들이 커서 홀로 내버려 두어도 될 만큼 되었을 때 모렐 부인은 여성 조합에 가입했다. 그것은 협동 구매 협회 조합에 부속된 소규모의 여성 클럽이었는데 '베스트우드 구매 조합'의 잡화점 2층에 있는 긴 방에서 월요일 밤마다 모임을 가졌다. 여자들은 구매 협회에서 얻어지는 이익이나 다른 사회적 문제들을 토론했다. 때로 모렐 부인은 발표를 했다. 항상 집안 일로 바쁜 자기 어머니가 앉아서 빠르게 글을 쓰고 생각하고 책들을 참조하여 다시 글을 쓰는 모습을 보는 것은 아이들에게 신기한 일이었다. 그런 경우에 아이들은 어머니에 대해 깊은 존경심을 느꼈다.

아이들은 '조합'을 좋아했다. 그들은 어머니가 거기에 가는 것만큼은 싫어하지 않았는데 그녀가 그 일을 즐겨 했기 때문이기도 하고 또 부분적으로는 아이들이 거기에서 받는 대접 때문이기도 했다. 자기 아내들이 너무 독립적으로 되어 간다고 생각한 어떤 적대적인 남편들은 그 조합을 '딸그락거리고 시간을 낭비하는' 가게, 즉 수다 떠는 가게라고 불렀다. 조합의 기본 설립 취지에서 벗어나서 여자들이 자기들의 가정과 그들의 삶의 조건을 살펴보고 거기서 문제점을 발견하는 것은 사실이었다. 그래서 광부들은 아내들이 그들 나름의 새로운 기준을 가지게 되었다는 것을 알게 되었고 그것은 당혹스러운 것이었다. 또한 모렐 부인은 월요일 밤이면 언제나 여러 가지 새로운 소식을 가지고 집에 돌아왔다. 그녀가 윌리엄에게 여러 가지 이야기를 해 주었기 때문에 아이들은 어머니가 집에 돌아왔을 때 윌리엄이 집에 있기를 바랐다.

윌리엄이 열세 살이 되었을 때 그녀는 조합 사무실에 그의 일자리를 얻어 주었다. 윌리엄은 용모가 조금 거칠긴 하지만 바이킹과 같은 새파란 눈에 아주 똑똑하고 솔직한 아이였다.

"무엇 때문에 그 아이가 의자에 엉덩이를 붙이고 있게 만드는 거요?" 모렐이 말했다. "그 애가 할 일이라고는 돈도 못 벌면서 바지 엉덩이나 닳게 하는 거지. 얼마를 받고 시작하기로 했소?"

"처음에 얼마를 받는지는 중요하지 않아요." 모렐 부인이 말했다.

"중요하지 않다고! 그 애를 나와 함께 탄광에 넣으면 처음부터 쉽게 주당 10실링은 벌 거야. 그런데 의자에서 바지 엉덩이를 닳게 하면서 6실링을 버는 것이 나와 함께 탄광에서 10실링을 버는 것보다 낫단 말이지."

"그 애는 탄광에서 일하지 않을 거예요." 모렐 부인이 말했다. "그리고 그 이야기는 여기서 끝내요."

"그래, 광부가 나에게는 충분히 좋은 일이지만 그 애에게는 그렇지 않다는 말이지."

"당신 어머니가 당신을 열두 살에 탄광에 보냈다고 해서 내가 내 아이에게 똑같이 해야 할 이유는 없어요."

"열두 살이라고! ······그보다 훨씬 전이었소!"

"언제였든 간에요." 모렐 부인이 말했다.

그녀는 아들을 매우 자랑스럽게 여겼다. 그는 야학에 나갔고 속기를 배워서 열여섯 살이 되었을 때 그 마을에서 두 번째로 속기와 장부 정리를 잘하는 사람이 되었다. 그리고 나서 그는 야학에서 아이들을 가르쳤다. 그는 성질이 불같았지만 그의 착한 성품과 큰 체구가 유일하게 그를 보호해 주었다.

남자들이 흔히 하는 일은 (그것이 온당한 일이면) 윌리엄은 모두 다 했다. 그는 바람처럼 잘 달릴 수 있었다. 그가 열두 살이었을 때 경주에서 일등을 해서 모루처럼 생긴 유리 잉크스탠드를 상으로 받았다. 그것은 찬장 위에 자랑스럽게 놓였고 모렐 부인에게 예리한 기쁨을 주었다. 그 소년은 단지 어머니를 위해서 달렸다. 그는 모루를 들고 숨 가쁘게 집으로 달려와 말했다.

"이것 보세요, 엄마!"

그것은 처음으로 그녀에게 바치는 진정한 선물이었다. 그녀는 그것을 여왕처럼 받아 들었다.

"정말 예쁘구나!" 그녀가 경탄하면서 말했다.

보텀스의 아이들은 산울타리 계단에서 놀다가 윌리엄이 지나가면 소리를 지르곤 했다.

"뛰어넘어 봐, 윌리…… 뛰어넘어 봐."

그러면 그는 일이 미터나 되는 담장을 당당하게 넘곤 했다.

"저거 봐!" 작은 소년들이 소리쳤다.

그는 또한 베스트우드의 어느 젊은이보다도 멀리 던질 수 있었다. 그의 동료들이나 라이벌들은 이러한 재주를 몹시 시샘하여 산울타리를 넘어 가장 멀리까지 날아간 돌들이 그의 것이 아니라고 우겼다. 그래서 그들의 시샘을 경멸하면서 윌리엄은 자기의 돌에 'W. M.'이라고 이름을 표시했다.

그가 열일곱 살이었을 때 그는 일크스턴에서 열린 자전거 경주에서 우승했다. 모렐은 술집에서 한바탕 자랑을 늘어놓다가 자기 아들이 술집에 있는 어느 누구보다도 잘 달린다고 내기를 걸었다. 윌리엄은 자기 아버지의 자랑을 실현하는 것이 자기 의무라고 느꼈다. 모렐 부인은 찬성하지 않았다.

"제가 이기는 것을 지켜보세요!" 그는 자기 종아리를 손바닥으로 치면서 큰소리로 말했다. 그날 하루 종일 모렐 부인은 긴장 속에서 비참한 기분으로 앉아 있었다. 그 애가 죽거나 다칠지도 모른다. 그녀는 그의 심장이 자전거 경주를 할 만큼 튼튼하지 못하다고 생각했다. 그런데 아들은 밤이 되어 조그마한 참나무 책상을 가지고 돌아왔다.

"여기 있어요, 엄마! 이걸 받아서 엄마에게 주겠다고 말했잖아요?"

그러나 그녀는 아들에게서 다시는 자전거 경주를 하지 않겠다는 약속을 받아냈다.

윌리엄에게는 집으로 속기를 배우러 오는 학생들이 있었다. 그러나 그는 성급하고 화를 잘 내서 천성적으로 학생 기질인 아이들만이 그의 성질을 견딜 수 있었다. 그와 학생은 부엌의 식탁에 앉았다. 그곳은 따뜻하고 램프 불이 켜져 있고 아주 조용했다. 소파 위의 붉은색 무명 쿠션과 부드럽고 붉은 면 식탁보는 아늑해 보였다. 보통 열세 살이나 열네 살 된 학생은 불안하게 앉아 있었고 반면에 원기 왕성하고 성격이 급한 윌리엄은 연습 문제를 고쳐 나갔다. 선생은 조급함과 혐오감을 드러내는 콧소리를 냈다. 그러다가는 갑자기 소리를 질렀다.

"이 비칠거리는 멍청이야. 앞 문장에서는 제대로 했잖아. 그런데 이제……"

그 불쌍한 학생은 윌리엄의 팔꿈치 너머를 응시하면서 붉은 손수건으로 불안하게 코를 풀었다. 때로 모렐 부인은 흔들 의자에 앉아 바느질을 했다. 그러다가 정식 레슨이 시작되면 윌리엄은 점점 더 조급해지다가 마침내는 화를 터뜨렸다.

"이 대단한 얼간이, 멍청이, 엄청난 바보 천치 같으니! 내가 너한테 1000번이 넘도록 말했잖아?"

"윌리엄! 윌리엄!" 그의 어머니가 소리를 질렀다. "부끄러운 줄 알아라! 너를 참아 주는 사람이 있다는 게 놀랍다. 로버트, 윌리엄의 말에 신경 쓰지 마라. 문제는 그 애의 급한 성격이 지, 네가 아니야. 너는 충분히 잘하고 있어." 그러면 로버트는 모렐 부인에게 감사와 수치심이 어린 시선을 던지곤 했다. 그 반면 윌리엄은 계속했다.

"자, 제발 멍청이처럼 그러지 마라. 자 봐!"

마침내 모렐 부인은 이런 레슨이 있을 때마다 그 불쌍한 아 이들의 감정을 상하지 않도록 언제나 집 밖으로 나가기로 했다.

윌리엄은 8시에 출근해야 했기 때문에 그의 어머니는 7시 에 일어나 그에게 준비를 시켰다. 그는 보통 지각했고 아니면 가까스로 지각을 면했다. 그러나 어떤 것도 그를 서두르게 만 들 수 없었다. 그는 어머니와 단둘이 먹는 아침 식사를 아주 좋아했다. 그럴 때면 명랑하게 어머니에게 재잘거리며 이야기 를 하거나 어머니를 놀렸다.

어느 날 아침 그는 깨끗한 내의를 달라고 했다. 그리고 어머 니가 준 내의를 들고 난로 앞의 깔개 위에 서 있었다. 그녀는 차를 마시려고 앉았다. 그는 이어붙인 자국투성이인 모직 내 의를 자기 앞에서 펼친 채로 들고 있었다.

"이걸 뭐라고 부르지요, 엄마?" 그는 물었다.

"내의라고 하지." 그녀는 웃기 시작하며 말했다.

"장미는 달콤한 향기가 난다네!" 그는 변덕스럽게 『로미오와 줄리엣』의 한 구절을 인용했다.

"글쎄…… 네가 망나니인 데다가…… 이제 나는 더 이상 셔츠 만들 천 조각도 없다…… 게다가 누가 그걸 보겠니?"

"이 내의가 내 바지를 통해서 보이지 않을 거라고 확신하실수 있어요? 내가 보기에는 비칠 것 같아요." 그는 계속 의심스럽다는 듯이 셔츠를 살펴보면서 말했다.

"빨리 입어라. 시계 좀 봐!" 그녀는 흔들의자에 앉아 차를 홀짝거리면서 자기도 모르게 웃으며 말했다. 키 크고 튼튼한 젊은이로 자란 아들은 기워 붙인 내의를 펼쳐들고 그녀 바로앞에 서 있었다.

"내 양치기 옷이여!" 그는 내의를 보면서 말했다. "너를 부러워할 사람은 어디에도 없을 거다. 하나, 둘, 셋, 넷…… 어느 쪽이 옷의 원래 부분이에요, 엄마?"

"빨리 입어!" 그의 어머니가 명령했다.

"하지만 제가 사고를 당해서 병원으로 실려 갔다고 생각해 보세요. 그런데 의식을 회복해 보니 네 명의 간호원들이 내의의 아랫부분을 잡고 있는 거예요……." 그가 투덜거리는 투로 말했다.

"그들은 네가 극진한 보살핌을 받고 있다고 생각할 거다." 그녀가 웃었다.

그는 내의에 몸을 끼워 넣으며 얼굴이 옷에 감싸인 채 말했다.

"심지어 솔로몬도 그의 모든 영화에도 불구하고……."

"아니." 모렐 부인이 웃었다. "어느 누구도 솔로몬을 위해 그렇게 바느질을 많이 하지 않을 거다……."

그는 장난하듯이 어깨 너머를 보았다.

"아, 가련한 내의 밑단아!" 그는 애도하듯이 말했다.

모렐 부인은 이제 몸이 흔들릴 정도로 웃고 있었다. 그녀는 자제하려고 애쓰면서 가까스로 주먹으로 탁자를 치면서 말했다.

"옷을 입으시겠어요, 신사 양반? 8시가 되기 15분 전입니다."

"이 넝마조각 같은 옷을 입고 서두르기를 바라는 건 아니겠죠, 엄마?"

"오, 이 정신 나간 수다쟁이!" 그녀가 소리쳤다. "너 자전거 타고 서두르다가 목뼈가 부러질라."

"네, 제가 죽더라도 제 내의를 부끄러워하지 않을 거예요." 그가 말을 가로막았다.

그녀는 벌떡 일어나 브러시를 잡고 그의 머리를 두드렸다.

"머리 좀 빗어라." 그녀가 명령했다.

그들은 마음이 훈훈해진 채 서로 헤어졌다. 아들은 그녀의 내면에 온기를 느끼도록 만들었고 그녀 또한 그의 마음을 따뜻하게 만들었다.

그리고 그는 점점 야심을 가지게 되었다. 그는 자기가 버는 돈을 모두 어머니에게 주었다. 그가 일주일에 14실링을 벌면 그녀는 그에게 2실링을 되돌려 주었고 그는 전혀 술을 마시지 않았기 때문에 자기가 부자인 것처럼 느꼈다. 그는 베스트우드의 부르주아들과 어울려 다녔다. 그 작은 마을에서 가장 지위가 높은 사람은 목사였다. 그다음이 은행 간부, 그 다음이 의사들, 그리고 상인, 그다음으로 광부들 순이었다. 윌리엄은 약사, 교사, 그리고 상인들의 아이들과 어울리기 시작했다. 그는 노동자 회관에서 당구를 쳤다. 또한 그는 어머니가 반대했지만 춤을 추었다. 베스트우드가 제공하는 모든 활동들, 즉 처치 스트리트에서 열리는 싸구려 댄스파티부터 스포츠나 당구에 이르기까지 그는 모든 것을 마음껏 즐겼다.

"왈츠라고!" 그의 아버지가 소리쳤다. "네가 왈츠를 출 줄 안다고 생각하는 게냐? 내가 조금 더 몸이 빨랐을 때 난 작은 동전 위에서도 회전할 수 있었다." 그의 아버지가 말했다.

"그러셨겠지요." 윌리엄은 믿을 수 없다는 듯이 말했다.

"무엇이든 할 수 있었어!" 모렐은 자랑스럽게 말했다.

"그러면 해 보세요…… 한 번 보게 해 주세요."

그러나 모렐은 아이들 앞에서 춤추기를 꺼려했다.

"아니, 안할 거야! 그건 완전히 바보들이나 하는 짓이다. 게다가 그것은 네게 아무 도움도 되지 않지."

"전 아버지의 전철을 밟고 있는 거예요." 그가 말했다.

"네가 정말 그렇게 하고 있다면 그건 더욱 바보짓이지." 아버지가 말했다.

"몸이 너무 굳어서 춤을 출 수 없으면 할 수 없죠."

"나는 지난 이십 년 동안 춤을 추어 본 일이 없다." 모렐이 성을 내면서 말했다.

"틀림없이 그걸 포기하기가 아주 힘들었을 거예요."

그러나 윌리엄은 춤추기를 계속했다. 그는 여자들에게 아주 인기가 있었다.

"사도야." 그는 춤을 추고 온 날이면 동생 폴과 함께 잠자리에 누워서 폴에게 말하곤 했다. "사도야…… 하얀 새틴 옷을 입은 여자가…… 듣고 있니, 슬리퍼까지 하얀 새틴으로 몸을 감싸고…… 서턴에 살고 있는데…… 나한테 홀딱 반했어! 내일 그 여자를 만나러 갈 거야."

이 주일 후에 폴이 그에게 물었다.

"하얀 새틴 옷을 입은 여자는 어떻게 되었어?"

"그 여자는 신경 쓰지 마, 사도야…… 대단한 일 아냐! 그런데 리플리에서 온 보석 같은 조그마한 여자가 있는데…… 벚꽃 향기를 은은하게 풍기고…… 백합처럼 아름답고……."

폴은 갖가지 꽃 같은 여자들에 대한 현란한 묘사를 듣게 되었고 그들은 꺾어서 꽂아 놓은 꽃처럼 윌리엄의 마음속에서 잠시 한 이 주일 정도 머물렀다.

때로 어떤 아가씨는 이 바람둥이 멋쟁이를 찾아서 집에 찾아오곤 했다. 모렐 부인은 문간에 서 있는 낯선 여자를 보면 즉시 낌새를 채곤 했다.

"모렐 씨 집에 있어요?" 그 아가씨는 호소하듯이 말했다.

"내 남편은 집에 있어요." 모렐 부인이 대답했다.

"제 말은…… 젊은 모렐 씨 말이에요." 그 처녀는 힘들게 대답했다.

"누구 말이에요…… 여러 명이 있는데?"

그 말에 처녀는 얼굴을 더욱 붉히며 말을 더듬었다.

"저…… 리플리에서…… 모렐 씨를 만났어요." 그녀가 설명했다.

"아…… 댄스파티 말이군요!"

"네."

"나는 내 아들이 춤추는 데서 만난 여자들을 좋아하지 않아요. 그리고 그 애는 지금 집에 없어요."

모렐 부인은 그녀의 아들이 다니는 싸구려 댄스파티를 싫어했다.

"그런 데나 가는 뻔뻔스럽고 형편없는 여자들을 내가 모른다고 생각하니?" 그녀가 아들에게 말했다.

"글쎄요, 엄마, 보시다시피 전 뻔뻔스럽지 않잖아요."

"잘 모르겠다." 그의 어머니가 웃었다.

"제가 그런 여자들과 사랑에 빠지리라고는 생각하시지 않지요? 저는 그저 그 애들과 재미있게 시간을 보내고 싶을 뿐이에요."

"하지만 그 애들은 너하고 단순히 재미만 보려는 것이 아니야. 그리고 그건 옳은 일이 아니다."

"왜요? 저는 결혼하지 않을 거예요. 초조해하지 마세요, 엄마. 우선은 엄마 같은 여자를 만날 때까지 결혼하지 않을 거고…… 그건 꽤 시간이 걸릴 거예요…… 그러고 나서 내가 여기저기 돌아다니면서 노는 데 싫증이 나면 한 서른 살쯤에 결혼할 거예요."

"글쎄, 두고 보자, 얘야." 그의 어머니가 대답했다.

그 후 그는 어머니가 그 처녀를 아주 무례하게 문 밖에서 돌려보낸 일에 화가 나서 집으로 돌아왔다. 그는 조심성이 없지만 열의를 가진 듯이 보였고 때로 인상을 찌푸리고 종종 모자를 머리 뒤로 경쾌하게 눌러쓰고는 씩씩하게 활보했다. 지금 그는 인상을 쓰고 들어왔다. 그는 모자를 소파에 내던지고 자신의 강한 턱을 손으로 잡고는 눈을 부라리며 어머니를 보았다. 머리카락을 이마로부터 모두 뒤로 넘긴 그의 어머니는 체구가 작았다. 그녀는 차분한 분위기의 권위를 가지고 있으면서도 흔히 볼 수 없는 따뜻함을 간직하고 있었다. 아들이 화가 난 것을 알고 그녀는 마음속으로 떨었다.

"어제 어떤 숙녀가 저를 찾아왔어요, 엄마?" 그가 물었다.

"숙녀는 모르겠다…… 어떤 여자애가 왔었다."

"그런데 왜 제게 말하지 않았어요?"

"단지 잊어버렸을 뿐이야."

그는 약간 시근거렸다.

"예쁜 여자였어요? ……숙녀같이 보였어요?"

"그 애를 쳐다보지 않았다."

"눈이 크고 갈색이지요!"

"그래."

또다시 그는 시근거렸다.

"그 여자에게 뭐라고 하셨어요?"

"네가 집에 없다고 했지."

"그 밖에는요?"

"네가 한 번 만난 여자들이 너를 찾아 네 엄마의 집에 오는 것을 좋아할 수 없다고 했을 뿐이다."

"그런 말을 하실 필요가 없었잖아요." 그가 대답했다. "그 여자의 아버지는 아주 부자라서…… 하인이 두 명이나 있다고요……."

"하인들이 같이 오질 않아서 나는 몰랐다."

"하지만 무엇 때문에 그렇게 심술궂은 태도를 보이세요, 그 여자가 여기 오는 데 아무 잘못도 없잖아요?"

"그 여자애가 뻔뻔스러운 바람둥이 처녀라고 생각했다."

"그렇지 않아요…… 정말이라니까요 …… 그 여자의 아버지는……."

"하인이 두 명이라고." 모렐 부인이 가락을 맞추듯이 말했다.

"아뇨…… 그 사람은 우드린턴의 수의사예요…… 게다가 엄마……."

"그 여자애는 뻔뻔스러운 바람둥이였어."

"아니에요…… 그리고 그 여자가 예쁘게 생겼죠, 그렇죠?"

"나는 보지 않았다."

"틀림없이 보셨을 거예요…… 솔직히 말하세요……."

"나는 안 봤어. 그리고, 애야, 네 여자들에게 말해라. 그 여자들이 널 쫓아다니려면 네 엄마한테 와서 너를 찾지 말라고 해라…… 그 여자들에게 그렇게 말해라…… 네가 춤 교습소에서 만나는 뻔뻔스러운 말괄량이 아가씨들에게 말이야."

"그 여자는 정말 좋은 여자예요."

"나는 그렇지 않다고 확신한다."

여기서 말다툼은 끝났다. 어머니와 아들 사이에 춤 때문에

심한 갈등이 있었다. 윌리엄이 허크널 토커드라는 마을(그곳은
저급한 마을이라는 평판이 있었다.)의 가장무도회에 가겠다고 말
했을 때 그 불화는 정점에 달했다. 그는 스코틀랜드 북부 고
지에 사는 사람으로 변장할 생각이었다. 그는 한 친구로부터
옷을 빌릴 수 있었는데 그 옷은 그에게 딱 맞았다. 그 옷이 집
으로 배달되었다. 모렐 부인은 그것을 쌀쌀한 태도로 받았고
풀어 보려고도 하지 않았다.

"옷이 왔어요?" 윌리엄이 물었다.

"앞방에 꾸러미가 있다."

그는 뛰어들어가 끈을 풀었다.

"이 옷을 입은 당신 아들의 모습이 어떨까요, 엄마!" 그는
그녀에게 옷을 보여 주며 도취되어 말했다.

"네가 그런 옷 입은 걸 생각하고 싶지도 않다는 걸 알고 있
잖니."

무도회가 있는 날 저녁 그가 옷을 갈아입으려고 집에 왔을
때 모렐 부인은 코트를 입고 모자를 썼다.

"잠깐 계시다가 제가 옷 입은 것을 보시지 않겠어요?" 그가
물었다.

"아니…… 보고 싶지 않다." 그녀가 대답했다.

그녀는 다소 창백했고 얼굴 표정은 굳어 있었다. 그녀는 아
들이 자기 아버지와 똑같이 될까 봐 걱정이었다. 그는 잠시 주
저했고 그의 마음은 걱정으로 정지한 듯했다. 그러다가 리본
이 달린 스코틀랜드풍의 모자를 보자 어머니를 잊어버리고
그 모자를 기쁘게 집어 들었다. 그녀는 밖으로 나갔다.

그는 자신이 얼마나 실망했는지 알지 못했다. 그 순간의 흥분과 기대가 지금 그를 이끌고 가기에 충분했다. 그러나 어머니가 그를 보아 주어야 그의 모든 자부심이 살아날 수 있었다. 그리고 그 이후 그 무도회를 돌이켜 생각할 때마다 그는 마음이 아팠다.

그러나 그는 대단히 흥분해서 2층으로 올라갔다. 폴이 그가 옷 입는 것을 도와주었다.

"이것이 그 멋진 가장무도회 옷이야, 사도야." 그가 말했다. "저것 좀 줘." 그는 아주 짧고 꼭 끼는 검은색의 속바지를 껴입었다. 그러고 나서 그는 희열에 넘쳐 자기 어머니의 체경 앞에 섰다.

"검은 속바지를 입은 나를 좀 봐!" 그는 몸을 틀어 돌리며 말했다. 그러고 나서 "그런데, 사도야, 진짜 스코틀랜드 북부 사람들은 속바지를 입지 않아…… 벌거벗은 몸에다 짧은 킬트를 두르지. 그렇지만 내가 우연히도 발을 높이 쳐들고 여자들이 거기 즐비하게 있다면…… 야! 그건 안 될 말이야!"

작은 소년은 그것을 그다지 심각하게 여겨지지는 않았지만 그래서는 안 된다고 생각했다.

"한 쌍의 멋진 다리야, 사도야. 멋진 다리지! 나를 위해서 달리기 시합에서 네 번이나 우승했고 자전거 경주에서 두 번이나 우승했어. 괜찮은 다리지!" 그는 튼튼하고 젊은 자기의 다리를 손바닥으로 두드렸다. "근육 좀 봐, 애야! 그런데 한 가지 결점이 있지. 무릎을 서로 붙일 수가 없어. 약간 안짱다리야, 사도야. 하지만 그게 힘을 내지. 니콜라스 니클비…… 그는 멋진 다리를 가지고 있었어…… 사진을 보면 그 사람은 양 무릎을 붙일 수가 있었어. 그리고 내 생각에는 미스터 굿도 할 수 있었을 거야.『솔로몬왕의 광산』에서 '아름답고 흰 다리'를 가지고 있었던 사람이 미스터 굿이었던가? 그것을 좀 묶어줘. 이 옷은 나에게 그다지 잘 어울리지 않지, 사도야?"

"맞아."폴이 공손하게 말했다.

"진짜 스코틀랜드 북부 사람들은,"윌리엄이 계속 말했다. "킬트에 주름을 잡아야 해. 이것이 그런 종류라면 좋겠는데…… 나도 한번 그렇게 해 봤으면 좋겠어. 보다시피 사도야, 나는 허리가 날씬하기 때문에 킬트를 입을 수 있지만 너는 상자 뚜껑처럼 평퍼짐하기 때문에 안 될 거야. 너는 그 부분이 잘 발달되도록 신에게 기도해야 해. 그렇지 않으면 킬트를 입을 수 없어."

폴은 자기가 왜 킬트를 입고 싶어 해야 하는지 막연하게나마 이상하게 생각했다. 그는 키가 작고 가냘프기 때문에 자기 형의 근육이나 큰 키를 열망할 수 없었다.

"자, 내 무릎이 어떻게 보이니! ……괜찮지 않아? 멋진 무릎이야…… 멋진 무릎…… 다리 전체가 멋있어! 얼마 전에 사무실에 있는 녀석들이 내가 어깨심을 댔다고 내기를 걸었지. 그래서 내가 글을 쓰는 동안에 비커즈가 기어 와서 어깨에 핀을 찔렀어. 내가 지르는 소리에 천장이 무너질 정도였지. 나는 벌떡 일어나 그 녀석 머리에 한 방 먹였지. 자전거 타느라 여기 살갗이 떨어져 나가지 않았더라면 좋았을걸!"

"거기에 분홍색 가루 치약을 약간 뿌리면 어떨까?"폴이 제안했다.

"어쩌면 그게 방부제라지…… 상처가 덧나지 않을까! 자, 나는 진짜 스코틀랜드 북부인들의 용모를 가지고 있어…… 붉은 머리, 푸르고 사나운, 사도야, 정말 사나운 눈에…… 그걸 받쳐 줄 근육에다…… 내가 혹시라도 입대한다면 나는 검은 파수대에 입대할 거야…… 가루 치약은 좋은 생각이었어……."

그가 옷을 다 입었을 때 한 무리의 아이들과 몇몇 이웃 사람들이 그를 보러 왔다. 그리고 그는 출발했다. 그는 상당히 즐겁게 놀았지만 나중에 생각해 보면 그것은 고통스러운 기억이었다. 그의 어머니는 그에게 하루 이틀간 냉랭했다. 하지만 그는 너무나 사랑스러운 아들이었다! 그러나 어머니와 아들 사이에 약간의 소원함이 다시 스며들었다.

이때쯤에 그는 공부를 시작했다. 그는 친구 한 명과 불어와 라틴어, 그리고 다른 것들을 배우기 시작했다. 머지않아 그는 창백해졌다. 일이 끝나면 프레드 심프슨의 집으로 가서 자정이나 거의 새벽 1시까지 친구와 함께 공부하곤 했다. 모렐 부인은 그에게 건강에 더욱 신경을 쓰라고 타이르고 격하게 화도 내고 간청하기도 했다.

"우리가 공부할 때면 전 시간을 기억할 수가 없어요…… 둘 다 마찬가지예요…… 프레드의 어머니가 아래층에서 소리칠 때까지는요." 그가 말했다.

이와 같이 공부를 하는 밤이 '야회'나 무도회에 가는 밤들과 뒤섞여 있었다. 나이를 먹어가면서 그는 점점 마르고 그의 눈에서 사나운 빛이 사라졌다.

그의 어머니는 그를 지켜보고 그를 기다리면서 마음속에 서늘한 냉기를 느꼈다. 그가 '성공'할 것인가? 그에 대한 그녀의 자부심에는 불안의 씨앗도 섞여 있었다. 그리고 그녀는 아들에 대해 아주 오랫동안 기대해 왔기 때문에 그가 실패한다면 참을 수 없었다. 그가 무엇을 하기를 원하는지 그녀 자신도 알지 못했다. 어쩌면 그녀는 다만 그가 그 자신이 되기를, 그녀가 그에게 심어 준 모든 것들을 키워서 결실을 맺기를 바랄 뿐이었다. 그녀는 아들에게서 그녀의 삶의 결실을 보고 싶어했고 그것이 전부였다. 그리고 자기 영혼의 모든 힘을 바쳐서 그녀는 그가 강하고 균형이 잡힌 상태로 곧바로 정진하도록 하려고 노력했다. 그러나 그는 분명한 목적 없이 허우적거리고 있었다. 때때로 그는 바른 길에서 벗어났고 그저 자기 아버지와 똑같았다. 그럴 때면 그녀의 마음은 낙담과 염려로 꺼져들어가는 것 같았다.

아들에게 수십 건의 가벼운 교제는 있었지만 연애 사건이라고 할 만한 것은 없었다. 그가 하고자 하는 일에 곧바로 정진하는 한 그녀는 그가 여자들과 사귀는 것을 개의치 않았다. 그러나 그녀는 아들이 어떤 천박한 바람둥이 여자 때문에 큰 실수를 하게 되지 않을까 걱정했다.

그가 열아홉 살이 되었을 때 돌연 '조합' 사무실을 그만두고 노팅엄에서 일자리를 구했다. 새 직장에서 그는 주급 18실링이 아니라 30실링을 받았다. 이것은 대단한 승진이었다. 그의 어머니와 아버지는 그가 자랑스러워 희색이 만면했다. 모든 사람들이 윌리엄을 칭찬했다. 그는 곧 성공할 것처럼 보였다. 모렐 부인은 그의 보조로 밑의 남동생들이 도움을 받을 수 있기를 바랐다. 애니는 지금 교사가 되기 위해서 공부하고 있었다. 폴도 대단히 영리한데 그는 목사이자 여전히 모렐 부인의 친구인 그의 대부에게서 불어와 독일어를 배우면서 잘하고 있었다. 응석받이로 자라 버릇이 없지만 아주 잘생긴 아서는 초등학교에 다니고 있었고 노팅엄의 중등학교의 장학금을 받으려고 노력한다는 말이 있었다.

윌리엄은 노팅엄의 새 직장에서 일 년간 일했다. 그는 열심히 공부했고 성숙해지고 있었다. 무엇인가가 그를 초조하게 만드는 듯이 보였다. 아직도 그는 무도회와 강변 파티에 나갔다. 그는 술은 마시지 않았다. 아이들은 모두 열렬한 금주가들이었다. 그는 밤늦게 집에 와서는 더욱 늦게까지 공부하면서 앉아 있었다. 그의 어머니는 더욱 조심하라고, 어느것이든 한 가지를 하라고 간청했다.

"춤추고 싶으면 춤을 춰라, 얘야. 하지만 네가 사무실에서 일하고 그러고 나서 즐기고 또 그다음에 공부도 할 수 있다고 생각하지 마라. 그렇게는 할 수 없어. 인간의 체력은 그런 것을 견딜 수 없어. 한 가지만 해라…… 즐겁게 놀든지 아니면 라틴어를 공부하든지…… 하지만 둘 다 하려고 들지는 말아라."

그러고 나서 그는 런던에서 연봉 120파운드를 받는 일자리를 얻었다. 이것은 믿을 수 없는 엄청난 액수처럼 보였다. 그의 어머니는 기뻐해야 할지 슬퍼해야 할지 거의 어리둥절할 지경이었다.

"엄마, 월요일 아침에 런던의 라임 스트리트로 오라는군요."

그는 편지를 읽고 눈을 반짝이며 소리쳤다. 모렐 부인은 마음 속으로 모든 것이 가라앉는 듯했다. 그는 편지를 읽어 내려갔 다. "당신이 이 제의를 받아들일지 목요일까지 답장해 주겠습 니까? ……친애하는 모렐 군. ……그 사람들이 일 년에 120파 운드를 주고 절 쓰겠대요, 엄마. 그런데 면접을 하겠다고 하지 도 않아요. 제가 해낼 거라고 말하지 않았어요! 런던에 있는 저를 생각해 보세요! ……엄마에게 일 년에 20파운드씩 드릴 수 있을 거예요, 엄마…… 우리는 모두 돈방석에서 구를 거 예요."

"그렇겠구나, 얘야."

어머니가 그의 성공을 기뻐하기보다는 그가 떠난다는 사실 에 더욱 상심할 것이라는 생각은 그에게 조금도 떠오르지 않 았다. 실제로 그가 출발할 날이 가까워 오면서 그녀의 심장은 절망감으로 조여들고 우울해졌다. 그녀는 아들을 그렇게도 사 랑한 것이었다. 그보다도, 그녀는 아들이 잘되기를 매우 바랐 고 거의 아들에 기대어 하루하루를 살아갔다. 그녀는 그를 위 한 일, 곧 그의 찻잔을 놓아 준다든가 그의 칼라를 다림질하 는 것을 좋아했다. 아들은 자신의 칼라를 자랑스러워했고 그 러한 일을 해 주는 것이 그녀에게는 기쁨이었다. 세탁소가 없 었기에 칼라의 윤을 내기 위해서 그녀는 조그마한 볼록 다리 미로 문질러 댔고 마침내 순전히 그녀의 팔 힘으로 그것이 윤 이 나곤 했다. 이제 그녀는 그를 위해 이 일을 하지 못할 것이 다. 이제 그는 떠나갈 것이다. 그녀는 마치 그가 그녀의 마음 에서도 떠나가는 듯이 느꼈다. 아들은 어머니가 자기 마음속에 머물도록 허락하지 않는 것처럼 보였다. 그것이 그녀에게는 슬픔이자 고통이었다. 그는 자신을 거의 남기지 않고 떠나는 것이었다.

떠나기 며칠 전 (그는 막 스무 살이 되었다.) 그는 연애편지들을 불태웠다. 그 편지들은 부엌 찬장 위쪽에 걸린 편지 주머니에 꽂혀 있었다. 그는 이전에 그 가운데 몇몇을 발췌하여 어머니에게 읽어 주었었고 그녀는 몇 장을 스스로 읽어 보기도 했지만 대부분이 너무 하찮은 것이었다.

이제 토요일 아침에 그가 말했다.

"자 사도야, 내 편지들을 훑어보자. 너에게 새와 꽃무늬를 줄게."

모렐 부인은 그의 아들이 마지막 휴일을 보내고 있었기에 토요일 일거리를 금요일에 모두 끝냈고 지금은 그가 가지고 갈 수 있게끔 아들이 좋아하는 간식을 만들고 있었다. 그녀가 몹시 비참한 기분이라는 것을 그는 거의 의식하지 못하고 있었다.

그는 편지 꾸러미에서 첫 번째 편지를 꺼냈다. 그것은 연한 자줏빛 색깔이었고 자줏빛과 녹색의 엉겅퀴가 그려져 있었다. 윌리엄은 그 종이의 냄새를 맡았다.

"좋은 냄새인데…… 맡아 봐!"

그리고 그는 그 종이를 폴의 코 아래로 밀었다.

"음!" 폴이 냄새를 들이마시며 말했다. "이런 냄새를 무어라고 하지?"

"그건 조키 클럽 향수야." 윌리엄은 전혀 알지 못하면서 말했다.

"이건 엉겅퀴 향기는 아냐. 엉겅퀴는 냄새가 나지 않거든." 폴이 말했다.

"들어 보세요. '친애하는 사람에게.' 들어 보세요, 엄마."

"나는 그 바보 같은 말괄량이들이 쓴 편지를 듣고 싶지 않다." 모렐 부인이 말했다.

"그래도 들어 보세요! '친애하는 사람에게…… 당신은 내게 이름을 말해 주지 않았기 때문에 나는 그저 당신을 당신이라고 부를 수밖에 없어요. 당신에게 편지를 쓰지 않으면 머리가 터져 버릴 것 같아요……' 이것 좀 보세요, 엄마."

"그래, 바보 같은 미치광이들 같으니! 머리가 터지다니 머리에 든 것이 없나 보다…… 게다가 그 애들은 너를 추어올리면서 사서 고생하고 있다는 걸 모르고 있어."

"이건 나를 추어올리는 게 아니에요. 이 여자애는 저한테 홀딱 빠졌어요."

"그렇다면 그게 자랑할 일이니? 어리석은 것 같으니."

"그 여자가 '사서 고생하려고 너를 추어올린다.'고 말해서는 안 돼요, 엄마." 폴이 끼어들었다.

"물론 네 말이 맞다." 그의 어머니가 웃었다.

"'전 당신이 그 킬트를 입은 것을 본 후로 스코틀랜드를 정말 좋아하게 되었어요. 그게 당신에게 엄청나게 잘 어울렸어요. 그 킬트를 입고 스타킹을 신은 당신처럼 멋있는 사람은 본 적이 없어요……' 바로 무릎이에요…… 문제는 무릎이에요, 엄마. 그 여자애들이 내 무릎을 보지 않았을 리가 없어요."

"그랬겠지. 흔해 빠진 고양이 같은 애들이니까."

"엉겅퀴를 잘라 내라, 사도야. 근사하지 않니?"

폴은 그 연애편지들의 조그마하고 예쁜 장식들을 좋아했다. 윌리엄은 그 편지를 태웠다. 그 다음 편지는 분홍색이었고 구석에 벚꽃이 그려져 있었다.

"벚꽃이에요!" 폴은 깊이 냄새를 들이마시며 말했다. "대단해요…… 향기를 맡아 봐요, 엄마."

그의 어머니는 머리를 숙여서 그녀의 작고 섬세한 코를 종이에 대었다.

"난 이런 쓰레기는 냄새 맡고 싶지 않다." 그녀는 코를 쿵쿵거리며 말했다.

"이 여자애 아버지는 크로이소스[1]처럼 부자예요." 윌리엄이 말했다. "그 사람은 엄청나게 재산이 많아요. ……그 여자 애는 제가 프랑스어를 안다고 절 라파예트[2]라고 부르지요. '아시겠지만 전 당신을 용서했어요.' 나를 용서했다니 맘에 드네요. '오늘 아침에 엄마에게 당신에 대해 이야기했는데, 당신이 일요일에 차를 마시러 온다면 기뻐하실 거예요. 하지만 아빠의 허락을 받아야 해요. 아빠가 허락해 주시기를 정말 바라요. 그 일이 어떻게 발발할지 당신에게 알려 줄게요. 하지만 만약 당신이……'"

---

1) Kroisos. 리디아의 마지막 왕(기원전 6세기). 엄청난 부자로 유명하다.

2) 질베르 뒤 모티에 드 라파예트(Gilbert du Motier de Lafayette, 1757~1834). 프랑스의 귀족이자 군인, 정치가다. 미국 독립 전쟁 때 영국에 대항해 식민지 아메리카 편에서 싸웠다.

"그 일이 어떻게 뭘 하는 걸 알려 준다고?" 모렐 부인이 말을 가로막았다.

"'발발할지'를요…… 하, 참!"

"발발할지!" 모렐 부인이 조롱하듯이 따라했다. "교육을 잘 받은 애인 줄 알았다!"

윌리엄은 다소 불편해져서 폴에게 벚꽃이 그려진 부분을 주고 이 여자의 편지를 내버렸다. 그는 계속해서 편지들을 발췌하여 읽었는데 그중 어떤 부분들은 그의 어머니를 즐겁게 했고 또 어떤 부분들은 그녀를 슬프게 만들고 자식에 대해 걱정하도록 했다.

"애야." 그녀가 말했다. "여자들은 아주 영리하단다. 그 애들은 자기들이 너의 허영심을 추켜세우기만 하면 네가 머리를 쓰다듬질 받은 개처럼 자기들에게 달라붙을 거라는 사실을 알고 있지."

"글쎄요, 그 애들이 머리를 영원히 쓰다듬지는 못하겠지요." 그가 대답했다. "그리고 여자들이 더 이상 쓰다듬어 주지 않으면 제가 떠나 버리면 그만이고요."

"하지만 언젠가는 네가 떼어낼 수 없는 줄이 목에 걸려 있다는 걸 알 때가 올 거야." 그녀가 대답했다.

"전 아니에요! 엄마, 저는 어떤 여자에게도 맞수가 될 수 있어요. 여자들이 우쭐할 이유가 없다고요."

"너 자신이 우쭐대는구나." 그녀가 조용히 말했다.

이내 향기로운 편지들은 한 더미의 구겨진 검은 종이들로 변했고, 폴은 편지지의 구석에서 오려 낸 삼사십 개의 예쁜 제비, 물망초, 담쟁이 가지가 그려진 조각들을 갖게 되었다. 그리고 윌리엄은 새로운 인생을 시작하기 위해서 런던으로 떠났다.

4 폴의 어린 시절

폴은 그의 어머니처럼 체구가 호리호리하고 자그마할 것 같았다. 그의 금발은 붉은 빛이 돌다가 암갈색으로 바뀌었고 그의 눈은 회색이었다. 그는 창백하고 조용한 아이였고 그의 눈은 무엇인가를 듣고 있는 듯했으며 그의 아랫입술은 도톰하고 아래로 드리워져 있었다.

대체로 그는 나이에 비해 조숙해 보였다. 그는 다른 사람들 특히 그의 어머니의 감정을 예민하게 의식하고 있었다. 그녀가 불안해할 때면 그는 그것을 알아차렸고 마음을 편안히 가질 수 없었다. 그의 영혼은 언제나 그녀에게 관심을 쏟고 있는 듯이 보였다.

폴은 성장하면서 점점 튼튼해졌다. 윌리엄은 너무 멀리 떨어져 있어서 친구로 여길 수 없었다. 그래서 그 어린 소년은 처음에는 거의 누나와 지냈다. 애니는 말괄량이였고 어머니가 부르듯이 '들뜨고 경박하고 산만한 아이'였다. 그러나 애니는 남동생을 대단히 좋아했고 그래서 폴은 누나를 따라다니며 누나와 같이 놀았다. 애니는 보텀스에 사는 다른 어린 장난꾸러기들과 숨바꼭질 놀이를 하면서 격렬하게 달렸다. 그리고 폴은 숨바꼭질 놀이에서 아직 자기 역할이 없었으므로 언제나 누나 옆에서 함께 달리면서 누나의 역할을 함께했다. 그는 조용하고 눈에 띄지 않았지만 그의 누나는 동생을 몹시 좋아했다. 그는 누나가 원하는 물건이면 무엇이든 좋아하는 것처럼 보였다.

애니는 그다지 좋아하지는 않지만 무척 자랑스럽게 여기는 커다란 인형을 가지고 있었다. 그래서 애니는 그 인형을 소파에 올려놓고 인형이 잠자도록 의자 덮개로 덮어 주었다. 그러고는 그것을 잊어버렸다. 한편 폴은 소파 팔걸이에서 뛰어내리는 연습을 했고 숨겨져 있던 인형의 얼굴에 요란한 소리를 내면서 떨어졌다. 애니가 달려와서는 큰소리로 비명을 지르며 주저앉아 울부짖었었다. 폴은 아주 조용히 있었다.

"인형이 거기 있는지 몰랐어요, 엄마. 거기 있는지 몰랐다고요." 그는 같은 말을 하고 또 했다. 애니가 인형 때문에 울고 있는 한 그는 비참한 기분으로 무력하게 앉아 있었다. 그녀의 슬픔은 점차 사그라졌고, 동생이 몹시 혼란을 느끼는 듯이 보였기 때문에 그녀는 동생을 용서했다. 그러나 하루이틀이 지나고 그녀는 깜짝 놀랐다.

"아라벨라를 제물로 바치자. 그 인형을 태워 버리자." 그가 말했다.

애니는 경악했지만 어쩐지 매료되었다. 그녀는 동생이 어떤 일을 할지 보고 싶었다. 그는 벽돌로 제단을 만들고 아라벨라의 몸에서 대팻밥을 약간 꺼내고 밀랍 조각들을 부서진 얼굴에 넣은 다음 파라핀을 조금 뿌려서 몸 전체에 불을 붙였다. 그는 아라벨라의 부서진 이마에서 밀랍 방울이 녹아서 땀처럼 불꽃 속으로 떨어지는 것을 짓궂은 얼굴로 만족스럽게 지켜보았다. 그 바보 같은 큰 인형이 불타는 동안 그는 침묵 속에서 기뻐했다. 그는 마침내 막대기로 잿더미 속을 쑤셔서 새카맣게 타버린 팔과 다리를 찾아내서는 그것을 돌멩이 밑에 놓고 박살 내었다.

"이게 아라벨라의 희생제야." 그가 말했다. "이 인형에서 아무것도 남지 않게 되어 기분이 좋아."

그녀는 아무 말도 할 수 없었지만 이 사건은 애니의 마음을 혼란스럽게 만들었다. 그는 자기가 인형을 부수어 버렸기 때문에 그 인형을 몹시 미워하는 듯이 보였다.

그의 어머니와 마찬가지로 모든 아이들, 특히 폴은 아버지를 싫어하는 듯했다. 모렐은 끊임없이 식구들을 들볶고 술을 마셨다. 아버지는 가족의 생활 전체를 비참하게 만들었고 그 기간이 때로는 몇 달씩 지속되기도 했다. 어느 월요일 저녁 금주를 맹세한 젊은이들의 모임인 희망의 밴드에서 폴이 집에 돌아왔을 때 아버지가 고개를 숙인 채 다리를 벌리고 난로 앞 깔개에 서 있었다. 어머니의 눈이 붓고 멍이 들어 있었으며 직장에서 막 돌아온 윌리엄은 자기 아버지를 노려보고 있었다.

폴은 이 장면을 결코 잊지 않았다. 어린아이들이 들어섰을 때 집안은 고요했고 어른들은 아무도 돌아보지 않았다.

윌리엄은 입술까지 하얗게 질렸고 주먹을 꽉 쥐고 있었다. 그는 동생들과 분노와 증오심으로 이 광경을 바라보다가 그들이 조용해질 때까지 기다렸다. 그리고 그는 말했다.

"아버진 비겁한 사람이에요. 내가 집에 있었다면 감히 이렇게 하지 못했을 거예요."

그러나 모렐은 몹시 화가 나 있었다. 그는 아들에게 몸을 휙 돌렸다. 윌리엄은 체구가 아버지보다 컸지만 모렐은 단단한 근육질이었고 격노한 상태였다.

"내가 못 한다고?" 그가 소리쳤다. "못 한다고? 어디서 건방을 떨고 있어, 망할 자식 같으니라고. 이 주먹으로 네놈을 두들겨 주마. 그럼, 그러고말고. 두고 봐."

그는 무릎을 굽히고 거의 짐승같이 꼴사나운 모양으로 그의 주먹을 내밀었다. 윌리엄은 분노로 하얗게 질렸다.

"때려 보세요!" 그는 조용히 격앙된 목소리로 말했다. "그렇지만 그게 마지막일걸요."

모렐은 몸을 흔들며 조금 더 가까이 다가와 몸을 구부리고 주먹을 뒤로 끌어당겨 칠 태세를 갖추었다. 윌리엄도 주먹을 쥐었다. 그의 푸른 눈에 마치 웃음과도 같은 한 줄기 빛이 지나갔다. 그는 아버지를 지켜보았다. 말 한마디만 더 오갔다면 그 둘은 싸우기 시작했을 것이다. 폴은 두 사람이 싸우기를 바랐다. 세 명의 아이들은 창백하게 질려서 소파에 앉아 있었다.

"둘 다 그만둬요." 모렐 부인이 격한 목소리로 소리쳤다. "이제 하룻밤 치로는 충분해요…… 그리고 당신." 남편 쪽으로 몸을 돌리며 그녀가 말했다. "애들을 봐요."

모렐은 소파 쪽을 보았다.

"애들을 보라고? 이 망할 여편네야." 그가 코웃음 쳤다. "자, 내가 도대체 애들을 어떻게 했다는 거야. 애들이야 당신하고 똑같지…… 당신이 애들을 속임수와 더러운 방법으로 당신을 따르도록 했지…… 당신이 그렇게 가르쳤어, 그렇지."

그녀는 그의 말에 대답하지 않았다. 아무도 말을 하지 않았다. 얼마 후에 그는 부츠를 식탁 아래에 던지고는 잠자러 갔다.

"왜 제가 한 방 먹이도록 놔두지 않으셨어요?" 그의 아버지가 2층으로 올라가자 윌리엄이 말했다. "제가 쉽게 이길 수 있었을 텐데."

"네 아버지를 말이냐? 참 잘하는 짓이다." 그녀가 대답했다.

"'아버지'라고요!" 윌리엄이 따라했다. "그 사람이 제 아버지라고요!"

"그래 네 아버지이지…… 게다가……."

"하지만 제가 그 사람을 끝내도록 내버려 두시지 그랬어요. 쉽게 할 수 있었는데요."

"어떻게 그런 생각을 하니!" 그녀가 소리쳐 말했다. "아직 그 정도는 아니다." 그녀가 소리쳐 말했다.

"아니에요." 그가 말했다. "그보다 더 심해요…… 엄마 얼굴을 보세요. 왜 내가 끝장을 내도록 내버려 두시지 않았어요."

"난 그건 참을 수 없다. 그러니 그런 생각은 다시 하지 말아라." 어머니가 재빨리 소리쳤다.

그리고 아이들은 비참한 마음으로 잠자리에 들었다.

윌리엄이 자라는 동안 그 가족은 보텀스에서 언덕바지에 있는 집으로 이사했고 그곳에서는 그 앞에 볼록한 새조개나 대합조개의 조가비처럼 펼쳐진 마을의 풍경을 한눈에 볼 수 있었다. 집 앞에는 커다랗고 오래된 물푸레나무가 서 있었다. 더비셔 쪽에서 부는 서풍은 온 힘을 다해 집들을 잡아 흔들었고 나무들은 그때마다 비명소리를 내었다. 모렐은 그것을 좋아했다.

"이건 음악이야. 잠이 잘 오도록 해 주지." 그가 말했다.

그러나 폴과 아서, 애니는 그것을 싫어했다. 폴에게 그것은 거의 악마가 울부짖는 소리로 들렸다. 새 집으로 이사 간 첫해 겨울에 그들의 아버지는 상태가 아주 나빴다. 아이들은 넓고 어두운 계곡 끝의 길거리에서 8시까지 놀았다. 그러고는 잠자리에 들었다. 그들의 어머니는 아래층에 앉아 뜨개질을 했다. 집 앞에 아주 넓은 공간이 있었기 때문에 아이들은 밤과 광활함과 공포를 예리하게 느꼈다. 이 공포는 나무가 울부짖는 소리와 집안이 화목하지 않은 고통에서 오는 것이었다. 종종 폴은 오래 잠든 후에 아래층에서 쿵쿵거리는 소리에 잠이 깼다. 그는 즉시 완전히 잠에서 깨어났다. 그리고 나서 거의 취해서 집에 돌아온 아버지가 고함을 크게 지르고 어머니가 날카롭게 대답하며 아버지가 주먹으로 식탁을 내리치고 점점 목소리를 높이면서 으르렁거리는 역겨운 고함 소리를 들었다. 그리고 나면 그 모든 소리는 그 거대한 물푸레나무가 바람에 휩쓸리면서 내는 귀를 찌르는 듯한 비명과 고함이 뒤섞인 소리에 묻혀 버렸다. 아이들은 긴장하여 말없이 누워서 아버지가 무엇을 하는지 들을 수 있도록 바람이 멎기를 기다렸다. 아버지는 또다시 어머니를 때릴지 모른다. 어둠 속에는 공포와 털이 곤두서는 듯한 초조함이 있었고 살벌한 긴장감이 돌았다. 아이들은 가슴을 조이며 깊은 불안감에 사로잡힌 채 누워 있었다. 바람은 나무들 사이로 더욱 거세게 불었다. 거대한 하프의 모든 현들이 콧소리를 내고 휘파람 소리를 내다가 비명을 질렀다. 그러다가 갑자기 정적의 공포가 찾아오는 순간이 있었다. 바깥과 아래층, 모든 곳이 고요해졌다. '이게 무엇일까? ……피의 침묵일까? 아버지가 무슨 일을 저지른 것일까.'

아이들은 누워서 어둠을 들이마셨다. 그러다가 마침내 그들은 아버지가 부츠를 벗어 던지고는 양말을 신은 채 쿵쿵거리며 2층으로 올라가는 소리를 들었다. 그래도 그들은 계속 귀를 기울였다. 그리고 바람 소리가 잦아들면 그들은 어머니가 아침을 준비하느라 수도꼭지를 틀어 주전자에 물을 채우는 소리를 들었고 그 소리를 듣고서야 마침내 평화로이 잠잘 수 있었다.

아침이면 그들은 행복했다. 밤에는 어둠 속에 외로이 서 있는 가로등 주위에서 놀고 춤추면서 대단히 행복했다. 그러나 그들의 마음속에는 한 가지 응어리진 걱정거리가 있었고 그들의 눈에는 어두운 구석이 있었으며 이것이 그들의 생활 전체에 나타났다.

폴은 아버지를 미워했다. 어린 소년이었을 때 그는 혼자만의 종교를 열렬히 믿었다.

'아빠가 술을 끊게 해 주소서.' 그는 매일 밤 기도했다.

'하나님, 아빠가 죽게 해 주소서.' 그는 아주 종종 기도했다.

'아빠가 탄광에서 죽게 해 주소서.' 차 마실 시간이 지난 후에도 그의 아버지가 일터에서 돌아오지 않았을 때 그는 이렇게 기도했다.

그럴 때 또한 가족은 극심하게 고통을 받았다. 아이들은 학교에서 돌아와 차를 마셨다. 모렐의 저녁식사는 이미 준비되어 시렁 위에는 크고 검은 냄비가 부글부글 끓고 있었고 스튜 냄비는 오븐 속에 있었다. 5시면 그가 집에 돌아와야 할 시간이었다. 그러나 몇 달 동안 그는 매일 밤 일터에서 오는 길에 술집에 들러 술을 마셨다.

춥고 일찍 어두워지는 겨울 밤에 모렐 부인은 가스를 절약하기 위해서 놋쇠 촛대를 식탁에 세우고 수지 양초를 켜두곤 했다. 아이들은 버터를 바르거나 고기 기름에 찍어 빵을 먹고 나가서 놀 준비가 되었다. 그러나 모렐이 돌아오지 않으면 아이들은 주저했다. 그가 하루 종일 일한 후에 집에 돌아와 씻고 저녁을 먹지 않고 탄광의 더러운 먼지에 뒤덮인 채 술집에 앉아서 빈속에 술을 마시고 취할 것을 생각하면 모렐 부인은 거의 참을 수 없을 지경이 되었다. 이런 감정은 아이들에게 전달되었다. 그녀는 더 이상 혼자 고통을 겪지 않았다. 아이들이 그녀와 함께 고통을 나누었던 것이다.

폴은 다른 아이들과 함께 놀러 나갔다. 저 아래 거대한 땅거미의 구유 속에서 탄광이 있는 곳에 조그마한 불빛들이 타올랐다. 마지막으로 오는 광부들이 몇 명 뿔뿔이 흩어져 어둑한 들판을 올라오고 있었다. 가로등을 켜는 사람이 왔다. 더이상 광부들은 오지 않았다. 어둠이 계곡 위로 장막을 드리웠고 이제 노동은 끝나고 밤이 되었다.

그러면 폴은 불안하게 부엌으로 뛰어 들어갔다. 촛불 하나가 식탁 위에서 타오르고 난로의 불은 벌겋게 빛을 내며 모렐 부인은 혼자 앉아 있었다. 시렁 위의 냄비에서는 김이 솟아오르고 차려진 저녁식사 그릇들은 식탁 위에서 기다리고 있었다. 방 전체가 기다리는 분위기로 가득했고 어둠을 가로질러 집에서 몇 킬로미터 떨어진 곳에서 저녁도 먹지 않고 탄광의 더러운 먼지를 뒤덮어 쓴 채 앉아 취하도록 술을 마시는 사람을 기다리고 있었다. 폴은 문간에 섰다.

"아빠 왔어요?"

"안 오셨다는 걸 보면 모르니." 모렐 부인은 쓸데없는 질문에 화가 나서 말했다.

그러면 소년은 어머니 옆에서 꾸물거렸다. 그들은 똑같은 걱정을 하고 있었다. 이내 모렐 부인은 밖으로 나가서 감자를 골라냈다.

"감자가 상해서 검게 변했구나." 그녀가 말했다. "하지만 그러면 어때." 두 사람 모두 별로 말을 하지 않았다. 폴은 아버지가 일터에서 집으로 돌아오지 않기 때문에 고통스러워하는 어머니가 거의 미울 지경이었다.

"왜 그렇게 걱정을 하세요?" 그가 말했다. "아빠가 술집에 들러서 술에 취하고 싶다면 그냥 내버려 두지 그러세요?"

"내버려 두라고!" 모렐 부인이 발끈하여 말했다. "너야 '내버려 두라'고 말할 수 있겠지." 그녀는 일터에서 집에 오는 길에 술집에 들르는 사람은 자기 자신과 그의 가정을 파멸시키는 첩경에 있다는 것을 알고 있었다. 아이들은 아직 어렸고 밥벌이를 해 줄 사람에게 의존하고 있었다. 윌리엄이 그녀에게 안도감을 주었는데 모렐이 실패하더라도 그녀가 의존할 수 있는 사람이 되어준 것이었다. 그러나 이처럼 기다리는 저녁이면 집 안의 긴장된 분위기는 여전했다.

시간은 빨리 지나갔다. 6시가 되어도 식탁에 식탁보는 여전히 깔려 있었고 아직도 저녁 식사는 준비된 채로 있었으며 집 안의 걱정과 기대의 분위기도 여전했다. 소년은 그것을 더 이상 참을 수 없었다. 그는 나가서 놀 수 없었다. 그래서 그는 한 집 건너에 사는 잉거 부인의 이야기를 들으러 갔다. 그녀는 아이가 없었다. 그녀의 남편은 그녀에게 잘 해 주었지만 상점에서 일하기 때문에 집에 늦게 돌아왔다. 그래서 그녀가 소년을 문에서 보게 되면 그를 불렀다.

"들어와라, 폴."

둘은 얼마간 앉아서 이야기했고 그러다가 갑자기 소년이 일어나 말했다.

"이제 가서 엄마가 심부름 시킬 게 있는지 알아봐야겠어요."

폴은 완전히 명랑한 척했고 친한 잉거 부인에게 자기의 고민을 말하지 않았다. 그러고는 집안으로 뛰어 들어갔다.

그때 모렐이 심술 궂고 가증스러운 모습으로 집에 들어왔다.

"아주 제때에 집에 들어오는군요." 모렐 부인이 말했다.

"내가 몇 시에 집에 오건 당신한테 무슨 상관이오?" 그가 소리를 질렀다.

그러면 집안에서 모두 다 조용해졌다. 그가 위험한 상태였기 때문이었다. 그는 더할 나위 없이 야만적인 태도로 음식을 먹었고 다 먹고 나면 그릇들을 모아서 멀리 밀어 놓고 팔을 식탁에 올려놓았다. 그리고 그는 잠들었다.

폴은 아버지를 대단히 미워했다. 검은 머리카락이 약간 회색으로 더럽혀진 채 그 광부는 작고 초라해 보이는 머리를 맨팔에 묻고, 맥주와 피로 때문에, 또는 고약한 성질을 부리다가 잠이 들었다. 뭉퉁한 코와 좁고 창백한 이마에 더럽고 불그레한 그의 얼굴은 옆으로 돌려져 있었다. 만약 누군가가 갑자기 들어오거나 어떤 소리라도 내면 그는 고개를 들고 소리를 질렀다.

"그 시끄러운 소리를 멈추지 않으면 머리를 한 방 갈겨 주겠어. 내 말 들려?"

그리고 그 마지막의 말은 보통 애니에게 협박하는 투로 소리지른 것이었는데 모든 가족은 그 말을 듣고 그에 대한 증오심으로 몸부림쳤다.

그는 가족의 모든 일로부터 단절되어 있었다. 식구들은 그에게 아무 말도 하지 않았다. 아이들은 어머니와 함께 있을 때면 그날 일어난 일을 모두 이야기했다. 어떤 일도 어머니에게 말할 때까지는 실제로 일어나지 않은 것과 다름 없었다. 그러나 아버지가 들어오는 순간 모든 것이 멈추었다. 그는 가정이라는 부드럽고 행복하게 돌아가는 기계를 멈추게 하는 쐐기와 같았다. 그리고 그는 자기가 들어서면 갑자기 침묵이 깔리고 활력이 사라지며 자기가 환영받지 못한다는 것을 언제나 의식하고 있었다. 그러나 이제 그런 상태가 너무 진행되어 어떻게 할 수 없었다.

아이들이 그에게 말을 건다면 그는 무척 좋아 했겠지만 아이들은 말을 할 수 없었다. 때로 모렐 부인은 말하곤 했다.

"네가 아빠에게 말해야지."

폴은 어린이 신문의 글짓기 대회에서 상을 받았다. 모든 사람들이 대단히 기뻐했다.

"자, 아빠가 들어오시면 네가 말하는 것이 좋겠다." 모렐 부인이 말했다. "아빠가 아무 이야기도 듣지 못했다고 언짢아하는 것을 알잖아."

"알았어요." 폴이 말했다. 그러나 그는 아버지에게 말하느니 차라리 상을 몰수당하는 것이 낫다고 여겼다.

"아빠, 대회에서 상을 탔어요." 그가 말했다.

모렐은 그에게로 몸을 돌렸다.

"그래, 얘야…… 어떤 대회인데?"

"별것 아니에요…… 유명한 여자들에 관한 거예요."

"그러면 네가 받은 상금은 얼마나 되니?"

"책 한 권이에요."

"오, 그래!"

"새에 관한 책이에요."

"흠!"

그것이 전부였다. 아버지와 다른 가족 사이에 대화는 불가능했다. 그는 이방인이었다. 그는 자기 속의 신을 부정한 것이었다.

그가 가족의 생활에 다시 낄 수 있었던 유일한 시간은 일을 할 때였고 일하면서 행복하게 느낄 때였다. 때때로 저녁에 그는 구두를 수선하거나 주전자와 물병을 수리했다. 그럴 때면 그는 언제나 조수가 몇 명 필요했고 아이들은 그 일을 즐거워했다. 아이들은 실제로 무엇을 만드는 일을 하는 가운데 아버지와 일체가 되었고 그럴 때 그는 다시 진정한 자신이 되었다.

그는 솜씨 좋은 훌륭한 장인이었고 기분이 좋을 때면 언제나 노래를 불렀다. 그는 몇 달씩, 거의 몇 년씩 불화를 일으키고 고약한 성질을 부렸다. 그러다가 때때로 다시 명랑해졌다. 그가 뜨거운 쇳조각을 들고 식품 저장실로 뛰어가면서 "내 앞에서 비켜라, 비켜!"라고 말하는 것을 보는 것은 즐거운 일이었다.

그리고 그는 그 부드럽고 붉게 빛나는 쇳조각을 쇠다리미에 놓고 망치로 두들겨서 원하는 모양을 만들었다. 또는 잠깐 동안 납땜질에 몰두하여 앉아 있기도 했다. 그러면 아이들은 납이 갑자기 녹아내려서 인두 끝에서 밀려 가는 것을 즐거이 지켜보았고 방안은 타는 송진과 뜨거운 양철 냄새로 진동했다. 그리고 모렐은 1분 동안 말없이 땜질에 열중했다. 그는 부츠를 수선할 때마다 망치질의 즐거운 소리에 맞추어 노래를 불렀다. 그리고 두꺼운 면 작업복 바지가 너무 더러울 때 그 천을 아내가 수선하기에는 너무 두껍다고 생각해서 종종 바지에 조각천을 대어 기웠는데 그 일을 하면서 행복해했다.

그러나 아이들에게 가장 즐거운 시간은 그가 퓨즈를 만들 때였다. 모렐은 다락방에서 길고 단단한 밀짚을 한 묶음 가지고 왔다. 그는 그것들을 손으로 다듬어 모두 황금 줄기처럼 빛나게 만들었다. 그 후에 그 밀짚을 약 15센티미터 정도의 길이로 자르고 가능하면 각각의 아랫부분에 마디를 남겼다. 그는 날이 잘 드는 칼을 언제나 가지고 있었는데 그것으로 밀짚을 흠 내지 않고 깨끗하게 자를 수 있었다. 그러고 나서 그는 탁자 중앙에 화약을 한 더미 올려놓았는데, 그것은 하얗게 문질러 닦은 판자 위에 검은 알갱이들을 조그맣게 쌓아올린 것 같았다. 그가 밀짚으로 대롱을 만들고 다듬는 동안 폴과 애니는 밀짚대를 틀어막았다. 폴은 그 검은 알갱이들이 손바닥의 금을 따라 내려가 밀짚대의 입구로 똑똑 떨어져서 밀짚대가 가득 차는 모습을 좋아했다. 그리고 그는 접시에 담긴 비누 덩어리에서 엄지 손톱으로 (비누를 떠서 그 입구를 막았고) 그러면 밀짚대는 완성되었다.

"보세요, 아빠!" 그가 말했다.

"잘했다, 예쁜아." 모렐이 말했다. 그는 유독 그의 둘째 아들에게는 애칭을 많이 썼다. 폴은 그 퓨즈를 화약 상자에 넣었고 다음 날 모렐은 그것을 탄광으로 가져가서 석탄을 발파하는 데 사용할 것이었다.

한편 아직도 아버지를 좋아하던 아서는 모렐의 의자 팔걸이에 기대어 말하곤 했다.

"아빠, 탄광에 대해서 얘기해 주세요."

모렐은 탄광 이야기 하는 것을 좋아했다.

"글쎄, 우리가 '태피'라고 부르는 조그만 말 한 마리가 있는데." 그는 이렇게 시작하곤 했다. "그놈이 꾀를 잘 부리지."

모렐은 이야기를 실감나게 할 줄 알았다. 그래서 듣는 사람은 태피의 교활함을 느낄 수 있었다.

"그 녀석은 갈색이고 그다지 크지 않아." 그가 말했다. "그런데 그놈이 방울을 딸랑거리면서 탄갱에 들어와서는 재채기를 하는 거야. 그러면 '이봐, 태프. 무엇 때문에 재채기를 하는 거야? 코담배라도 피웠나?' 이렇게 말을 하지. 그러면 그놈은 다시 재채기를 하는 거야. 그러고는 슬쩍 가까이 와서 제 머리를 들이대는 거야, 그 귀여운 녀석이. 그러면 '태프, 뭘 원해?' 이렇게 말하지."

"그런데 정말 뭘 원하는데요?" 아서가 언제나 물었다.

"그 녀석은 담배를 달라는 거야. 귀여운 아들아."

태피에 대한 이런 이야기는 끊임없이 계속되었고 모두 다 그 이야기를 좋아했다.

때로 그는 새로운 이야기를 하기도 했다.

"얘들아, 글쎄 어떤 일이 있었는지 아니? 점심 시간에 웃옷을 입으려고 갔는데 내 팔 위로 뭐가 기어가길래 무엇인가 했더니 그게 바로 쥐였어. 그래서 '어이, 거기 서!' 하고 소리쳤지. 그리고 가까스로 그놈의 꼬리를 잡았어."

"그걸 죽였어요?"

"그랬지. 아주 성가시거든. 거긴 쥐들이 들끓어."

"그런데 무얼 먹고살아요?"

"말들이 떨어뜨리는 곡물들이나…… 또 그냥 내버려 두면 옷이 아무리 높은 데 걸려 있더라도…… 그 주머니에 기어 들어가 점심거리를 먹기도 하지. 그놈들은 살그머니 다니면서 야금야금 갉아먹는데 아주 성가신 놈들이야……."

이런 행복한 저녁 시간은 모렐에게 일거리가 있을 때만 가능했다. 일을 끝내면 그는 종종 아이들보다도 더 일찍 잠자리에 들었다. 수선을 끝내고 신문의 표제를 대충 훑어보고 나면 그가 더 이상 앉아서 할 일이 없었다.

아버지가 잠자리에 들고 나면 아이들은 안전하게 느꼈다. 그들은 누워서 잠시 조용하게 이야기를 했다. 그러다가 불빛이 갑자기 천장 위로 퍼지면 아이들은 깜짝 놀랐다. 그것은 바깥에서 9시 교대 근무를 하러 터벅터벅 걸어가는 광부들이 손에 쥔 등이 흔들려서 나온 빛이었다. 아이들은 사람들의 목소리를 들으며 그들이 어두운 계곡으로 내려가고 있다고 상상했다. 때로 그들은 창가로 가서 서너 개의 등이 어둠 속에서 들판으로 흔들리며 점점 작아지는 것을 지켜보았다. 그러다가 다시 따뜻한 침대로 뛰어 들어가 몸을 꼭 웅크리는 것은 즐거운 일이었다.

폴은 기관지염을 잘 앓는 조금 약한 아이였다. 다른 아이들은 모두 상당히 튼튼했고 그래서 폴에 대한 그의 어머니의 감정은 다른 아이들과는 달랐다. 어느 날 그는 점심 때 집에 돌아왔는데 몸이 아프다고 느꼈다. 하지만 아프다고 해서 야단법석을 떠는 집안이 아니었다.

"너 무슨 일이 있니?" 그의 어머니가 날카롭게 물었다.

"아무 일 없어요." 그가 대답했다.

그러나 그는 점심을 먹지 않았다.

"네가 점심을 먹지 않는다면 내일 학교에 갈 수 없다." 그녀가 말했다.

"왜요?" 그가 물었다.

"그게 이유야."

그래서 점심을 먹은 후에 폴은 소파에서 아이들이 좋아하는 따뜻한 사라사 무명 쿠션 위에 누웠다. 이내 그는 졸기 시작했다. 그날 오후 모렐 부인은 다림질을 하고 있었다. 그녀는 일하면서 그 아이의 목에서 끊임없이 작은 소리가 나는 것을 들었다. 또다시 그녀의 마음에는 그 아이에 대한 오래되고 거의 진저리나는 감정이 되살아났다. 그녀는 폴이 살게 될 거라고는 기대하지 않았었다. 그러나 그 어린 몸은 강한 생명력을 가지고 있었다. 폴이 죽었다면 어쩌면 그것은 그녀에게 약간은 안도감을 주었으리라. 그에 대한 그녀의 사랑에는 언제나 고뇌가 뒤섞여 있었다.

그는 약간 의식이 있는 상태에서 다리미대에서 다리미가 덜거덕거리는 소리와 다림질판에서 나는 다림질하는 작은 소리를 희미하게 들었다. 일단 잠이 깨자 그는 눈을 뜨고 자기 어머니가 벽난로 깔개 위에 서서 다리미가 얼마나 뜨거운지 그 소리를 듣고 있는 것처럼 뜨거운 다리미를 뺨 가까이 대고 있는 모습을 보았다. 고통과 환멸과 자기 부정으로 굳게 다물어진 입과 한쪽으로 아주 조금 기울어진 코와 매우 젊고 민첩하고 따뜻한 푸른 눈을 가진 그녀의 고요한 얼굴은 그의 마음을 사랑으로 조여들도록 만들었다. 그녀가 그렇게 조용하게 있을 때면 그녀는 용감하고 생명력이 풍부하지만 자기의 권리를 빼앗긴 것처럼 보였다. 어머니가 충족된 삶을 한번도 살지 못했다는 그녀를 둘러싼 분위기가 그 소년에게 날카로운 고통을 주었고, 또한 그녀에게 자신이 그것을 보상해 줄 수 없다는 생각은 자신의 무능함에 대한 자책으로 그를 괴롭혔지만 그것은 동시에 그의 내면을 끈질기고 끈기 있게 만들었다. 그것은 그의 순진한 목적이었다.

그녀는 다리미에 침을 뱉었고 조그만 침방울이 검고 반짝이는 표면에서 튀어 오르고 굴러 내렸다. 그리고 무릎을 꿇고 벽난로 앞깔개의 자루 안감에 원기 왕성하게 다리미를 문질렀다. 불그스레한 난롯불 앞에서 그녀의 얼굴이 홍조를 띠었다. 폴은 그녀가 웅크리고 앉아 머리를 한쪽으로 갸우뚱하고 있는 모습을 좋아했다. 그녀의 동작은 가볍고 민첩했다. 그녀를 보는 것은 항상 즐거움이었다. 그녀가 하는 어떤 일도, 그녀의 동작 어느 하나도 그녀의 아이들에게는 흠 잡을 수 없는 것이었다. 방은 뜨거운 아마포의 냄새로 가득하고 따뜻했다. 나중에 목사가 와서 그녀와 조용히 이야기했다.

폴은 기관지염에 걸려 드러누웠다. 그는 그다지 개의치 않았다. 일어난 일은 이미 일어난 것이고 쓸데없이 저항해 봐야 소용이 없었다. 그는 8시 이후 불을 끄고 난 저녁 시간을 좋아했다. 난로의 불꽃이 벽과 천장의 어둠 너머로 뛰어 올라 거대한 그림자들이 손짓하고 흔들리다가 말없이 격투를 벌이는 사람들로 그 방을 가득 채우는 듯이 보였다.

그의 아버지는 자러 가다가 환자의 방으로 오곤 했다. 그는 누군가가 아프면 언제나 무척 부드럽게 대했다. 그러나 그 소년에게 그는 분위기를 망가뜨리는 사람이었다.

"잠들었니, 얘야?" 모렐이 부드럽게 말했다.

"아뇨…… 엄마는 안 와요?"

"지금 옷 개키는 것을 거의 끝냈다. 뭐 필요한 것 있니?" 모렐은 아들에게 거의 '너'라고 부르지 않았다.

"아무것도 없어요…… 그런데 엄마가 얼마나 걸릴까요?"

"얼마 안 걸릴 거야, 얘야."

아버지는 잠시 벽난로 깔개 위에 서서 어쩔 줄 모르고 기다렸다. 그는 아들이 자기를 원하지 않는다고 느꼈다. 그래서 그는 계단 위로 가서 아내에게 말했다.

"애가 당신을 찾고 있소…… 얼마나 걸릴 것 같소?"

"이 일을 끝내야지요! 애한테 자라고 하세요."

"엄마가 너보고 자라는구나." 아버지는 부드럽게 폴에게 말했다.

"하지만 엄마가 왔으면 좋겠어요." 소년은 고집을 부렸다.

"애가 당신이 올 때까지 잘 수 없다는데." 모렐은 아래층으로 소리쳤다.

"정말! 곧 가요. 그리고 아래층으로 소리 좀 지르지 마세요. 다른 아이들도 있잖아요."

그러고 나서 모렐은 다시 들어와 침실의 난로 앞에 웅크리고 앉았다. 그는 난롯불을 대단히 좋아했다.

"곧 온다는구나." 그가 말했다.

그는 계속 서성거렸다. 소년은 짜증으로 열이 나기 시작했다. 아버지가 있으니까 병으로 인한 그의 조급함이 더욱 악화되는 것 같았다. 마침내 모렐은 잠시 서서 아들을 바라본 후 부드럽게 말했다.

"잘 자라, 얘야."

"안녕히 주무세요." 폴은 혼자 있게 되어 안도감을 느끼고 돌아누우면서 대답했다.

폴은 어머니와 함께 자는 것을 좋아했다. 위생학자들이 뭐라고 말하건 잠은 사랑하는 사람과 공유할 때 가장 완벽한 것이다. 따뜻함과 영혼의 안정감과 평화, 다른 사람과의 접촉에서 오는 궁극적인 평온함이 깊이 잠잘 수 있게 해 주어 몸과 영혼을 완전한 치유의 길로 이끌어 가는 것이다. 폴은 그녀에게 몸을 대고 잠이 들었으며 훨씬 몸이 좋아졌다. 반면에 언제나 잠을 설치는 그의 어머니는 나중에야 깊은 잠에 빠져들었고 그 잠은 그녀에게 믿음을 주는 것 같았다.

회복기에 그는 침대에 일어나 앉아 솜털이 부숭부숭한 말들이 들판에 있는 구유에서 먹이를 먹으며 누렇게 짓밟힌 눈 위로 건초를 흩뜨리는 것을 보았다. 또한 광부들이 무리 지어 집으로 가는 광경을 지켜보았다. 조그맣고 검은 형체들이 떼를 지어 흰 들판을 가로질러 천천히 걸어갔다. 그리고 나면 군청색의 수증기가 눈에서 올라오면서 밤이 되었다.

회복기에는 모든 것이 경이로웠다. 갑자기 창유리에 떨어진 눈송이는 제비처럼 그곳에 잠깐 달려 있다가 곧 사라졌고 물한 방울이 유리를 따라 기어 내려갔다. 눈송이들은 급히 날

아가는 비둘기들처럼 집의 구석진 부분에서 회오리를 만들며 빙빙 돌았다. 계곡을 가로질러 멀리 떨어진 곳에서 작은 검은 색의 기차가 흰 평원 너머로 망설이듯이 기어갔다.

아주 가난했던 시절에 아이들은 경제적으로 도울 수 있는 일을 할 수 있다면 기뻐했다. 애니와 폴과 아서는 여름이면 아침 일찍 나서서 버섯을 찾으러 가곤 했는데 종달새가 떠오르는 이슬 젖은 풀밭을 뒤지면서 풀 속에서 은밀히 웅크리고 있는 그 하얀색의 경이로운 맨몸의 버섯을 찾아다녔다. 버섯을 반 파운드가량을 모을 수 있으면 그들은 떨 듯이 기뻐했다. 무엇인가를 찾는다는 기쁨과 자연의 손으로부터 무엇인가를 직접 받는다는 기쁨, 그리고 가족의 소득에 공헌한다는 기쁨이 있었다.

밀죽을 쑤기 위해 밀 이삭을 주운 다음 가장 중요한 추수는 검은 딸기였다. 모렐 부인은 토요일마다 푸딩을 만들기 위해 과일을 사야 했다. 게다가 그녀는 검은 딸기를 좋아했다. 그래서 폴과 아서는 검은 딸기가 하나라도 남아 있다면 주말마다 잡목 덤불과 숲, 오래된 채석장들을 찾아 헤맸다. 그 광산 마을에서 검은 딸기는 비교적 흔치 않았다. 그러나 폴은 먼 곳까지 넓은 지역을 돌아다니며 찾았다. 그는 덤불 속을 헤매며 야외에 있는 것을 좋아했다. 그러나 집에 있는 어머니에게 빈손으로 돌아가는 것은 견딜 수 없었다. 그러면 어머니가 실망할 거라고 느꼈고 그러느니 차라리 죽는 게 낫겠다고 생각했다.

"어머나!" 아이들이 죽을 정도로 지치고 배고픈 상태로 집에 늦게 돌아오면 어머니가 소리쳤다. "도대체 어디에 갔었니?"

"저, 아무것도 없어서 미스크 언덕을 넘어갔었어요. 이거 보세요, 엄마!" 폴이 대답했다.

그녀는 바구니 속을 들여다보았다.

"아, 아주 잘 익었구나." 그녀가 경탄했다.

"그리고 2파운드가 넘을 거예요…… 그렇지 않아요?"

그녀는 바구니를 들어보았다.

"그래." 그녀는 미심쩍다는 듯이 대답했다.

그러면 폴은 조그만 나뭇가지를 꺼내었다. 그는 항상 그녀에게 나뭇가지를 가져다주었는데 그가 찾을 수 있는 가장 예쁜 것이었다.

"예쁘구나!" 그녀는 사랑의 징표를 받는 여자의 진기한 듯한 음조로 말했다.

폴은 자기가 졌다는 것을 인정하고 그녀에게 빈손으로 집에 돌아오기보다는 하루 종일 여러 마일을 걸어서 찾아 헤맸다. 그가 어렸을 때 그녀는 이러한 사실을 결코 인식하지 못했다. 그녀는 자식들이 빨리 자라기만을 기다리는 여자였다. 그리고 윌리엄이 주로 그녀의 관심을 독차지했다.

그러나 윌리엄이 노팅엄에 가서 집에 있는 시간이 별로 없게 되자 어머니는 폴을 말동무로 삼게 되었다. 무의식적으로 폴은 자기 형을 질투하고 있었고 윌리엄은 폴을 질투했다. 그러나 둘은 동시에 아주 좋은 관계였다.

모렐 부인이 둘째 아들에게 느끼는 친밀함은 좀 더 섬세하고 미묘한 것이었고 첫째 아들에 대해서처럼 열정적이지는 않은 것 같았다. 금요일 오후면 폴이 돈을 받아 와야 하는 것이 정해진 일과였다. 다섯 탄광의 광부들은 금요일마다 급료를 받았는데 그것은 개인적으로 받는 것이 아니었다. 각 탄갱의 모든 수익은 계약자인 작업반장에게 전해졌고 반장은 술집이나 자기 집에서 다시 그 임금을 나누었다. 그래서 학교가 일찍 파하는 금요일 오후에 아이들은 돈을 받아와야 했다. 모렐의 아이들은 모두 윌리엄부터 그다음에 애니, 그리고 그다음 폴의 순서로 그들 자신이 일자리를 구하게 될 때까지 금요일 오후마다 돈을 받아 왔다. 폴은 주머니에 작은 옥양목 가방을 넣고 3시 반에 출발하곤 했다. 여자들과 소녀들, 어린아이들과 남자들이 길을 따라 내려가 사무실로 떼 지어 가는 것이 보였다.

이 사무실들은 상당히 근사했다. 그것은 그린힐이 끝나는 부분의 택지 정리가 잘된 땅에 새로 지은 붉은색 건물로 큰 저택 같았다. 대기실은 홀이었고 푸른 벽돌로 바닥을 깐 길고 가구가 없는 방이었으며 벽을 따라 돌아가며 의자가 놓여 있었다. 여기서 광부들은 탄광의 먼지에 뒤덮인 차림으로 앉아 있었다. 그들은 일찍 올라왔다. 여자들과 아이들은 보통 붉은 자갈이 깔린 길에서 서성거렸다. 폴은 항상 풀밭 가장자리와 풀이 나 있는 긴 둑을 살펴보았는데 거기에 작은 팬지와 작은 물망초가 자라고 있었기 때문이었다. 많은 목소리들이 들렸다. 여자들은 일요일에 쓰는 모자를 쓰고 있었다. 여자애들은 큰소리로 떠들었다. 작은 개들이 여기저기 뛰어다녔다. 주위의 녹색 관목 숲은 고요했다.

그러다가 안에서 '스피니 파크, 스피니 파크'라고 외치는 소리가 들렸다. 스피니 파크에서 온 사람들이 떼 지어 안으로 들어갔다. 브레티 사람들 차례가 되었을 때 폴은 무리 속으로 들어갔다. 급료를 지불하는 방은 조금 작았다. 방 가운데 카운터가 자리 잡고 방을 두 부분으로 나누었다. 카운터 뒤에는 두 사람이 서 있었는데 브레이스웨이트 씨와 그의 서기 윈터보텀 씨였다. 브레이스웨이트 씨는 체구가 크고 약간 엄격한 가부장적 외모를 지니고 있었으며 그의 콧수염은 약간 가늘고 흰색이었다. 그는 보통 커다란 실크 스카프로 목을 감싸고 있었으며 바로 더운 여름까지도 벽난로에 불을 활활 피우고 있었다. 열려 있는 창문은 없었다. 겨울에 때때로 방안의 공기는 신선한 바깥에서 방금 들어온 사람들의 목구멍을 태우는 것 같았다. 윈터보텀 씨는 조금 작고 뚱뚱하며 심한 대머리였다. 그는 재치 없는 말을 하는 반면에 그의 상관은 광부들에게 가장처럼 조언을 퍼붓곤 했다.

그 방은 탄광의 먼지투성이인 광부들과 집에 가서 옷을 갈아입고 온 남자들, 여자들, 그리고 한두 명의 아이들, 그리고 보통 개 한 마리로 북적거렸다. 폴은 꽤 키가 작았기 때문에 남자들의 다리 뒤에서 델 것처럼 난롯불 가까이 있는 것이 그의 운명이었다. 그는 이름을 부르는 순서를 알고 있었다. 그것은 탄갱의 번호에 따른 것이었다.

"홀러데이!" 브레이스웨이트 씨의 목소리가 울렸다. 그러자 홀러데이 부인이 말없이 앞으로 나와 돈을 받고는 비켜섰다.

"바우어! 존 바우어!"

한 소년이 카운터로 나갔다. 몸집이 크고 성미가 급한 브레이스웨이트 씨는 안경 너머로 그를 노려보았다.

"존 바우어!" 그가 반복했다.

"저예요." 소년이 대답했다.

"아니, 코 모양이 달랐던 것 같은데." 번들번들한 윈터보텀 씨가 카운터 너머로 소년을 응시하며 말했다. 사람들은 그의 아버지 존 바우어를 생각하면서 킥킥거렸다.

"어떻게 네 아버지가 오지 않았니?" 브레이스웨이트 씨가 크고 위압적인 목소리로 물었다.

"편찮으세요." 소년이 새된 소리로 말했다.

"네 아버지에게 술 끊으라고 말해라." 그 대단한 회계인이 선언했다.

"그런데 네 아버지가 너를 발로 차도 신경 쓰지 마라." 누군가 뒤에서 조롱하듯이 말했다.

남자들은 모두 웃었다. 그 크고 거들먹거리는 회계인은 다음 장을 내려다보았다.

"프레드 필킹턴!" 그는 아주 무심한 목소리로 불렀다.

브레이스웨이트 씨는 그 회사의 중요한 주주였다.

폴은 다음 다음번이 자기 차례라는 것을 알고 있었고 그의 심장이 뛰기 시작했다. 그는 사람들에게 밀려 굴뚝 부분에 몸이 닿았고 그의 종아리가 탈 듯이 뜨거웠다. 그러나 사람들의 벽을 뚫고 나갈 수 있을 것 같지 않았다.

"월터 모렐!" 목소리가 울렸다.

"여기예요." 폴이 들리지 않는 작은 목소리로 소리를 냈다.

"모렐…… 월터 모렐!" 회계인이 엄지와 검지를 청구서에 대고 넘어가려고 하면서 다시 불렀다.

폴은 극심한 자의식으로 고통받고 있어서 소리를 지를 수도 없었고 소리를 지르려고도 하지 않았다. 사람들의 등이 그를 완전히 가렸다. 그때 윈터보텀 씨가 그를 도와주었다.

"그 애가 여기에 있었는데…… 어디 있지? 모렐의 아들 말이야!"

그 뚱뚱하고 붉은 혈색에 대머리의 조그마한 남자는 날카로운 눈으로 주위를 둘러보았다. 그는 난로 가를 가리켰다. 광부들이 돌아보고 옆으로 비켜서서 소년의 모습을 드러내 주었다.

"저기 있어!" 윈터보텀 씨가 말했다.

폴은 카운터로 갔다.

"17파운드 11실링 5펜스라…… 네 이름을 부르는데 왜 크게 대답하지 않는 거냐?" 브레이스웨이트 씨가 말했다. 그는 청구서 위에 은화가 5파운드 들어 있는 주머니를 던져 놓고 섬세하고 앙증맞은 동작으로 1파운드 금화를 열 개 쌓아 세워 놓은 것을 집어서 은화 옆에 떨어뜨렸다. 금화는 종이 위로 반짝이는 빛줄기를 그리며 미끄러졌다. 회계인은 돈을 다 세었고 소년은 윈터보텀 씨가 있는 곳으로 카운터 위에서 돈을 모두 끌어다가 가져왔고 그에게 임대료나 연장에 대한 공제액을 지불해야 했다. 그는 여기서 다시 고통을 받았다.

"16실링 6펜스야." 윈터보텀 씨가 말했다.

소년은 너무 떨려서 돈을 셀 수 없었다. 그는 흩어진 은화 몇 개와 반 파운드 금화를 밀어 주었다.

"나에게 얼마나 주었다고 생각하니?" 윈터보텀 씨가 물었다.

소년은 그를 쳐다보았지만 아무 말도 하지 않았다. 그는 전혀 알지 못했다.

"네 머리에는 혀가 없는 게냐?"

폴은 입술을 깨물고 은화를 조금 더 내밀었다.

"학교에서 돈 세는 법도 안 가르치냐?" 그가 물었다.

"대수나 불어만 가르치지." 어떤 광부가 말했다.

"그리고 건방지고 뻔뻔스럽게 구는 것도." 다른 사람이 말했다.

폴 때문에 다른 사람들이 기다리게 되었다. 떨리는 손으로 그는 돈을 그러모아 가방에 넣고 미끄러지듯이 빠져나왔다. 그는 이런 일들에서 저주받은 자의 고통을 겪었다.

밖으로 나왔을 때 그리고 맨스필드가를 따라 걸으면서 느끼는 안도감은 무한한 것이었다. 공원 담장 위에 연녹색의 이끼가 끼어 있었다. 과수원의 사과나무 아래서 황금색의 닭들과 흰색의 닭들이 먹이를 쪼고 있었다. 광부들은 물 흐르듯이 줄지어 집으로 돌아오고 있었다. 소년은 자의식적으로 벽 가까이에서 걸었다. 그는 광부들을 많이 알고 있었지만 먼지투성이인 그들을 알아볼 수 없었다. 그리고 이것 또한 그에게 새로운 고통이었다.

그가 브레티의 '뉴 인'에 갔을 때 그의 아버지는 아직 오지 않았다. 여주인 웜비 부인은 그를 알고 있었다. 그의 할머니인 모렐의 어머니가 웜비 부인의 친구였다.

"네 아버지는 아직 오지 않았다." 주로 남자들을 상대하는 여자들이 흔히 쓰는 경멸하는 듯하면서도 생색을 내는 듯한 목소리로 웜비 부인이 말했다. "거기 앉아라."

폴은 술집 나무의자의 끄트머리에 앉았다. 어떤 광부들은 구석에서 '셈을 했고', 즉 돈을 분배하고 있었고, 술집으로 들어오는 사람들도 있었다. 그들은 모두 말없이 그 소년을 바라보았다. 마침내 모렐이 들어왔는데 시커멓게 석탄이 묻어 있으면서도 활발하고 잰 체하는 태도였다.

"얘야." 그는 아들에게 다정하게 말했다. "나보다 먼저 왔구나? 뭘 마실래?"

폴과 다른 아이들 모두 엄격한 금주가로 자랐다. 그래서 폴은 이 사람들 앞에서 레모네이드를 마시는 것은 이를 뽑는 것보다 더 고통스러운 일이라고 느꼈다.

술집 주인은 경멸하듯이 그리고 한편으로는 가련하다는 듯이, 그러나 폴의 엄격하고 단호한 도덕성에 화를 내면서 그의 위아래를 훑어보았다. 폴은 언짢은 얼굴로 집에 돌아왔다. 그는 아무 말도 없이 집에 들어섰다. 금요일은 빵 굽는 날이었고 언제나 뜨거운 롤빵이 있었다. 그의 어머니가 그의 앞에 빵을 놓았다.

갑자기 그는 눈을 번득이며 그녀를 향하여 화를 냈다.

"전 앞으로 사무실에 가지 않을래요." 그가 말했다.

"왜, 무슨 일인데?" 그의 어머니가 놀라서 물었다. 그의 갑작스런 분노는 그녀에게 조금 재미있는 일이었다.

"더 이상 가지 않을 거예요." 그가 선언했다.

"오, 그래, 아빠한테 그렇게 말해라."

그는 롤빵을 마치 증오하는 것처럼 씹었다.

"전…… 전 돈을 가지러 가지 않을 거예요."

"그러면 칼린의 아이들에게 갔다 오라고 하지. 그 애들은 6펜스만 받아도 좋아할 거다." 모렐 부인이 말했다.

이 6펜스가 폴의 유일한 수입이었다. 그것은 대부분 생일 선물을 사는 데 쓰였다. 하지만 그것은 수입이었고 그는 그것을 소중하게 여겼다. 그러나 그는 말했다.

"그 애들 가지라고 해요. 전 돈을 원하지 않아요."

"그래, 좋아. 하지만 그것 가지고 나에게 큰소리를 지를 필요는 없다."

"그 사람들은 가증스럽고 천하고 증오스러워요. 그리고 전 앞으로 가지 않을 거예요. 브레이스웨이트 씨는 'h'를 발음하지 않고 윈터보텀 씨는 문법에 맞지 않게 말해요."

"그래서 네가 가지 않겠다는 거냐?" 모렐 부인은 미소를 지었다.

소년은 잠시 가만히 있었다. 그의 얼굴은 창백했고 그의 눈은 어둡고 분노에 차 있었다. 모렐 부인은 그에 대해서 관심을 기울이지 않고 그녀의 일을 하면서 이리저리 움직였다.

"사람들이 항상 제 앞에 서 있어서 제가 앞으로 나갈 수가 없어요." 그가 말했다.

"그러면 얘야, 그 사람들에게 부탁하기만 하면 되는 일이잖아." 그녀가 대답했다.

"그런데다 알프레드 윈터보텀 씨는 '초등학교에서 너에게 무얼 가르치냐?'고 말했어요."

"그 사람한테야 학교가 가르친 게 없지. 사실…… 매너도 없고 재치도 없고…… 교활한 거야 타고난 것이고." 모렐 부인이 말했다.

"그런데 '대수하고 불어'밖에 배우지 못했다고 말해요. 학교에서 불어는 가르치지도 않는데 말이에요."

"사람들이 그런 말을 한다고 해서 흥분할 필요는 없다." 그의 어머니가 미소를 띠었다. "애야, 누군가 무슨 말을 한다고 해서 그런 반응을 보인다면 네가 애기같이 되는 거야."

"하지만!" 그의 눈은 거의 눈물을 머금고 슬픔보다는 분노와 증오심으로 가득하여 그녀를 쳐다보았다.

"이런 어리석은 녀석." 그녀가 말했다. "그저 '이제 제 차례입니다'라고 말만 하면 되는데 그렇게 하지 못하고 순서를 빼앗기고는 화를 내고 있구나. 전부 네 잘못이야."

그리고 그녀는 자기 나름의 방식으로 아들을 위로했다. 그가 우스꽝스러울 정도로 지나치게 민감한 것이 그녀의 마음을 아프게 만들었다. 때때로 그의 눈에 담긴 분노는 그녀를 일깨우고 그녀의 잠자던 영혼이 깜짝 놀라 일순간 머리를 들어 올리도록 만들었다.

"얼마를 받았니?"

"17파운드 11실링 5펜스예요. 그리고 공제액은 16실링 6펜스예요." 소년이 대답했다. "수입이 좋은 한 주일이었어요. 아버지의 공제액은 5실링밖에 안 되고요."

그래서 그녀는 남편이 얼마나 벌었는지 계산할 수 있었고 그가 돈을 적게 준다면 그를 문책할 수 있었다. 모렐은 항상 한 주의 수입을 비밀로 해 왔었다.

금요일은 빵을 굽고 장을 보는 날이었다. 폴은 집에서 빵을 굽는 것이 정해진 규칙이었다. 그는 집에 있으면서 그림을 그리거나 책 읽는 것을 좋아했다. 그는 그림을 아주 좋아했다. 애니는 금요일 밤이면 언제나 남자들과 놀러 다녔고 아서는 평상시와 마찬가지로 놀러 나갔다. 그래서 폴은 혼자 집에 있었다.

모렐 부인은 장 보기를 좋아했다. 노팅엄과 더비, 일크스턴과 맨스필드로 가는 네 갈래의 길이 만나는 언덕 위에 조그만 시장이 있었고 거기에는 여러 가게들이 있었다. 근처 마을에서 대형 마차들이 몰려들었다. 시장은 여자들로 북적거렸고 길거리는 남자들로 가득했다. 길거리의 어디를 가든지 남자들이 그렇게 많이 있다는 것은 놀라운 일이었다. 모렐 부인은 보통 레이스를 파는 여자와 가벼운 말다툼을 하고, 못된 아내를 둔 얼간이 과일 장수에게는 동정을 하고, 무뢰한이지만 아주 익살스러운 생선 장수와는 웃음을 터뜨리고, 마루 깔개를 파는 사람에게는 분수를 알도록 해 주고, 잡화를 파는 사람에게는 냉정하게 대하고, 그러고 나서 수레국화가 그려진 작은 접시에 마음이 끌려 도자기 장수에게로 갔다. 그녀는 차갑고 예의 바르게 말했다.

"저 작은 접시가 얼마인지 알고 싶은데요." 그녀가 말했다.

"당신에게는 7펜스에 드리죠."

"고마워요."

그녀는 접시를 내려놓고 다른 곳으로 갔다. 그러나 그것을 사지 않고는 시장을 떠날 수가 없었다. 다시 그녀는 도자기들이 바닥 위에 차갑게 진열되어 있는 곳으로 가서 안 보는 척하면서 은밀하게 그 접시를 쳐다보았다.

그녀는 보닛을 쓰고 검은 옷을 입은 조그마한 여자였다. 그녀의 보닛은 삼 년이나 되었고 애니는 그것에 대한 불평을 터뜨렸다.

"엄마!" 그녀가 간청했다. "그 보기 흉하고 낡은 보닛 좀 쓰지 마세요."

"그럼 내가 뭘 써야 되니?" 그녀가 신랄하게 대답했다. "그리고 이 보닛은 아무 문제도 없다."

그것은 처음에 장식용 깃털이 달려 있었는데 그 다음에는 꽃을 달았다가 지금은 검은 레이스와 흑옥 조각으로 전락했다.

"그 모자는 유행이 지난 것 같잖아요." 폴이 말했다. "그걸 좀 멋있게 장식해서 쓸 수 없을까요?"

"시건방진 말을 하면 머리를 쥐어박겠다." 모렐 부인이 말하면서 턱 아래로 검은 보닛의 끈을 용감하게 묶었다.

그녀는 접시를 다시 쳐다보았다. 그녀와 그녀의 적인 도자기 장수는 마치 두 사람 사이에 무언가가 있는 것처럼 불편한 심정이었다. 갑자기 그가 소리질렀다.

"5펜스에 사시겠소?"

그녀는 깜짝 놀랐다. 그녀의 심장이 멈추었다. 그러나 그녀는 몸을 숙여서 접시를 집어 들었다.

"사겠어요." 그녀가 말했다.

"내 부탁을 들어주시겠소?" 그가 말했다. "무엇을 공짜로 받을 때 하듯이 거기에다 침을 뱉는 게 어떻겠소?"

모렐 부인은 냉정한 태도로 그에게 5펜스를 지불했다.

"당신이 나에게 그냥 주는 것은 아니잖아요." 그녀가 말했다. "당신이 원하지 않는다면 나에게 이것을 5펜스에 팔지 않을 거예요."

"이 찌는 듯한 재수 없는 곳에서 물건을 거저 주어 버릴 수만 있어도 운이 좋다고 여길 거요." 그가 투덜거렸다.

"그래요, 좋을 때도 있고 나쁠 때로 있지요." 모렐 부인이 대답했다.

하지만 그녀는 도자기 장수를 용서했다. 그들은 막역한 사이였다. 그녀는 이제 그의 도자기를 손으로 만져 볼 수 있었다. 그래서 대단히 행복한 기분이었다.

폴은 그녀를 기다리고 있었다. 그는 어머니가 시장에서 집에 돌아오는 때를 좋아했다. 그녀는 꾸러미들을 들고 지쳤지만 의기양양하고 풍요로움을 느끼며 항상 최상의 상태였다. 그는 그녀의 재빠르고 가벼운 발걸음 소리가 현관에서 나는 것을 듣고 그림을 그리다가 고개를 들었다.

"아!" 문간에서 그에게 미소를 지으면서 그녀가 한숨을 쉬었다.

"맙소사, 짐이 많군요." 그는 붓을 내려놓으며 큰 소리로 말했다.

"그래!" 그녀가 헐떡거리며 말했다. "애니가 만나자고 해 놓고는 뻔뻔스럽게도 나오지 않았다. 몹시 무겁구나!"

그녀는 실로 짠 가방과 꾸러미를 식탁에 올려놓았다.

"빵은 다 되었니?" 그녀는 오븐으로 가면서 물었다.

"마지막 빵을 굽고 있어요." 그가 대답했다. "볼 필요 없어요. 제가 잊지 않았으니까요."

"아, 그 도자기 장수 말이야!" 그녀가 오븐의 문을 닫으면서 말했다. "그 사람이 얼마나 비열한 사람인지 말했었지. 그런데 그렇게 나쁜 사람인 것 같지는 않더라."

"그래요?"

소년은 그녀의 말에 귀를 기울였다. 그녀는 작고 검은 보닛을 벗었다.

"그래…… 그 사람이 돈을 벌지 못하는 것 같아…… 글쎄, 요즘 다들 그렇게 아우성치고 있지…… 그래서 그 사람이 그렇게 불쾌하게 되었나 봐."

"저라도 그럴 거예요." 폴이 말했다.

"글쎄, 놀랄 일은 아니지…… 그런데 그가 나한테 이걸 얼마에 팔았다고 생각하니?"

그녀는 헌 신문지로 싼 접시를 끄집어내고 즐거워하며 그것을 보고 서 있었다.

"어디 봐요!" 폴이 말했다.

그 둘은 함께 탐닉하듯이 접시를 바라보았다.

"수레국화 그림은 어디에 있어도 좋아요." 폴이 말했다.

"그래, 그리고 나는 네가 나에게 사 준 찻병을 생각했다."

"1실링 3펜스요." 폴이 말했다.

"5펜스야."

"물건에 비해 너무 싸요, 엄마."

"그래, 내가 그것을 거의 훔친 것같이 됐다. 그런데 돈을 많이 써 버려 더 이상 주고는 살 수 없었어. 그리고 그 사람도 원하지 않았다면 나에게 팔지 않았을 게다."

"물론 그렇겠지요." 폴이 말했고 그 둘은 도자기 장수에게서 물건을 거의 공짜로 빼앗았을지도 모른다는 걱정에 대해 서로를 위로했다.

"그 안에 과일 스튜를 담을 수 있을 거예요." 폴이 말했다.

"커스터드나 젤리도 담지." 어머니가 말했다.

"무나 상치도 담고요." 그가 말했다.

"빵 굽는 걸 잊어버리지 마라." 기뻐서 밝은 목소리로 그녀가 말했다.

폴은 오븐을 열고 아래 놓인 빵을 가볍게 두드려보았다.

"됐어요." 그가 빵을 건네면서 말했다.

그녀도 그것을 두드려보았다.

"그래." 그녀가 가방을 풀면서 말했다. "아, 나는 낭비벽이 심한 나쁜 여자야…… 언젠가는 궁핍한 날이 올 거야."

폴은 그녀가 끝으로 낭비한 것이 무엇인지를 보려고 그녀의 곁으로 열심히 뛰어갔다. 그녀는 또 다른 신문지 뭉치를 풀었고 팬지와 진홍색 데이지의 알뿌리를 보여 주었다.

"4펜스 주었어!" 그녀가 신음하듯이 소리를 냈다.

"너무 싸요!" 그가 소리쳤다.

"그래, 하지만 그 어느 때보다도 이번 주에는 이걸 살 여유가 없었단다."

"하지만 예뻐요!" 그가 소리쳤다.

"그렇지!" 그녀는 순수한 기쁨에 사로잡혀 감탄했다. "폴…… 이 노란 꽃 좀 봐라…… 이 꽃이! ……노인의 얼굴 같지!"

"정말이에요!" 폴은 몸을 굽혀 냄새를 맡으면서 말했다. "그리고 냄새도 아주 좋아요. 그런데 흙탕물이 좀 튀었군요."

그는 저장실로 가서 플란넬 천을 가지고 와서는 조심스럽게 팬지를 닦았다.

"자 이제 젖은 얼굴을 보세요!" 그가 말했다.

"그래!" 그녀는 만족감으로 넘치면서 탄성을 냈다.

스카질 가의 아이들은 상당히 선택받은 것 같았다. 모렐 가족이 살고 있는 그 거리의 끝 지역에는 아이들이 많지 않았다. 그래서 몇 명 되지 않는 아이들은 더욱 똘똘 뭉쳤다. 남자애들과 여자애들은 함께 놀았다. 여자아이들은 싸움이나 거친 놀이도 같이 했고 남자아이들은 여자아이들의 춤 놀이나 서클 놀이, 그리고 가장 놀이에 참여했다.

애니와 폴과 아서는 눈이 오지 않는 겨울 저녁을 좋아했다. 그들은 광부들이 모두 집에 돌아가고 아주 어두워져서 거리에 아무도 없을 때까지 집안에 있었다. 그러고 나서 그들은 광부들의 아이들이 모두 그러하듯이 외투 입는 것을 경멸했기 때문에 스카프만 목에 두르고 밖으로 나갔다. 바깥은 매우 어두웠고 저 멀리 거대한 밤이 공동처럼 펼쳐졌으며 민턴 광산이 있는 곳 아래쪽과 반대편 먼 곳 셀비 광산이 있는 곳에서 얽힌 불빛이 조그맣게 보였다. 가장 멀리 떨어진 곳에서 비추는 작은 불빛은 어둠을 영원히 확장시켜 놓는 것 같았다. 아이들은 들판을 따라 난 길의 끝에 서 있는 가로등 하나를 걱정스레 내려다보았다. 그 빛나는 작은 공간에 아무도 없으면 두 소년은 정말 황량하게 느꼈다. 그들은 주머니에 손을 넣고 등을 어두운 밤에 돌린 채 가로등 아래에 서서 비참한 기분으로 어두운 집들을 바라보았다. 갑자기 짧은 코트 아래로 앞치마가 보이고 다리가 긴 소녀가 달려왔다.

"빌리 필린스와 너희 애니와 에디 데이킨은 어디 있니?"

"몰라."

그러나 그런 것은 중요하지 않았다. 이제 세 명이 되었다. 그들은 가로등 주위에서 소리를 지르며 놀았고 다른 아이들이 달려나왔다. 그러면 놀이는 빨라지고 활기를 띠었다.

가로등은 이것 하나밖에 없었다. 그 너머는 밤이 모두 거기 모여 있는 것처럼 거대한 암흑의 계곡을 이루었다. 앞으로는 넓고 어두운 길이 언덕 꼭대기 너머로 이어지고 있었다. 때때로 누군가가 나타나서 길을 따라 들판 아래로 걸어갔다. 9미터만 지나면 어둠이 그들을 삼켜 버렸다. 아이들은 계속 놀았다.

아이들은 고립되어 있었기 때문에 더욱 가까웠다. 만약 말다툼이 일어나면 놀이는 완전히 망쳐졌다. 아서는 상당히 성질이 고약했고 빌리 필린스는, 실제 이름이 필립스였는데 그보다 더 심했다. 그러면 폴은 아서 편을 들어야 했고 앨리스는 폴의 편을 들었으며 반면에 빌리 필린스를 지지하는 것은 언제나 에미 림과 에디 데이킨이었다. 그러면 여섯 명은 격렬한

증오심으로 미워하며 싸우다가 두려움에 질려 집으로 달아나
곤 했다. 이런 맹렬한 대격전이 있은 후 폴은 거대한 붉은 달
이 거대한 새처럼 언덕 꼭대기 너머 텅 빈 길 사이로 서서히
조금씩 떠오르는 것을 보았고 그것을 결코 잊지 못했다. 그는
달이 피로 변한다는 성경 구절을 생각했다. 그다음 날 그는 서
둘러 빌리 필린스와 화해했고 그 거칠고 맹렬한 게임은 어둠
에 둘러싸인 가로등 아래에서 또다시 계속되었다. 모렐 부인
은 거실로 가면서 아이들이 멀리서 노래하는 소리를 들을 수
있었다.

내 구두는 스페인제 가죽으로 만들어졌다네
내 양말은 비단으로 짜여졌다네
나는 손가락마다 반지를 끼고
우유로 목욕을 하지

어둠 속에서 들리는 아이들의 목소리는 완전히 놀이에 몰
입한 듯해서 마치 야생 동물들이 노래하는 것 같았다. 그것은
어머니의 마음을 움직였다. 아이들이 8시가 되어 불그스레한
얼굴과 빛나는 눈으로 그리고 상기된 목소리로 빠르게 이야기
하면서 집으로 들어왔을 때 그녀는 그것을 이해했다.

그들은 스카질 가의 집이 넓은 공터가 있고 그 앞에 가리
비 조개처럼 펼쳐진 넓은 지역을 조망할 수 있었기 때문에 그
집을 모두 좋아했다. 여름 날 저녁이면 여자들은 들판 울타리
에 기대어 서쪽을 향하고 서서 더비셔 언덕의 윤곽이 멀리 진

홍빛 하늘을 등지고 영원(蠑螈)³⁾의 검은 볏처럼 드러날 때까지 석양이 너울거리며 타오르는 것을 지켜보며 이야기를 나누었다.

여름철이면 광산은 결코 완전히 가동되지 않았고 특히 유연 탄광은 더욱 그러했다. 모렐 부인의 옆집에 사는 데이킨 부인은 난로 깔개를 털러 들판 울타리로 가다가 천천히 언덕을 올라오고 있는 사람들을 종종 보았다. 그들이 광부임을 그녀는 즉시 알아보았다. 그러면 키 크고 마르고 심술 사나워 보이는 얼굴의 그녀는 언덕 꼭대기에 서서 힘들여 올라오고 있는 가엾은 광부들을 위협하듯이 기다렸다. 아직 11시밖에 안 되었다. 멀리 떨어진 나무가 우거진 언덕에서는 여름날 아침의 등허리를 덮은 섬세하고 검은 상장(喪章) 같은 안개가 채 걷히지 않았다. 제일 먼저 온 남자가 산울타리 계단에 이르렀다. 그가 문을 밀자 문은 '턱턱' 소리를 냈다.

"아니, 벌써 끝났어요?" 데이킨 부인이 물었다.

"네, 부인."

"벌써 당신들을 보내다니 유감스런 일이에요." 그녀는 신랄하게 말했다.

"맞아요." 그 남자가 대답했다.

"아니지요. 당신들은 다시 올라오고 싶어 하죠." 그녀가 말했다.

그 사람이 지나갔다. 데이킨 부인은 마당으로 올라가다가

---

3) 도롱뇽목(目)에 속하는 양서류이다.

모렐 부인이 재를 버리러 뒷간으로 가고 있는 것을 보았다.

"부인, 민턴 광산이 벌써 파했나 봐요." 그녀가 소리쳤다.

"정말 넌더리가 나요!" 모렐 부인이 화가 나서 소리쳤다.

"정말! 방금 존트 허칠리를 보았어요."

"신발 가죽이나 닳지 않게 집에 있는 것이 나았을 거예요."
모렐 부인이 말했고 두 여자는 분개하면서 집안으로 들어갔다.

거의 시꺼멓게 되지 않은 얼굴로 광부들이 무리를 지어 집
으로 돌아오고 있었다. 모렐은 집으로 돌아가기가 싫었다. 그
는 여름 아침을 좋아했다. 그가 일하러 탄광에 갔으나 다시
집으로 돌아와야 하자 그의 기분은 망쳤다.

"맙소사, 이 시간에!" 그가 들어서자 아내가 큰소리로 말
했다.

"이봐, 내가 그걸 어쩔 수 있소!" 그가 소리쳤다.

"아직 점심 준비를 절반도 하지 못했어요."

"그러면 내가 가지고 갔던 점심을 먹을 거야." 그는 애처롭
게 고함을 질렀다. 그는 굴욕감을 느꼈고 울화가 치밀었다.

아이들은 학교에서 돌아와 아버지가 탄광에 가지고 갔다가
가져온 마르고 지저분한 버터 바른 두툼한 빵 두 조각을 점심
으로 먹고 있는 것을 보고 이상하게 생각했다.

"왜 아빠가 지금 저걸 먹고 있어요?" 아서가 물었다.

"내가 안 먹는다면 아마 네 엄마가 내 입에 강제로 집어넣
을 거다." 그가 씩씩거리며 말했다.

"무슨 소리예요!" 아내가 큰소리로 말했다.

"그럼 그걸 버리란 말이오?" 모렐이 말했다. "난 당신이나 애

들처럼 버리기 잘하는 그런 낭비벽이 있는 사람이 아니오. 난 탄광의 먼지와 흙투성이 속에서도 빵 조각을 떨어뜨리면 그 걸 찾아서 먹는다고."

"쥐들이 그걸 먹을 거예요. 그러니 낭비는 아니지요." 폴이 말했다.

"버터 바른 빵은 쥐들이 먹을 음식이 아니야, 물론 아니지." 모렐이 말했다. "더럽건 아니건 간에 그걸 버리느니 나는 차라 리 먹을 거야."

"쥐들에게 주고 다음 술값에서 그걸 제하는 것이 나을 거예 요." 모렐 부인이 말했다.

"오, 그래 볼까!" 그가 소리를 질렀다.

그 해 가을에 그들은 무척 어려웠다. 윌리엄은 런던으로 간 지 얼마 되지 않았고 그의 어머니는 그가 벌어다 주던 돈 을 아쉬워했다. 그는 한 번인가 두 번 10실링을 보냈지만 처음 에 사야 할 것이 많았다. 그의 편지는 일주일에 한 번씩 규칙 적으로 왔다. 그는 어머니에게 편지를 많이 썼는데 자기 생활 의 모든 것, 어떻게 친구를 사귀었는지, 어떤 프랑스 사람과 서 로 말을 가르쳐 준다는 이야기며, 런던 생활을 즐기고 있다는 이야기 등을 했다. 그의 어머니는 그가 집에 있을 때처럼 다시 자기에게 속해 있다고 느꼈다. 그녀는 매주 직설적이고 상당히 재치 있는 편지를 그에게 보냈다. 하루 종일 집안 청소를 하면 서 그녀는 큰아들을 생각했다. 그는 런던에 있고 잘 해 나갈 것이다. 그는 전장에 그녀의 총애의 표시를 달고 나간 기사와 같았다.

그는 크리스마스에 닷새간 집에 오기로 했다. 그때처럼 법석을 떨면서 준비를 한 적은 없었다. 폴과 아서는 크리스마스 장식용 호랑가시나무와 상록수나무를 찾아서 온 지역을 돌아다녔다. 애니는 전통적인 방식으로 예쁜 종이 고리들을 만들었다. 그리고 식품 저장실에는 들어 보지도 못한 음식들이 들어찼다. 모렐 부인은 크고 멋있는 케이크를 만들었다. 그리고 그녀는 여왕처럼 느끼면서 폴에게 아몬드 껍질 벗기는 법을 보여 주었다. 그는 경건하게 그 견과의 수를 모두 세고 하나도 잃어버리지 않도록 조심하면서 껍질을 깠다. 달걀은 추운 곳에서 거품이 잘 난다는 말이 있었다. 그래서 그는 기온이 거의 빙점으로 떨어진 식기실에 서서 거품을 내고 또 내다가 달걀의 흰자가 단단해지고 눈처럼 하얗게 되었을 때 신이 나서 어머니에게 달려갔다.

"보세요, 엄마…… 예쁘지 않아요?"

그러고는 거품을 코 위에 약간 올려놓고 입김을 불어 공중으로 날렸다.

"그렇게 낭비하지 말아라." 그녀가 말했다.

온 가족이 흥분으로 들떠 있었다. 윌리엄은 크리스마스 이브에 오기로 되어 있었다. 모렐 부인은 식품 저장실을 둘러보았다. 커다란 플럼 케이크와 떡이 있었고 잼파이와 레몬파이, 고기파이, 그리고 두 접시의 요리가 있었다. 그녀는 마지막으로 스페인식 파이와 치즈케이크를 만들고 있었다. 집안 전체가 장식으로 꾸며졌다. 밝게 빛나는 장식들이 매달려 있는 열매 달린 호랑가시나무에 달린 겨우살이 다발이 부엌에서 조그만 파이에 장식하고 있는 모렐 부인의 머리 위로 천천히 돌고 있었다. 과자 굽는 냄새가 온 집안에 퍼졌다. 그는 7시에 오기로 되어 있었지만 아마 늦을 것이다. 세 명의 아이들은 그를 마중하러 나갔다. 그녀는 혼자 있었다. 그러나 7시가 되기 15분 전에 모렐이 다시 들어왔다. 아내와 남편 모두 말을 하지 않았다. 그는 흥분하여 조금 어색하게 안락의자에 앉았고 그녀는 조용히 빵 굽는 일을 계속했다. 아주 신중하게 일하는 그녀의 태도만이 그녀의 심정적인 동요를 나타냈다. 시계는 계속 재깍거렸다.

"그 애가 몇 시에 온다고 했소?" 모렐이 다섯번째로 물었다.

"기차가 6시 반에 도착한대요." 그녀가 힘주어 대답했다.

"그러면 7시 10분이면 여기 오겠구먼."

"하지만 미드랜드에서 몇 시간 연착될 거예요." 그녀가 무심하게 말했다. 그러나 그녀는 그가 늦을 것이라고 예상함으로써 생각보다 일찍 오기를 바라고 있었다. 모렐은 그가 오는지 보려고 현관으로 갔다. 그러고는 다시 돌아왔다.

"맙소사!" 그녀가 말했다. "꼭 안절부절못하는 암탉 같군요."

"그 애가 먹을 걸 차려 놓는 게 좋지 않겠소?" 그 아버지가 물었다.

"시간이 많아요." 그녀는 대답했다.

"내가 보기에는 그렇게 많은 것 같지 않은데." 그가 의자에서 성마르게 몸을 돌리며 대답했다. 그녀는 식탁을 치우기 시작했다. 주전자에서는 노래하듯이 물이 끓고 있었다. 그들은 기다리고 또 기다렸다.

한편 세 아이들은 집에서 3킬로미터 떨어진 미드랜드 본선에 있는 레스리 브리지 역의 플랫폼에서 기다리고 있었다. 그들은 한 시간을 기다렸다. 기차가 한 대 도착했다. 그는 거기에 타고 있지 않았다. 철로를 따라 붉은 빛과 녹색 빛이 반짝였다. 아주 어둡고 대단히 추운 날이었다.

"런던 기차가 도착했는지 저 사람에게 물어봐." 폴은 뾰족한 모자를 쓴 사람을 보고 애니에게 말했다.

"아냐." 애니가 말했다. "조용히 있어…… 우리를 쫓아낼지도 몰라." 애니가 말했다.

하지만 폴은 자신들이 런던 기차를 타고 오는 사람을 기다리고 있다는 것을 그 사람에게 알려 주고 싶어 안달이 날 지경이었다. 그것이 아주 근사하게 들렸기 때문이었다. 그러나 그는 너무나 겁에 질려 있어서 뾰족한 모자를 쓴 사람은 고사하고 어느 누구에게도 말을 꺼내어 물어볼 수 없었다. 세 명의 아이들은 쫓겨날까 봐 두려워 대기실로 갈 수도 없었고 또 그들이 플랫폼을 떠나면 그사이에 무슨 일이 있을까 봐 걱정이 되어 움직일 수가 없었다. 그래서 그들은 어둡고 추운 곳에서 기다렸다.

"한 시간 반이나 늦었어." 아서가 애처롭게 말했다.

"그래." 애니가 대답했다. "크리스마스 이브잖아."

그들은 모두 아무 말도 하지 않았다. 그는 오지 않았다. 그들은 칠흑 같은 철로의 끝을 바라보았다. 거기에 런던이 있었다! 그곳은 지상에서 가장 멀리 떨어진 곳 같았다. 만약 누군가가 런던에서 올 수 있다면 어떤 일이라도 일어날 수 있을 거라고 아이들은 생각했다. 그들은 모두 걱정에 사로잡혀 말을 할 수 없었다. 춥고 불편한 상태로 아무 말 없이 아이들은 플랫폼에서 함께 웅크리고 서 있었다.

마침내 두 시간이 훨씬 넘어서 멀리 어둠 속에서 기차의 불빛이 방향을 바꾸는 것을 보았다. 짐꾼이 달려나갔다. 아이들은 두근대는 마음으로 물러섰다. 맨체스터로 가는 커다란 기차가 멈추었다. 문이 두 개 열렸다. 그리고 그중 하나에서 윌리엄이 내렸다. 아이들은 그에게 날아가듯 달려갔다. 그는 경쾌하게 아이들에게 꾸러미들을 건네주고 이 커다란 기차가 자기 때문에 레슬리 브리지 같은 조그만 역에 정차했다고 즉시 설명했다. 원래는 이 역에서 멈추기로 되어 있지 않았다.

그동안 부모는 대단히 걱정하고 있었다. 식탁은 차려졌고 고기 요리도 끝났고 모든 것이 준비되었다. 모렐 부인은 검은 앞치마를 둘렀다. 그녀는 가장 좋은 옷을 입고 있었다. 그러고 나서 책을 읽는 척하며 앉아 있었다. 1분, 1분이 그녀에게는 고문과 같았다.

"흠!" 모렐이 말했다. "벌써 한 시간 반이 지났어."

"아이들이 기다리고 있는데!" 그녀가 말했다.

"기차가 벌써 들어왔을 리가 없겠지." 그가 말했다.

"크리스마스이브에는 몇 시간씩 연착하잖아요."

그들은 걱정이 태산 같아서 둘 다 서로에게는 약간 성마르게 대했다. 집 밖의 물푸레나무는 으스스하게 추운 바람에 신음 소리를 냈다. 그리고 런던에서 집까지 오는 그 무한한 칠흑 같은 공간은! 모렐 부인은 고통스러웠다. 시계 안의 장치들이

내는 작은 째깍거리는 소리도 그녀를 짜증스럽게 했다. 너무 늦어지고 있었고 그것은 참을 수 없을 지경에 이르고 있었다.

마침내 목소리가 들렸고 현관에 발자국 소리가 났다.

"그 애가 왔어!" 모렐이 벌떡 일어서며 소리쳤다.

그리고 그는 물러섰다. 어머니는 문 쪽으로 몇 걸음 달려가서 기다렸다. 뛰어오는 소리와 또닥또닥 발 소리가 들렸고 문이 활짝 열리면서 윌리엄이 거기 있었다. 그는 여행 가방을 떨어뜨리고 양팔로 그의 어머니를 안았다.

"엄마!" 그가 말했다.

"얘야!" 그녀도 소리쳤다.

그리고 딱 2초 동안 그녀는 그를 안고 키스했다. 그러고 나서 그녀는 평상적이 되려고 애쓰면서 뒤로 물러서서 말했다.

"그런데 너무 늦었구나!"

"정말이에요!" 그는 아버지 쪽으로 몸을 돌리면서 말했다. "아버지!"

두 사람은 악수를 했다.

"자, 내 아들아!"

모렐의 눈은 젖어 있었다.

"우린 네가 오지 않는 줄 알았다." 그가 말했다.

"이렇게 왔어요." 윌리엄이 큰소리로 말했다.

그리고 아들은 어머니에게로 몸을 돌렸다.

"건강해 보이는구나." 그녀는 웃으면서 자랑스럽게 말했다.

"글쎄요!" 그가 말했다. "집에 와서 그럴 거라고 생각해요."

그는 체구가 크고 곧고 겁이 없어 보이는 훌륭한 청년이었다. 그는 주위를 둘러보며 상록수와 하루살이 다발, 난로 위 양철 그릇에 담긴 조그만 파이 등을 보았다.

"정말, 엄마, 조금도 달라지지 않았어요." 그는 안도감을 느끼는 듯 말했다.

모두들 잠깐 동안 가만히 있었다. 그리고 그는 갑자기 앞으로 뛰어가 난로 위의 파이를 집어 통째로 입 안에 넣었다.

"마을의 이런 공동 오븐을 본 적이 없지!" 아버지가 큰소리로 말했다.

윌리엄은 그들에게 끝없이 많은 선물을 가져왔다. 그는 가진 돈을 모두 가족들을 위해 썼다. 집안에는 사치스러운 분위기가 넘쳐흘렀다. 어머니를 위해서 그는 연한 색 손잡이에 금장식이 있는 우산을 사왔다. 그녀는 죽는 날까지 그것을 간직했고 다른 어떤 것을 잃어버리더라도 그것만큼은 결코 잃지 않으려고 했다. 모두 훌륭한 선물을 받았고 게다가 처음 보는 과자를 몇 파운드나 가지고 왔는데 터키 사탕이라든가 파인애플 젤리 또 그와 비슷한 것들이었고 아이들은 화려한 런던에서나 살 수 있는 것이라고 생각했다. 그리고 폴은 이 과자들을 친구들에게 자랑했다.

"진짜 파인애플인데 얇은 조각으로 잘라서 설탕에 절인 거야…… 정말 굉장해!"

가족 모두 행복감으로 넘쳤다. 집은 진정으로 집이었고 그들은 어떤 고통을 겪었던 간에 그들의 가정을 열정적으로 사랑했다. 파티와 축하연이 있었다. 사람들은 윌리엄을 보러 왔다. 그들은 런던 생활이 그를 어떻게 변모시켰는지 보러 왔다.

그리고 모두 윌리엄이 '매우 신사답고 훌륭한 젊은이'라고 생각했다!

그가 다시 떠났을 때 아이들은 제각기 다른 곳으로 가서 혼자 울었고 모렐은 비참한 기분으로 침대에 누웠고 모렐 부인은 마치 어떤 약으로 자신이 무감각해진 것처럼, 자신의 감정이 마비된 것처럼 느꼈다. 그녀는 아들을 열정적으로 사랑했던 것이다.

그는 대규모의 선적 회사와 관련된 변호사 사무실에 근무했고 여름 중순에 그의 상사는 그에게 꽤 저렴한 비용으로 그 회사의 선박을 타고 지중해를 여행할 것을 권했다. 모렐 부인은 편지를 썼다. '애야, 가거라. 가거라. 네가 그런 기회를 다시는 얻지 못할 수도 있다. 그리고 네가 집에 와 있는 것보다 지중해를 항해하고 있는 걸 생각하면 내가 더욱 기쁠 거다.' 그러나 윌리엄은 이 주일의 휴가 동안 집으로 왔다. 지중해는 젊은이의 여행에 대한 욕구와 매혹적인 남쪽 나라에 대한 가난한 사람의 경이감을 고무시켰지만 그것조차 그가 집에 올 수 있었을 때는 그를 사로잡지 못했다. 이것이 그의 어머니에게는 큰 위로가 되었다.

5 폴의 삶이 시작되다

모렐은 별로 조심성이 없는 사람이어서 위험을 개의치 않았다. 그래서 그에게는 사고가 끊이지 않았다. 빈 석탄 수레의 덜커덩거리는 소리가 현관 밖에서 멈추는 소리가 들리면 모렐 부인은 거실로 달려가 내다보았다. 그녀는 남편의 먼지 덮인 얼굴이 잿빛으로 변하고 몸은 이런저런 상처로 아파서 늘어진 채 마차에 앉아 있는 모습을 보게 되리라고 거의 확신했다. 만약 그렇다면 그녀는 뛰어나가 도왔을 것이었다.

윌리엄이 런던으로 간 지 일 년쯤 지나고 폴이 학교를 마치고 아직 일자리를 얻기 바로 직전 어느 날 대문에서 노크 소리가 났다. 모렐 부인은 2층에 있었고 폴은 부엌에서 그림을 그리고 있었다. 폴은 그림을 그리는 데 아주 재주가 있었다. 그는 짜증을 내며 붓을 내려놓고 일어서려고 했다. 동시에 그의 어머니는 위층의 창문을 열고 내려다보았다.

광산의 급사가 문간에 서 있었다.

"여기가 월터 모렐 씨 집인가요?" 그가 물었다.

"그렇단다!" 모렐 부인이 대답했다. "무슨 일이지?"

그러나 그녀는 이미 사태를 짐작했다.

"아저씨가 다쳤어요." 그가 말했다.

"오, 맙소사!" 그녀가 소리를 질렀다. "그렇지 않다면 그게 이상하지, 얘야. 그래 이번에는 어디를 다쳤니?"

"확실히는 모르지만 다리 어딘가 봐요. 사람들이 병원으로 데리고 갔어요."

"맙소사!" 그녀는 비명을 질렀다. "정말, 참 대단한 사람이 군. 한시도 평화로운 때가 없어. 그런 때가 있으면 내가 장을 지지지! 엄지손가락이 거의 다 나았는데 이제 또. 그런데 아저 씨를 보았니?"

"탄광 밑에서 아저씨를 봤어요. 사람들이 아저씨를 통에 담아 끌어올렸고 아저씨는 죽은 것처럼 기절해 있었어요. 그런데 등 보관실에서 프레이저 의사선생님이 진찰을 하자 아저씨는 미친 듯이 소리를 질렀어요. 욕을 하고 저주를 퍼부으면서 집으로 가겠다고 하고, 병원에는 가지 않겠다고 했어요!" 그 소년은 더듬거리며 말을 끝냈다.

"그는 집으로 오고 싶어 할 거야. 그래야 내게 온갖 시중을 다 떠맡길 수 있으니까…… 고맙다, 얘야. ……정말, 지겹고…… 지겹고 넌더리가 난다, 진저리가 나!"

그녀는 아래층으로 내려왔다. 폴은 기계적으로 다시 그림을 그리기 시작했다.

"사람들이 병원으로 데리고 갔다면 상태가 꽤 나쁜 모양이야." 그녀는 계속해서 말했다. "그런데 조심성 없기가 이루 말할 수 없어! 이처럼 사고를 많이 당하는 사람은 없을 거야…… 그래 이 모든 짐을 내게 지우고 싶단 말이지. 이제 조금 편안해지려니까…… 이것들을 치워라. 지금 그림 그릴 시간이 없어…… 기차가 몇 시에 있지? ……케스턴까지 먼 길을 가야 하는데. 침실은 나중에 치워야겠다."

"제가 치워 놓을게요." 폴이 말했다.

"그럴 필요 없단다. 7시에 돌아오는 기차를 탈 거야. 오, 아이고. 얼마나 야단법석을 떨까. 그리고 틴더힐의 화강암 포석 말이야…… 네 아버지가 그걸 신장 결석이라고 부르는 게 당연해…… 그 길에 마차가 덜컹거려서 네 아버지의 몸이 거의 부서질 정도로 흔들렸을 거야. 왜 그곳을 고치지 않는지 알수 없어. 길의 상태며 구급 마차에 실려 가야 하는 사람들을 생각한다면…… 이곳에 당연히 병원이 있어야 돼…… 땅도 샀고 사고도 자주 나니 병원도 운영이 될 터인데, 안 그러니. 그런데도 느려빠진 구급 마차에 부상자를 싣고 노팅엄까지 16킬로미터나 질질 끌고 가야 한다는 건 말도 안 돼. 그건 있을 수 없는 수치야! ……오, 네 아빠가 얼마나 법석을 떨지. 그는 분명히 야단법석을 피울 거야. 누가 그와 함께 있을까…… 바커씨일 거야. 가엾은 사람, 그는 따라가고 싶어 하지 않을 거야. 하지만 그는 네 아빠를 돌봐줄 거야. 내가 알지. 이제 그가 얼마나 입원해 있어야 할지 알 수 없어…… 얼마나 병원을 싫어하는데! 하지만 다리만 다쳤다면 그렇게 대단한 문제는 아냐."

이렇게 말하면서 그녀는 떠날 채비를 했다. 서둘러서 조끼를 벗고 보일러 앞에 쪼그리고 앉아 물이 천천히 그녀의 물통에 흘러들기를 기다렸다.

"이 보일러를 바닷속에 던져 버릴까 보다!" 그녀는 보일러 핸들을 성급하게 움직이면서 큰소리로 말했다. 그녀의 팔은 작은 체구에 비해 다소 놀라울 정도로 아주 보기 좋고 튼튼했다.

폴은 식탁을 치우고 주전자를 올려놓고 식탁을 차렸다.

"4시 20분까지는 기차가 없어요." 그가 말했다. "시간이 충분해요."

"오, 아냐, 시간이 없어!" 수건으로 얼굴을 닦으면서 수건 너머로 그를 힐끗 보고 그녀가 큰소리로 말했다.

"아니에요. 시간이 충분해요…… 어쨌거나 차를 한 잔 마셔요. 제가 케스턴까지 함께 갈까요?"

"함께 간다고? 그럴 필요 없어! 자 뭘 가져가야 할까? 잘됐다! 깨끗한 셔츠…… 다행히도 깨끗한 셔츠가 있구나. 하지만 밖에서 한 번 털어야겠다…… 그리고 양말…… 네 아빠가 원하지 않겠지만…… 그리고 수건이 필요하겠지…… 손수건도…… 또 뭐가 필요할까?"

"빗, 칼, 포크와 숟가락도 가져가세요." 폴이 말했다. 그의 아버지는 전에도 입원한 적이 있었다.

"다리가 지금 어떤 상태일지 모르지." 모렐 부인이 머리를 빗으면서 말을 이었다. 그녀의 긴 갈색 머리는 비단처럼 가늘었고 이제 흰 머리카락이 나기 시작했다. "네 아빠는 허리까지는 유별나게 잘 닦지만 그 아래는 중요하지 않다고 생각해. 그런데 병원에는 그런 사람들이 흔할 거야."

폴은 식탁을 차렸다. 그는 빵을 한두 조각 아주 얇게 잘라 버터를 발랐다.

"드세요." 그는 그녀의 자리에 찻잔을 놓으면서 말했다.

"그럴 경황이 없어." 그녀가 성마르게 큰소리로 말했다.

"그래도 드세요. 자, 준비는 다되어 있어요." 그가 고집을 부렸다.

그래서 그녀는 식탁에 앉아 차를 한 모금 마시고 아무 말 없이 빵을 조금 먹었다. 그녀는 생각하고 있었다.

몇 분 후에 그녀는 집을 떠나 케스턴 역까지 4킬로미터를 걸어갔다. 그녀가 그에게 가져가는 물건은 모두 실로 짠 불룩한 가방에 들어 있었다. 폴은 산울타리 사이로 난 길을 바쁜 걸음으로 올라가는 그녀의 자그마한 모습을 바라보았다. 그녀가 다시 고통과 근심에 빠질 것을 생각하니 그의 마음이 아팠다. 그리고 그녀는 걱정에 싸여 바삐 걸어가며 등뒤에서 아들의 마음이 자신을 돌보고 있다고 느꼈고, 그가 질 수 있는 짐은 무엇이든 질 것이며 자기를 부양하기조차 할 것이라고 느꼈다. 병원에 도착해서 남편의 상태를 보고 그녀는 생각했다. "부상이 얼마나 심한지 그대로 이야기하면 그 애가 너무 근심할 거야…… 조심하는 게 낫겠어." 그리고 집으로 터벅터벅 돌아가면서 그녀는 자신의 짐을 지러 간다고 느꼈다.

"부상이 심해요?" 그녀가 집으로 들어서자마자 폴이 물었다.

"꽤 좋질 않구나." 그녀가 대답했다.

"그래요?"

그녀는 한숨을 내쉬고 털썩 앉아서 보닛의 끈을 풀었다. 그녀의 아들은 그녀가 고개를 들자 얼굴을 바라보고 일로 단단해진 그녀의 작은 손이 턱 밑의 끈을 만지작거리는 것을 보았다.

"글쎄." 그녀가 대답했다. "그렇게 위험하진 않아…… 하지만 간호사가 끔찍한 부상이라고 하더라. 큰 바위가 다리 위로 떨어졌다는구나…… 여기…… 그리고 복합 골절이야…… 뼈 조각들이 여러 곳으로 삐져나왔어."

"아, 정말 끔찍하군요!" 아이들이 외쳤다.

"그리고……." 그녀가 계속했다. "물론 아빠는 자기가 죽을 거라고 말하지…… 그렇게 이야기하지 않으면 너네 아빠가 아니지. 날 보면서 '난 끝났어, 여보!'라고 하더라. '어리석은 소리 말아요.' 내가 말했지. '아무리 뼈가 심하게 부러져도 그것 때문에 죽지는 않아요.' 그랬더니 '관속에 들어가기 전에는 여기서 나갈 수 없을 거야'라고 아빠가 신음하며 말했어. '글쎄요.' 내가 말했지. '당신이 나아졌을 때 관에 실려 정원으로 운반되고 싶어 하면 그들은 그렇게 해 줄 거예요.' '우리 생각에 그렇게 하는 것이 환자분에게 좋다면.' 간호사가 말했어. 아주 친절한 간호사였어. 하지만 조금 엄격했지."

모렐 부인은 보닛을 벗었다. 아이들은 조용히 기다렸다.

"물론 아빠의 상태가 나쁘단다." 그녀가 말을 계속했다. "그리고 당분간 계속 좋지 않을 거야. 큰 충격이었고 아빠는 피를 많이 흘렸어…… 그리고 물론 매우 위험한 부상이었어. 쉽게 나을 것 같지 않아. 그리고 또한 열이 나고 회저의 위험도 있어. 잘못되면 아빠는 곧 죽을 수도 있어. 그런데 아빠는 강인하고 회복이 잘되는 몸을 가진 사람이지. 그러니 잘못될 거라고 생각할 이유는 없어…… 물론 상처는 남을 거야."

그녀는 이제 복잡한 감정과 근심으로 얼굴이 창백해졌다. 세 아이는 아빠의 상태가 좋지 않다는 것을 알았고 집안은 침묵과 긴장에 싸였다.

"하지만 아빠는 언제나 나았어요." 폴이 잠시 후에 말했다.

"나도 아빠에게 그렇게 말했다."

모두가 말없이 이리저리 움직였다.

"그런데 아빠는 정말로 죽을 것처럼 보였단다." 그녀가 말했다. "하지만 간호사는 그게 고통 때문이라는구나."

애니가 그녀의 코트와 보닛을 치웠다.

"그리고 내가 나올 때 아빠는 나를 바라보았다! 내가 말했지. '이제 가 봐야겠어요, 여보. 기차 시간도 다 되고…… 아이들도…….' 그러자 아빠가 다시 날 바라보았어…… 괴로워 보이더라……."

폴은 다시 붓을 들고 계속 그림을 그렸다. 아서는 바깥으로 석탄을 가지러 갔다. 애니는 우울한 표정으로 앉아 있었다. 그리고 모렐 부인은 첫 아이가 태어났을 때 남편이 그녀를 위해 만들어 준 작은 흔들의자에 앉아 꼼짝하지 않고 생각에 잠겼다. 그녀는 슬펐고 그렇게 심하게 다친 남편에게 극심한 동정을 느꼈다. 그러나 사랑이 불타고 있어야 할 그녀 마음의 가장 깊은 곳에서는 여전히 공동이 있었다. 이제 그녀의 여자로서의 모든 연민의 감정이 최대로 되살아나고, 그를 돌보고 구하기 위해 노예처럼 죽을 힘을 다해 애쓰고, 그녀가 할 수만 있다면 그녀 자신이 남편의 고통을 대신 겪었을 지금, 그녀는 마음속 어딘가 먼 곳에서는 남편과 남편의 고통에 무관심하게 느꼈다. 그가 그녀의 강렬한 감정을 불러일으킬 때조차 이처럼 그를 사랑할 수 없다는 사실이 무엇보다 그녀의 마음을 아프게 했다. 그녀는 한동안 생각에 잠겼다.

"그런데 말이다!" 그녀가 갑자기 말했다. "케스턴으로 반쯤 왔을 때 내가 실내화를 신고 있다는 걸 깨달았어. 이걸 봐라." 그것은 발가락 쪽이 다 떨어진 폴의 낡은 갈색 신발이었다. "나는 부끄러워서 어떻게 해야 할지 몰랐다."

아침에 애니와 아서가 학교에 가고 나서 모렐 부인은 집안일을 돕는 아들에게 다시 말했다.

"병원에서 바커 씨를 봤어. 가엾은 양반이 아주 안 좋아 보이더구나. '대체 병원으로 올 때 그가 어땠어요?' 내가 말했지. '묻지 마세요, 부인!' 그가 대답했어. '아, 난 그가 어땠을지 알아요.' 바커 씨가 '하지만 그는 정말 힘들어했어요, 모렐 부인. 정말 그랬어요!'라고 말했단다. '알아요.' 내가 말했어. '마차가 흔들릴 때마다 심장이 입 밖으로 튀어나갈 것 같습니다.' 그가 말했단다. '그리고 그가 가끔 내는 비명 소리란…… 부인, 팔자를 고친대도 그 일을 다시 겪고 싶지 않아요.' '이해할 수 있어요.' 내가 말했다. '하지만 끔찍한 일이었어요.' 그가 말했다. '완쾌하는 데 시간이 꽤 걸릴 거요.' '그렇겠지요.' 내가 말했단다…… 난 바커 씨를 좋아해…… 난 정말 그를 좋아한단다. 그 사람에게는 남자다운 데가 있어."

폴은 말없이 하던 일을 계속했다.

"그리고 물론," 모렐 부인이 말을 이었다. "네 아빠 같은 사람에게 병원은 어려운 곳이다. 그는 규칙과 규정을 이해하지 못해. 그리고 나 말고는 누구도 자기를 만지지 못하게 할 거야. 그렇게 할 수 있다면 말이야. 네 아빠가 허벅지 근육을 크게 다쳤을 때 하루에 네 번이나 붕대를 감아야 했지. 그가 나와 할머니 말고 그 일을 맡겼을 것 같아? ……그러지 않았어. 그러니 병원에서 분명히 간호사들에게 고통을 받을 거야…… 그리고 나는 네 아빠를 그곳에 두고 오고 싶지 않았다. 내가 아빠에게 키스하고 돌아올 때 그렇게 하는 것이 분명히 수치처럼 여겨졌어……."

이렇게 그녀는 소리 내어 생각하는 것처럼 폴에게 이야기를 했고 그는 최선을 다해 그녀의 말을 받아들이며 그녀의 고통을 나눔으로써 그것을 덜어 주었다. 그리고 마침내 그녀는 의식하지 못하는 사이에 거의 모든 것을 그와 공유했다.

모렐은 매우 경과가 나빴다. 일주일 동안 그는 위험한 상태였다. 그러고 나서 겨우 나아지기 시작했다. 그리고 상태가 호전되자 전 가족은 안도의 한숨을 내쉬고 행복하게 살아갔다.

모렐이 병원에 있는 동안 가족들은 경제적으로 어려운 편은 아니었다. 광산에서 매주 14실링이 나오고 환자 모임에서 10실링, 그리고 재해 기금에서 5실링이 나왔다. 그리고 매주 작업반장들이 모렐 부인에게 5실링이나 7실링씩 주어서 그녀는 꽤 여유가 있었다. 모렐의 상태가 병원에서 호전되는 동안 나머지 가족들은 더할 나위 없이 행복하고 평화로웠다. 토요일과 수요일마다 모렐 부인은 남편을 보러 노팅엄으로 갔다. 그러고 나서 그녀는 언제나 몇 가지 사소한 물건, 예를 들면 폴을 위해 작은 물감이나 두꺼운 화지, 애니를 위해서는 엽서 두어 장 등을 가져왔다. 그래서 엽서를 보내도 좋다는 허락을 애니가 받을 때까지 전 가족은 며칠 동안 그것을 보면서 즐거워했다. 아서에게는 실톱이나 예쁜 나무 조각을 사 왔다. 그녀는 큰 가게에서 자신의 경험을 즐겁게 이야기했다. 곧 그림 가게의 사람들이 그녀를 알게 되었고 폴에 대해서도 알게 되었다. 책 가게의 소녀가 그녀에게 날카로운 관심을 가졌다. 노팅엄에서 집으로 돌아왔을 때 모렐 부인은 이야깃거리가 넘쳤다. 세 아이는 자러 갈 시간까지 둘러앉아 이야기를 듣고 한마디씩 하기도 하고 주장도 했다. 그러고 나서 폴이 종종 불을 긁어모았다.

"이젠 제가 가장이에요." 그는 어머니에게 기쁨에 넘쳐 자주 이렇게 말했다. 그들은 집안이 얼마나 완벽하게 평화로울 수 있는지 알게 되었다. 그리고 아무도 그렇게 무정하게 고백하지는 않겠지만, 그들은 아버지가 곧 돌아올 것이라는 사실을 거의 유감스럽게 느꼈다.

폴은 이제 열네 살이었고 일자리를 찾고 있었다. 그는 약간 체구가 작고 균형이 잘 잡혔으며 짙은 갈색의 머리에 연한 푸른 눈을 가진 소년이었다. 그의 얼굴에는 이미 어린아이의 토실토실함이 사라졌고 윌리엄처럼 거의 험해 보일 정도로 얼굴이 거칠었으며 매우 몸이 날랬다. 대체로 그는 이해력이 뛰어나 보였고 활력이 넘치고 다정했다. 그리고 그의 어머니처럼 갑작스럽게 미소를 지었으며 그 미소는 매우 사랑스러웠다. 반면에 그의 영혼의 빠른 흐름이 막히면 그의 얼굴은 멍하고 흉하게 변했다. 그는 다른 사람이 자기 말을 이해하지 못하거나 스스로가 싸구려로 취급당한다고 생각하면 바로 촌스런 시골 뜨기처럼 되었다가 다른 사람이 친절하게 대해 주면 바로 다시 사랑스럽게 변하는 그런 아이였다.

그는 무슨 일이든 처음 접할 때 고통을 받았다. 일곱 살 때 학교를 간다는 것은 그에게 악몽이며 고문이었다. 그러나 그 이후 그는 학교를 좋아했다. 그런데 지금은 세상에 나가야 한다고 느꼈기 때문에 그는 위축되는 자의식으로 고통을 겪고 있었다. 그는 그 나이의 소년치고는 상당히 똑똑한 화가였다. 그리고 그는 히턴 씨가 가르쳐준 덕택에 불어와 독어와 수학을 좀 알았다. 그러나 그가 가진 어떤 것도 상업적인 가치는 없었다. 힘든 육체 노동을 하기에는 그가 충분히 튼튼하지 않다고 그의 어머니는 말했다. 그는 손으로 물건들 만드는 것을 좋아하지 않았고 뛰어다니거나 시골로 소풍 가는 것, 독서나 그림 그리기를 좋아했다.

"무엇이 되고 싶니?" 그의 어머니가 물었다.

그는 아무런 생각도 없었다. 폴은 계속 그림 그리는 것을 좋아할 수도 있었겠지만 그것은 불가능한 일이었기 때문에 그 생각은 떠오르지 않았다. 그는 아무 일도 하고 싶지 않다는 생각이 상당히 강했다. 그러나 이제 돈을 벌기 시작해야 한다는 것이 절박한 문제였다. 그리고 그는 자기가 세상에서 금전적인 가치가 높다고 느끼지 않았기 때문에 그리고 어떤 일을 하든지 남자는 매주 30실링이나 35실링을 벌 수 있다는 사실을 알고 있었기 때문에 언제나 똑같이 대답했다.

"아무거나요."

"그건 대답이 아냐." 모렐 부인이 말했다.

그러나 그것은 그가 할 수 있었던 유일한 대답이었고, 정직한 대답이었다. 실질적인 생활과 관련해서 그의 야망은 집 근처에서 매주 30실링이나 35실링씩 벌며 조용히 살다가 아버지가 죽은 뒤에는 어머니와 자그마한 집을 마련하여 마음이 내키는 대로 그림을 그리거나 나돌아 다니며 평생 행복하게 사는 것이었다. 이것이 일상 생활을 어떻게 할 것인가에 관한 그의 계획이었다. 그러나 그는 냉정하게 다른 사람들을 자신과 비교하고 그들을 평가하면서 마음속으로 자부심을 지녔다. 그리고 그는 어쩌면 자기가 진정한 화가가 될지도 모른다고 생각했다. 그러나 그는 그 정도만 생각하고 내버려 두었다.

"그렇다면." 그의 어머니가 말했다. "신문에 난 일자리 광고를 봐야겠구나."

그는 그녀를 바라보았다. 그 과정을 겪는다는 것은 그에게 심한 모욕이며 고통이었다. 그러나 그는 아무 말도 하지 않았다. 아침에 일어났을 때 그의 모든 생각은 이 한 가지에 묶여 있었다.

"나가서 광고를 보고 일자리를 찾아야 한다."

이 생각이 이른 아침부터 그의 마음을 사로잡았고 그것은 모든 기쁨과 심지어 삶조차 죽였다. 그의 마음은 매듭으로 꽉 묶여 있는 듯했다.

그러다가 그는 10시에 출발했다. 사람들은 그를 이상하고 조용한 아이라고 생각했을 것이다. 작은 마을의 양지 바른 거리를 따라가면서 그는 자기가 만나는 사람들이 모두 혼자서 이렇게 중얼거린다고 느꼈다. '쟤는 신문에 난 일자리 광고를 보러 조합의 도서실로 가는구나. 저 아이는 일자리를 구할 수 없을 거야. 저 앤 엄마에게 기대어 살고 있지.' 그는 조합의 직물 가게 뒤에 있는 돌계단을 기어 올라가서 열람실을 들여다보았다. 보통 나이 든 할 일 없는 사람이나 질병 수당을 받는 광부 한두 사람이 그곳에 있었다. 그들이 쳐다보자 그는 잔뜩 위축되고 고통스러워하면서 안쪽으로 들어가 테이블에 앉아 신문을 훑어보는 척했다. 그는 그들이 '열세 살짜리 아이가 왜 도서실에서 신문을 볼까?'라고 생각하리라는 사실에 고통스러웠다.

그러다가 폴은 창밖을 내다보며 생각에 잠겼다. 그는 이미 산업주의의 포로였다. 커다란 해바라기 꽃들이 찬거리를 들고 바삐 움직이는 여인들을 맞은편 정원의 붉은 벽 너머에서 즐겁게 내려다보고 있었다. 계곡은 밀이 가득 자라 햇빛 아래 빛났다. 들판에 있는 탄광 두 곳에서 하얀 증기가 깃털처럼 올라왔다. 멀리 언덕에는 올더슬리의 울창한 숲이 매혹적으로 보였다. 이미 그의 마음은 가라앉았다. 그는 멍에를 짊어지기 시작했다. 사랑하는 고향 계곡에서의 자유는 사라지고 있었다.

양조장의 마차가 엄청나게 큰 술통을 터진 콩깍지에 든 콩처럼 마차 양편에 네 개씩 싣고 케스턴에서 올라왔다. 마부는 그의 높은 자리에 묵직하게 앉아 폴의 눈높이로 지나갔다. 그의 작고 둥근 머리의 머리카락은 햇빛 아래 거의 희게 되었고 그의 마대 앞치마 위에서 한가롭게 흔들리는 굵고 붉은 팔에서도 허연 털이 번쩍였다. 그의 벌건 얼굴이 햇빛에 번들거리며 졸고 있는 것처럼 보였다. 늘씬한 갈색의 말들은 알아서 계속 갔고 마부보다 훨씬 더 그 행렬의 주인공들처럼 보였다.

폴은 자기가 바보였으면 좋겠다고 느꼈다. '내가 저 사람처럼 살이 찌고 햇볕을 쬐는 개라면 좋겠어. 돼지였으면, 양조장의 마부라면 얼마나 좋을까.' 그는 속으로 생각했다.

마침내 열람실에 아무도 없게 되자 그는 급하게 종이쪽지에 광고를 베껴 적고 안도의 한숨을 크게 쉬며 아무도 몰래 밖으로 슬쩍 빠져나왔다. 그의 어머니가 그 쪽지를 훑어보았다.

"그래." 그녀가 말했다. "한번 해 봐라."

윌리엄이 그럴 듯한 상업 용어로 써 놓은 지원서를 폴은 약간 고쳐서 베껴 썼다. 폴의 필체는 형편없어서 모든 일을 잘했던 윌리엄이 참지 못하고 흥분했던 적이 있었다.

윌리엄은 꽤 멋을 부리고 다녔다. 런던에서 그는 베스트우드의 친구들보다 훨씬 사회적 지위가 높은 사람들과 어울릴 수 있다는 것을 알았다. 사무실의 사무원들 가운데 일부는 법률을 공부했고 일종의 견습을 받고 있었다. 윌리엄은 어디를 가든지 늘 사람들 사이에서 친구를 사귀었고 그는 매우 유쾌한 존재였다. 따라서 그는 베스트우드였다면 접근할 수도 없었을 은행 지배인을 곧 우습게 보거나 교구장을 아무렇지 않게 방문할 사람들의 집을 방문하고 그 집에 머물기도 했다. 그래서 그는 자기가 대단한 존재라고 여기기 시작했다. 그는 사실 자기가 손쉽게 신사가 된 데 약간 놀랐다.

그가 어머니에게 보낸 편지는 종종 즐거운 기분으로 쓰였다.

림프스필드의 '충실한 종자(Myrmidon)'.

사랑하는 엄마,

지금은 새벽 1시예요. 어머니 아들이 고풍스러운 오크 의자에 앉아 최신식 전기 램프가 앞에 놓여 있는 탁자에서 편지를 쓴다고 상상해 보세요. 그 아들은 야회복을 입고 그가 스물한 살 때 아들에게 준 장식 금 단추를 달고 있으며, 자기의 앞날이 무궁하다고 생각해요. 그는 자기 어머니가 자신을 볼 수 있기를 원해요. 솔로몬이 모든 영광을 누렸다지만 어머니의 아들과 비교하면 분명히 초라하다고 느낄 거예요.

저는 루스모와 함께 주말을 보내고 있으며 지금 시간을 내어 이 편지를 당신에게 쓰고…….

그가 만족한 생활을 하는 것 같아 그의 어머니는 기뻤다. 그런데도 윌섬스토에 있는 그의 숙소는 너무나 삭막했다. 그러나 이제 일종의 열기가 청년의 편지에 스며들어 온 것 같았다. 그는 모든 변화에 불안해하고 두 발로 굳건하게 땅을 딛고 서 있지 않으며 빠르게 돌아가는 새로운 생활의 흐름에 약간 어지러워하는 듯이 보였다. 그의 어머니는 아들이 걱정되었다.

그녀는 그가 자신을 상실하고 있다고 느낄 수 있었다. 그는 춤을 추고 극장에 가고 강에서 배를 타고 친구들과 돌아다녔다. 그리고 사무실에서, 법조계에서 크게 성공하기 위하여 나중에 자기의 추운 침실에 밤늦게까지 자지 않고 앉아서 열심히 라틴어를 공부한다는 것을 알았다. 그는 이제 어머니에게 전혀 돈을 보내지 않았다. 그는 수입을 모두 자신의 삶을 위해 썼다. 그리고 그녀는 가끔 매우 쪼들리거나 10실링만 있으면 많은 걱정을 덜 수 있는 그런 때를 제외하고는 그로부터 한 푼도 원치 않았다. 그녀는 윌리엄이 잘되고 하려는 일에서 성공하기를 바랐으며 그 뒤에서 자신이 뒷바라지하는 모습을 상상했다. 그녀는 윌리엄 때문에 자기 마음이 얼마나 무겁고 불안한지를 한순간도 인정하지 않았다.

그는 또한 무도회에서 만난 여자에 대해 많이 이야기했다. 그녀는 갈색 머릿결을 가진 예쁘고 젊은 숙녀로서 많은 남자들이 그녀를 따라다녔다.

'다른 모든 남자들이 그녀를 쫓아다니는 것을 보지 않았어도 네가 그 여자를 쫓아다녔을지는 궁금하구나.' 그의 어머니는 그에게 편지를 썼다. '넌 많은 사람들 속에서 분명히 안전하게 느끼고 허영심을 만족시킬 수 있을 게다. 그러나 조심하거라. 네가 혼자 있을 때 그리고 그 여자를 차지했을 때 어떻게 느낄지 살펴보아라……'

윌리엄은 이런 말들을 못마땅하게 여겼고 계속 그 여자를 쫓아다녔다. 그는 그녀를 강가로 데리고 간 적도 있었다.

엄마가 그녀를 본다면, 엄마, 제가 어떻게 느끼는지 아실 거예요. 큰 키에 우아하고 아주 밝고 투명한 올리브색 피부에 흑옥처럼 검은 머리카락, 그리고 밤에 물위에 비친 불빛처럼 밝고 조롱기가 담긴 회색 눈. 그녀를 만나 보기 전에 엄마가 약간 비꼬는 것은 당연해요. 그리고 그녀는 런던의 어떤 여자에 못지않게 옷을 잘 입어요. 그녀와 함께 피카딜리 거리를 걸어갈 때 엄마의 아들은 제대로 고개도 들지 못한다는 사실을 말하고 싶어요.

모렐 부인은 자기 아들이 피카딜리 거리를 친한 여자와 함께 걷는 것이 아니라 우아한 자태와 좋은 옷을 입은 사람과 함께 걸어가는 것이 아닌지 마음속으로 궁금했다. 그러나 그녀는 특유의 회의적인 방식으로 그에게 축하를 보냈다. 그리고 빨래 통 앞에 서서 아들에 대해 깊이 생각했다. 그녀는 그가 우아하고 화려한 아내와 함께 얼마 되지 않은 돈을 벌어 교외에 작고 누추한 집을 얻어 겨우 살아가는 모습을 상상했다. 그녀는 혼자 중얼거렸다. '하지만, 아마 내가 어리석은 생각을 하는 걸 거야. 사서 걱정을 하고 있으니.' 그럼에도 불구하고 윌리엄이 혼자서 실수하지 않을까 하는 걱정의 짐이 그녀의 마음을 떠난 적이 없었다.

지금 폴은 노팅엄의 스패니얼로우 21번지에 있는 외과 의료기구 제조회사인 토머스 조던사로부터 면접 통지를 받았다. 모렐 부인은 대단히 기뻐했다.

"거봐!" 그녀는 눈을 반짝이며 외쳤다. "겨우 네 번 편지를 보냈는데 세 번째 편지에 답장이 왔구나. 넌 참 운이 좋은 아이야. 내가 늘 얘기하지 않았니."

폴은 조던 씨의 편지지에 그려진 고무 스타킹과 여러 기구로 꾸민 나무 의족의 그림을 보고 놀랐다. 그는 고무 스타킹이 있다는 사실을 몰랐다. 그리고 사업의 세계는 가치 체계가 규제되고 비인간적이라고 느꼈으며 이 세계에 두려움을 느꼈다. 의족을 만들어 사업이 될 수 있다는 사실이 또한 괴이하게 보였다.

어느 화요일 아침 어머니와 아들이 함께 출발했다. 8월이라 찌는 듯이 더웠다. 폴은 마음속에서 무엇인가 꼭 죄어 온다고 느끼면서 걸어갔다. 그는 일자리를 구하든 못하든 모르는 사람 앞에 가서 이처럼 터무니없는 고통을 당하니 육체적인 고통을 겪는 편이 낫다고 여겼다. 그러나 그는 어머니와 이런저런 이야기를 하면서 걸어갔다. 그는 이러한 일들 때문에 자기가 얼마나 괴로운지 결코 고백하려고 하지 않았고 그녀는 부분적으로 짐작했을 뿐이었다. 그녀는 연인처럼 명랑했다. 그녀는 베스트우드 역 매표소 앞에 섰고 폴은 그녀가 표를 사기 위해 지갑에서 돈을 꺼내는 것을 보았다. 오래된 검은 염소가죽 장갑을 낀 그녀의 손이 낡은 지갑에서 은화를 꺼내는 모습을 보자 그의 가슴은 그녀에 대한 사랑의 아픔으로 죄어들었다.

그녀는 상당히 들떠 있었고 아주 명랑했다. 그는 그녀가 다른 여행객들 앞에서 큰소리로 말해 고통스러웠다.

"자, 저 어리석은 소 좀 봐!" 그녀가 말했다. "서커스에 온 것처럼 빙빙 돌고 있잖아."

"아마도 말파리 때문일 거예요." 그가 매우 작은 목소리로 말했다.

"뭐라고?" 그녀는 부끄러워하지 않고 명랑하게 물었다.

그들은 잠시 생각에 잠겼다. 그는 어머니가 자기 맞은편에 앉아 있다는 사실을 내내 의식했다. 갑자기 그들의 눈이 마주쳤고 그녀는 그에게 미소를 지었다. 그것은 좀처럼 볼 수 없는 친밀한 미소였으며 밝고 사랑이 담긴 아름다운 미소였다. 그리고 두 사람은 각각 창밖을 내다보았다.

그런데 갑자기 그녀가 그에게 고개를 돌리고 분명하게 말했다.

"그런데 난 정말 네가 일자리를 얻을 것 같구나…… 그리고 만약 그렇지 않더라도, 글쎄, 세 번째 지원해서 실패했다고 불평할 수는 없겠지? 하지만 난 네가 일자리를 얻을 것 같아. 넌 왜 그런지 모르지만 운이 좋은 아이니까." 그녀는 다른 사람들이 들을 수 있도록 그렇게 말했다.

25킬로미터에 걸친 느린 기차 여행이 끝났다. 어머니와 아들은 함께 모험하는 연인들의 흥분을 느끼면서 스테이션 거리를 걸었다. 캐링턴 거리에서 그들은 잠깐 멈추어 서서 난간에 기대어 아래쪽 운하에 떠 있는 거룻배를 보았다.

"꼭 베네치아 같군요." 높은 공장 담 사이에 있는 운하의 물 위에 햇빛이 비치는 것을 보면서 그가 말했다.

"그렇구나." 그녀가 미소를 지으면서 대답했다.

두 모자는 가게들이 대단히 마음에 들었다.

"저 블라우스 좀 봐." 그녀가 말했다. "우리 애니에게 꼭 맞지 않겠니? 그리고 1실링 11펜스 3파딩이니 값도 참 싸구나!"

"게다가 바느질로 만든 거예요." 그가 말했다.

"그래."

그들은 시간이 충분했으므로 서두르지 않았다. 시내는 그들에게 신기하고 재미있었다. 그러나 소년의 가슴은 불안의 매듭으로 묶여 있었다. 그는 토머스 조던 씨와의 면접이 두려웠다.

성 피터 교회에 이르렀을 때 거의 11시가 되었다. 그들은 성으로 가는 좁은 길로 들어섰다. 거리는 음울하고 오래되었다. 상점들은 낮고 어두웠으며 늘어선 집들의 암녹색 문에는 청동으로 된 고리쇠가 달려 있었다. 그리고 황토색의 현관 층계는 길까지 나와 있었고 한 오래된 가게의 작은 창문은 반쯤 뜬 교활한 눈처럼 보였다. 어머니와 아들은 사방으로 '토머스 조던사'를 찾으면서 조심스럽게 걸어갔다. 그것은 황야에서 사냥하는 것 같았다. 그들은 흥분에 휩싸여 발가락 끝으로 걸어갔다.

갑자기 그들은 크고 어두운 아치형 통로를 발견했고 거기에 여러 회사의 이름이 있었다. 토머스 조던도 그 가운데 있었다.

"여기 이름이 있구나." 모렐 부인이 말했다. "그런데 회사는 어디 있지?"

그들은 주위를 둘러보았다. 한쪽에 이상하고 어둡게 보이는 판지 공장이 있었고 다른 편에는 상업용 호텔이 있었다.

"저 앞에 있어요." 폴이 말했다.

그리고 그들은 용의 입으로 들어가듯이 용감하게 아치 아래로 들어갔다. 그들은 넓은 뜰로 들어섰고 뜰 주위에는 마치 연못처럼 건물들이 빙 둘러서 있었다. 뜰에는 지푸라기와 상자들과 두꺼운 종이가 어지럽게 늘려 있었다. 햇빛이 한 나무 상자를 비추어 상자에서 뜰로 흘러내린 밀짚이 황금처럼 보였다. 그러나 다른 곳은 탄광과 같았다. 여러 개의 문과 두 개의 층계가 있었다. 바로 앞쪽에 있는 층계 끝의 더러운 유리문에 '토머스 조던사——외과 의료 기구'란 글자가 불길하게 크게 보였다. 모렐 부인이 먼저 들어가고 아들이 뒤를 따랐다. 폴 모렐은 어머니 뒤를 따라 더러운 층계를 올라가 더러운 문으로 들어섰을 때 그의 마음은 단두대에 오르는 찰스 1세의 마음보다 더 무거웠다.

그녀는 문을 열고 들어갔고 즐거운 놀라움에 멈춰 섰다. 그녀의 눈앞에는 큰 창고가 있었는데 거기에는 크림색의 종이 꾸러미가 곳곳에 놓여 있고 소매를 걷어붙인 점원들이 집에서처럼 편안하게 일을 하고 있었다. 불빛은 어두웠고 크림색 꾸러미는 광택으로 번들거렸으며 암갈색의 카운터는 나무로 만든 것이었다. 모든 것이 조용하고 매우 검소했다. 모렐 부인은 두 발짝 앞으로 나가 기다렸다. 폴은 그녀 뒤에 서 있었다. 그녀는 일요일에 쓰는 보닛을 쓰고 검은 베일을 하고 있었으며 그는 넓은 흰 칼라가 달린 소년용 노포크식 웃옷을 입고 있었다.

사무원 한 사람이 쳐다보았다. 그는 몸이 마르고 키가 크며 얼굴이 작았다. 그는 눈매가 날카로워 보였다. 그는 눈길을 돌려 유리문이 달린 사무실이 있는 방의 반대편을 눈으로 가리켰다. 그리고 그가 다가왔다. 그는 아무 말도 하지 않았지만 방문한 사람이 누구인지 궁금한 듯이 모렐 부인에게 가볍게 고개를 숙였다.

"조던 씨를 뵐 수 있을까요?" 그녀가 물었다.

"모셔 오지요." 젊은이가 대답했다.

그는 유리문이 달린 사무실로 갔다. 불그레한 얼굴에 흰 구레나룻이 난 나이 든 남자가 쳐다보았다. 그의 모습을 보자 폴은 포메라니아종 개가 생각났다. 곧 그 남자가 창고로 왔다. 그는 다리가 짧았고 약간 건장했으며 알파카 재킷을 입고 있었다. 그리고 한쪽 귀를 세우고 당당하게 무엇인가 알고 싶어 하는 표정으로 그들에게 다가왔다.

"안녕하시오!" 그는 모렐 부인이 고객인지 아닌지 알 수 없어 그녀 앞에서 주저하며 말했다.

"안녕하세요…… 제 아들 폴 모렐을 데리고 왔어요…… 당신이 오늘 아침 찾아와 보라고 하셨죠."

"이쪽으로 오시지요." 사무적으로 보이기 위해 다소 짧고 딱딱한 어조로 조던 씨가 말했다.

그들은 이 제조업자를 따라 누추한 작은 방으로 들어갔다. 그 방에는 많은 고객들이 앉은 탓인지 반들거리는, 검은 미국 가죽을 씌운 의자가 있었다. 탁자 위에는 누런 부드러운 가죽 고리들이 얽혀 있는 탈장대가 쌓여 있었다. 그것은 새 것이었고 살아 있는 것처럼 보였다. 폴은 새 가죽의 냄새를 맡았다.

그는 그것이 무엇인지 궁금했다. 그는 지금 너무 정신이 없어서 사물이 제대로 보이지 않았다.

"앉으시죠!" 조던 씨가 모렐 부인에게 말총 의자를 가리키며 짜증을 내며 말했다. 그녀는 편치 않은 자세로 의자 끝에 앉았다. 그리고 몸집이 작은 늙은이는 서류를 뒤적거리다가 편지 한 장을 찾아냈다.

"네가 이 편지를 썼니?" 그는 폴에게 서류 한 장을 내밀면서 날카롭게 말했다. 폴은 자기 앞의 서류가 자신이 쓴 편지라는 것을 알았다.

"네." 그가 대답했다.

그 순간 그에게는 두 가지 생각이 들었다. 하나는 그 편지는 윌리엄의 편지를 베낀 것이었기 때문에 거짓말한 데 대해 죄의식을 느낀 것이었고, 두 번째는 자신의 편지가 이 남자의 살찐 붉은 손안에 있으니까 부엌의 식탁에 놓여 있을 때와 달리 왜 낯설고 이상하고 보일까 하는 생각이었다. 편지가 자신의 일부처럼 잘못 놓여 있는 것 같았다.

"넌 어디서 편지 쓰는 것을 배웠니?" 나이 든 남자가 퉁명스럽게 말했다.

폴은 단지 그를 부끄럽게 바라볼 뿐 아무 대답도 하지 않았다.

"얘는 글을 잘 쓰지 못해요." 모렐 부인이 변명하듯이 한마디했다. 그리고 나서 그녀는 베일을 걷어 올렸다. 폴은 그녀가 이 보잘것없는 작은 남자에게 좀 더 당당하지 않은 데 대해 그녀를 증오했고 베일을 올린 그녀의 얼굴을 사랑했다.

"그런데 불어를 안다고 했지?" 여전히 날카롭게 작은 노인이 물었다.

"네." 폴이 대답했다.

"학교는 얼마나 다녔어?"

"초등학교요."

"불어를 거기서 배웠나?"

"아뇨…… 전……." 소년은 홍당무가 되어 더 이상 말을 하지 못했다.

"그의 대부가 가르쳤어요." 모렐 부인이 반쯤 애원하듯이 그러나 다소 쌀쌀하게 말했다.

조던 씨는 망설였다. 그리고 짜증을 내는 태도로 (그는 항상 자기 손을 움직일 준비를 하고 있는 것처럼 보였다.) 주머니에서 다른 종이를 한 장 꺼내어 펼쳤다. 종이가 바스락거리는 소리를 냈다. 그는 그것을 폴에게 건네주었다.

"한번 읽어 봐." 그가 말했다.

그것은 불어로 쓰인 쪽지였다. 소년은 가늘고 희미한 외국어 필체를 판독할 수 없었다. 그는 서류를 멍하게 바라보았다.

"무슈어." 그는 읽기 시작하다가 매우 당황하여 조던 씨를 바라보았다.

"그건…… 그건……."

그는 '필체'라는 말을 하고 싶었지만 그 단어가 머리에 떠오르지 않을 정도로 정신이 없었다. 그는 완전히 바보처럼 느끼면서, 그리고 조던 씨를 증오하면서 절망적인 심정으로 서류에 눈을 돌렸다.

"귀하…… 어…… 어…… 회색 실 스타킹…… 두 짝을……
어…… 음…… 이 말을 모르겠어요…… 어…… 손가락……
어…… 없이…… 못 알아보겠어요…… 보내 주기 바랍니다……."

그는 필체를 알아볼 수 없다고 말하고 싶었지만 그 말이 나
오지 않았다. 그가 막히는 것을 보고 조던 씨는 그로부터 서
류를 빼앗아 갔다.

"발가락이 없는 회색 실 스타킹 두 켤레를 보내 주세요!"

"글쎄요." 폴이 얼굴을 붉혔다. "'doigts'에는 손가락이라는
뜻도 있어요…… 일반적으로……."

작은 남자가 그를 바라보았다. 그는 'doigts'에 '손가락'이라
는 뜻이 있는지 몰랐다. 그의 사업에서는 그 단어는 '발가락'
을 의미하는 것으로 충분했다.

"스타킹에 손가락이라니!" 그가 날카롭게 말했다.

"하지만 그 단어는 손가락이라는 뜻이에요." 소년은 고집
했다.

그는 자기를 그렇게 바보로 만드는 작은 남자를 증오했다.
조던 씨는 창백해지고 멍청하면서도 도전적인 소년을 바라보
다가 어머니를 바라보았다. 그녀는 다른 사람들의 호의에 의
존할 수밖에 없는 가난한 사람들에게 흔히 볼 수 있는 기묘하
게 무표정한 얼굴로 조용히 앉아 있었다.

"언제 얘가 일하러 나올 수 있겠소?" 그가 물었다.

"언제든지 원하실 때 올 수 있어요. 얘는 이제 학교를 마쳤
어요." 모렐 부인이 말했다.

"베스트우드에서 이리로 다니겠지요?"

"네…… 하지만 정거장에…… 7시 45분에…… 올 수 있어요."

"흠!"

이 면접은 폴이 주 8실링에 나선과의 초급 사무원으로 일하는 것으로 마무리되었다. 소년은 'doigts'가 '손가락'이라는 뜻이라고 주장하고 나서는 입을 다물고 더 이상 말을 하지 않았다. 그는 어머니를 따라 계단을 내려갔다. 그녀는 사랑과 기쁨이 가득한 그녀의 밝고 푸른 눈으로 그를 바라보았다.

"앞으로 일이 마음에 들 거야."

"엄마, 'doigts'는 '손가락'이란 뜻이에요. 그리고 문제는 필체였어요. 전 필체를 알아볼 수 없었어요."

"염려하지 마라, 얘야…… 그는 괜찮은 사람일 거야. 넌 그 사람을 자주 볼 일이 없을 거야…… 처음 본 젊은이가 친절하지 않았니? ……넌 분명히 여기 있는 사람들을 좋아하게 될 거야."

"하지만 조던 씨가 그저 그렇지 않았어요, 엄마? 그 사람이 이 공장을 모두 소유하고 있어요?"

"그는 노동자로 일하다가 성공한 사람일 거야." 그녀가 말했다. "사람들에게 그렇게 신경 쓸 필요가 없단다. 그들이 네게 불쾌하게 대하는 게 아니야…… 그게 그 사람들 방식이란다…… 넌 언제나 사람들이 네게 어떤 의도를 가지고 있는 것으로 생각하지만 그렇지 않단다."

날은 매우 화창했다. 시장의 넓고 황량한 공간 너머에 푸른 하늘이 빛나고 화강암의 포장석이 반짝거렸다. 롱로우 거리의 가게들이 매우 흐릿하게 보였고 그늘은 여러 가지 색깔로 가득 찼다. 마차가 시장을 가로질러 가는 곳에 과일 가게가 죽 늘어서 있었다. 사과와 쌓아 놓은 불그스름한 색의 오렌지, 작은 서양 자두와 바나나 더미 등 과일이 햇살을 받고 빛났다. 어머니와 아들이 지나갈 때 과일의 신선한 향기가 났다. 그의 수치심과 분노의 감정이 차츰 가라앉았다.

"어디 가서 점심을 먹을까?" 어머니가 물었다.

"뭘 좀 산 다음 수목원에 가서 먹을까요?"

"아니, 그건 안 돼."

"몰리네 식당에 갈까요?"

"거기는 차를 너무 오래 끓여. 아나…… 네가 레스토랑을 택해…… 거기 가서 제대로 식사를 해 보자."

그것은 무모한 사치처럼 느껴졌다. 폴은 여태까지 식당에 한두 번밖에 가 본 적이 없었고 그때에도 차 한 잔을 마시고 롤빵을 먹었을 뿐이다. 베스트우드의 사람들은 대부분 자기들이 노팅엄의 레스토랑에서 먹을 수 있는 것은 차와 버터 바른 빵, 어쩌면 깡통에 든 쇠고기 정도가 전부라고 여겼다. 제대로 요리한 식사는 대단한 사치로 여겨졌다. 폴은 약간 죄의식을 느꼈다.

그들은 꽤 값싸 보이는 장소를 발견했다. 그러나 모렐 부인은 가격표를 훑어보고 나서 마음이 무거워졌다. 음식값이 너무 비쌌다. 그래서 그녀는 그 식당의 가장 싼 요리인 콩팥 파이와 감자를 주문했다.

"우린 이런 데 오지 말았어야 했어요, 엄마." 폴이 말했다.

"걱정하지 마라." 그녀가 말했다. "다시는 오지 않을 거다."

그녀는 그가 단 것을 좋아하니까 작은 건포도 파이를 먹으라고 권했다.

"엄마, 전 그걸 먹고 싶지 않아요." 그는 간청하듯이 말했다.

"아냐, 먹어 봐." 그녀가 고집했다.

그리고 그녀는 웨이트리스가 있나 주위를 둘러보았다. 그러나 웨이트리스는 바빴고 모렐 부인은 그때 그녀를 귀찮게 하고 싶지 않았다. 그래서 어머니와 아들은 그녀가 와 주기를 기다렸지만 그녀는 남자들 사이에서 시시덕거리고 있었다.

"뻔뻔스러운 계집 같으니." 모렐 부인이 폴에게 말했다. "저 것 봐. 저 남자에게 푸딩을 갖다주고 있잖아. 그는 우리보다 훨씬 뒤에 왔는데."

"별일 아니에요, 엄마."

모렐 부인은 화가 났다. 그러나 그녀는 매우 가난했고 그녀의 주문은 너무 빈약한 것이어서 바로 그 자리에서는 자기의 권리를 주장할 용기가 나지 않았다. 그들은 기다리고 또 기다렸다.

"우리 나갈까요, 엄마?" 그가 말했다.

그때 모렐 부인이 일어섰다. 그 웨이트리스가 근처를 지나갔다.

"건포도 파이를 하나 줘요." 모렐 부인이 분명하게 말했다.

그 여자 종업원은 방자하게 주위를 둘러보았다.

"곧 갖다줄게요." 그녀가 말했다.

"우리는 아주 오랫동안 기다렸어요." 모렐 부인이 말했다.

잠시 후 웨이트리스는 파이를 가지고 왔다. 모렐 부인은 쌀쌀하게 계산서를 요청했다. 폴은 마룻바닥 밑으로 들어가고 싶었다. 그는 어머니의 당당함에 감탄했다. 그녀가 자기의 권리를 그렇게 작게나마 주장하게 된 것은 오랜 세월 동안의 삶의 전투에서 배웠다는 것을 그는 알았다. 그녀는 폴만큼이나 위축되어 있었다.

"다시는 거기에 가지 않겠다." 그들이 밖으로 나왔을 때 레스토랑에서 벗어나게 된 것을 다행스럽게 생각하고 그녀가 선언했다.

"우리 키프 상점이나 부트 상점에 갔다가 한두 군데 더 가 보자꾸나." 그녀가 말했다.

그들은 그림에 대해 이야기했고 모렐 부인은 그가 갖고 싶어 했던 작은 검은 담비붓을 사 주고 싶었다. 그러나 그는 이러한 탐닉을 거부했다. 그는 여자 모자점과 포목점 앞에 서 있는 것이 지루했지만 어머니가 관심을 보여서 만족했다. 그들은 계속 돌아다녔다.

"저 검은 포도 좀 보렴!" 그녀가 말했다. "저걸 보니 입에 침이 도는구나. 몇 년 동안 저걸 먹고 싶었지만 좀 더 기다려야 살 수 있겠지."

그러고 나서 그녀는 꽃가게의 문 앞에 서서 향기를 맡으며 즐거워했다.

"오! 오! 이건 정말 사랑스럽지 않니?"

폴은 어두운 가게 안에서 검은 옷을 입은 우아한 젊은 여인이 카운터 너머로 호기심을 가지고 내다보는 것을 보았다.

"사람들이 엄마를 보고 있어요." 어머니를 끌어당기면서 그가 말했다.

"그런데 이게 무슨 향기지?" 그녀가 움직이기를 거부하면서 큰소리로 외쳤다.

"비단향꽃나무예요!" 그가 급하게 냄새를 맡으면서 대답했다. "봐요, 한 통 가득히 있어요."

"그래 저기 있구나…… 붉은 꽃, 흰 꽃이! ……하지만 난 비단향꽃나무가 정말 이렇게 향기가 날 줄은 몰랐어." 그리고 그녀가 문 앞을 떠나 그는 대단히 안심을 했지만 그녀는 바로 다시 창문 앞에 섰다.

"폴!" 가게에서 일하는 검은 옷을 입은 우아한 젊은 여인의 눈에 띄지 않으려고 애쓰는 폴에게 그녀가 외쳤다. "폴! 여기 좀 봐!"

그는 마지못해 돌아왔다.

"자, 저 수령초 좀 봐!" 그녀가 손으로 가리키며 외쳤다.

"흠!" 그는 호기심과 관심을 가진 소리를 냈다. "꽃들이 저렇게 크고 무겁게 달려 있는 게 곧 떨어질 것 같아요."

"정말 많기도 하구나!" 그녀가 큰 소리로 말했다.

"그리고 꽃줄기와 봉오리가 저렇게 고개를 숙인 모습을 보세요."

"그래!" 그녀가 외쳤다. "아름답구나!"

"누가 사 갈지 궁금하군요!" 그가 말했다.

"나도 그래!" 그녀가 대답했다. "우린 아냐."

"우리 거실에서는 죽을 거예요."

"그래. 집구석이 지독하게 춥고 해가 들지 않으니 어떤 화초를 갖다 놓아도 죽어 버리지…… 부엌이 화초를 질식시켜 죽여 버릴 거야."

그들은 몇 가지 물건을 산 후 역으로 출발했다. 건물들의 어두운 사이로 보이는 운하 너머에 푸른 덤불이 덮인 갈색 바위 벼랑에 성이 섬세한 햇빛을 받으며 놀랍도록 아름답게 서 있는 것이 보였다.

"점심 때 나오면 얼마나 멋질까요!" 폴이 말했다. "이곳을 돌아다니며 모두 구경할 수 있겠죠. 아주 마음에 들 거예요."

"그럴 거야." 그의 어머니가 동의했다.

폴은 어머니와 함께 완벽한 오후를 보냈다. 그들은 부드러운 저녁에 피로했지만 행복하고 고양된 상태로 집에 도착했다. 아침에 폴은 정기 승차권을 사려고 양식을 작성해서 역으로 가져갔다. 그가 돌아왔을 때 어머니는 마루를 닦고 있었다. 그는 소파에 웅크리고 앉았다.

"토요일까지는 정기권이 집에 도착할 거라고 했어요."

"그래 얼마라고 해?"

"약 1파운드 11실링이에요." 그가 말했다.

그녀는 아무 말 없이 마루를 계속 닦았다.

"너무 비싼가요?" 그가 물었다.

"예상한 대로야." 그녀가 대답했다.

"제가 일주일에 8실링씩 벌 거예요." 그가 말했다.

그녀는 대답하지 않고 하던 일을 계속했다. 마침내 그녀가 말했다.

"윌리엄이 런던으로 갈 때 매달 1파운드씩 내게 보내 주겠다고 약속했다. 그러고는 10실링을 두 번 보냈다. 지금 그 애에게 부탁하더라도 분명 한 푼도 없을 거야. 내가 1파운드를 원해 이러는 게 아니다. 예상하지 않았던 이 정기 승차권을 사는 데 걔가 도와줄 수 있을 거라는 생각이 지금에서야 드는구나."

"형은 많이 벌어요." 폴이 말했다.

"130파운드를 받지. 하지만 다 마찬가지야. 자식들이란 약속은 거창하게 하지만 실제 지키는 건 얼마 없어."

"형은 일주일에 자길 위해 50실링도 더 써요." 폴이 말했다.

"그리고 난 30실링도 안 되는 돈으로 이 집을 꾸려 나가지." 그녀가 대답했다. "그리고 과외로 쓸 돈을 구하는 것은 내 책임이야. 그런데 자식들은 한번 집을 떠나면 도울 생각을 하지 않아. 네 형도 그 잘 차려입은 여자에게 돈을 쓰려 할 거야."

"그 여자가 그렇게 대단하다면 자기 돈이 많을 거예요."

"그래야 하지만 그렇지 않단다. 내가 물어봤지…… 그런데 그 녀석이 그 여자에게 아무런 이유 없이 금팔찌를 사줬겠어. 난 알아. 내게 금팔찌를 사 준 사람은 없었지."

"그렇지만, 원한 적도 없잖아요."

"그렇지…… 하지만 원했더라도 마찬가지였을 거야."

"아빠가 뭘 사 주신 적이 있었어요?"

"그래…… 사과 반 파운드를 사줬지…… 그리고 그게 전부야…… 우리가 결혼하기 전에 그가 쓴 돈 전부지."

"왜 그랬어요?"

"내가 어리석었기 때문이지. '뭘 사 줄까요?' 하고 아빠가 물으면 난 '아무것도 필요 없어요.'라고 말했어. 그런데 내게 뭘 사 준다는 것! ······그런 생각이 아빠에게는 든 적이 없었어. 그리고 윌리엄은 멋만 부리고 잘난 척하는, 그 별 볼일 없는 여자를 위해서나 금팔찌를 사 줄 거야."

"그녀는 분명히 돈이 많을 거예요." 소년이 말했다.

"많을 거라고, 그래! 하지만 윌리엄도 그럴 듯하게 보이려면 그 여자에게 뭘 사 줘야 할 거다. 정말 그 녀석이 집에 무슨 관심이나 있어! 그 애가 얼마 벌지 않을 때에는 다룰 수 있어. 그러다가 버는 돈이 어느 정도 되고 그걸로 편안하고 경제적으로 안정을 느낄 지경이 되면 떠나가지. 그리고 내겐 똑같은 투쟁이 반복되고. 도움이 필요할 때 의지할 곳도 없고 도와줄 사람도 없어."

"형에게 부탁을 하세요."

"그래, 그러면 그 애는 돈을 빌려야 할 거다. 돈 빌리는 문제라면 내가 빌릴 수도 있어. 형에게 부탁을 하고 신세 질 생각은 추호도 없어. 그 여자에 대한 찬사를 노래하고 둘이서 함께 보러 간 오페라 이야기를 늘어놓으며 내게 편지할 필요도 없지. 그런 이야기는 듣고 싶지 않아. 그 녀석이 내 생각을 뭘 그렇게 많이 하겠어······ 그렇지, 자식들이란 원래 신경을 쓰지 않아! 자기들 나름의 삶이 있고 가야 할 길이 있지. 내가 그 녀석에게 대체 뭔가. 난 결코 그 녀석에게 성가신 존재가 되지 않을 거고 아무것도 부탁하지 않을 거야······ 그리고 내가 죽을 때까지 네 아빠가 오래 살기를 바라. 자식들에게 짐이 된다는 것은 비참한 얘기니까."

"엄마…… 제가 곧 돈을 벌 거예요…… 그리고 엄마가 언제나 제 돈을 가지세요. 전 결코 결혼 따위는 하지 않을 거예요."

"전에도 듣던 이야기구나. 윌리엄이 늘 늘어놓던 말이지. 잠깐만 기다려 봐. 그러면 네 말도 바뀔 테니."

"그렇지 않을 거예요."

"어디 두고 보자."

그녀는 말없이 계속하여 붉은 벽돌 마루를 닦았다.

"어떻게 하실 거예요?"

"조합에서 인출해야 할 것 같구나…… 그러면 내가 받을 몫에서 빼게 될 거야. 나중에 배당금을 다 받지는 못하겠지. 사실 다시 그걸 미리 찾고 싶지는 않았는데."

소년은 매우 비참했고 화가 날 정도였다. 돈이 필요한 것을 자기 때문이었고 그 사실이 그를 속상하게 만들었다.

"그러면." 그가 말했다. "제가 곧 월급이 오르면 엄마가 전부 가지세요."

"그것 참 그럴 듯한 말이구나." 그녀가 말했다. "하지만 그렇더라도 토요일 아침까지는 30실링이 필요하구나."

윌리엄은 그가 '집시'라고 부르는 멋진 여자와 일이 잘 진행되고 있었다. 그 여자의 이름은 루이자 릴리 데니스 웨스턴이었는데, 그는 그녀에게 어머니에게 보낼 사진을 달라고 했다. 그것은 아름다운 검은 머리에 약간 비웃는 듯한 옆모습을 찍은 멋진 여인의 사진이었다. 그런데 사진에는 옷이 전혀 보이지 않았고 가슴 위 부분만 드러나 있었기 때문에 다 벗은 것 같은 사진이라고 할 수 있었다.

모렐 부인은 그녀의 아들에게 편지를 썼다.

그래, 루이의 사진이 놀랍구나. 그 여자가 매력적인 것 같구나. 하지만, 애야, 여자가 자기 애인의 어머니에게 처음 보낼 사진으로 그런 사진을 주는 것이 과연 좋은 취향이라고 생각하느냐. 확실히 어깨는 네가 말하듯이 아름답구나. 그러나 처음 보는 사진에서 그런 것을 기대하지는 않았다…….

모렐이 거실의 옷장 위에 있는 그 사진을 보았다. 그는 두꺼운 엄지와 둘째손가락으로 사진을 집어 들고 나왔다.

"이게 누구 사진이오?" 그가 아내에게 물었다.

"우리 윌리엄이 사귀는 여자예요." 모렐 부인이 대답했다.

"흠! 표정을 보니 꽤 예쁘군…… 그에게 별로 좋은 상대 같진 않아…… 이 여자 이름이 뭐요?"

"루이자 릴리 데니스 웨스턴이에요."

"길기도 하구려!" 광부가 외쳤다. "이 여자가 배우요?"

"아니에요. 숙녀라고 합디다."

"뭐라고." 그가 여전히 사진을 응시하며 큰소리로 말했다. "숙녀라고? 이 여자가 얼마나 돈이 있길래 이런 행세를 하고 있소?"

"돈이 없어요. 그녀는 자기가 싫어하는 늙은 이모와 함께 사는데, 그 이모가 주는 돈을 조금 받는다는군요."

"흠!" 모렐이 사진을 내려놓으며 말했다. "그렇다면 그런 여자와 사귀다니 그 녀석이 바보구려."

윌리엄이 답장을 보냈다.

사랑하는 엄마, 사진이 마음에 드시지 않다니 유감이에요. 제가 사진을 부칠 때 단정하지 않다고 여기시리라는 생각은 들지 않았어요. 그래서 지프에게 사진이 엄마의 깔끔하고 엄격한 성향에 잘 맞지 않았다고 말했으니 그녀가 다른 사진을 보낼 거예요. 이번에는 마음에 좀 더 드시기를 바랍니다. 그녀는 언제나 사진에 많이 찍혀요. 사실 사진사들이 무료로 그녀의 사진을 찍어 주겠다고 제안하곤 합니다.

곧 새 사진이 그 여자의 약간 멍청한 짧은 편지와 함께 왔다. 이번에는 젊은 숙녀가 검은 비단 웃옷을 입고 찍은 사진이었다. 웃옷은 목 부분이 네모낳게 파졌고 소매가 약간 부풀려졌으며 검은 레이스가 그녀의 아름다운 팔 아래로 드리워져 있었다.

"이 여자가 이브닝드레스 말고 다른 옷도 입는지 궁금하구나." 모렐 부인이 비꼬며 말했다. "내가 감명을 받아야 하는데."

"엄마, 엄마가 까다로운 거예요." 폴이 말했다. "전 어깨를 드러낸 처음 사진이 아름다웠어요."

"그랬어." 그의 어머니가 대답했다. "글쎄다, 난 아냐."

월요일 아침에 소년은 일하러 가기 위해 6시에 일어났다. 그의 조끼 주머니에는 그렇게 어렵게 산 정기 승차권이 들어 있었다. 그는 노란 줄들이 가로 그어진 이 정기권이 마음에 들었다. 그의 어머니는 잠글 수 있는 작은 바구니에 점심을 싸

주었고 그는 7시 15분 기차를 타기 위해 6시 45분에 출발했다. 모렐 부인은 문 앞까지 나와 그를 배웅했다.

완벽한 아침이었다. 물푸레나무에서 아이들이 '비둘기'라고 부르는 가는 초록색 열매가 부드러운 바람에 늘어선 집들의 앞마당으로 기분 좋게 흔들리고 있었다. 계곡에는 짙고 어두운, 윤기 나는 안개가 가득 찼고 안개 속으로 잘 익은 밀이 흔들려 반짝였고 민턴 탄광에서 나오는 수증기가 빠르게 녹았다. 바람이 입김처럼 불어왔다. 폴은 올더슬리의 높은 숲을 둘러보았다. 들판이 햇빛으로 빛나고 자기 집이 그렇게 강력하게 그를 사로잡은 적이 없었다.

"다녀올게요, 엄마." 그가 웃으면서, 그러나 매우 불행하게 느끼면서 말했다.

"잘 갔다 와라." 그녀가 쾌활하고 부드럽게 대답했다.

그녀는 흰 앞치마를 두르고 탁 트인 길에 서서 그가 들판을 건너가는 모습을 바라보았다. 그의 몸은 작지만 탄탄했으며 생명력으로 가득 차 보였다. 그녀는 들판 위로 터벅터벅 걸어가는 아들을 보면서 그는 자기가 가고자 마음먹은 곳에 도달할 것이라고 느꼈다. 그녀는 윌리엄을 생각했다. 윌리엄이라면 돌아서 산울타리 계단으로 가지 않고 담을 뛰어넘어 갔으리라. 그는 멀리 런던에서 잘 지내고 있었다. 폴은 노팅엄에서 일하고 있을 것이다. 이제 그녀는 두 아들을 세상에 내보냈다. 그녀는 거대한 산업 중심지인 두 곳을 생각할 수 있었고 두 곳에 각각 아들을 보냈으며 이들이 그녀가 원하는 것을 이룰 것이라고 느꼈다. 그들은 그녀로부터 나왔고 그들은 그녀의 일부였으며 그들의 일은 또한 그녀의 일이었다. 아침 내내 그녀는 폴에 대해 생각했다.

8시에 폴은 조던 외과 의료 기구 공장의 음침한 계단에 올라가 내보낼 물건을 포장하여 쌓아 놓은 첫 번째의 거대한 소포 선반에 어찌 할 바를 모르고 기대어 서서 누군가가 자기를 데려가 주기를 기다렸다. 그곳은 아직 잠에서 깨어나지 않았다. 카운터 위에는 먼지가 수북이 쌓여 있었다. 겨우 두 사람이 출근하여 구석에서 코트를 벗고 셔츠의 소매를 말아 올리면서 이야기하는 소리가 들렸다. 8시 10분이었다. 시간을 꼭 지켜야 한다는 분위기는 느껴지지 않았다. 폴은 두 사무원의 목소리에 귀를 기울였다. 그때 누군가가 기침하는 소리를 들렸고 방 끝에 있는 책상에서 쇠락한 늙은 사무원이 편지를 개봉하는 모습이 보였다. 그는 붉은색과 녹색으로 장식한 검은 벨벳으로 된 둥근 흡연 모자를 쓰고 있었다. 폴은 기다리고 기다렸다. 젊은 사무원 한 명이 나이 든 사람에게 가서 큰 목소리로 밝게 인사를 했다. 나이 든 '상사'는 귀가 먹은 것이 분명했다. 그리고 젊은 사무원은 큰 걸음으로 폼을 잡으며 자기 카운터로 왔다. 그가 폴을 보았다.

"어이!" 그가 말했다. "너 새로 온 아이지?"

"네." 폴이 말했다.

"흠! 이름이 뭐야?"

"폴 모렐이에요."

"폴 모렐? ……좋아, 너 이리로 와 봐."

폴은 네모난 카운터들을 돌아서 그를 따라갔다. 방은 3층이었다. 마루 가운데 큰 구멍이 있었고 그 주위를 카운터들이 벽처럼 둘러싸고 있었다. 그리고 이 넓은 수직 공간에 승강기가 설치되어 있었고 바닥층으로 빛이 내려갔다. 또한 천장에도 이 공간에 연결되는 큰 타원형의 구멍이 있었고 위층의 난간 너머로 기계들이 보였다. 그리고 바로 그 위에는 유리 지붕이 있었고 3층의 공간을 위한 빛이 아래층으로 내려올수록 점점 희미해지면서 들어왔다. 그래서 바닥층은 언제나 밤이었고 2층은 약간 어두웠다. 공장은 맨 위층에 있었고 2층에는 창고가 있고 1층에는 저장소가 있었다. 공장은 비위생적이고 오래된 곳이었다.

폴은 매우 어두운 구석으로 따라갔다.

"이곳은 '나선과'야." 그 사무원이 말했다. "넌 패플워스 씨와 함께 나선과야. 그가 네 보스인데 아직 오지 않았어. 8시 반이 되어야 나타날 거야. 그러니까 원한다면 저 아래 있는 멜링 씨에게 편지를 가져와도 돼."

젊은이는 구석에 있는 늙은 사무원을 가리켰다.

"알았어요." 폴이 말했다.

"여기 고리에 네 모자를 걸어…… 이게 네 장부야. 패플워스 씨가 곧 올 거야."

그리고 마른 젊은이는 큰 걸음으로 바삐 약간 내려앉은 나무 바닥 위를 활보해 갔다.

일이 분 후 폴은 아래로 내려가 유리문 앞에 섰다. 흡연 모자를 쓴 나이 든 사무원이 안경테 너머로 그를 건너보았다.

"안녕!" 친절하고 인상적으로 그가 말했다. "나선과의 편지를 가지러 왔어, 토머스?"

폴은 토머스라고 부르는 것을 싫어했다. 그러나 편지를 받아서 자기의 어두운 장소로 돌아왔다. 그곳은 카운터의 한 모퉁이로 거대한 소포 선반이 끝나고 구석에는 문이 셋 있었다. 그는 등받이가 없는 높은 의자에 앉아 편지를 읽었다. 필체가 읽기에 그렇게 어렵지 않았다. 편지는 이런 식이었다. '여성용 견직 나선 스타킹 한 켤레를 즉시 보내 주겠습니까. 지난해에도 같은 물건을 주문했는데 발은 없고…… 길이는…… 허벅지에서 무릎까지이며…… 등등.' 또는 '챔벌린 소령이 지난번에 주문한 견직의 무탄력 현수(懸垂) 붕대를 다시 주문하고 싶습니다.'

이러한 편지 가운데 많은 것은, 그중 일부는 불어나 노르웨이어로 쓰였는데, 소년을 대단히 어리둥절하게 했다. 그는 자기 '보스'가 도착하기를 기다리며 높은 의자에 초조하게 앉아 있었다. 그는 8시 반에 위층의 여공들이 무리를 지어 곁을 지나갈 때 부끄러움으로 고문을 당하는 것 같았다.

패플워스 씨는 다른 사람들은 모두 작업 중인 8시 40분쯤 클로로다인 껌을 씹으면서 도착했다. 그는 마르고 피부색이 누르스름하며 코가 빨갰다. 그리고 동작이 빠르고 딱딱 끊어서 말을 했으며 멋지지만 답답하게 옷을 입었다. 그는 서른여섯 정도 되었다. 그에게는 어딘지 '끈질기고' 어딘지 '영리하고' 어딘지 귀엽고 교활하고, 따뜻하지만 어딘지 경멸할 만한 데가 있었다.

"네가 새로 온 내 조수냐?" 그가 말했다.

폴은 일어나서 그렇다고 말했다.

"편지를 가져왔어?"

패플워스 씨는 그의 껌을 씹었다.

"네."

"그걸 베껴 썼어?"

"아뇨."

"그러면, 준비하고 시작해 보자. 웃옷을 갈아입었어?"

"아뇨."

"헌 웃옷을 한 벌 가져와서 여기다 두어라." 그는 마지막 단어들을 클로로다인 껌을 옆니 사이에 끼우고 말했다. 그는 거대한 상품 선반 뒤의 어둠 속으로 사라졌다가 웃옷을 입지 않고 멋진 줄무늬 셔츠 소매를 마르고 털이 많이 난 팔 위로 걸어올리고 다시 나타났다. 그러고 나서 그는 자기 웃옷을 입었다. 폴은 그가 얼마나 말랐는지 알아차렸고 그의 바지가 뒤쪽에 접혀 있는 것을 보았다. 그는 의자를 잡아 소년 곁으로 끌어당기고 앉았다.

"앉아라." 그가 말했다. 폴은 앉았다. 패플워스 씨는 그에게 바싹 다가앉았다. 그는 편지를 쥐고 자기 앞에 있는 서류대에서 긴 장부를 재빨리 집어서 펼치더니 펜을 들고 말했다.

"이제 여길 봐라…… 넌 이 편지를 여기에 베껴야 해."

그는 두 번 코를 킁킁거리고 껌을 재빨리 한 번 씹고, 편지를 뚫어지게 바라보고 나서 매우 조용하게 생각에 잠겨 있다가 화려한 필체로 빠르게 장부에 기록했다. 그는 재빨리 폴에게 시선을 주었다.

"알겠지?"

"네."

"제대로 할 수 있겠어?"

"네."

"좋아…… 그러면 네가 하는 걸 한번 보자."

그는 의자에서 일어났다. 폴은 펜을 쥐었다. 패플워스 씨는 사라졌다. 폴은 편지 베껴 쓰는 것을 좋아했지만 천천히 힘들여 가며 지나칠 정도로 서투르게 썼다. 그가 네 번째 편지를 쓰면서 꽤 바쁘고 행복하게 느끼고 있을 때 패플워스 씨가 다시 나타났다.

"자, 그럼…… 어떻게 되어 가니…… 다 끝냈어?"

그는 클로로다인 냄새를 풍기며 껌을 씹으면서 소년의 어깨 너머로 들여다보았다.

"하느님 맙소사, 이 녀석. 너 정말 글씨를 잘 쓰는구나!" 그가 비꼬면서 큰소리를 질렀다. "걱정 마. 몇 통이나 끝냈어? 겨우 세 통! 누워서 떡 먹긴데. 좀 더 서둘러, 얘야. 그리고 편지 위에 숫자를 써…… 여기 봐! 좀 서두르거라!"

패플워스 씨가 여러 가지 일에 법석을 떠는 동안 폴은 편지쓰기에 전념했다. 소년은 날카로운 소리가 가까이에서 들려 깜짝 놀랐다. 패플워스 씨가 다가와서 파이프에서 마개를 빼고는 놀라울 정도로 언짢고 상사 같은 목소리로 말했다.

"그래!"

폴은 수화기에서 여자 목소리 같은 희미한 목소리를 들었다. 그는 수화기를 전에 본 적이 없었기 때문에 놀라움에 싸여 바라보았다.

"글쎄." 패플워스 씨는 수화기에 불쾌한 듯이 말했다. "그렇다면 밀린 일을 끝내는 게 어떻겠소."

다시 여자의 작고 예쁘지만 불평을 하는 목소리가 들렸다.

"당신이 말하는 것을 듣고 있을 시간이 없소." 패플워스 씨가 말하고 그는 마개로 수화기를 막았다.

"이리 와, 얘야." 그가 부탁하듯이 폴에게 말했다. "폴리가 주문서를 달라고 외치고 있어. 좀 더 빨리 할 수 없겠어? 자, 이리 와."

그는 장부를 잡고 자기가 베끼기 시작했다. 폴은 대단히 당황했고 또한 원망스러웠다. 패플워스 씨는 빠르게 일을 직접 처리했다. 이 일이 끝나자 그는 약 7센티미터 넓이의 긴 황색 종이를 몇 장을 집어서 여직공들에게 그날 주문서를 만들었다.

"내가 하는 걸 잘 봐." 그는 계속 재빨리 일하면서 폴에게 말했다. 폴은 다리와 허벅지와 발목이 그려져 있고 사선과 숫자가 표시된 기묘한 작은 그림을 바라보았다. 그리고 그의 보스가 황색 종이에 간단하게 지시를 적는 것을 보았다. 곧 패플워스 씨가 일을 끝내고 일어났다.

"날 따라오너라." 그가 말했다. 그리고 황색 서류를 손에 쥐고 휘날리며 문을 힘차게 지나 층계로 내려가서 가스등이 켜진 지하실로 들어갔다. 그들은 춥고 축축한 창고를 지나서 버팀목 위에 긴 탁자가 놓여 있는 삭막한 긴 방을 거쳐 작고 아늑한 방으로 갔다. 그곳은 천장이 높지 않고 주 건물에 붙여 놓은 부속 건물 같은 것이었다. 이 방에서 붉은 서지 블라우스를 입고 검은 머리를 머리 위로 올린 키가 작은 여자가 자랑스러운 작은 밴텀 닭처럼 기다리고 있었다.

"여깃섰군요!" 패플워스 씨가 말했다.

"'여기 계셨군요.'라고 해야지요." 폴리가 소리를 질렀다. "여공들이 여기서 거의 반 시간이나 기다리고 있었어요. 허비한 시간을 한번 생각해 보세요!"

"잔소리 그만두고 당신 일을 끝낼 생각을 하시오." 패플워스 씨가 말했다. "그러면 벌써 일을 끝냈을 거요."

"우리가 토요일에 일을 다 끝냈다는 걸 아시죠." 검은 눈을 번득이고 그에게 덤벼들며 폴리가 큰소리로 말했다.

"뚜뚜뚜뚜 떠떠띠!" 그가 흉내를 냈다. "여기 당신의 새 아이를 데려왔소. 지난번 아이처럼 이 아이를 망치지 마시오."

"지난번처럼이라뇨!" 폴리가 반복했다. "그래요, 우리는 많은 것을 망치지요. 우리는 그래요. 내 생각에는 실제로는 새로 온 아이가 당신과 있고 난 후에 망가져 버려요."

"지금 일할 때지 잡담할 때가 아니오." 패플워스 씨가 엄격하고 냉랭하게 말했다.

"일할 시간은 벌써 지났어요." 머리를 똑바로 들고 당당하게 걸으면서 폴리가 말했다. 그녀는 체구는 작지만 당당한 마흔의 여인이었다.

그 방에는 창문 아래 놓인 벤치 위에 나선을 만드는 둥근 기계가 두 대 있었다. 안쪽 문으로 들어가면 더 긴 방이 있고 거기에는 나선기가 여섯 대 더 있었다. 깨끗한 옷을 입고 흰 앞치마를 두른 여공들이 몇 명 함께 서서 이야기하고 있었다.

"이야기하는 것 말고는 할 일이 없소?" 패플워스 씨가 말했다.

"당신을 기다리는 일밖에 없어요." 한 예쁜 여공이 웃으며 말했다.

"자, 계속 일해요. 계속해." 그가 말했다. "얘야, 이리 와. 이제 어떻게 이리로 오는지 알겠지."

그리고 폴은 자기 상사를 따라 위층으로 뛰어 올라갔다. 그는 몇 가지 확인하는 일과 청구서 작성을 지시받았다. 그는 책상 앞에 서서 자기의 지독한 필체로 애를 쓰며 일했다. 곧 조던 씨가 유리 사무실에서 점잔을 빼며 걸어 나와서 소년 뒤에 섰다. 그는 대단히 불편했다. 갑자기 붉고 통통한 손가락을 그가 작성하고 있는 양식에 불쑥 내밀었다.

"J. A. 베이츠님씨라니!" 바로 그의 귀 뒤에서 못마땅해하는 목소리가 외쳤다.

폴은 자기가 형편없는 필체로 쓴 'J. A. 베이츠님씨'를 살펴보고 무엇이 잘못되었는지 궁금해했다.

"학교에서 가르칠 때 그 정도로밖에 가르치지 않았어? '씨'를 붙이면 '님'은 붙이지 말아야지…… 두 가지 경칭을 동시에 한 사람에게 붙일 수는 없어."

소년은 경칭을 지나치게 후하게 나누어 준 것을 후회하고 주저하면서 떨리는 손가락으로 '씨'자를 지웠다. 그러자 갑자기 조던 씨가 청구서를 낚아챘다.

"청구서를 다시 만들어! 이걸 신사 고객들에게 보내려고 하느냐?" 그리고 그는 화를 내며 푸른 용지를 찢어 버렸다.

폴은 수치심으로 귀까지 벌겋게 된 채 다시 작성하기 시작했다. 조던 씨가 계속 지켜보고 있었다.

"학교에서 도대체 뭘 가르치는지 알 수 없어. 넌 글씨를 그렇게밖에 못 써? 요즘 애들은 시나 외우고 바이올린이나 배우지 학교에서 아무것도 배우지 않아…… 자네 저 애의 필체를 봤나?" 그가 패플워스 씨에게 물었다.

"네…… 잘 쓰잖아요?" 패플워스 씨가 무관심하게 대답했다. "저 앤 잘할 거예요."

조던 씨는 못마땅한 듯 작게 신음 소리를 냈지만 아주 퉁명스럽지는 않았다. 폴은 자기 사장이 겉으로만 크게 야단을 치지 악의는 없다고 생각했다. 사실 체구가 작은 이 제조업자는 말은 형편없었지만 어느 정도는 신사다워서 자기 사람들에게 일을 맡기고 사소한 문제에 개입하지 않았다. 그러나 그는 자기가 회사의 사장이나 소유자처럼 보이지 않는다는 것을 알았고 그래서 모든 일이 제대로 되도록 처음에는 사장처럼 보이려고 애썼다.

"어디 보자, 네 이름이 뭐냐?" 패플워스 씨가 소년에게 물었다.

"폴 모렐이에요."

아이들이 자기 이름을 발음하는 데 그렇게 큰 고통을 겪는다는 것은 흥미로운 일이다.

"폴 모렐이구나! 좋아, 너 폴 모렐, 저기 있는 일을 끝내고, 그러고 나서……."

패플워스 씨는 등 없는 의자에 조용히 앉아서 쓰기 시작했다. 바로 뒤에 있는 문으로부터 여공이 한 명 나와서 금방 찍어 낸 고무 제품을 카운터 위에 놓고 갔다. 패플워스 씨는 백청색 무릎 밴드를 집어서 황색 주문서와 함께 재빨리 확인하고 한쪽으로 치워 놓았다. 다음은 살색 같은 핑크색 '다리'였다. 그는 몇 가지 일을 마치고 주문서를 두 장 쓰고 폴을 불러 함께 가자고 말했다. 이번에는 조금 전에 여공이 나타났던 문으로 갔다. 폴은 작은 나무 계단 제일 위로 나왔고 아래에는 양쪽에 둥근 창문들이 있는 방이 있었고 그 방의 한쪽 구석에서는 예닐곱 명의 여직공들이 허리를 굽히고 벤치에 앉아서 창문으로 들어오는 햇빛으로 바느질을 하고 있었다. 그들은 함께 「파란 옷을 입은 두 소녀들」을 부르고 있었다. 문이 열리는 소리를 듣자 그들은 모두 돌아보았고 방 다른 쪽 끝에서 패플워스 씨와 폴이 자기들을 내려다보고 있다는 것을 알았다. 그들은 노래를 멈추었다.

"여러분들 좀 조용히 할 수 없겠소?" 패플워스 씨가 말했다. "사람들이 들으면 우리가 고양이를 키운다고 하겠소."

높은 의자에 앉아 있던 등이 굽은 여자가 그녀의 길고 약간 우울해 보이는 얼굴을 패플워스 씨에게 돌리고 콘트랄토의 음성으로 말했다.

"그러면 그 사람들은 모두 수고양이들이지요."

패플워스 씨는 폴을 위하여 강한 인상을 주려고 애썼지만 허사였다. 그는 계단을 내려가 마감실로 가서 곱추인 패니에게 갔다. 그녀는 키가 너무 작아 높은 의자에서도 밝은 갈색 머리에 밴드를 한 그녀의 두상은 창백했고, 우울한 얼굴과 마찬가지로 너무 커 보였다. 그녀는 흑록색의 캐시미어 옷을 입고 있었으며, 자기가 끝낸 제품을 불안하게 내려놓을 때 좁은 소매 끝으로 나온 그녀의 손목은 가늘고 납작했다. 패플워스 씨는 그녀에게 무릎받이의 잘못된 부분을 보여 주었다.

"글쎄." 그녀가 말했다. "그게 내 탓이라고 비난하러 왔다면 올 필요가 없었어요…… 그건 내 잘못이 아니에요." 그녀의 뺨이 빨개졌다.

"난 당신 잘못이라고 말한 적이 없어요. 내가 시키는 대로 하시오!" 패플워스 씨가 짧게 대답했다.

"그게 내 잘못이라는 말은 하지 않았지만 그런 것처럼 만들려고 하잖아요." 곱추 여인은 거의 눈물을 흘릴 듯이 울먹거렸다. 그리고 그녀는 무릎받이를 자기 '보스'로부터 가로채고 말했다. "그래요, 내가 당신을 위해 하지요. 그렇지만 쌀쌀맞게 그럴 필요는 없잖아요."

"여기 새로 온 아이가 있소." 패플워스 씨가 말했다.

패니가 돌아서서 폴에게 아주 부드럽게 미소를 지었다.

"오!" 그녀가 말했다.

"자, 여러분들이 이 애를 바보로 만들지 말아요."

"그를 바보로 만드는 것은 우리가 아니에요." 그녀가 화를 내며 말했다.

"가자, 폴." 패플워스 씨가 말했다.

"잘 가요, 폴!" 여직공 가운데 한 명이 말했다.

웃음이 터졌다. 폴은 홍당무처럼 얼굴을 붉히고 한마디도 하지 않고 밖으로 나왔다.

그날은 매우 길었다. 오전 내내 작업 인부들이 패플워스 씨에게 찾아와 이야기를 하고 갔고 폴은 편지를 쓰거나 낮에 보낼 우편물을 싸는 법을 배웠다. 1시, 아니 정확하게 말하면 1시가 되기 15분 전에, 패플워스 씨는 기차를 타러 사라졌다. 그는 교외에 살았다. 1시에 폴은 아주 길을 잃은 것처럼 느꼈고 점심 바구니를 지하실에 있는 창고로 가지고 내려갔다. 거기에는 버팀 다리 위에 긴 탁자가 있었고 그는 쓸쓸하고 황량한 지하실에서 혼자 점심을 서둘러 먹었다. 그러고 나서 그는 바깥으로 나갔다. 밝고 자유로운 거리는 그를 모험적이고 행복하게 만들었다. 그러나 2시가 되자 그는 큰 방의 한구석으로 돌아왔다. 곧 여공들이 무리를 지어 이야기를 하며 지나갔다. 위층에서 탈장대를 만들고 의족과 의수를 마감하는 무거운 작업을 하는 더 낮은 계층의 여공들이었다. 그는 무슨 일을 해야 할지 몰라 황색 주문서에 낙서를 하고 앉아서 패플워스 씨를 기다렸다. 패플워스 씨는 2시 40분에 왔다. 그리고 그는 앉아서 나이 차이가 많이 나는데도 폴을 완전히 동료처럼 대하면서 잡담을 했다.

주말이 다가오거나 계산서를 작성해야 할 경우가 아니면 오후에는 그렇게 할 일이 많지 않았다. 5시에 모든 사람들이 버팀 다리 위에 탁자가 있는 어두컴컴한 지하로 내려가서 차를 마시고 더러운 판자에 식탁보도 깔지 않고 버터 바른 빵을 먹었고, 식사를 할 때와 마찬가지로 흉하고 급하고 지저분하게 이야기를 했다. 그러나 위층에서 그들 사이의 분위기는 언제나 명랑하고 밝았다. 지하실과 버팀 다리 때문이었던 모양이다.

차를 마시고 나서 모든 가스등에 불이 켜지면 작업은 더 빠르게 진행되었다. 저녁에 보내야 할 우편물이 많이 있었다. 작업실로부터 방금 다리미질한 따뜻한 스타킹이 올라왔다. 폴은 청구서를 작성했다. 이제 그는 포장을 하고 주소를 쓰고, 그러고 나서 보낼 우편물들의 무게를 저울에 달아야 했다. 사방에서 무게를 말하는 목소리가 들렸고 쇠 부딪치는 소리, 신속하게 끈을 끊는 소리, 우표를 받으러 나이 든 멜링 씨에게 서둘러 달려가는 소리 등이 들렸다. 그리고 마침내 우체부가 즐겁게 웃으면서 부대를 들고 왔다. 그 후에는 모든 일의 속도가 느슨해졌고 폴은 점심 바구니를 들고 8시 20분 기차를 타러 역으로 달려갔다. 공장에서의 하루는 꼭 열두 시간이었다.

그의 어머니는 다소 걱정하면서 그를 기다리며 앉아 있었다. 그는 케스턴에서 걸어와야 했기 때문에 집에는 9시 20분 경이 되어서야 도착했다. 그리고 아침에는 7시가 되기 전에 집을 출발했다. 모렐 부인은 그의 건강을 다소 염려했다. 그러나 그녀 자신이 참고 살아야 할 일이 너무나 많았기 때문에 자식들이 마찬가지로 견디어 내기를 기대했다. 그들은 닥치는 일을 겪어 내야 했다. 그리고 폴은 조던사에 있는 시간 내내 어둠과 부족한 공기, 그리고 긴 작업 시간이 그의 건강에 나빴지만 그곳에서 일을 해야 했다.

그는 창백하고 지쳐서 돌아왔다. 그의 어머니가 그를 바라보았다. 그가 오히려 기분이 좋은 것을 보자 그녀의 걱정은 모두 사라졌다.

"그래, 괜찮았어?" 그녀가 물었다.

"매우 재미있었어요, 엄마." 그가 대답했다. "그렇게 열심히 일할 필요는 없어요. 그리고 사람들이 친절해요."

"그런데 제대로 했어?"

"네…… 제 글씨가 나쁘다고 말할 뿐이에요. 그런데 패플워스 씨는…… 그가 제 상사인데 조던 씨에게 제가 잘할 거라고 말했어요. 전 나선과에서 일해요, 엄마. 한번 와서 보세요. 아주 좋은 곳이에요……."

폴은 어머니에게 모든 것을 말했다. 그가 관찰한 모든 것, 그가 생각한 모든 것, 요컨대 그가 경험한 모든 것을 그녀에게 주었다. 그가 유일하게 그녀에게 숨긴 것은 자기가 'J. A. 베이츠님씨'라고 쓴 사실이었다. 그녀가 그걸 알게 된다면 자기가 몹시 수치스러울 것이기 때문이었다. 그리고 그는 자기가 들은 불쾌한 일은 아무것도 이야기하지 않고 즐거운 일만 말했다. 그는 언제나 자기가 행복하고 사람들이 자기를 좋아하며 모든 일이 잘되어 간다고 그녀가 믿도록 하려고 애썼다. 그리고 그건 대체로 사실이었다. 그는 자기가 겪은 사소한 창피스러운 일이나 불명예스러운 일을 제외하고는 모든 것을 그녀에게 이야기했다. 그는 어머니가 그를 부끄러워하거나 수치스럽게 느끼는 것을 참을 수 없었다.

곧 그는 회사를 좋아하게 되었다. 패플워스 씨는 일종의 '살롱 바' 분위기를 주위에 풍기고 다녔는데, 언제나 자연스러웠고 폴을 동지처럼 대했다. 가끔 이 '나선과의 상사'는 화를 내고 평소보다 많이 로젠지를 깨트려 먹었다. 그러나 그럴 때에도 그는 다른 사람의 감정을 상하게 하지 않았다. 그는 화를 내면 그것이 다른 사람의 마음을 상하게 하기보다는 자신의 마음을 상하게 하는 그런 종류의 사람이었다.

"아직도 그걸 끝내지 않았어?" 그는 종종 소리를 질렀다. "계속해, 한 달 내내 일요일이니까."

이럴 때 폴은 그를 가장 이해할 수 없었다. 그는 농담을 하고 기분이 아주 좋은 상태였다.

"내일 요크셔테리어 암놈을 데리고 와야겠다." 그가 아주 즐겁게 폴에게 말했다.

"요크셔테리어가 뭐예요?"

"요크셔테리어가 뭔지 모른다고? ……요크셔테리어를 몰라!" 패플워스 씨는 어이가 없었다.

"그게 비단 같은 작은 개 아니에요…… 색깔은 쇠와 녹슨 은빛이고요?"

"그렇단다, 얘야. 그 녀석은 보배야. 벌써 낳은 강아지 값만 해도 5파운드가 돼. 그 녀석 가격은 7파운드가 넘어. 그런데 무게가 20온스도 안 나가……."

다음 날 그 개가 왔다. 불쌍한 작은 개는 부들부들 떨었다. 폴은 그 개를 좋아하지 않았다. 그것은 젖은 생쥐와 너무나 흡사했고 결코 마를 것 같지 않았다. 한 남자가 개를 불러 거친 농담을 하기 시작했다. 그러나 패플워스 씨는 소년 쪽으로 고개를 끄덕거렸고 농담은 낮은 소리로 계속되었다.

조던 씨는 폴을 관찰하기 위하여 단 한 번 더 찾아왔으며 그때 그가 발견한 잘못은 소년이 펜을 카운터 위에 놓는 것뿐이었다.

"서기가 되려면 펜을 귀에 꽂아라. 펜은 귀에!"

그리고 어느 날 그는 소년에게 말했다.

"왜 어깨를 똑바로 펴지 않느냐? 이리 내려와 봐." 그는 폴을 유리문 사무실로 데리고 가서 어깨를 각지게 해 주는 특수 교정기를 넣어 주었다.

그러나 폴은 여공들을 가장 좋아했다. 남자들은 평범하고 지겨운 편에 속했다. 그는 남자 직원들을 모두 좋아했지만 그들은 재미가 없었다. 작고 잽싼 아래층 감독 폴리는 폴이 지하실에서 점심을 먹는 것을 알고서 그녀의 작은 난로로 뭘 좀 요리해 줄까 하고 그에게 물었다. 다음 날 어머니가 그에게 데울 수 있는 음식을 싸 주었다. 그는 그것을 폴리가 있는 즐겁고 깨끗한 방으로 가져갔다. 그리고 그녀와 함께 점심을 먹는 것이 곧 관례로 자리 잡았다. 아침 8시에 출근하면 그는 바구니를 그녀에게 가져갔고 1시에 그가 내려오면 그녀는 그의 점심을 준비해 놓았다.

폴은 키가 별로 크지 않았고 창백하고 숱이 많은 밤색 머리에 얼굴은 균형이 잘 잡히지 않았으며 입술이 넓고 두툼했다. 폴리는 작은 새 같았다. 그는 종종 그녀를 '작은 울새'라고 불렀다. 그는 천성적으로 말이 적었지만 그녀와 함께 앉아서 자기 집에 관해 이야기하며 여러 시간 동안 잡담했다. 여공들은 모두 그가 이야기하는 것을 듣기 좋아했다. 그가 벤치에 앉아서 웃으면서 그들에게 이야기할 때 그들은 종종 그의 주위를 에워싸고 그의 이야기를 들었다. 그들 가운데 일부는 그가 매

우 심각하지만 아주 똑똑하고 명랑하며, 늘 섬세하게 그들을
대하고 묘하게 귀여운 소년이라고 생각했다. 그들은 모두 폴을
좋아했고 그는 그들을 매우 좋아했다. 그는 자기가 폴리에게
속한다고 느꼈다. 그리고 붉은 머리에 사과꽃 같은 얼굴, 속삭
이는 목소리에 낡은 검은 옷을 입은 숙녀처럼 보이는 여공 코
니는 그의 낭만적 측면을 자극했다.

"실을 감으며 앉아 있을 때 당신은 물레를 잣는 것처럼 보여
요…… 언제나 보기가 근사해요. 당신은 테니슨의 『왕의 목가』
에 나오는 일레인을 연상케 해요. 할 수 있다면 당신을 그리고
싶어요." 그가 말했다. 그리고 그녀는 그를 한 번 바라보고 수
줍게 얼굴을 붉혔다. 나중에 그는 스케치 하나를 매우 소중히
간직했다. 그것은 코니가 불타는 붉은 머리에 빛이 바랜 검은
작업복을 입고 붉은 입을 진지하게 다물고 진홍색 실을 타래
에서 얼레로 감으며 물레 앞의 의자에 앉아 있는 모습을 그린
것이었다.

멋있고 뻔뻔스러운 루이는 언제나 엉덩이를 그에게 내미는
것 같았다. 그는 보통 그녀에게 농담을 했다.

"뭘 만들어요?"

"무엇 때문에 알고 싶어?" 그녀가 머리를 들면서 놀리듯이
대답했다.

"자기 자신을 모르는 것 같아서요."

"왜 그렇게 생각해?" 그녀는 그가 성가시게 군다고 생각했다.

"왜냐하면 아는 것처럼 보이지 않아서요."

"그러면 내가 어떻게 보이는데?"

"무엇인가 생각하는 것처럼 보여요. 무엇을 생각하고 있어요?"

그녀는 그를 곁눈으로 보고 웃음을 터트리며 말했다.

"너 알고 싶구나, 그렇지!"

"말해 봐요." 그가 말했다. "스타킹을 한 번 더 돌려요."

그리고 그는 그녀의 기계의 핸들을 잡고 돌리기 시작했다.

그녀가 갑자기 핸들을 잡아챘다.

"잘못될 거야." 그녀가 소리를 질렀다.

그들은 웃으면서 서로를 보았다.

엠마는 다소 평범하고 약간 나이가 들었다. 그녀는 다른 사람을 낮춰 보면서 친절하게 대하는 성향을 가진 여자였다. 그러나 폴에게 그렇게 대하는 것이 그녀를 행복하게 만들었고 그는 그것을 개의치 않았다.

"바늘을 어떻게 끼워요?" 그가 물었다.

"저리 가. 귀찮게 하지 마."

"그렇지만 바늘을 어떻게 끼는지 알아야 해요."

그녀는 이러는 동안에도 꾸준히 자기 기계를 돌렸다.

"네가 꼭 알아 둬야 할 것이 많지." 그녀가 대답했다.

"그러면 기계에 바늘을 어떻게 꽂아 넣는지 말해 줘요."

"오, 애야, 참 성가신 애로구나! ……자, 이렇게 하면 돼."

그는 주의를 기울여 그녀를 보았다. 갑자기 전화 울리는 소리가 났다. 그러고 나서 폴리가 나타나서 분명한 목소리로 말했다.

"폴, 네가 여기서 여공들과 얼마나 더 노닥거릴 건지 패플워스 씨가 알고 싶어하셔."

폴은 '안녕히 계세요!'라고 말하고 위층으로 날아갔고 엠마는 몸을 일으켰다.

"내가 원해서 그가 기계와 놀고 있었던 게 아니에요." 그녀가 말했다.

"뭘 하고 있었어?" 소년이 나타나자 패플워스 씨가 물었다.

"엠마와 이야기하고 있었어요. 그리고 바늘을 어떻게 설치하는지 배우고요."

"네가 할 일을 가지고 아래로 가서 거기서 사는 게 어떻겠냐."

"글쎄요, 지금 특별히 할 일이 있어요?"

"조금 전에 보스가 널 찾았다. 너 한마디 들을 거야! 그리고 이 장부는 어떻게 된 거냐?"

폴은 상당히 기분 좋게 일을 시작했다.

대개 2시에 여공들이 모두 돌아왔을 때 그는 마감실에 있는 곱사등이 패니에게 달려갔다. 패플워스 씨는 2시 40분이되어서야 나타났고 그는 자기 조수가 패니 옆에 앉아서 이야기를 하거나 그림을 그리고 여공들과 노래하는 모습을 종종보았다.

"폴, 어서 와." 패니는 큰소리로 외치곤 했다. "우린 네가 오늘은 오지 않을 거라고 생각했지. 우리는 네가 여기 내려오지않을 거라고 생각했어. 우리가 너만큼 수준이 높지 않으니까."

"시내 나갔다 왔어요."

"그래, 시내에 무슨 일로 갔니?"

"엄마에게 갖다드릴 크랜베리 한 통을 사려고요."

"그래, 그걸 샀어?"

그렇게 이야기가 시작되어 끝없이 계속되었다. 그는 패니를 매우 좋아했고 곱사등은 그를 사랑했다. 그녀는 스물아홉 살이었고 너무나 많은 고통을 겪었다. 그는 그녀 곁에 앉아 창밖을 내다보며 시야를 가득 채우는 오래되고 높이 솟은 굴뚝 꼭대기의 통풍관과 지붕의 용마루 등이 이루는 기이한 밀림을 즐겨 스케치했다. 그리고 그는 말하곤 했다.

"패니, 노래를 한번 불러 봐요."

"이거 봐, 넌 내가 노래하는 걸 원치 않아." 그녀가 가는 손으로 잽싸고 불안하게 바느질을 하면서 대답했다. "넌 날 놀리고 싶을 뿐이야."

"아니에요! 난 엄마에게도 당신이 노래를 얼마나 잘하는지 말했다고요."

"네 엄마가 본다면 날 어떻게 생각할까, 폴. 내가 나무 위의 원숭이 같다고 생각할 거야."

"엄마는 당신이 어떻게 생겼는지 알아요. 제가 이야기했어요. 그리고 그녀는 당신을 좋아해요. 「술집이 있네」를 한번 불러 봐요. 지금 내가 그리는 스케치는 근사할 거예요."

그러면 패니는 잠깐 주저하다가 노래를 부르기 시작했다. 그녀는 훌륭한 콘트랄토 목소리를 가지고 있었다. 모든 사람들이 합창에 참여했고 노래는 훌륭했다. 폴은 예닐곱 명의 여직공과 함께 방에 앉아 있으면서도 전혀 당황하지 않았다.

노래가 끝나면 패니가 종종 말했다.

"날 비웃고 있었다는 걸 알아."

"어리석은 소리 하지 말아요, 패니!" 여공들 가운데 한 명이 외쳤다.

한번은 코니의 붉은 머리에 대한 이야기가 나왔다.

"내가 보기에는 패니의 머리가 나아." 엠마가 말했다.

"날 놀리려고 애쓸 필요가 없어." 홍당무처럼 얼굴을 붉히면서 패니가 말했다.

"놀리는 게 아냐. 폴, 패니의 머리칼은 정말 아름다워."

"색깔이 근사해요." 그가 말했다. "흙빛처럼 차갑지만 빛이 나요. 마치 늪의 물 같아요."

"어쩌면!" 한 여공이 웃으면서 외쳤다.

"내가 놀림이나 받지 어쩌겠어." 패니가 말했다.

"폴, 넌 패니가 머리를 풀어 내린 모습을 봐야 해." 엠마가 진지하게 말했다. "정말 아름다워. 패니, 폴을 위해 머리를 한 번 풀어 봐. 폴이 그림 그릴 소재를 찾고 있잖아."

패니는 머리를 풀어 내리려고 하지 않았다. 그렇지만 그렇게 하고 싶었다.

"그렇다면 내가 풀어 볼게요." 소년이 말했다.

"글쎄, 그러고 싶으면 그렇게 해 봐." 패니가 말했다.

그리고 그가 조심스럽게 머릿단에서 핀을 뽑자 한결같은 암갈색의 머리칼이 굽은 등 위로 차르르 미끄러져 내렸다.

"정말 아름다운 머리칼이군요!" 그가 감탄했다.

여공들이 지켜보았다. 침묵이 흘렀다. 소년은 머릿단을 쓰다듬어 내려 머리칼을 느슨하게 했다.

"멋있어요." 머리 향기를 맡으며 그가 말했다. "값으로 쳐도 몇 파운드를 받겠어요."

"내가 죽으면 그걸 네게 남겨 주마, 폴." 패니가 반 농담조로 말했다.

"그렇게 있으니 보통 사람들이 앉아서 머리를 말리는 것과 똑같은 모습이구나." 여공들 가운데 한 명이 다리가 긴 곱추에게 말했다.

불쌍한 패니는 병적으로 예민했으며 언제나 자신이 모욕을 당하지 않나 생각했다. 폴리는 무뚝뚝하고 사무적이었다. 두 여자의 부서는 영원히 전쟁 상태에 있었고 폴은 언제나 패니가 눈물을 흘리는 것을 보았다. 그러면 그는 그녀의 모든 설움을 받아 주는 사람이 되었고 그녀의 주장을 폴리에게 간청했다.

조던 씨의 딸은 화가였다. 그녀는 코니를 모델로 삼았다. 코니가 그녀에게 폴에 대해 이야기했고 조던 양이 그가 그린 스케치를 보자고 요청했다. 그 후 그녀가 그를 만나러 왔다. 그녀는 냉담하고 사무적이었지만 소년에게 약간 관심을 가졌다.

이렇게 시간은 꽤 행복하게 지나갔다. 공장에는 가정적인 느낌이 있었다. 아무도 재촉당하거나 일에 몰리지 않았다. 폴은 우편물을 보낼 시간이 다가와 일의 속도가 빨라지고 모든 사람들이 그 일에 하나가 될 때 언제나 그것을 즐겼다. 그는 동료 사무원들이 일하는 모습을 바라보는 것을 좋아했다. 일하는 동안 사람이 일이었고 일이 사람이었으며, 둘은 하나였다. 여공들의 경우는 달랐다. 진정한 여성다움은 결코 하고 있는 작업에 있지 않고, 마치 멀리 떠나서 기다리고 있는 것처럼 보였다.

밤에 집으로 가는 기차에서 그는 시내의 불빛을 바라보곤 했다. 그것은 언덕에 촘촘히 반짝거렸고 계곡에는 불난 것처럼 함께 녹아 있었다. 그는 삶의 풍요로움을 느꼈고 행복했다. 좀 더 멀리 떨어진 불웰에는 불빛이 마치 유성에서 수없이 많은 꽃잎이 떨어지는 것 같았고 그 너머에는 용광로의 붉은 이글거림이 뜨거운 입김을 구름에 쏟아내고 있었다.

그는 케스턴에서 집까지 긴 언덕을 둘 올라가서 다시 짧은 내리막 언덕 두 개를 3킬로미터 이상 걸어가야 했다. 그는 자주 피곤함을 느꼈고 언덕을 올라갈 때 머리 위의 가로등을 보면서 몇 개나 더 지나야 하는지 세었다. 그리고 언덕 위에서 팔구 킬로미터 떨어진 마을이 칠흑처럼 어두운 밤에 살아 있는 생명체처럼 반짝거리며 빛나는 모습을 둘러보았다. 그것은 바로 발밑에 천국이 있는 것 같았다. 말폴과 히노 시내의 불빛이 멀리 떨어진 어둠 속에 명멸하고 있었다. 그리고 가끔 두 곳 사이의 검은 계곡을 남쪽의 런던이나 북쪽의 스코틀랜드로 달리는 거대한 기차가 침범해 지나갔다. 기차는 어둠과 같은 높이로 발사된 물체처럼 연기를 뿜고 불을 토하고 포효하면서 지나갔고 기차가 지날 때 계곡 전체가 포효했다. 기차가 지나가고 나면 시내와 마을의 불빛은 정적 속에서 반짝거렸다.

그런 다음에 그는 밤의 반대편에 있는 집 근처로 왔다. 물푸레나무가 이제는 친구처럼 보였다. 그가 들어오면 어머니는 반갑게 일어났다. 그는 자기가 번 8실링을 자랑스럽게 식탁에 놓았다.

"도움이 될까요, 엄마?" 그가 아쉬운 듯이 물었다.

"별로 남은 게 없구나." 그녀가 대답했다. "네 승차권과 점심 등등을 제하고 나면 말이다."

그러고 나서 그는 그날 있었던 일을 그녀에게 말했다. 그는 자기의 삶을 『아라비안 나이트』처럼 물론 그보다 훨씬 지루하긴 하지만 어머니에게 밤마다 이야기했다. 그것은 거의 그녀 자신의 삶인 것 같았다.

6 모렐 가정에 찾아온 죽음

아서 모렐은 성장하고 있었다. 그는 그의 아버지를 많이 닮아서 잽싸고 부주의하며 충동적인 소년이었다. 그는 공부를 싫어했고 일을 해야 하면 대단히 불평하다가 가능한 빨리 그의 놀이로 도망가 버렸다.

외모에 있어서 그는 잘생기고 우아하며 생기로 가득 차 있어서 집안의 꽃과 같은 존재였다. 그의 암갈색 머리카락과 윤기가 넘치는 안색, 긴 속눈썹으로 그늘진 아름다운 암청색 눈, 또한 그의 관대한 태도와 불같은 성격으로 해서 그는 어디에서나 인기가 있었다. 그러나 성장해 가면서 그의 기질은 변덕스러워졌다. 그는 아무것도 아닌 일에 벌컥 화를 냈으며 매우 신경질적이고 거칠게 보였다.

아서가 사랑하는 어머니도 때로 그에게 넌더리를 냈다. 그는 오로지 자기 자신만을 생각했다. 어떤 재미있는 것을 원할 때 그 일에 방해가 되는 것이라면 설사 자기 어머니라 하더라도 그는 그것을 미워했다. 어려운 상태에 놓이게 되면 그는 그녀에게 끊임없이 불평했다.

선생님이 자기를 싫어하는 것 같다고 그가 불평을 했을 때 그의 어머니는 말했다. "아니, 애야, 그것이 마음에 들지 않는다면 그 상황을 변화시키도록 해라. 그것을 변화시킬 수 없다면 견디어 내든지."

그리고 아서는 과거에 아버지를 사랑했고 또한 그의 아버지도 막내를 매우 아꼈지만 이제 그는 아버지를 미워하게 되었다. 나이 들어가면서 모렐은 서서히 파멸해 가고 있었다. 예전에 움직일 때나 가만히 있을 때나 아름다웠던 그의 몸은 오그라들어서 세월과 더불어 원숙해지는 것이 아니라 도리어 초라하고 비루해지는 듯이 보였다. 그에게 비열하고 하찮은 표정이 생기게 되었다. 이렇게 비열하게 보이는 사람이 자신에게 강압적으로 말하거나 명령을 하면 아서는 화가 나서 펄펄 뛰었다. 게다가 모렐의 태도는 점점 더 나빠졌고 그의 습관은 다소 혐오스러울 정도였다. 아이들이 자라고 있을 때 게다가 결정적인 사춘기 시절에 아버지란 사람은 그들의 영혼에 추한 자극제와 같았다. 집안에서 그의 태도는 탄광에서 광부들 사이에서 보이는 태도와 같았다.

그의 아버지가 아서에게 혐오감을 줄 때면 그는 "더러운 성가신 인간!"이라고 소리지르며 벌떡 일어나 곧장 집 밖으로 나가곤 했다.

그리고 모렐은 아이들이 싫어하니까 더욱더 자기 방식을 고집했다. 그는 아이들이 열네 살 또는 열다섯 살로 짜증날 정도로 민감하게 반응할 무렵에 그들에게 혐오감을 주고 거의 광분하게 만들면서 일종의 만족감을 느끼는 듯이 보였다. 그래서 그의 아버지가 나이 들고 추하게 변하던 무렵에 성장하던 아서는 그를 가장 미워했다.

그러면 어떤 때는 그 아버지도 자식들의 경멸 섞인 증오를 느끼는 듯했다.

"나처럼 자기 가족을 위해서 열심히 노력하는 사람은 없어." 그는 소리치곤 했다. "가족을 위해 최선을 다하고는 개 취급을 받지…… 하지만 나는 그걸 참지 않겠어. 정말이야!"

그러한 위협만 아니었다면, 그리고 그 자신이 실은 스스로 상상하는 것만큼 열심히 일하지 않았다는 사실만 아니었다면 그들은 아버지에게 미안해하는 마음을 가졌을 것이다. 실상 이제 싸움은 거의 아버지와 자식들 간에 치러졌으며 그는 더럽고 혐오스러운 방식을 고집하면서 자신의 독자성을 주장했다. 자식들은 그를 혐오했다.

아서가 너무나 화를 내고 신경질적이 되었기 때문에 그가 노팅엄의 중학교에 갈 수 있는 장학금을 받게 되었을 때 그의 어머니는 그를 시내의 이모 집에 살도록 하고 주말에만 집에 돌아오도록 했다.

애니는 아직도 초등학교의 보조 교사로 주당 약 4실링을 받고 있었다. 그러나 그녀는 시험을 통과했기 때문에 곧 15실링을 받게 될 것이고 그러면 집안은 경제적으로 안정될 것 같았다.

모렐 부인은 이제 폴에게 집착했다. 그는 조용했으며 재기가 뛰어나지는 않았다. 그러나 여전히 그는 그림에 몰두했고 여전히 그의 어머니에게 매달렸다. 그가 하는 모든 일은 어머니를 위한 것이었다. 그녀는 어두워질 무렵 그가 집에 돌아오기를 기다렸다가, 낮 동안에 그녀가 생각한 일이라든가 그녀에게 일어났던 일을 모두 털어놓았다. 그는 진지하게 앉아서 들었다. 그 둘은 삶을 공유했다.

윌리엄은 그 갈색 머리 미인과 약혼했고 그녀에게 8기니나하는 약혼반지를 사 주었다. 아이들은 그 엄청난 가격에 놀라 숨을 멈추었다.

"8기니라고!" 모렐이 말했다. "바보짓 같으니라고! 나에게 그 돈의 일부만 주었더라도 그 녀석 짓거리가 조금은 나아 보였을 텐데."

"당신에게 그 돈의 일부를 준다고요." 모렐 부인이 외쳤다. "왜 당신에게 줘야 해요!"

그녀는 자기 남편이 자신에게 약혼반지를 사 주지 않았었다는 사실을 기억했고 비록 어리석다 하더라도 인색하지 않은 윌리엄이 더욱 낫다고 느꼈다. 이제 그 젊은이는 약혼녀와 함께 갔던 무도회와 그 여자가 입었던 여러 가지 화려한 옷들에 대한 이야기를 할 뿐이었다. 또는 기쁨을 감추지 못하고 그들이 멋쟁이들처럼 극장에 갔었던 이야기를 자기 어머니에게 했다.

윌리엄은 약혼녀를 집에 데려오고 싶어 했다. 모렐 부인은 크리스마스에 오라고 했다. 그는 여자와 함께 왔고 이번에는 선물을 전혀 가져오지 않았다. 모렐 부인은 저녁을 준비하고 있었다. 그녀는 발 소리를 듣고 일어나 문가로 갔다. 윌리엄이 들어왔다.

"안녕하셨어요, 어머니!" 그는 서둘러 어머니에게 키스하고 옆으로 비켜서서 키 크고 멋있는 여자를 소개했다. 그녀는 멋진 흑백 체크무늬의 옷을 입고 모피 외투를 입고 있었다.

"이 사람이 집(Gyp)이에요!"

웨스턴 양은 손을 내밀고 이를 드러내며 가볍게 미소를 지었다.

"처음 뵙겠습니다, 모렐 부인!" 그녀가 흥분하여 외쳤다.

"배고프겠군요." 모렐 부인이 말했다.

"오, 아니에요. 우린 기차에서 먹었어요. 처비, 내 장갑 가지고 있어요?"

덩치가 크고 거칠어 보이는 윌리엄 모렐이 재빨리 그녀를 쳐다보았다.

"내가 어떻게 갖고 있겠어?" 그가 말했다.

"그럼 잃어버렸나 봐요. 나한테 화내지 말아요."

그는 얼굴을 찡그렸지만 아무 말도 하지 않았다. 그녀는 부엌을 둘러보았다. 반짝이는 겨우살이 다발과 그림 뒤로 보이는 상록수들과 나무 의자들, 조그마한 전나무 탁자가 있는 그 부엌은 그녀에게 작고 기이하게 보였다. 그때 모렐이 들어왔다.

"아버지, 안녕하셨어요!"

"그래, 아들아…… 어디 보자!"

둘은 악수를 했고 윌리엄은 그 여자를 소개했다. 그녀는 똑같이 이를 드러내며 미소 지었다.

"안녕하세요, 모렐 씨."

모렐은 아첨하듯이 고개를 숙였다.

"나는 아주 좋아요. 당신도 그랬으면 좋겠군요…… 아주 환영입니다."

"아, 고맙습니다." 그녀는 다소 흥미로워하며 대답했다.

"위층으로 올라가는 것이 좋겠지요." 모렐 부인이 말했다.

"괜찮으시다면요…… 하지만 조금이라도 폐가 된다면 관두겠어요."

"전혀 폐가 될 게 없지요…… 애니가 2층으로 안내할 거예요…… 월터, 이 짐을 올려다 주세요."

"옷 차려입느라 한 시간씩 걸리지 말아요." 윌리엄이 약혼녀에게 말했다.

애니는 놋쇠 촛대를 들고 부끄러워서 거의 말도 하지 못하면서 그 젊은 여자를 위해 모렐 부부가 치운 앞쪽 침실로 앞서 그녀를 데리고 갔다. 그 방도 역시 작고 촛불로는 어림없이 추웠다. 광부들의 아내들은 극심한 병에 걸렸을 때만 침실에 불을 지폈다.

"내가 짐을 풀까요?" 애니가 물었다.

"아, 정말 고마워요!"

애니는 하녀의 역할을 하게 되었고 뜨거운 물을 가지러 아래층으로 내려갔다.

"어머니, 약혼녀가 꽤 피곤할 거예요." 윌리엄이 말했다. "끔찍한 여행이었고 우린 무척 서둘렀어요."

"내가 해 줄 게 뭐 없니?" 모렐 부인이 말했다.

"오, 아니에요…… 괜찮을 거예요."

하지만 냉랭한 분위기가 감돌았다. 반 시간쯤 후에 웨스턴 양이 이번에는 아름다운 자줏빛 옷을 입고 내려왔다. 그것은 광부의 집 부엌에는 어울리지 않는 옷이었다.

"옷 갈아입을 필요가 없다고 했잖아." 윌리엄이 말했다.

"아, 쳐비!" 그러고는 그 달콤한 미소를 띠고 모렐 부인에게로 몸을 돌렸다. "모렐 부인, 이 사람이 항상 투덜거린다고 생각하지 않으세요?"

"그래요?" 모렐 부인이 말했다. "그렇다면 좋은 태도가 아니군요."

"그래요. 정말이에요!"

"추울 거예요." 어머니가 말했다. "불 가까이 오지 그래요."

모렐이 그의 안락의자에서 벌떡 일어났다.

"이리로 와서 앉아요." 그가 큰소리로 말했다. "여기 와서 앉아요."

"아니에요, 아버지…… 거기 앉아 계셔요…… 집, 당신은 소파에 앉아요." 윌리엄이 말했다.

"아니, 아니야!" 모렐이 소리쳤다. "이 의자가 가장 따뜻해. 여기 와서 앉아요, 웨슨 양."

"정말 고마워요." 그녀는 그 집안의 명예로운 자리인 아버지의 안락의자에 앉으며 말했다. 그녀는 부엌의 온기가 몸에 닿는 것을 느끼며 몸을 부르르 떨었다.

"내 손수건 좀 갖다줘요, 사랑스러운 처비!" 그녀는 그에게 입술을 갖다대고 마치 둘만 있을 때와 똑같은 친밀한 어조로 말했다. 이 말에 나머지 가족들은 그 자리에 있어서는 안 될 것처럼 느꼈다. 그 젊은 숙녀는 그들을 사람으로 간주하지 않는 것이 분명했고 그 순간 그들은 그녀에게 있어서 그저 살아 있는 생물에 불과했다. 윌리엄은 움찔했다.

런던 교외의 스트레섬의 이러한 집안에서 웨스턴 양은 아랫사람들에게 겸손하게 구는 귀부인과 같았을 것이다. 이 사람들은 그녀에게 분명 촌뜨기들이었고 간단히 말해서 노동자 계층이었다. 그녀가 어떻게 처신을 해야 할까?

"내가 갔다 올게요." 애니가 말했다.

웨스턴 양은 마치 말한 사람이 하인이라도 되는 것처럼 전혀 대꾸하지 않았다. 그러나 애니가 손수건을 가지고 아래층으로 돌아왔을 때 그녀는 우아하게 말했다.

"오, 고마워요."

그녀는 형편없었던 기차의 음식이라든가 런던, 무도회에 대해 이야기했다. 그녀는 실제로 상당히 안절부절못하고 있었고 두려움에 질려 재잘거리고 있었다. 모렐은 내내 굵게 만 담배를 피면서 그녀를 바라보며 앉아 있었다. 그리고 담배 연기를 내뿜으면서 그녀의 매끈한 런던 말투에 귀기울였다. 모렐 부인은 그녀의 가장 좋은 검은 비단 블라우스를 입고 조용하고 다소 간단하게 대답했다. 세 아이들은 조용히 둥글게 앉아 감탄하고 있었다. 웨스턴 양은 공주였다. 집안에서 가장 좋은 물건들, 최고의 컵, 최고의 숟가락, 최고의 식탁보, 최고의 커피 주전자 등이 모두 그녀를 위해 동원되었다. 아이들은 그녀가 이 것을 매우 화려하다고 느낄 것이라고 생각했다. 그녀는 이 사 람들을 어떤 사람들인지 알지 못해 어떻게 대해야 할지 몰라 서먹서먹하게 느꼈다. 윌리엄은 농담을 했지만 약간 불편했다.

10시쯤 그가 그녀에게 말했다.

"피곤하지 않아, 집?"

"약간요, 쳐비" 그녀가 머리를 약간 한쪽으로 기울이며 즉 시 친밀한 어조로 대답했다.

"제가 이 사람에게 촛불을 켜 주고 오겠어요, 어머니?" 그 가 말했다.

"그러려무나." 어머니가 대답했다.

웨스턴 양이 일어나서 손을 모렐 부인에게 내밀었다.

"안녕히 주무세요, 모렐 부인." 그녀가 말했다.

폴은 보일러에 앉아서 물이 수도꼭지에서 돌로 만든 맥주 잔에 흐르도록 했다. 애니는 그 병을 낡은 플란넬 천 내의 조 각으로 감싸고 그녀의 어머니에게 키스를 하며 밤 인사를 했 다. 집안에 방이 모자라 그녀는 그 귀부인과 방을 함께 쓸 예 정이었다.

"너 잠깐만 기다려라." 모렐 부인이 애니에게 말했다. 애니는 뜨거운 물병을 품고서 앉았다. 웨스턴 양은 모든 사람들과 돌 아가면서 악수를 하여 그들을 불편하게 만들고 나서 윌리엄 을 앞세우고 자리를 떴다. 5분 후에 그가 아래층으로 돌아왔 다. 이유를 알 수 없었지만 그는 마음이 약간 상했다. 그는 자 기와 어머니를 제외하고 다른 식구들이 모두 자러 가기 전까지 별로 말이 없었다. 그리고 그는 벽난로 깔개에서 늘 하던 대로 두 다리를 벌리고 서서 주저하듯이 말했다.

"저, 어머니?"

"그래, 얘야!"

그녀는 다소 마음이 상하고 모욕감을 느꼈지만 그를 위해 흔들의자에 앉았다.

"그녀가 마음에 드세요?"

"그래." 대답이 천천히 나왔다.

"그렇지만 그녀는 수줍어요, 어머니…… 그녀는 우리 집에 익숙해지지 않았어요. 어머니도 알다시피 이곳은 그녀의 이모 집과는 달라요."

"물론 다르지, 얘야…… 그리고 그게 분명히 힘들 거야."

"그래요." 그리고 그는 갑자기 얼굴을 찡그렸다. "그 잘난 척하는 태도만 취하지 않는다면!"

"그건 처음이라 어색해서 그러는 행동일 뿐이야, 얘야. 괜찮아질 거다."

"그래요, 어머니." 그가 고마워하면서 대답했다. 그러나 그의 미간은 어두웠다. "어머니, 그녀가 어머니 같지 않다는 건 아시잖아요…… 그녀는 심각하지 않아요…… 그리고 생각할 줄 몰라요."

"젊어서 그래, 얘야."

"네! ……그리고 그녀는 모범 같은 것이 없었어요. 어릴 때에 어머니가 돌아가셨지요. 그 후로는 이모와 함께 살았지만 이모를 참을 수 없어했어요. 그리고 그녀의 아버지는 방탕자였어요…… 그녀는 사랑을 받지 못했어요."

"그래! ……그러면, 네가 채워 주어야겠구나."

"그러니…… 많은 것을 용서해 주셔야 해요."

"내가 용서해야 할 것이 뭐냐, 얘야?"

"모르겠어요…… 그녀가 얄팍해 보일 때 그녀의 깊은 내면을 개발시켜 줄 사람이 없었다는 걸 기억해 주세요. 그리고 그녀는 대단히 절 좋아해요."

"누구나 그걸 알 수 있단다."

"하지만 어머니…… 그녀는…… 그녀는 우리와 달라요. 그녀가 섞여 살고 있는 사람들, 그런 부류의 사람들은…… 우리와 같은 원칙을 갖고 있지 않는 것 같아요."

"너무 성급하게 판단해서는 안 된다." 모렐 부인이 말했다.

그는 마음속으로 편치 않아 보였다.

그러나 아침에 그는 일어나서 노래를 부르고 장난을 치며 집안을 돌아다녔다.

"이봐요!" 그가 계단에 앉아서 외쳤다. "일어났어요?"

"네." 그녀의 목소리가 희미하게 말했다.

"메리 크리스마스!" 그가 그녀에게 큰소리로 말했다.

예쁘고, 방울 소리처럼 울리는 그녀의 웃음소리가 방에서 들렸다. 그녀는 30분이 지나도 내려오지 않았다.

"아까 일어났다고 했을 때 정말로 일어났니?" 그가 애니에게 물었다.

"응, 일어났어." 애니가 말했다.

그는 잠시 기다리다가 다시 계단으로 갔다.

"해피 뉴 이어!" 그가 외쳤다.

"고마워요, 처비!" 멀리서 웃는 목소리가 들려왔다.

"서둘러요!" 그가 애원하듯 말했다.

거의 한 시간이 지났지만 그는 여전히 그녀를 기다리고 있었다. 언제나 6시 이전에 일어나는 모렐이 시계를 쳐다보았다.

"뭘, 지금은 겨울인데!"

윌리엄을 제외하고 가족이 모두 아침을 마쳤다. 그는 층계 아래로 갔다.

"부활절 계란 같은 걸 거기 올려 보낼까?" 그가 다소 짜증을 내며 외쳤다. 그녀는 웃을 뿐이었다. 가족들은 그렇게 오래 준비를 한 후라서 놀랄 만한 모습을 기대했다. 마침내 그녀가 블라우스와 스커트를 입고 근사한 모습으로 내려왔다.

"왜 그렇게 이렇게 오랫동안 준비했어?" 그가 물었다.

"처비! ……그런 질문을 할 수 있어요? 그렇지 않아요, 모렐 부인?"

그녀는 처음에는 멋진 귀부인 행세를 했다. 그녀가 윌리엄과 교회에 갔을 때 그는 프록코트를 입고 실크모자를 썼으며 그녀는 모피 외투와 런던에서 만든 옷을 입었다. 폴과 아서와 애니는 사람들이 모두 감탄하여 땅에 엎드리기를 기대했다. 그리고 모렐은 외출복을 입고 길 끝에 서서 멋진 한 쌍이 가는 모습을 보고 자기가 왕자와 공주의 아버지라고 느꼈다.

그러나 그녀는 그렇게 멋지지 않았다. 약 일 년간 그녀는 런던의 한 사무실에서 비서나 사무원으로 일하고 있었다.

모렐가의 사람들과 있을 때 그녀는 여왕처럼 군림했다. 그녀는 앉아서 애니나 폴이 마치 자기의 하인인 것처럼 자기에게 시중을 들게 했다. 그녀는 모렐 부인을 건성으로 대했고 자기가 베푸는 듯이 모렐을 대했다. 그러나 하루 이틀이 지나자 그녀는 태도를 바꾸기 시작했다.

윌리엄은 그녀와 산책을 갈 때 언제나 애니나 폴이 함께 가기를 원했다. 그렇게 하는 것이 훨씬 더 재미있었다. 그리고 폴은 정말 진심으로 '집시'를 찬미했다. 사실 그의 어머니는 그가 아첨하듯이 그녀를 대하는 것을 거의 용서할 수 없었다.

둘째 날 릴리가 "오, 애니, 내가 토시를 어디 두었는지 아니?"라고 물었을 때 윌리엄이 대답했다.

"토시가 당신 침실에 있는 걸 알잖아. 애니에게 왜 물어봐?"

그러자 릴리는 화난 듯 입을 다물고 위층으로 갔다. 그러나 윌리엄은 그녀가 자기 여동생을 하녀처럼 대하는 데 화가 났다.

셋째 날 저녁에 윌리엄과 릴리는 함께 어둠 속에서 거실의 불가에 앉아 있었다. 10시 45분에 모렐 부인이 불을 긁어모으는 소리가 들렸다. 윌리엄이 부엌으로 왔고 그의 약혼녀가 뒤를 따랐다.

"어머니, 그렇게 늦었어요?" 그가 말했다. 그녀는 혼자 앉아 있었다.

"늦지는 않았다, 애야…… 하지만 내가 잘 시간이야."

"그러면 주무시지요?" 그가 물었다.

"너희 둘을 남겨 두고? ……아니다, 애야, 그건 안 돼."

"우릴 믿지 못하세요, 어머니?"

"믿건 믿지 않건 그렇게는 하지 않겠다…… 원한다면 11시까지 있으려무나. 난 책을 읽고 있을 테니."

"자러 가지, 짐" 그가 애인에게 말했다. "어머니께서 기다리게 할 수 없잖아."

"릴리, 애니가 촛불을 켜 놓았어." 모렐 부인이 말했다. "가 보면 알 거야."

"네, 고마워요. 안녕히 주무세요, 모렐 부인."

윌리엄은 층계 아래에서 애인에게 키스를 했고 그녀는 갔다. 그는 부엌으로 돌아왔다.

"어머니, 우리를 믿지 못하세요?" 그는 다소 감정이 상해서 되풀이해서 물었다.

"얘야, 난 아까도 말했듯이 다른 사람들은 모두 자는데 너희 젊은것들 둘을 아래층에 홀로 내버려 두는 것이 옳다고 생각하지 않는다."

그리고 그는 이 대답을 받아들이지 않을 수 없었다. 그는 어머니에게 안녕히 주무시라고 키스했다.

부활절에 그는 혼자 왔다. 그리고 그는 애인에 대해 그의 어머니와 끝없이 이야기했다.

"글쎄, 어머니…… 그녀와 떨어져 있으면 전 그녀를 조금도 좋아하지 않아요…… 다시 보지 못하더라도 상관없을 거예요…… 그런데 저녁에 그녀와 함께 있으면 지독하게 그녀가 좋아요."

"이상한 사랑이구나. 그녀가 네게 그 정도밖에 되지 않는데도 결혼을 하겠다니!" 모렐 부인이 말했다.

"맞아요, 재미있지요!" 그가 외쳤다. 그는 걱정되고 당혹스러웠다. "하지만…… 이제 우리 사이에는 많은 일이 생겼어요…… 그녀를 포기할 수 없어요."

"네가 가장 잘 알겠지." 모렐 부인이 말했다. "그러나 네가 얘기한 것이 사실이라면 그걸 사랑이라고 부르지는 않겠다…… 어쨌든 그건 그렇게 보이진 않는다."

"오, 모르겠어요, 어머니. 그녀는 고아이고, 그리고……."

그들은 어떤 결론에 결코 이르지 못했다. 그는 어찌 할 바를 몰라했고, 아니 다소 초조해하는 것처럼 보였다. 반면에 그녀는 마음을 열지 않는 것처럼 보였다. 그의 모든 힘과 돈은 그 여자를 보살피는 데 쓰였다. 그가 왔을 때 그는 어머니를 노팅엄까지 모시고 갈 여유도 거의 없었다.

폴의 임금은 크리스마스에 10실링으로 올랐다. 그는 매우 기뻤다. 그는 조던사에서 꽤 행복했지만 그의 건강은 일하는 시간이 길고 실내에서 거의 갇혀 있는 탓에 나빠졌다. 그는 그의 어머니에게 더욱더 중요한 존재가 되었고 그녀는 어떻게 그를 보살필지 생각했다.

월요일에 폴은 오전에만 일했다. 5월의 어느 월요일 아침에 두 사람만 아침을 먹고 있을 때 그녀가 말했다.

"오늘 날씨가 좋을 것 같구나."

그는 놀라서 쳐다보았다. 그것은 의미심장한 말이었다.

"네가 알고 있듯이 레이버스 씨가 새 농장으로 이사 갔다. 그런데 지난주에 그가 레이버스 부인을 보러 올 수 없느냐고 물어왔다. 그래서 내가 월요일에 날씨가 좋으면 너와 함께 가겠노라고 말했다. 우리 가 볼까?"

"좋아요, 엄마, 가고 말고요!" 그가 큰 소리로 말했다. "그런데 오늘 오후에 가요?"

"네가 너무 피곤하지 않다면 그러자…… 아주 먼 길이야."

"얼마나 돼요?"

"6킬로미터."

"6킬로미터를 걷고 피곤해할 제가 아니죠. 엄마가 힘드실 거예요. 가실 수 있겠어요?"

"물론, 난 문제없어."

"좋아요. 좋아요!" 그가 소리쳤다. "서둘러 집으로 올게요. 그런데 농장이 아름다워요?"

"그가 그렇다고 하는구나…… 네가 직접 보렴!"

"전 레이버스 부인을 몰라요, 엄마, 엄만 아세요?"

"어떻게 네가 알겠니…… 큰 갈색 눈에 약간 애처롭게 보이는 여자지. 교회에서 보통 우리 맞은편에 앉곤 했지."

"기억이 나지 않아요."

"다른 건 몰라도 그녀의 모자는 기억할 거야…… 왜냐하면 내가 그녀를 알고 지내던 육 년 동안 그녀는 한 번도 새 모자를 쓴 적이 없었거든. 늘 레이스를 아무렇게나 박아 넣은 작은 검은 모자를 썼어. 그 모자가 그녀의 머리에 얹혀 있는 것을 일요일마다 보면서, 종종 내가 그것을 벗겨 버릴 수 있으리라고 생각했지. 여전히 그 모자를 쓰고 있는 걸 보았어. 하지만 그 남편은 매우 똑똑하고 잘생긴 사람이야."

"그 부인은 가난했던 모양이지요." 폴이 말했다.

"가난했더라도 그렇지! 그녀가 나보다 더 가난하지 않았다

는 걸 난 알아. 그녀는 새것을 가지려고 하지 않았기 때문에
그런 거야."

"그런데 그녀는 친절한가요?"

"그래, 난 언제나 그녀를 좋아했어…… 그녀가 자기 남편과
어울리도록 제대로 차려입으려고 애쓰지 않는 점을 제외하고
는…… 그리고 그건 무엇보다도 그녀의 자존심 탓이야."

"왜요?"

"글쎄, 그녀는 몸이 자그마하고, 섬세하고 세련된 여자야.
큰 애처로운 갈색 눈에…… 감정이 가득 담긴 눈이라고 하는
게 더 맞겠지. 난 그녀가 일곱 명이나 되는 아이들을 키우면서
알프렛 레이버스의 얼마 되지 않는 돈으로 어렵고 지루한 삶
을 살아왔다는 것을 알아. 내 생각에 그 남자는 힘든 일을 좋
아하지 않아…… 그렇지만 어쩌면……. 하지만 그렇게 그녀가
사정이 안 좋아져서 실제로 힘든 일을 맡아 해 왔기 때문에
그녀는 너무 자존심이 강해서 다른 보통 여자들과 같은 외모
를 유지하지 않고 구식 차림으로 다니는 게 틀림없어…… 하
지만 그녀는 예뻐."

"그녀가 자존심이 강해요, 엄마?"

"글쎄, 다른 사람에게는 아냐. 하지만 자신에게는 더할 나
위 없이 자존심이 강하지. 그녀의 가난과 힘든 일이 그녀의 영
혼을 화나게 하고, 그래서 그녀는 자신의 가난에…… 어쩌면
그에게 복수하기 위하여, 그걸 누가 알겠어…… 보잘것없는 검
은 모자 하나에 매달렸지. 하지만 넌 그녀를 좋아할 거야……
그리고 난 그녀를 좋아해."

"그러면." 폴이 말했다. "우리가 농장으로 그녀를 보러 가면, 그녀는 모자를 쓰고 있지 않겠군요."

"그러길 바라자." 모렐 부인이 말했다. "그녀 같은 작은 몸에 그런 짐을 지우는 것은 불명예이며 수치지만 그녀로서는 앙갚음하기 위해 자신이 흉한 모습으로 다닐 필요는 없지. 그녀의 남편이 어떻게 느꼈을지!"

폴은 기쁘고 설레는 마음으로 서둘러 역으로 갔다. 더비 거리에 벚나무가 빛났다. 시장 근처의 스태튜츠 광장 옆에 있는 낡은 벽돌벽은 진홍빛으로 불타고 봄은 녹음이 불붙는 것 같았다. 그리고 한길의 급격한 경사는 시원한 아침 바람에 화려한 햇살과 그늘의 무늬를 이루며 완전한 정적 속에 잠겨 있었다. 나무들은 녹색의 거대한 어깨를 자랑스럽게 늘어뜨렸다. 그리고 창고에서 소년은 아침 내내 바깥의 봄 풍경을 마음속에 그렸다.

그가 점심 때 집으로 왔을 때 그의 어머니는 약간 흥분해 있었다.

"우리 가요?" 그가 물었다.

"내가 준비가 되면." 그녀가 대답했다.

"그런데 네 일은 끝냈지?"

"네."

그는 점심을 먹으려고 앉았다. 그녀가 프라이팬을 집었다.

"시간도 없는데 왜 대황 튀김을 만들려고 하세요?" 그가 그녀에게 말했다.

"튀김을 만들려고 작정했으니까." 그녀가 말했다. "그리고 네가 준비되면 나도 될 거야."

그녀는 평일 가운데 그날만 그가 집에서 점심을 먹는 날이었고 튀김을 좋아했기 때문에 튀김 요리를 했다.

"아니에요, 준비가 되지 않을 거예요…… 가서 준비하세요. 요리는 제가 할게요." 그가 말했다.

그는 일어나서 그녀가 잡고 있는 프라이팬의 손잡이를 잡으려고 했다.

"그렇게는 안 돼!" 그녀가 포크를 휘두르며 말했다. "난 시간이 충분해."

그는 포기하고 식탁으로 돌아왔고 그녀는 계속 요리를 만들었다.

"외출을 하려면 준비를 해야 하는데 프라이팬을 만지작거리다니 정말 엄마답군요." 그가 말했다.

"네가 모든 걸 알고 있다고 생각하다니 아이답구나." 그녀가 말했다. 그녀는 간식을 그의 앞에 놓았다.

"엄마 얼굴이 대낮처럼 뻘게졌어요." 그가 말했다. "그리고 거기 도착할 때면 떠오르는 해처럼 얼마나 뻘겋게 될까요."

"그러면 네게 날 보지 말라고 말하면 되지."

"봐 달라고 부탁하시더라도 보지 않겠어요." 그가 말했다.

"배은망덕한 녀석!"

"홍당무!"

그녀는 코를 킁킁거리고 그가 '작은 거북이'라고 부르는 식으로 자세를 꼿꼿이 했다.

"씻었어요?" 그가 물었다.

"그래, 씻었어."

"그런데 그렇게 보이질 않는군요. 평소처럼 콧등에 검댕이 있으니까요."

그녀는 거울을 보러 갔다.

"참 성가신 녀석이구나!" 그녀가 소리쳤다.

폴은 곧 일어났다.

"제가 설거지하는 동안 가서 옷을 입으세요." 그가 말했다.

그녀는 그렇게 했다. 그는 그릇을 씻어서 정리하고 그녀의 부츠를 집어 들었다. 부츠는 꽤 깨끗했다. 모렐 부인은 천성이 깔끔하여 진창을 걸으면서도 신발을 더럽히지 않을 수 있었다. 그러나 폴은 그녀를 위하여 부츠를 닦지 않을 수 없었다. 그것은 새끼 염소가죽 부츠로 8실링밖에 하지 않았다. 그렇지만 그는 그것이 세상에서 가장 예쁜 부츠라고 생각하고 꽃이라도 되는 것처럼 정성을 다해 깨끗이 닦았다.

갑자기 현관 안쪽에서 그녀가 약간 수줍어하면서 나타났다. 그녀는 새 면 블라우스를 입고 있었다. 폴은 벌떡 일어나서 앞으로 나아갔다.

"와, 멋있어요!" 그가 외쳤다. "정말 눈이 부셔요!"

그녀는 오만한 태도로 콧소리를 내고 고개를 똑바로 세웠다.

"이 옷이 뭐가 눈부셔!" 그녀가 대답했다. "매우 점잖지."

그가 그녀의 주위를 맴도는 동안 그녀는 앞으로 걸어갔다.

"그래." 그녀는 매우 수줍어하면서도 거만한 척하는 태도로 물었다. "네 마음에 드니?"

"그럼요! 엄마는 함께 나들이를 가고 싶은 멋진 여성이에요!"

그는 뒤쪽으로 가서 그녀를 살펴보았다.

"와!" 그가 말했다. "만약 제가 길에서 걷다가 엄마의 뒷모습을 본다면 '저 조그마한 사람이 자기가 예쁘다고 뽐내지 않을까?'라고 생각했을 거예요."

"글쎄, 그녀는 뽐내고 있지 않을 거다." 모렐 부인이 대답했다. "그 옷이 잘 어울린다는 자신이 없는걸."

"오, 맞아요! ……엄마는 마치 불탄 종이에 싸여 있는 것처럼 보이려고 흉한 검은 옷을 입고 싶어 하는군요. 그런데 그 옷은 엄마에게 정말 잘 어울리고 엄마가 멋있는 건 제가 보장해요."

그녀는 즐거워하면서도 그 정도에 속지 않는다는 듯이 그녀의 버릇대로 콧소리를 냈다.

"그래." 그녀가 말했다. "이 옷은 겨우 3실링에 샀어. 그 가격으로는 기성복도 살 수 없을 거야."

"그럴 거예요." 그가 대답했다.

"그런데 이건 좋은 옷감이야."

"엄청나게 예뻐요." 그가 말했다.

그 블라우스는 흰 바탕에 엷은 자주색의 헬리오트로프꽃과 검은색의 잔가지 무늬가 있었다.

"그렇지만 내가 입기에는 너무 젊어 보이지 않니." 그녀가 말했다.

"엄마에게 젊어 보이다뇨!" 그가 질색하며 외쳤다. "흰 가발을 사서 머리에 쓰고 다니시지요."

"곧 그럴 필요도 없을 거다." 그녀가 대답했다. "난 곧 백발이 될 테니까."

"글쎄요, 엄마는 그럴 권리가 없어요." 그가 말했다. "제가 머리가 흰 엄마에게 무엇을 원할 수 있겠어요."

"내가 그렇게 되더라도 네가 받아들여야 할걸, 애야." 그녀가 약간 이상하게 말했다.

그들은 멋진 모습으로 출발했다. 햇볕 때문에 그녀는 윌리엄이 그녀에게 준 우산을 들었다. 폴은 몸집은 크지 않았지만 그녀보다 상당히 키가 컸다. 그는 자랑스러워하며 걸어갔다.

묵혀 둔 땅에서 어린 밀이 비단처럼 빛났다. 민턴 광산에서 하얀 증기 기둥이 피어오르고 쉰 목소리로 기침하듯이 덜컥거리는 소리가 들렸다.

"자, 저걸 보아라!" 모렐 부인이 말했다. 어머니와 아들은 길에 서서 바라보았다. 거대한 광산의 언덕 능선을 따라서 말과 작은 마차, 그리고 한 남자가 하늘을 배경으로 희미하게 기어가고 있었다. 그들은 천국을 배경으로 경사면을 올라가고 있었다. 맨 뒤에서 남자가 마차를 뒤따르고 있었다. 거대한 둑의 가파른 경사로 무엇인가가 떨어지면서 덜커덕거리는 소리가 크게 났다.

"엄마, 잠깐만 앉아 계세요." 그가 말했다. 그리고 그가 재빨리 스케치하는 동안 그녀는 둑에 앉았다. 그녀는 그가 그림을 그리는 동안 주위의 오후 풍경을 돌아보면서 말없이 앉아 있었다. 빨간 오두막집들이 푸른 초원에서 빛났다.

"세상은 경이로운 곳이야." 그녀가 말했다. "놀랍도록 아름답구나."

"탄광도 그래요." 그가 말했다. "탄광이 어떻게 쌓여 있는지 보세요. 마치 거의 살아 있는 존재 같아요…… 우리가 모르는 생명체 같잖아요."

"그래." 그녀가 말했다. "그럴지도 몰라!"

"그리고 화차들이 모두 마치 먹이를 기다리는 짐승처럼 일렬로 기다리고 서 있어요." 그가 말했다.

"그런데 화차가 서 있으니까 난 반갑구나." 그녀가 말했다. "이번 주일에는 이럭저럭 할 일이 있다는 말이니까."

"하지만 전 사물이 움직일 때 그것에서 사람을 느낄 수 있어서 좋아요. 화차에는 사람의 느낌이 있어요. 그건 모두 다 사람들의 손으로 움직이니까요."

"그래." 모렐 부인이 말했다.

그들은 한길의 나무 아래로 계속 걸어갔다. 그는 끊임없이 그녀에게 이야기했고 그녀는 관심을 보였다. 그들은 네더미어 호수를 지났다. 햇빛이 수면에 반사되어 꽃잎처럼 가볍게 수면 위에서 흔들거렸다. 그리고 그들은 개인이 소유한 길로 들어섰고 약간 기대에 차서 큰 농장으로 다가갔다. 개 한 마리가 맹렬하게 짖었다. 어떤 여자가 무슨 일인지 보러 나왔다.

"이 길이 윌리 농장으로 가는 길 맞아요?" 모렐 부인이 물었다.

폴은 되돌아가야 할지 몰라 두려움에 사로잡혀 뒤에서 서성거렸다. 그러나 그 여자는 상냥한 사람이었으며 그들에게 방향을 알려 주었다. 어머니와 아들은 밀밭과 귀리밭을 지나 작은 다리를 건너고 거친 풀밭으로 들어섰다. 뎅기물떼새들이 흰 가슴을 번득이며 그들 주위를 돌면서 울어 댔다. 호수는 조용하고 푸르렀다. 머리 위에서 왜가리가 날았다. 반대편 언덕은 숲에 덮여 푸르고 고요했다.

"자연 그대로의 길이에요, 엄마." 폴이 말했다. "꼭 캐나다 같아요."

"아름답지 않니!" 모렐 부인이 주위를 둘러보며 말했다.

"저 왜가리를 보세요…… 저기 보세요…… 다리가 보이죠?"

그는 어머니에게 반드시 보아야 할 것과 이것저것 눈에 띄는 것을 가리켰다. 그리고 그녀는 매우 만족했다.

"하지만 이제" 그녀가 말했다. "어느 길로 갈까? ……레이버스 씨가 숲을 지나서 오라고 했어." 그들의 왼쪽에 어두운 숲이 있었고 그곳에는 울타리가 쳐져 있었다.

"이리로 가면 길이 나올 것 같은 느낌이 들어요." 폴이 말했다. "엄마는 도시 사람들의 발을 가졌어요. 아무래도 그런 것 같아요."

그들은 작은 문을 발견했고 곧 숲 속의 넓고 푸른 샛길이 나왔다. 길 한편에는 새로 자란 전나무와 소나무 덤불이 있었고 다른 편 숲 속 빈터에는 늙은 떡갈나무가 자라고 있었다. 그 바닥에는 떨어진 담황색의 떡갈나무 잎이 색이 바랜 채 바닥을 덮고 있었고 떡갈나무 사이에는 연녹색의 개암나무 아래 블루벨 꽃이 하늘빛 무리를 이루고 피어 있었다. 그는 어머니에게 바칠 꽃을 발견했다.

"여기 갓 베어 낸 건초가 있군요." 그가 말했다. 그러고는 그녀에게 물망초를 가져왔다. 일로 거칠어진 그녀의 손에 그가 갖다준 작은 꽃더미를 들고 있는 어머니의 모습을 보자 그의 마음은 사랑으로 아팠다. 그녀는 더없이 행복했다.

길 끝에는 넘어야 할 산울타리가 있었다. 폴이 단숨에 넘어갔다.

"이리 오세요." 그가 말했다. "제가 도와드릴게요."

"아니다…… 저리 가거라. 내 식으로 넘어가마."

그는 팔을 내밀어 그녀를 도울 태세를 갖추고 울타리 아래 서 있었다. 그녀는 조심스럽게 올라갔다.

"어떻게 그렇게 올라가세요!" 그녀가 안전하게 다시 땅으로 내려왔을 때 그가 조롱하면서 소리를 질렀다.

"지긋지긋한 울타리 계단 같으니라고!" 그녀가 소리쳤다.

"그걸 넘을 수 없는 작은 여인의 안타까움이여." 그가 대답했다.

앞쪽에 숲의 가장자리를 따라서 붉은색의 낮은 농장 건물들이 있었다. 두 사람은 서둘러 앞으로 나아갔다. 숲과 같은 높이로 사과밭이 있었고 그곳에는 사과꽃이 맷돌에 떨어지고 있었다. 산울타리 아래에 연못은 깊어 보였고 떡갈나무가 드리워져 있었다. 소 몇 마리가 그늘에 서 있었다. 농장과 건물은 사각형의 삼면을 이루고 있었고 숲 쪽을 바라보며 햇빛을 받고 있었다. 그곳은 매우 조용했다.

어머니와 아들은 울타리가 쳐진 작은 정원으로 갔다. 거기에는 붉은 향꽃장대의 향기가 났다. 열린 문 옆에는 식히려고 내놓은 찰진 빵이 여러 덩어리 있었다. 암탉이 그것을 쪼아 먹으려고 막 왔다. 그때 현관에서 갑자기 더러운 앞치마를 두른 소녀가 나타났다. 그녀는 열네 살쯤 되어 보였고 검붉은 장밋빛 얼굴에 짧고 검은 곱슬머리와 매우 예쁘고 자연스러운 검은 눈을 가지고 있었다. 그녀는 수줍어하고 낯선 두 사람을 의심쩍어하며 약간 경계하는 것처럼 보였다. 그녀는 사라졌다. 잠시 후 다른 사람이 나타났다. 홍안에 큰 암갈색 눈을 한 몸집이 자그마하고 연약한 여자였다.

"오!" 그녀가 약간 홍조를 띠고 미소를 지으며 외쳤다. "오셨군요. 와 줘서 기뻐요." 그녀의 음성은 친밀하고 조금 슬프게 들렸다.

두 여자는 악수를 했다.

"그런데 우리가 당신을 귀찮게 하는 건 분명 아니지요?" 모렐 부인이 말했다. "농장 생활이 어떤지 나도 알아요."

"오, 아니에요. 우린 손님이 와서 고마울 뿐인데요. 여기는 너무 외진 곳이에요."

"그런 것 같군요." 모렐 부인이 말했다.

그들은 거실로 안내되었다. 그곳은 길고 천장이 낮았으며 벽난로에는 큰 불두화나무 꽃다발이 있었다. 거기서 여자들은 이야기를 했고 폴은 밖으로 나가 주위를 둘러보았다. 그가 정원에서 향꽃장대의 향내를 맡고 화초들을 바라보고 있을 때 소녀가 재빠르게 나와 울타리 가에 싸여 있는 석탄 더미로 갔다.

"이건 겹장미 같은데." 그가 울타리를 따라 자라난 덤불을 가리키며 그녀에게 말했다. 그녀의 큰 갈색 눈에 놀라움의 빛이 어렸다.

"꽃이 피면 겹장미일 거야." 그가 말했다.

"난 몰라." 그녀는 더듬거렸다. "그건 가운데가 분홍색인 흰색 꽃이야."

"그럼 그건 수줍은 소녀 장미야."

미리엄은 얼굴을 붉혔다. 그녀는 아름답고 따뜻하게 얼굴색이 변했다.

"난 몰라." 그녀가 말했다.

"너네 정원에는 종류가 많지 않구나." 그가 말했다.

"우린 올해 이곳으로 왔어." 그녀는 쌀쌀하고 다소 거만하게 대답하고는 뒤로 물러나서 집안으로 들어갔다. 그는 관심을 두지 않고 자신의 탐색을 계속했다. 곧 그의 어머니가 밖으로 나왔고 그들은 건물을 지나갔다. 폴은 한없이 기뻤다.

"그런데 당신은 닭이나 송아지, 돼지 등을 돌봐야겠군요?" 모렐 부인이 레이버스 부인에게 말했다.

"아니에요." 자그마한 여자가 말했다. "난 가축들을 돌볼 시간도 없고 그 일에 익숙하지도 않아요. 집안을 돌보는 것만으로도 벅차요."

"그래요, 그렇겠군요." 모렐 부인이 말했다.

얼마 있지 않아 그 소녀가 나왔다.

"차가 준비되었어요, 엄마." 그녀가 음악적이고 조용한 목소리로 말했다.

"오, 고마워, 미리엄. 우리가 갈게." 거의 아첨하듯이 그녀의 어머니가 대답했다. "모렐 부인, 지금 차를 드시겠어요?"

"물론이죠." 모렐 부인이 말했다. "언제라도 준비가 되면요."

폴과 어머니와 레이버스 부인은 함께 차를 마셨다. 그러고 나서 그들은 숲으로 갔다. 숲에는 블루벨이 넘쳐났고 길에는 물망초가 자욱하게 피어 있었다. 어머니와 아들은 함께 환희를 느꼈다.

그들이 집으로 돌아왔을 때 레이버스 부인과 큰아들 에드가가 부엌에 있었다. 에드가는 열여덟 살쯤 되었다. 그리고 열두 살 된 제프리와 열세 살인 모리스가 학교에서 돌아와 있었다. 두 소년 모두 덩치가 컸다. 레이버스 씨는 삶의 절정기에 있는 잘생긴 남자였다. 콧수염이 황금빛 갈색이었고 햇빛 때문에 푸른 눈을 찡그리고 있었다.

"한 바퀴 돌아보았니?" 그가 폴에게 따뜻하게 물었다.

"다 보지는 못했어요." 소년이 대답했다.

잠시 후 그는 제프리와 모리스와 함께 밖으로 나갔다.

"넌 어디서 일하니?" 제프리가 폴에게 물었다. 그들 셋은 모두 수줍어했다.

"노팅엄에 있는 조던 수술 기구 공장에서 일해."

"그러면 거기서 무슨 일을 해?"

"사무원이야."

"그런데 무슨 일을 해?"

"편지를 베껴 쓰고 주문을 하고 청구서를 만들어."

"어떤 편지를 복사하니?"

"오…… 어떤 종류든지…… 대개 탄력 스타킹 주문들이야."

"탄력 스타킹! ……그게 뭐야?"

수많은 설명이 뒤따랐다.

"그리고 편지들 가운데 일부는 프랑스와 다른 나라에서 와." 폴이 말했다.

"그런데 네가 그걸 복사하니?"

"그래."

"불어로?"

"아니…… 그걸 번역해."

"아니, 네가 불어를 안단 말이야?"

"조금 알아…… 그리고 독어도."

"와, 누구에게 배웠니?"

"대부에게…… 대수와 기하학도 배웠어."

"난 내 머리를 그런 것들로 채우고 싶지 않아." 제프리가 말했다.

그 소년들은 놀라울 정도로 거만했다. 그러나 폴은 별로 신경 쓰지 않았다. 그들은 모든 곳을 샅샅이 뒤지면서 알을 찾아 돌아다녔다. 그들이 닭에게 모이를 주고 있을 때 미리엄이 밖으로 나왔다. 소년들은 그녀에게 주의를 기울이지 않았다. 암탉 한 마리가 노란 병아리들과 함께 닭장에 있었다. 모리스가 손으로 옥수수 알갱이를 한 움큼 쥐고서 닭이 손바닥에서 그것을 쪼아 먹도록 했다.

"너 할 수 있어?" 그가 폴에게 물었다.

"어디 봐." 폴이 말했다.

그의 손은 작고 따뜻하며 다소 재주 있게 보였다. 미리엄은 지켜보았다. 그는 옥수수를 닭에게 내밀었다. 닭이 그것을 사납고 밝은 눈으로 보다가 갑자기 그의 손을 쪼기 시작했다. 그는 깜짝 놀랐고 웃었다. '톡톡톡!' 하고 닭의 부리가 그의 손바닥에서 소리를 내었다. 그가 다시 웃었고 다른 아이들도 그와 함께 웃었다.

"닭이 쪼고 물지만 전혀 아프지 않아." 옥수수 알이 모두 사라지자 폴이 말했다.

"자, 미리엄 네 차례야." 모리스가 말했다. "이리 와서 한번 해 봐."

"싫어." 그녀가 뒤로 물러나며 소리쳤다.

"하! 어린애 같으니!" 그녀의 남자 형제들이 말했다.

"조금도 아프지 않아." 폴이 말했다. "오히려 기분 좋게 쫄 뿐이야."

"싫어." 그녀는 검은 머리를 흔들고 물러나면서 여전히 소리쳤다.

"그녀는 감히 못 해." 제프리가 말했다. "시나 읊조리지 다른 것은 아무것도 감히 못하지."

"문에서 뛰어내리지도 못하고…… 새 소리를 내지도 못하고…… 미끄럼을 타지도 못하고…… 자길 때리는 애를 막지도 못하고…… 그녀는 자기가 대단한 사람이라고 생각하는 것 말고는 아무것도 못해…… '호수의 귀부인'이야…… 야!" 모리스가 외쳤다.

미리엄은 수치와 비참한 마음으로 홍당무가 되었다.

"난 너네들보다 더 용감할 수 있어." 그녀가 소리쳤다. "너희들은 겁쟁이고 심술쟁이일 뿐이야."

"오 '겁쟁이와 심술쟁이!'" 그들은 점잖게 그녀의 말을 흉내

내며 따라했다.

"그러한 시골뜨기는 날 화나게 하지 않아, 촌뜨기는 말없이 대답을 들었다."

한 명이 큰소리로 웃으면서 그녀를 비꼬며 인용했다.

그녀는 집안으로 들어갔다. 폴은 소년들과 함께 과수원으로 갔는데 그곳에는 소년들이 만들어 놓은 평행봉이 있었다. 그들은 재주를 보이며 서로 힘을 과시했다. 그는 힘이 세다기보다 민첩했는데 그것으로 충분했다. 그는 흔들리는 가지에 낮게 달려 있는 사과꽃을 손가락으로 가리켰다.

"난 사과꽃을 따진 않겠어." 가장 나이 많은 에드가가 말했다. "내년에는 사과가 열리지 않아."

"내가 따려고 한 게 아니야." 폴이 떠나면서 말했다.

소년들은 그에게 적대감을 느꼈다. 그러나 그들은 자신들이 추구하는 일에 더 관심이 있었다. 폴은 어슬렁거리며 집으로 돌아와서 어머니를 찾았다. 그는 집 뒤쪽을 돌다가 미리엄이 손바닥에 옥수수 알갱이 몇 알을 놓고 입을 꼭 다문 채 닭장 앞에 무릎을 꿇고 앉아 긴장한 모습으로 몸을 구부리고 있는 것을 보았다. 암탉은 그녀를 사악하게 쳐다보았다. 매우 조심스럽게 그녀는 손을 앞으로 내밀었다. 암탉이 그녀에게 달려들어 쪼려고 했다. 그녀는 두렵기도 하고 당황하기도 하여 소리를 지르며 재빨리 뒤로 물러섰다.

"닭이 널 해치지 않아." 폴이 말했다.

그녀는 얼굴이 빨갛게 되어 갑자기 일어났다.

"난 그냥 한번 해 보고 싶었을 뿐이야." 그녀가 낮은 목소리로 말했다.

"여기 봐, 해치지 않아." 그가 말했다. 그리고 그의 손바닥에 알갱이를 둘만 놓고 암탉이 그의 맨 손바닥을 쪼고, 쪼고, 쪼게 했다. "아프지는 않고 웃음만 나오지." 그가 말했다.

그녀는 자기 손을 앞으로 내밀었다가 치우고 다시 내밀었다가 소리를 지르면서 뒤로 물러섰다. 그는 얼굴을 찡그렸다.

"자, 내가 알갱이를 얼굴에 놔 볼게." 폴이 말했다. "저 녀석이 약간 부딪힐 뿐이야. 저 녀석은 늘 아주 깔끔해. 매일 땅을 얼마나 많이 쪼는지 보면 알 수 있을 거야."

그는 정색을 하고 지켜보며 기다렸다. 마침내 미리엄은 닭이 자기 손바닥을 쪼도록 했다. 그녀는 공포와 공포에서 나오는 고통으로 작은 소리를 냈고 그것은 조금 애처롭게 보였다. 그러나 그녀는 그 일을 해냈고 또다시 했다.

"그거 봐." 소년이 말했다. "아프지 않지, 그렇지."

그녀는 검은 눈이 커지면서 그를 바라보았다.

"안 아파." 그녀가 떨면서 웃었다.

그러고 나서 그녀는 일어나서 집안으로 들어갔다. 그녀는 어떻게 보면 소년에게 화난 것 같았다.

"그는 내가 평범한 아이일 뿐이라고 생각해." 그녀는 생각했다. 그녀는 자기가 '호수의 귀부인'처럼 멋진 사람이란 것을 증명하고 싶었다.

어머니는 집으로 갈 채비를 하고 있었다. 그녀는 아들에게 미소를 지었다. 그는 큰 꽃다발을 들었다. 레이버스 씨 부부가 그들과 함께 들판까지 걸어갔다. 언덕은 저녁이 되어 황금빛이었고 숲 속 깊은 곳에서 블루벨의 짙은 보라색이 보였다. 나뭇잎과 새들의 바스락거리는 소리가 날 뿐 사방이 완벽하게 정적에 싸였다.

"이곳은 참 아름다운 곳이군요." 모렐 부인이 말했다.

"그래요." 레이버스 씨가 대답했다. "토끼들만 없다면 아늑하고 좋은 곳이지요. 목초지에 남아나는 것이 없어요. 내가 언제쯤에나 이 땅을 제대로 사용할 수 있을지 모르겠어요."

그가 손뼉을 치자 숲 근처의 들판에 움직임이 시작되고 갈색의 토끼들이 사방으로 뛰어다녔다.

"이럴 수가 있어요!" 모렐 부인이 놀라서 큰소리로 외쳤다.

그녀와 폴은 둘이서 함께 계속 갔다.

"아름답지 않아요, 엄마?" 그가 조용하게 말했다. 가느다란 달이 나왔다. 그의 마음은 행복에 가득 차 아팠다. 그의 어머니도 행복감에 소리를 지르고 싶어서 말을 계속해야 했다.

"자, 나라면 그 사람을 돕지 않았을까!" 그녀가 말했다. "닭들과 다른 가축들을 돌보지 않았을까. 그리고 나라면 우유짜는 법을 배우고 나라면 그와 이야기하고 나라면 그와 함께 계획을 세우려고 했을 거야. 내 말은 내가 그의 아내라면 농장은 잘 돌아갔을 거라는 거지. 난 알고 있어. 그렇지만 그녀는 힘이 없어…… 그녀는 단지 힘이 없을 뿐이야. 그녀는 이런 짐을 져서는 안 되는 사람이야. 알겠니. 난 그녀가 가여웠어. 그리고 그 사람도 그렇고. 내 말은 내가 그 사람과 결혼했다면 난 그를 나쁜 남편이라고 여기지 않았을 거야…… 그녀가 그렇게 생각한다는 말은 아냐…… 그녀는 매우 사랑스러운 여자야."

윌리엄은 애인과 함께 성령강림절에 다시 집에 왔다. 그는 일주일간 휴가를 냈다. 아름다운 날씨였다. 대체로 아침에 윌리엄과 릴리와 폴은 함께 산책하러 나갔다. 윌리엄은 애인에게 자기의 소년 시절에 관한 이야기를 제외하고는 별로 말을 하지 않았다. 폴은 두 사람에게 끊임없이 이야기했다. 그들 세 사람은 모두 민턴 교회 옆의 들판에 드러누웠다. 한편에는 캐슬 농장 옆으로 아름다운 백양나무가 흔들리고 있었다. 산사나무가 울타리에 드리워져 있었고 작은 데이지꽃과 동자꽃이 웃음을 터트리듯 들판에 피어 있었다. 스물세 살의 청년 윌리엄은 큰 덩치가 예전보다 더 마르고 약간 여위었다고도 할 수 있을 정도였다. 그는 햇빛을 받으며 드러누워 있었고 그녀는 그의 머리카락을 만지작거렸다. 폴은 큰 데이지를 모으러 다녔다. 그녀는 모자를 벗었다. 그녀의 머리카락은 말의 갈기처럼 검었다. 폴이 돌아와서 데이지를 그녀의 흑옥처럼 검은 머리에 꽂았다. 희고 노란색이 크게 빛나고 동자꽃은 분홍빛만 살짝 보였다.

"이제 젊은 마녀처럼 보여요." 소년이 그녀에게 말했다. "형, 그렇지 않아?"

릴리가 웃었다. 윌리엄이 눈을 뜨고 그녀를 바라보았다. 그의 시선에는 고통스러우면서도 치열하게 음미하려는 일종의 당혹한 표정이 담겨 있었다.

"폴이 날 볼 만하게 만들어 놨어요?" 그녀가 애인을 내려다보고 웃으면서 물었다.

"그렇군!" 윌리엄이 미소 지으며 말했다. 그리고 다시 누우면서 그는 계속 그녀를 바라보았다. 그의 눈은 결코 그녀의 눈을 찾지 않았다. 그는 그녀와 눈길을 마주치고 싶지 않았다. 그는 그녀를 바라보기를 원했을 뿐, 그녀의 시선 속에서 그녀와 함께 머물고 싶지 않았다. 그리고 그가 그녀를 피하고 싶었다는 사실은 그의 눈 속에 고통처럼 있었다. 그는 다시 눈길을 돌렸다. 그녀는 다이아몬드가 번쩍거리는 가늘고 가무잡잡한 손으로 잠깐 더 그의 머리카락을 만지작거렸다. 그리고 그녀는 말했다.

"폴은 이것저것을 할 줄 알아요."

"그래요." 그가 말했다. "폴이 당신을 기분 좋게만 한다면야. 폴은 아침에, 그리고 난 저녁에 당신을 만족하게 하는 거지요."

그녀는 웃으면서 소년에게 얼굴을 돌렸다.

"귀 위에 세 송이를 더 꽂고 싶어요." 그녀 뒤에 서서 그가 말했다. "그러면 끝나요."

그녀는 복종했다. 그는 데이지를 꽂았다.

"햇빛 냄새가 머리카락에서 나죠?" 그가 말했다. "자, 그렇게 하고 무도회에 가면 좋을 거예요."

"고마워." 그녀가 웃었다.

이윽고 그들은 돌아가려고 일어났다.

"아직 모자를 쓰지 말아요." 폴이 말했다.

"모자를 쓸까요?" 그녀가 윌리엄에게 물었다. "이렇게 가도 될까요."

윌리엄이 다시 그녀를 바라보았다. 그녀의 아름다움이 그에게 상처를 주는 것처럼 보였다. 그는 꽃으로 장식한 그녀의 머리를 바라보고 얼굴을 찡그렸다.

"당신은 꽤 보기가 좋아요. 그게 당신이 알고 싶은 거라면." 그가 말했다.

그녀는 모자를 쓰지 않고 걸었다. 잠시 후 윌리엄은 평정을 회복하고 그녀에게 오히려 부드러워졌다. 다리에 닿자 그는 그녀와 자기의 이름 첫 글자를 하트 모양에 새겼다.

그녀는 빛나는 털과 점이 많은 그의 강한 손이 떨리면서 그것을 새기는 것을 바라보았고 그것에 매혹된 것처럼 보였다.

윌리엄과 릴리가 집에 있는 동안 슬프고 따뜻하고 일종의 부드러운 느낌이 늘 집안에 감돌았다. 그러나 그는 종종 초조했다. 그녀는 팔 일 동안 머무는 데 다섯 벌의 옷과 여섯 벌의 블라우스를 가져왔다.

"오, 이 블라우스 두 벌과…… 이것들을 좀 빨아 주겠니?" 그녀가 애니에게 말했다.

그리고 다음 날 애니는 윌리엄과 릴리가 나갈 때 서서 빨래를 하고 있었다. 모렐 부인은 격렬하게 화를 냈다. 그리고 이따금 윌리엄은 자기 애인이 여동생을 대하는 태도를 보고 그녀를 증오했다.

일요일 아침 릴리는 비단 같고 좍 펼쳐진 울새의 깃털처럼 푸른 풀라천의 옷을 입고 대부분 진홍색 장미로 온통 뒤덮힌 큰 크림색 모자를 썼다. 그녀는 매우 아름다웠다. 어느 누구도 그녀의 아름다움을 충분히 찬미할 수 없었다. 그러나 저녁에 외출하려 할 때 그녀는 다시 물었다.

"쳐비, 내 장갑 가지고 있어요?"

"어느 장갑?" 윌리엄이 물었다.

"새로 산 검은 스웨이드 가죽 장갑 말이에요."

"아니."

장갑 사냥이 시작되었다. 그녀가 장갑을 잃어버린 것이 분명했다.

"내 말 좀 들어 봐요, 엄마." 윌리엄이 말했다. "크리스마스 지나고 네 번째 잃어버리는 장갑이에요…… 한 켤레에 5실링이나 하는데."

"내게 사 준 건 두 짝밖에 안 돼요." 그녀가 항의했다.

그리고 저녁 식사 후 그는 벽난로 앞깔개 위에 서 있고 그녀는 소파에 앉았다. 그는 그녀를 증오하는 것 같았다. 오후에 그는 옛 친구들을 만나러 가면서 그녀를 집에 두고 나갔다. 그녀는 책을 바라보며 앉아 있었다. 저녁을 먹은 후 윌리엄은 편지를 쓰고 싶었다.

"여기 네가 읽던 책이 있다, 릴리." 모렐 부인이 말했다. "좀 더 읽어 보지 싶지 않니?"

"고맙지만 아니에요." 릴리가 대답했다. "전 그냥 앉아 있겠어요."

"그렇지만 너무 지루하지……."

윌리엄은 안절부절못하며 아주 빠른 속도로 갈겨썼다. 그가 봉투를 봉하면서 말했다.

"책을 읽어요! ……그녀는 평생 책을 읽지 않았어요."

"오, 그게 무슨 소리냐!" 모렐 부인이 과장에 화가 나서 말했다.

"정말이에요, 엄마…… 그녀는 책을 읽지 않아요." 그는 벌떡 일어나서 벽난로 깔개 위에 예전에 섰던 모습대로 서면서 큰소리로 말했다. "그녀는 평생 책을 읽지 않았어요."

"나와 같구면." 모렐이 끼어들었다. "지겹게 책에 코를 박고 앉아 있어도 나와 마찬가지로 책을 왜 읽는지 알 수 없군!"

"하지만 넌 그런 말을 해서는 안 된다." 모렐 부인이 그녀의 아들에게 말했다.

"그러나 그건 사실이에요, 엄마…… 그녀는 읽을 수 없어요…… 그녀에게 무슨 책을 주셨어요?"

"애니 스완이 쓴 짧은 책을 줬어. 일요일 오후에 지루한 책을 읽고 싶어 하는 사람은 없으니까."

"그녀는 그 책을 열 줄도 안 읽었어요."

"넌 잘못 알고 있어." 그의 어머니가 말했다.

이러는 동안 내내 릴리는 소파에 비참하게 앉아 있었다. 그는 신속하게 그녀를 향했다.

"좀 읽었어요?" 그가 물었다.

"네, 읽었어요." 그녀가 대답했다.

"얼마나 읽었어요?"

"몇 쪽인지는 몰라요……."

"읽은 것 가운데 하나를 말해 봐요."

그녀는 말할 수 없었다.

"그만해, 윌리엄." 그의 어머니가 말했다. "어떻게 그런 생각을!"

"그렇지만 그녀는 이야기할 수 없어요, 엄마!" 그가 비통하게 외쳤다. "저 여자는 책을 읽어도 그것을 이해할 수 없어요. 그녀는 책을 읽을 줄 모르고 말할 줄도 몰라요. 그녀에게 이야기할 수 있는 건 아무것도 없어요. 그녀는 드레스와 얼마나 사람들이 자기를 동경하는지 그것 이외에는 생각할 수 없어요."

"릴리, 애 말에 신경 쓰지 마라." 모렐 부인이 말했다.

"바보들이나 책에 코를 박고 앉아 있지. 난 그렇게 생각해." 모렐이 거들었다.

그리고 가엾은 아가씨는 모욕을 받으며 꼼짝 않고 있었다. 그는 그녀를 증오하는 것 같았다. 나중에 모렐 부인은 그녀에게 매우 쉬운 책을 찾아 주었는데 비 오는 날 오후에 그녀가 비참하게 몇 줄을 간신히 읽는 모습을 보는 것은 애처로웠다. 그녀는 두 페이지를 넘은 적이 없었다. 윌리엄은 대단히 책을 많이 읽었고 이해력이 빠르고 지적 호기심이 왕성했다. 그녀는 연애와 잡담밖에 이해할 수 없었다. 그는 그의 모든 생각을 어머니의 마음을 통해 체질하는 데 익숙해져 있었다. 그래서 그가 진정한 동반자를 희구하는 데에도 릴리는 키스나 하고 잡담이나 하는 애인을 원한다는 것을 알았을 때 그는 자기 약혼자를 증오하게 되었다.

"있잖아요, 엄마." 밤에 그녀와 단둘이 있게 되었을 때 그가 말했다. "그녀는 돈에 대한 개념이 없고 너무나 머리가 비었어요. 월급을 받으면 갑자기 설탕에 절인 밤 과자 같은 말도 되지 않는 걸 사지요. 그러면 제가 그녀에게 정기 승차권과 필요한 물건들, 심지어는 속옷도 사 줘야 해요. 그리고 그녀는 결혼하고 싶어 해요…… 그리고 저도 내년에는 결혼하는 것이 좋겠다고 생각해요. 그렇지만 이런 상태로!"

"그 결혼은 엉망진창이 될 거야." 그의 어머니가 대답했다. "나라면 그 문제를 다시 고려해 보겠다, 애야."

"하지만…… 지금 헤어지기에는 관계가 너무 깊어졌어요." 그가 말했다. "그래서 가능하면 빨리 결혼해야겠어요."

"그러렴, 애야. 네가 하겠다면 하는 거고 널 막아 봐야 소용없지. ……하지만 정말 그 문제를 생각하면 내가 잠을 잘 수 없다."

"오, 그녀는 괜찮아질 거예요, 엄마. 우린 그럭저럭 해 나갈 거예요."

"그녀가 자기 속옷을 사도록 하는데도?" 어머니가 물었다.

"글쎄요." 그가 변명하듯이 말을 시작했다. "그녀가 제게 사 달라고 하지는 않았어요. 하지만 어느 날 아침…… 추운 날이었어요…… 전 그녀가 정거장에서 가만히 있지 못하고 떨고 있는 모습을 보았어요. 그래서 옷을 제대로 껴입었는지 물어보았어요. 그녀는 '그런 것 같아요'라고 말했어요. 그래서 '따뜻한 속옷이 있어요?'라고 물었지요. 그랬더니 그녀는 '아뇨, 면이에요'라고 말했어요. 저는 도대체 왜 이런 날씨에 좀 더 두꺼운 속옷을 입지 않느냐고 물었어요. 그런데 그런 것이 없다는 거예요. 그리고 그녀는 기관지염에 걸리기 쉬운 체질이에요! ……전 그녀를 데리고 가 따뜻한 옷을 사 주지 않을 수 없었어요. ……글쎄요 엄마, 전 우리가 돈이 조금이라도 있다면 개의치 않겠어요…… 그리고 그녀는 정기 승차권을 살 돈은 간직해 두어야 했어요. 하지만 아니에요…… 그녀는 그 때문에 절 찾아오고 제가 돈을 마련해야 했어요……."

"앞일이 한심하구나." 모렐 부인이 쓸쓸하게 말했다.

그는 창백했고 한때 그렇게 태평스럽고 잘 웃던 그의 억센 얼굴에는 고뇌와 실망의 빛이 역력했다.

"그렇지만 지금 그녀를 포기할 수는 없어요. 관계가 너무 깊어졌어요." 그가 말했다. "그리고 그 외에도 어떤 면에서는 그녀 없이 지낼 순 없어요."

"얘야, 네 인생은 네 손에 있다는 걸 명심하거라." 모렐 부인이 말했다. "전혀 가망 없이 실패로 돌아간 결혼보다 더 나쁜 것은 없다. 누구나 알지만 내 결혼은 실패였고 그것이 네게 분명히 무엇인가 가르쳐 줄 거야…… 하지만 내 결혼은 훨씬 더 불행할 수도 있었다."

그는 등을 굴뚝의 한쪽에 기대고 손을 주머니에 넣고 서 있었다. 그는 덩치가 크고 거칠게 생긴 남자였으며 그가 원한다면 세상의 끝까지도 갈 수 있을 것처럼 보였다. 그러나 그녀는 그의 얼굴에서 절망을 보았다.

"전 이제 그녀를 포기할 수 없어요." 그가 말했다.

"글쎄다." 그녀가 말했다. "약혼을 파기하는 것보다 더한 잘못도 있으니 명심해라."

그가 방 건너편을 응시한 채 그들은 말없이 있었다. 오직 그의 어머니만이 지금 그를 도울 수 있었다. 그러나 그는 그녀가 대신 결정하도록 두지 않았다. 그는 자기가 했던 일에 매달렸다.

"그리고 물론," 모렐 부인이 덧붙였다. "더 큰 잘못을 피하기 위해 헤어지는 것이 약속을 했다고 해서 관계를 지속하는 편보다 훨씬 더 낫다."

그는 거실 저편을 응시하며 꼼짝하지 않고 서 있었다.

"지금 그녀를 포기할 순 없어요."

시간이 똑딱거리며 흘러갔다. 어머니와 아들은 아무 말도 하지 않고 서로 갈등 속에서 그대로 있었다. 그러나 그는 더 이상 말을 하지 않을 것이 분명했다. 마침내 그녀가 말했다.

"그래, 자거라, 얘야…… 아침에는 기분이 나아질 거다…… 그리고 생각도 나아질 거다."

그는 그녀에게 키스를 하고 갔다. 그녀는 난로 불을 헤집었다. 그녀의 마음은 과거 어느 때보다 무거웠다. 과거에 남편과 문제가 있을 때에는 마음속에서 무엇인가 무너져 내려도 그것이 그녀의 살아갈 힘을 파괴하지는 못했다. 지금은 그녀의 영혼 자체가 절름발이가 되었다. 그녀의 희망이 타격을 받았다.

그리고 자주 윌리엄은 자기의 약혼녀에 대해 그날과 같은 증오심을 드러냈다. 집에 머무는 마지막 날 저녁 그는 그녀를 맹렬하게 비난했다.

"글쎄요." 그가 말했다. "릴리가 어떤 사람인지 제 말을 믿지 않으신다면 저 여자가 세 번이나 견진 성사를 받았다는 사실을 믿겠어요!"

"말도 안 되는 소리!" 모렐 부인이 웃었다.

"말이 되든 안 되든, 그건 사실이에요! 저 여자에게 견진 성사의 의미는 그런 거예요…… 자기를 멋있게 드러낼 수 있는 일종의 연극 같은 쇼지요."

"그렇지 않아요, 모렐 부인" 릴리가 울부짖었다. "그렇지 않아요. 그건 사실이 아니에요."

"뭐라고요!" 그가 눈을 번득이고 그녀를 쏘아보며 부르짖었다. "한 번은 브럼리에서, 또 한 번은 베컨햄에서, 그리고 또 한 번은 또 다른 곳에서 받지 않았나?"

"세 번째는 아니에요!" 그녀가 눈물을 흘리며 말했다. "세 번째는 아니에요."

"뭐가 아니에요! 그럼 그건 안 받았다 치고 왜 견진 성사를 두 번 받았어요?"

"한 번은 제가 겨우 열네 살 때였어요, 모렐 부인." 눈에 눈물이 가득한 채 그녀가 애원하듯이 말했다.

"그래요." 모렐 부인이 말했다. "내가 충분히 이해할 수 있어요, 불쌍한 것. 저 녀석이 하는 말에 신경 쓰지 말아요. 윌리엄, 그런 말을 하다니 넌 수치심도 없니?"

"하지만 그건 사실이에요. 저 여자는 종교적이에요…… 저 여잔 파란 벨벳 기도집을 가지고 있어요…… 그런데 저 여잔 저기 식탁 다리만큼도 내부에 종교든 종교가 아니든 든 것이 없어요. 남에게 보이려고, 자기를 과시하려고 세 번이나 견진 성사를 받았지요. 저 여자는 만사가, 만사가, 다 그런 식이에요!"

릴리는 소파에 앉아 울고 있었다. 그녀는 강한 사람이 아니었다.

"사랑은 어떤가요!" 그가 소리쳤다. "당신은 파리에게 당신을 사랑하라고 하는 게 나을 거요. 파리가 당신 위로 와서 앉을 테니……"

"이제 그만해라." 모렐 부인이 명령했다. "네가 이런 말들을 하고 싶으면 여기가 아니라 다른 곳에 가서 하도록 해라. 난 네가 부끄럽다, 윌리엄. 왜 좀 더 남자답지 못하니. 여자의 결점이나 들추어내고…… 그러고도 네가 그녀와 약혼한 척할 수 있니!" 모렐 부인은 분개하고 분노했다.

윌리엄은 말이 없었다. 그리고 나중에 그는 후회하고 그녀에게 키스하고 그녀를 달랬다. 그러나 그가 말한 것들은 사실이었다. 그는 그녀를 증오했다.

그들이 떠날 때에 모렐 부인은 그들과 노팅엄까지 함께 갔다. 케스턴 역까지는 먼 길이었다.

"있잖아요, 엄마." 그가 그녀에게 말했다. "집은 천박해요…… 그녀가 깊이 받아들이는 건 아무것도 없어요."

"윌리엄, 난 네가 이런 얘기를 하지 않았으면 좋겠구나." 자기 옆에서 걷고 있는 처녀에게 매우 불편하게 느끼며 모렐 부인이 말했다.

"하지만 릴리는 그런 여자예요, 엄마…… 저 여잔 지금은 저와 아주 사랑에 빠져 있어요…… 하지만 제가 죽으면 석 달도 지나지 않아 절 잊을 거예요."

모렐 부인은 두려웠다. 아들의 마지막 말에 담긴 조용한 비통함을 듣고 그녀의 가슴이 격렬하게 뛰었다.

"네가 어떻게 알아!" 그녀가 대답했다. "넌 몰라…… 따라서 그런 말을 할 자격이 없어."

"그는 늘 이런 말을 해요!" 릴리가 외쳤다.

"내가 묻히고 석 달도 지나지 않아 당신은 다른 사람을 사귈 거고 날 잊을 거야." 그가 말했다. "그리고 그게 당신의 사랑이지!"

모렐 부인은 노팅엄에서 그들이 기차에 타는 모습을 보고 집으로 돌아왔다.

그녀는 애절하게 폴에게 말했다. "두 사람 사이가 좋지 않아. 그리고 앞으로도 결코 좋아지지 않을 거야. 만약 그들이 결국 결혼을 하게 된다면 어떻게 될까. 이 문제를 생각하면 밤에 잠이 오질 않아. 그녀가 떠나도록 내버려 두기만 한다면 그녀에게 지금의 반도 고통을 주지 않을 거라고 확신해. 하지만 그들은 서로를 죽일 때까지 서로 떨어지지 않을 거야. 그리고 케스턴으로 가면서 윌리엄이 그렇게 말했을 때 난 한 발짝도 더 내디딜 수 없을 것 같았어. 가엾은 것, 난 그녀가 안됐어. 하지만 그녀는 윌리엄에게 맞지 않아. 그녀는 아냐. 난 확신해. 이렇게 말하는 건 옳지 않지만 그녀는 연약하고 윌리엄이 그녀와 결혼하는 것보다는 그녀가 죽는 편이 나아."

여름 내내 모렐 부인은 자기 아들에 대해 생각했다. 그는 이제 자기 삶을 망치고 있는 것처럼 보였다. 그러나 결혼은 여전히 먼 후일의 일로 보였다.

"한 가지 안도가 되는 것은……." 그녀가 폴에게 말했다. "윌리엄이 결혼할 수 있는 돈을 결코 갖지 못할 거란 점이야. 그건 분명해. 그게 다행스러운 일이야."

그렇게 그녀는 위안을 삼았다. 사태는 아직까지 매우 절망적이지 않았다. 그녀는 윌리엄이 결코 집과 결혼하지 않으리라 믿었다. 그녀는 기다렸고 폴을 자기 가까이 두었다.

여름 내내 윌리엄의 편지는 열띤 어조였다. 그는 긴장되고 부자연스럽게 보였다. 그의 편지에서 이따금 그는 지나치게 명랑했고 보통은 무미건조하고 신랄했다.

"아아." 그의 어머니가 말했다. "그 애가 그 물건 때문에 자신을 망치지 않을까 염려되는구나. 사랑할 가치도 없고, 아냐, 헝겊 인형 정도밖에 되지 않는 여자 때문에."

그는 집으로 오고 싶었다. 한여름의 휴가는 끝났다. 크리스마스까지는 긴 시일이 남았다. 그는 시월 첫 주 거위 축제 기간의 토요일과 일요일에 올 수 있다고 말하면서 아주 흥분하여 편지를 썼다.

"몸이 좋지 않구나, 얘야." 그를 보자 그녀가 말했다. 그녀는 그를 다시 자기 곁에 두게 되자 거의 눈물이 날 지경이었다.

"네, 몸이 좋지 않았어요." 그가 말했다. "지난달 내내 감기가 떨어지지 않았어요. 하지만 이제 괜찮아진 것 같아요."

화창한 10월의 날씨였다. 그는 탈출한 학생처럼 매우 즐거워했다. 그러다가 그는 다시 말이 없고 가라앉았다. 그는 어느 때보다도 여위어 보였고 그의 눈에는 수척한 빛이 있었다.

"넌 일을 너무 많이 하고 있어." 어머니가 그에게 말했다.

그는 결혼할 돈을 마련하느라 과외로 일을 하고 있다고 말했다. 그는 토요일 밤에 어머니에게 딱 한 번 말을 했을 뿐이다. 그때 그는 애인에 대해 슬픔과 애정을 보였다.

"그렇지만 엄마, 그 모든 것에도 불구하고 제가 죽으면 그 여자는 두 달 동안 가슴 아파하다가 그 이후에는 절 잊기 시작할 거예요. 두고 보세요. 그녀는 제 무덤을 보러 여기 집으로 결코 오지 않을 거예요. 단 한번도 오지 않을 거예요."

"왜 그러니, 윌리엄!" 그의 어머니가 말했다. "넌 죽지 않을 거야. 그런데 왜 그런 이야기를 하니."

"그러나 죽든 않든……." 그가 대답했다.

"그리고 릴리는 어쩔 수 없어…… 그녀는 원래 그런 여자야…… 그리고 네가 그녀를 택했다면, 글쎄다, 넌 불평할 수 없어." 그의 어머니가 말했다.

일요일 아침에 그가 칼라를 끼다가 턱을 들어올리면서 그의 어머니에게 말했다.

"여기 봐요, 칼라에 긁혀 턱밑에 상처가 났어요!"

턱과 목의 바로 경계에 크고 붉은 염증이 생겼다.

"그렇게 되어서는 안 되는데." 그의 어머니가 말했다. "자, 이 연고를 좀 바르거라. 다른 칼라를 끼워야겠다."

그는 일요일 자정에 떠났다. 그는 집에서 이틀간 지내면서 좀 안정되어 보였다.

화요일 아침 런던에서 그가 아프다는 전보가 왔다. 모렐 부인은 마루를 닦다가 일어서서 전보를 읽고, 이웃을 부르고, 집주인에게 가서 1파운드를 빌리고, 옷을 입고 출발했다. 그녀는 서둘러 케스턴으로 가서 노팅엄에서 런던행 급행열차를 탔다. 노팅엄에서 그녀는 거의 한 시간이나 기다려야 했다. 검은 보닛을 쓴 자그마한 그녀는 차장들에게 런던의 엘머스 엔드에 어떻게 가야 하는지 초조하게 물었다. 여행은 세 시간 걸렸다. 그녀는 전혀 움직이지 않고 일종의 무감각 상태에서 자리에 앉아 있었다. 킹스 크로스에 내려서도 엘머스 엔드에 어떻게 갈 수 있는지 말해 줄 수 있는 사람이 없었다…… 잠옷과 빗과 브러시가 들어 있는 실로 짠 가방을 들고 그녀는 이 사람 저 사람에게 물어보았다. 마침내 그녀는 지하 도로를 통과하여 캐넌 스트리트에 왔다.

그녀가 윌리엄의 숙소에 도착했을 때는 6시였다. 차일이 내려져 있지 않았다.

"상태가 어때요?" 그녀가 물었다.

"나아진 게 없어요." 집주인 여자가 말했다.

그녀는 그 여자를 따라 2층으로 올라갔다. 윌리엄은 핏발이 선 눈에 얼굴색이 파리해진 채 침대에 누워 있었다. 옷은 이곳저곳에 던져져 있었고 방안에 불기가 없었다. 침대 곁에 있는 스탠드에 우유 한 잔이 있었다. 그는 죽 혼자 있었던 것이다.

"아니, 얘야!" 그의 어머니가 용기를 내어 말했다.

그는 대답하지 않았다. 그는 그녀를 바라보았지만 그녀를 알아보지 못했다.

그러고 나서 그는 편지를 받아 적을 때 반복하듯이 분명치 않은 목소리로 말하기 시작했다. "선박의 화물칸이 새어서 설탕이 굳어 돌로 변했음. 잘게 조각 낼 필요가 있으며……."

그는 거의 의식이 없었다. 런던 항구에서 설탕 같은 화물을 검사하는 것이 그의 일이었다.

"얼마나 오랫동안 이런 상태였어요?" 어머니가 집주인 여자에게 물었다.

"월요일 아침 6시에 집에 도착해서 하루 종일 자는 것 같았어요. 그리고 밤에 무슨 말을 하는 걸 들었고 오늘 아침에 당신을 찾았어요. 그래서 내가 전보를 보내고 의사를 불렀어요."

"불 좀 피워 주시겠어요?"

모렐 부인은 아들을 진정시키고 가만히 누워 있도록 하려고 애썼다.

의사가 왔다. 폐렴이었다. 그리고 특이한 단독(丹毒)이 칼라에 긁힌 턱밑에서 시작되어 얼굴로 퍼지고 있다고 의사가 말했다. 그는 단독이 뇌에는 퍼지지 않기를 희망했다.

모렐 부인은 자리를 잡고 간호를 시작했다. 그녀는 윌리엄을 위해 기도하고 그가 그녀를 알아보게 해 달라고 기도했다. 그러나 그 젊은이의 얼굴은 더욱 색깔이 변해 갔다. 밤이 되어 그녀는 힘겹게 그를 돌보았다. 그는 헛소리를 하고, 또 헛소리를 하고 의식이 들지 않았다. 2시에 무섭게 발작을 하고 나서 그는 죽었다.

모렐 부인은 하숙집 침실에서 한 시간 동안 완전히 조용하게 앉아 있었다. 그러고 나서 그녀는 그 집 식구들을 깨웠다.

6시에 날품팔이 여자의 도움을 받아 입관 준비를 했다. 그리고 음울한 런던 시로 등록관과 의사에게 찾아갔다.

9시에 스카질 스트리트에 있는 집으로 다시 전보를 보냈다. '어젯밤 윌리엄 사망. 아버지 상경 요망. 현금 지참.'

애니와 폴과 아서는 집에 있었다. 모렐 씨는 일하러 갔다. 세 아이들은 한마디도 하지 않았다. 애니는 무서움으로 훌쩍거리기 시작했다. 폴은 아버지에게 소식을 전하러 갔다.

아름다운 날이었다. 브레티 광산에서 흰 증기가 부드러운 푸른 하늘의 햇볕에 서서히 녹았고 주축대의 바퀴가 높이 번쩍이며 석탄을 화차로 걸러 넣는 체가 바쁜 소음을 냈다.

"아빠는 어디 계세요…… 아빠가 런던으로 가셔야 해요." 소년은 둑에서 처음 만난 사람에게 말했다.

"너 월터 모렐을 찾는다고? ……저기 들어가서 조 워드에게 말해라."

폴은 맨 꼭대기의 작은 사무실로 들어갔다.

"아빠를 찾는데요…… 런던에 가셔야 해요."

"네 아버지…… 지금 아래 있나…… 성함이 뭐냐?"

"모렐 씨예요."

"뭐라고? 월터? 무슨 일이 났니?"

"아빠가 런던으로 가셔야 해요."

그 남자는 전화기로 가서 굴 속의 사무실에 전화를 걸었다.

"월터 모렐을 찾고 있어…… 경층(硬層) 42호야…… 사고가 난 것 같아…… 아들이 여기 왔어."

그러고 나서 그는 폴에게 돌아섰다.

"몇 분 후면 올라올 거야." 그가 말했다.

폴은 탄광 입구로 어슬렁거리며 갔다. 그는 승강기가 석탄을 담은 광차(鑛車)를 싣고 올라오는 것을 바라보았다. 거대한 철제 새장이 받침대에 멈추고 석탄이 찬 탄차(炭車)가 나오고 대신 빈 탄차가 실렸다. 어디선가 벨이 울리고 승강기는 조금 올라갔다가 돌처럼 떨어졌다.

폴은 윌리엄이 죽었다는 사실을 실감할 수 없었다. 이렇게 분주하게 일들이 진행되고 있는데 그건 불가능했다. 탄차를 끌어내는 사람이 작은 탄차를 돌려 회전대에 올려놓았고 다른 사람이 그것을 밀고 둑 위의 굴곡진 선로로 달렸다. '윌리엄이 죽었고 엄마는 런던에 있다. 엄마가 무슨 일을 하고 계실까?' 소년은 그것이 수수께끼인 것처럼 자신에게 물었다.

그는 계속해서 승강기가 올라오는 것을 지켜보았지만 여전히 아버지는 올라오지 않았다. 마침내 탄차 옆에 한 남자의 형체가 서 있었다! 승강기가 받침대에 멈추었고 모렐이 걸어나왔다. 그는 사고를 당한 후 약간 절룩거렸다.

"폴 아니냐! ……윌리엄이 더 아프다던?"

"아빠가 런던으로 가셔야 해요."

두 사람은 탄광 둑을 벗어나 걸어갔다. 사람들이 궁금한 듯이 그들을 바라보았다. 그들은 밖으로 나와 철로를 따라갔다. 한편에는 화창한 가을의 들판이 있었고 다른 편에는 화차가 늘어서 있었다. 모렐이 겁에 질린 목소리로 말했다.

"결코 죽지는 않았겠지, 애야?"

"죽었어요."

"언제였냐?"

광부의 목소리는 공포에 질려 있었다.

"어젯밤이에요…… 엄마가 보낸 전보를 받았어요."

모렐은 몇 발자국 걷다가 손으로 눈을 가리고 트럭 옆에 기대섰다. 그는 울고 있지는 않았다. 폴은 주위를 돌아보며 서서 기다렸다. 무게를 측정하는 기계 위로 화차가 천천히 굴러갔다. 폴은 아버지가 피곤한 것처럼 화차에 기대어 서 있는 것을 제외하고는 모든 것을 보았다.

모렐은 과거에 단 한 번 런던에 가 본 적이 있었다. 그는 겁에 질리고 수척한 상태에서 아내를 도우러 출발했다. 그것은 화요일이었다. 아이들은 집에 홀로 남았다. 폴은 일하러 가고 아서는 학교로 가고 애니는 함께 있을 친구를 불렀다.

토요일 밤에 케스턴으로부터 집으로 오면서 모퉁이를 돌다가 폴은 레슬리 브리지 역에서 나오는 어머니와 아버지를 보았다. 그들은 어둠 속에서 피곤한 모습으로 서로 떨어져서 말없이 걸어가고 있었다. 소년은 기다렸다.

"엄마!" 그가 어둠 속에서 말했다.

모렐 부인이 듣지 못한 듯 그녀의 작은 몸은 아무런 반응도 보이지 않았다. 그는 다시 불렀다.

"폴!" 그녀가 무관심하게 말했다. 그녀는 그가 키스하도록 했지만 그의 존재를 인식하지 못하는 것 같았다.

집으로 와서도 그녀는 마찬가지였다. 작고 창백하고 말이 없었다. 그녀는 아무것에도 주의를 기울이지 않았고 아무 말도 하지 않았다. 단지 이 말만 했다.

"관이 오늘 밤 이리로 올 거예요, 월터. 도와줄 사람들을 찾아보는 게 좋을 거예요." 그러고 나서 아이들을 향했다. "윌리엄을 집으로 데려오기로 했다."

그리고 그녀는 조금 전과 마찬가지로 손을 무릎에 놓고서 말없이 허공을 보고 있었다. 폴은 그녀를 바라보면서 숨이 막히는 것을 느꼈다. 집안은 죽은 듯이 침묵에 싸였다.

"전 일하러 갔었어요." 그가 애처롭게 말했다.

"그랬니." 그녀가 무감각하게 말했다.

30분 후에 모렐이 불안해하고 당황해하면서 다시 들어왔다.

"관이 오면 어디에 놓지?" 그가 아내에게 물었다.

"앞쪽 방에요."

"그러면 식탁을 치우는 게 낫겠군."

"그래요."

"의자들 위에 놓을까?"

"당신이 알잖아요…… 그래요…… 그렇게 해요."

모렐과 폴은 촛불을 들고 응접실로 갔다. 거기에는 가스등이 없었다. 아버지는 나사를 풀어 큰 타원형의 마호가니 식탁의 윗부분을 떼어 내고 방 가운데를 치웠다. 그러고 나서 관을 놓을 수 있게 의자 여섯 개를 서로 마주 보게 놓았다.

"그 녀석처럼 키 큰 사람은 없을 거야!" 일을 하면서 불안하게 바라보며 광부가 말했다.

폴은 내민 창문으로 가서 밖을 내다보았다. 물푸레나무가 넓은 어둠 속에 괴물처럼 검게 서 있었다. 희미하게 달이 밝은 밤이었다. 폴은 어머니에게 돌아갔다.

10시에 모렐이 소리를 질렀다.

"관이 도착했어!"

전 식구가 일어났다. 앞문의 빗장을 따고 자물쇠를 여는 시끄러운 소리가 나고 문이 밤으로부터 방으로 바로 훤하게 열렸다.

"촛불을 하나 더 가지고 오너라." 모렐이 외쳤다.

애니와 아서가 나갔다. 폴은 어머니와 함께 뒤따랐다. 그는 현관 안쪽에서 팔을 그녀의 허리에 감고 서 있었다. 치운 거실 중앙에 여섯 개의 의자가 서로 마주 보며 기다리고 있었다. 창가에 레이스를 단 커튼 앞에 아서가 촛불을 들고 서 있었다. 그리고 열린 문 곁에는 밤을 등지고 애니가 몸을 앞으로 숙이고 번쩍거리는 놋쇠 촛대를 들고 서 있었다.

바퀴 소리가 시끄럽게 들렸다. 바깥의 어둠 속에서 아래쪽 길에 폴은 말들과 검은 마차와 등불과 창백한 얼굴들을 볼 수 있었다. 그리고 광부 몇 사람이 모두 셔츠 바람으로 힘을 쓰는 모습이 희미하게 보였다. 이윽고 두 사람이 엄청난 무게 때문에 몸을 굽히고 나타났다. 모렐과 그의 이웃이었다.

"천천히!" 모렐이 숨을 헐떡이며 외쳤다.

그와 그의 동료는 가파른 뜰 층계를 올라와 촛불에 모습을 드러냈다. 관의 끝이 빛났다. 뒤편에서 애쓰는 다른 사람들의 팔다리가 보였다. 앞에 선 모렐과 번즈가 비틀거렸다. 크고 검은 관이 흔들렸다.

"천천히, 천천히!" 모렐이 고통스러운 듯이 소리를 질렀다.

관을 든 여섯 사람이 거대한 관을 높이 들고 모두 작은 뜰로 올라섰다. 현관문까지는 세 계단이 더 남아 있었다. 마차의 노란 등불이 홀로 검은 길을 비추고 있었다.

"자 이리로!" 모렐이 말했다.

관이 흔들렸다. 사람들이 관을 들고 세 계단을 올라오기 시작했다. 애니의 촛불이 깜빡거렸고 그녀는 앞에 선 두 사람이 나타나자 훌쩍거렸다. 그리고 여섯 사람의 팔다리와 수그린 머리가 그들의 살아 있는 육체에 슬픔처럼 얹혀 있는 관을 메고 힘들게 집으로 들어왔다.

"오 내 아들! 내 아들!" 모렐 부인이 연약하게 노래하듯 말했다. 그리고 사람들이 올라오면서 발이 맞지 않아 관이 흔들릴 때마다 되풀이했다.

"오 내 아들······ 내 아들······ 내 아들!"

"엄마!" 폴이 그녀의 허리를 안고 훌쩍거렸다. "엄마!"

그녀는 듣지 못했다.

"오 내 아들, 내 아들!" 그녀는 반복했다.

폴은 아버지의 이마에서 땀방울이 떨어지는 것을 보았다. 여섯 남자가 방으로 들어왔다. 그들은 웃옷을 입지 않았으며, 비틀거리고 팔다리에 힘을 주면서 방안을 채우고 가구에 부딪치기도 했다. 그들은 관의 방향을 바꾸어 의자에 조용히 내려놓았다. 땀이 모렐의 얼굴에서 관으로 떨어졌다.

"정말 무겁군!" 한 사람이 말했다. 그리고 다섯 명의 광부들은 한숨을 내쉬고 머리를 숙이고 너무 힘쓴 탓에 몸을 떨면서 문을 닫고 다시 계단을 내려갔다.

가족들만 윤이 나는 큰 관과 함께 거실에 남았다. 윌리엄은 관 속에 눕히니까 1미터 90센티미터나 됐다. 밝은 갈색의 육중한 관이 기념비처럼 놓여 있었다. 폴은 그것을 다시 거실

바깥으로 내가는 일은 결코 없을 것이라고 생각했다. 그의 어머니는 윤이 나는 관을 쓰다듬고 있었다.

그들은 월요일에 그를 들판 너머 큰 교회와 집들을 굽어보는 언덕 위의 작은 공동묘지에 묻었다. 날씨는 화창하고 따뜻했고 흰 국화가 장식하듯 피어 있었다.

그 이후 모렐 부인은 아무리 설득을 해도 말을 하거나 삶에 대해 이전처럼 밝게 관심을 가지려고 하지 않았다. 그녀는 말없이 지냈다. 집으로 돌아오는 동안 기차 속에서 그녀는 내내 자신에게 말했었다. "내가 죽었더라면 얼마나 좋았을까."

폴이 밤에 집에 왔을 때 그는 어머니가 일을 끝내고 거친 앞치마로 덮인 무릎 위에 두 손을 포개고 앉아 있는 모습을 보았다. 과거에 그녀는 언제나 옷을 갈아입고 검은 앞치마를 두르고 있었다. 이제 애니가 저녁을 차렸고 어머니는 입을 꼭 다물고 앞만 멍하게 보며 앉아 있었다. 그러면 그는 그녀에게 이야기할 뉴스거리를 머리에서 짜냈다.

"엄마, 조던 양이 오늘 회사로 와서 탄광의 작업을 그린 내 스케치가 아름답다고 했어요."

그러나 모렐 부인은 아무런 관심이 없었다. 밤마다 그는 그녀가 듣지 않았지만 억지로 그녀에게 여러 가지를 이야기했다. 이러한 그녀의 반응은 그를 거의 미칠 지경으로 몰고 갔다. 마침내 그가 물었다.

"엄마, 무슨 일이에요?" 그녀는 듣지 않았다.

"엄마, 무슨 일이에요?" 그가 다시 말했다. "엄마, 무슨 일이에요?"

"무슨 일인지 알고 있지 않느냐." 그녀는 성마르게 말하고 고개를 돌렸다.

소년은, 그는 열여섯 살이었는데, 쓸쓸하게 자러 갔다. 그는 차단되었고 10월, 11월 ,12월 내내 비참했다. 그의 어머니는 애썼지만 기운을 낼 수 없었다. 그녀는 죽은 아들에 대해서만 생각할 수 있었다. 그는 그렇게 비참하게 죽도록 내버려졌다.

마침내 12월 23일에 크리스마스 축하금 5실링을 주머니에 넣고 폴은 생각 없이 집으로 왔다. 어머니가 그를 바라보았고 그의 심장은 멈추어 섰다.

"무슨 일이냐?" 그녀가 물었다.

"몸이 좋지 않아요, 엄마!" 그가 대답했다. "조던 씨가 크리스마스 축하금으로 5실링을 주었어요."

그는 그것을 그녀에게 떨리는 손으로 건네주었다. 그녀는 그것을 식탁에 놓았다.

"엄마는 기쁘지 않군요." 그가 그녀를 비난했다.

그러나 그는 심하게 몸을 떨고 있었다.

"어디가 아프니?" 그의 외투 단추를 풀어 주면서 그녀가 말했다.

그것은 과거에 늘 듣던 말이었다.

"몸이 아파요, 엄마."

그녀는 그의 옷을 벗기고 침대에 눕혔다. 그는 폐렴에 걸렸다. 위험하다고 의사가 말했다.

"얘를 집에 두고 노팅엄에 보내지 않았다면 폐렴에 걸리지 않았을까요?" 이것이 그녀가 처음 물어본 여러 가지 질문 가운데 하나였다.

"그렇게 심하지는 않았을 거예요." 의사가 말했다.

모렐 부인은 자기가 벌을 받고 있다고 느꼈다.

"난 죽은 자식이 아니라 살아 있는 자식을 돌보아야 했는데." 그녀는 자신에게 말했다.

폴은 심하게 앓았다. 그의 어머니는 밤마다 그와 함께 잤다. 그들은 간호사를 둘 수 없었다. 그는 상태가 악화되었고 위기가 다가왔다. 어느 날 밤 그는 몸이 분해되는 소름끼치고 메스꺼운 느낌 속에서 잠시 의식이 들었다. 몸의 모든 세포가 격렬하고 예민하게 부수어지는 것 같고 의식이 마지막 불꽃처럼 미친 듯이 투쟁을 했다.

"전 죽을 거예요, 엄마!" 그가 베개 위에서 숨이 차서 헐떡이며 울부짖었다.

그녀는 그를 안아 일으키고 작은 목소리로 울부짖었다.

"오, 내 아들, 내 아들!"

그 말이 그의 정신을 들게 했다. 그는 그녀를 알아보았다. 그의 전 의지가 솟아올라 그를 사로잡았다. 그는 머리를 그녀의 가슴에 묻고 사랑을 느끼며 편히 쉬었다.

"어떤 면에서는……." 그의 이모가 말했다. "폴이 그해 크리스마스 때 앓았던 것이 다행스러운 일이었어. 난 그것이 그의 엄마를 구했다고 믿어."

폴은 칠 주 동안 침대에 누워 있었다. 그는 일어났지만 창백하고 쇠약해졌다. 그의 아버지는 그에게 진홍색과 황금색 튤립 화분을 사 주었다. 그가 소파에서 그의 어머니와 가벼운

이야기를 하며 앉아 있을 때 그 꽃이 3월의 햇빛을 받으며 창가에서 타는 듯이 피었다. 두 사람은 완벽한 친밀감을 느끼며 결합되었다. 모렐 부인의 삶은 이제 폴 속으로 뿌리를 내렸다.

윌리엄은 예언자였다. 모렐 부인은 크리스마스 때 릴리로부터 작은 선물과 편지를 받았다. 모렐 부인의 언니는 새해에 편지를 받았다.

'전 어젯밤 무도회에 갔어요. 재미있는 사람들이 여러 명 거기 있었고 저는 아주 즐거웠어요.' 편지에서 그녀가 말했다. '전 한 번도 춤을 빠뜨리지 않았어요…… 한 번도 그냥 앉아 있지 않았어요……'

모렐 부인은 그녀의 소식을 더 이상 듣지 못했다.

모렐과 그의 아내는 아들이 죽은 후 얼마 동안 서로에게 너그러웠다. 그는 자주 망연자실한 상태에 빠져 눈을 크게 뜨고 멍하게 거실 건너편을 응시했다. 그러다가 정상 상태로 돌아와 갑자기 일어나서 바깥으로 나가 급하게 술집 '스리 스포츠'로 갔다. 그러나 그는 살아 있는 동안 결코 그의 아들이 한때 일했던 사무실을 지나 쉐프스톤까지 산책을 하려고 하지 않았고, 언제나 묘지를 피했다.

2부
(상)

7 소년과 소녀의 사랑

폴은 가을에 윌리 농장까지 여러 번 갔다 왔다. 그는 어린 두 소년과 친구가 되었다. 나이가 많은 에드가는 처음에는 상대해 주려고 하지 않았다. 그리고 미리엄 또한 접근을 거부했다. 그녀는 남동생과 오빠에 의해 무시당하는 것만큼 그에 의해 무시당하는 것을 두려워했다. 그녀는 기질적으로 낭만적이었다. 그녀의 마음속에는 투구를 쓰거나 모자에 깃털을 꽂고 있는 남자들에게 사랑받는 월터 스콧의 여주인공이 도처에 있었다. 그녀 자신은 돼지 돌보는 소녀로 변신한 공주쯤 된다고 상상했다. 그녀에게 폴은 월터 스콧의 작품에 등장하는 일종의 영웅처럼 보였다. 그리고 그림을 그리고 불어를 말할 줄 알며 대수의 의미를 알고 노팅엄으로 매일 기차로 통근하는 이 소년이 자기를 단지 돼지치기 소녀로만 여기고 그 속의 공주를 인식하지 못하지 않을까 우려했다. 그래서 그녀는 고고한 태도를 취했다.

그녀는 주로 자기 어머니와 함께 있었다. 두 사람은 모두 눈이 갈색이고 신비주의적인 성향이 있었다. 가슴속에 종교를 소중히 여기고 그것을 코로 호흡하며 삶 전체를 그 종교의 안개 속에서 파악하는 그런 여자들이었다. 따라서 미리엄에게 그리스도와 신은 하나의 거대한 존재였으며 장엄한 저녁놀이 서쪽 하늘을 불태울 때면 그녀는 몸을 떨면서 열정적으로 이 존재를 사랑했다. 아침 햇빛에 나뭇잎이 바스락거릴 때에는 스콧의 작품에 등장하는 에디스, 루시, 로웬나, 브라이언드 부아 길버트, 롭 로이스와 기 매너링 등과 같은 인물들을 생각했다. 또는 눈이 올 때에는 자기 침실에 높이 홀로 앉아 있었다. 그러한 것이 그녀에게는 삶이었다. 나머지 시간에 그녀는 집안일을 꾸준히 했다. 그녀가 붉은 마루를 깨끗이 닦아 놓자마자 그녀의 남동생과 오빠가 농장의 부츠 바람으로 밟아서 더럽히지 않았다면 집안일에 개의치 않았을 것이다. 그녀는 어린 네 살짜리 남동생을 사랑했고 미칠 듯이 그를 숨이 막히도록 꼭 껴안고 싶어했다. 그녀는 고개를 숙이고 경건하게 예배 드리러 갔으며 다른 합창단 소녀들의 속물스러움과 부목사의 평범한 목소리에 고통스러워 몸을 떨었다. 그녀는 남자 형제들을 짐승 같은 시골뜨기로 여겼고 그들과 늘 싸웠다. 그리고 그녀는 아버지를 그렇게 존경하지 않았다. 그는 신비스러운 이상을 가슴에 소중하게 간직하지 않고 단지 가능한 한 시간을 편하게 보내고 싶어 하는 사람이었기 때문이다.

식사만 하더라도 그는 자기가 준비되었을 때 먹기를 원했다.

그녀는 돼지치기 소녀로서의 자신의 처지를 증오했다. 그녀는 높이 평가받기를 원했다. 그녀는 뭔가를 배우고 싶었다. 폴이 프로스페르 메리메의 단편 「콜롱바(Colomba)」나 메스트르의 수필 『내 방 주위로의 항해(Voyage Autour de ma Chambre)』를 읽을 수 있다고 말하듯이 자기가 그런 책들을 읽을 수 있다면 세상이 다르게 보이고 그 경이로움을 심화시킬 수 있을 것이라 생각했다. 그녀는 부나 지위로 공주가 될 수 없었다. 그래서 그녀는 자신을 과시하기 위해 학식을 갖추기를 갈망했다. 왜냐하면 그녀는 다른 사람들과 다르며 평범한 사람들과 같이 분류될 수는 없었다. 다른 사람과 구별되기 위해 자기가 추구해야 한다고 생각한 유일한 길은 지식이었다.

수줍어하고 야성적이며 떨듯이 예민한 여자아이의 아름다움을 지닌 그녀는 자신의 아름다움을 아무것도 아닌 것으로 여겼다. 환희를 열렬하게 원하는 그녀의 영혼조차 충분하지 않았다. 그녀는 다른 사람과 다르다고 느꼈기 때문에 자기의 자부심을 강화시켜 줄 무엇인가를 지녀야 했다. 그녀는 폴을 약간 동경하며 바라보았다. 대체로 그녀는 남성을 경멸했다. 그러나 여기 새로운 종(種)이 나타났다. 그는 날렵하고 경쾌하고 우아하며 점잖을 수 있고 슬퍼할 수 있으며 똑똑하고 아는 것이 많으며 가족의 죽음을 겪었다. 그 소년의 지식은 하찮은 것이었지만 그녀의 눈에 그는 거의 하늘처럼 보였다. 그렇지만 그는 그녀에게서 공주는 보지 못하고 돼지치기 소녀만 보려고 할 것이기 때문에 그녀는 그를 경멸하려고 열심히 노력했다.

사실 폴은 그녀에게 별로 주의를 기울이지 않았다.

그러다가 그는 심하게 앓았고 그녀는 그가 허약해질 것이라고 느꼈다. 그러면 그보다 더 강해질 것이다. 그러면 그를 사랑할 수 있을 것이다. 그가 약해진 상태에서 그의 애인이 되고 그를 돌보고 그가 의지할 수 있다면, 말하자면 그를 가슴에 품을 수 있다면 얼마나 그를 사랑할 것인가!

하늘이 맑아지고 자두꽃이 피자 바로 폴은 우유 배달부의 무거운 수레를 타고 윌리 농장으로 갔다. 마차가 아침의 신선한 공기 속으로 천천히 언덕을 올라오자 레이버스 씨는 소년에게 친절하게 소리를 지르고 말을 끌고 갔다. 봄이 되어 피어나는 언덕 뒤로 흰 구름이 몰려 흘러갔다. 아래쪽에는 네더미어 호의 물이 시든 초원과 가시나무와 대조적으로 매우 푸르게 보였다.

7킬로미터를 마차를 타고 왔다. 산울타리에는 구리의 녹색처럼 생생하게 작은 싹이 장미꽃 모양으로 돋아나고 개똥지빠귀가 노래하고 검은 새들이 날카로운 소리로 시끄럽게 울었다. 그것은 새롭고 매혹적인 세계였다.

미리엄은 부엌 창문을 내다보다가 말이 흰 대문을 지나 아직 잎이 나지 않은 오크나무 숲을 등진 농장의 뜰로 걸어오는 것을 보았다. 그리고 두꺼운 외투를 입은 소년이 내렸다. 그는 잘생긴 건장한 농부가 건네주는 채찍과 무릎 덮개를 받으려고 손을 위로 내밀었다.

미리엄이 현관에 나타났다. 그녀는 열여섯 살이 거의 다되었고, 온화하게 얼굴을 붉히고 갑자기 환희에 찬 듯 눈을 크게 뜬 그녀의 차분한 자태는 매우 아름다웠다.

"보니까." 폴이 수줍게 옆으로 몸을 돌리며 말했다. "수선화가 거의 피었어. 너무 이른 것 아냐? 추워 보이지 않아?"

"춥다고!" 미리엄이 음악적이며 애무하는 듯한 목소리로 말했다.

"새싹의 초록색이……" 그는 말을 더듬거리다가 수줍어하면서 입을 다물었다.

"내가 깔개를 들게." 미리엄이 지나칠 정도로 부드럽게 말했다.

"내가 들 수 있어." 그는 약간 기분이 상한 채 대답했다. 그러나 그는 그녀에게 그것을 넘겨주었다.

그때 레이버스 부인이 나타났다.

"너 틀림없이 피곤하고 추울 거야." 그녀가 말했다. "외투를 이리 줘. 그것 참 무겁구나…… 이걸 입고 멀리 걸으면 안 돼."

그녀는 그가 외투 벗는 것을 도와주었다. 그는 그러한 배려에 익숙하지 않았다. 그녀는 거의 외투의 무게 때문에 거의 질식할 뻔했다.

"웬일이오, 당신?" 레이버스 씨가 큰 우유 깡통을 흔들며 부엌을 지나다가 웃었다. "당신이 좀 무리를 하는 것 같구려." 그녀는 젊은이를 위해 소파의 쿠션을 털었다.

부엌은 매우 작고 정리가 되어 있지 않았다. 농장은 원래 여느 노동자의 집과 같았다. 가구는 오래되고 낡았다. 그러나 폴은 그것이 마음에 들었다. 그는 벽난로 깔개로 쓰는 부대자루와 계단 아래의 작고 묘한 구석, 그리고 그 구석 깊이 있는 작은 창문을 좋아했다. 그 창문에서 약간 몸을 굽히면 뒤뜰의 자두나무와 그 너머의 아름다운 둥근 언덕을 볼 수 있었다.

"좀 눕는 게 어때?" 레이버스 부인이 말했다.

"오, 아니에요…… 피곤하지 않아요." 그가 말했다. "밖으로 나오니 좋지 않아요? 자두꽃이 피고 애기똥풀꽃도 사방에 피어 있더군요. 날씨가 좋아서 기뻐요."

"뭘 좀 먹거나 마시지 않으련?"

"아뇨, 괜찮아요."

"어머니는 어떠시냐?"

"요즘 피곤하신 것 같아요…… 하셔야 할 일이 너무 많았어요. 얼마 있다 저와 함께 스케그니스 휴양지로 가실 거예요. 그러면 쉬실 수 있을 거고 그렇게 되면 좋겠어요."

"그래." 레이버스 부인이 대답했다. "네 엄마가 아프지 않는 것이 놀라운 일이지."

미리엄은 점심을 준비하느라 부산하게 움직였다. 폴은 이곳에서 일어나고 있는 일을 모두 지켜보았다. 그의 얼굴은 창백하고 여위었지만 그의 눈은 여느 때와 마찬가지로 빠르고 빛났다. 그는 큰 국 항아리를 화덕으로 들고 가거나 소스냄비를 들여다보는 등 그 소녀가 움직이는 이상하고 거의 신비스러운 방식을 지켜보았다. 모든 것이 매우 일상적으로 보이는 자기 집과는 분위기가 달랐다. 레이버스 씨가 바깥에서 정원의 장미 덤불을 먹으려고 다가가는 말에게 큰소리를 지르자 그녀는 깜짝 놀라서 무슨 일이 생겨 자신의 세계에 침입하는 것처럼 검은 눈으로 주위를 둘러보았다. 집안과 바깥에 고요한 느낌이 감돌았다. 미리엄은 환상적인 이야기에 나오는 속박받는 처녀처럼 그녀의 정신이 신비한 먼 나라를 꿈꾸는 듯이 보였다. 그리고 그녀의 색이 바랜 오래된 푸른색 드레스와 떨어진 부츠는 코페투아왕이 사랑한 거지 처녀의 낭만적인 누더기 옷처럼 보였을 뿐이었다.

그녀는 갑자기 자기를 향한 그의 예민한 푸른 눈이 그녀 전체를 빨아들이는 것을 의식했다. 즉시 떨어진 부츠와 낡고 닳은 드레스가 그녀의 마음을 상하게 했다. 그녀는 그가 모든 것을 보는 데 화가 났다. 그는 그녀의 스타킹이 끝까지 올려지지 않은 것도 알았다. 그녀는 식기실로 들어갔고 얼굴을 심하게 붉혔다. 그리고 나서 일을 하다 그녀의 손이 가볍게 떨려서 손대고 있던 물건을 모두 떨어뜨릴 뻔했다. 그녀의 내면의 꿈이 흔들릴 때 그녀의 몸도 동요로 떨렸다. 그녀는 그가 너무나 많이 보는 것에 화가 났다.

레이버스 부인은 할 일이 있었지만 한동안 젊은이와 앉아서 이야기를 했다. 그녀는 아주 예의 바른 사람이어서 그를 떠날 수 없었다. 이윽고 그녀는 양해를 구하고 일어났다. 잠시 후 그녀는 양철 소스 냄비를 들여다보았다.

"오, 미리엄." 그녀가 외쳤다. "감자를 너무 푹 삶았어!"

미리엄은 무엇에 찔린 듯 깜짝 놀랐다.

"정말이에요, 엄마!" 그녀가 외쳤다.

"너한테 믿고 맡겼는데, 미리엄." 그녀가 냄비를 자세히 들여다보았다.

미리엄은 한 대 맞은 듯이 굳어졌다. 그녀의 검은 눈이 커졌고 그 자리에 그냥 서 있었다.

"하지만." 그녀가 자의식적인 수치심에 사로잡혀 대답했다. "분명히 5분 전에 보았어요."

"그래." 어머니가 말했다. "감자는 쉽게 익는단다."

"많이 타지는 않았어요." 폴이 말했다. "별일 아니지요, 그렇죠?"

레이버스 부인은 기분이 상한, 갈색 눈으로 젊은이를 바라보았다.

"남자애들만 아니라면 문제가 없어." 그녀가 그에게 말했다. "감자가 탄 걸 알게 되면 애들이 어떤 난리를 칠지. 미리엄도 알지."

"그러면." 폴은 속으로 생각했다. "걔들이 야단을 부리지 못하게 하세요."

잠시 후 에드가가 들어왔다. 그는 각반을 신었고 그의 부츠는 흙투성이였다. 그는 농부치고는 다소 작고 다소 격식을 차렸다. 그는 폴을 한 번 바라보더니 쌀쌀하게 고개를 까닥하고 말했다.

"점심 다 됐어요?"

"거의 다 됐단다, 에드가." 어머니가 변명하듯이 대답했다.

"전 배고파요." 젊은이가 신문을 집어 들고 읽으면서 말했다. 곧 나머지 식구들이 몰려 들어왔다. 점심상이 차려졌다. 식사는 약간 사납게 진행되었다. 지나치게 부드럽고 변명하듯 말하는 어머니의 태도가 아들들에게서 사나운 몸가짐과 말투를 불러내었다. 에드가가 감자를 입에 넣고 맛을 보았다. 그는 입을 토끼처럼 빠르게 움직이다가 어머니를 성난 표정으로 바라보고 말했다.

"감자가 탔어요, 엄마!"

"그래, 에드가…… 내가 잠시 잊었단다. 감자를 먹을 수 없으면 빵을 먹는 게 어때?"

에드가는 화가 나서 건너편의 미리엄을 바라보았다.

"넌 무슨 일 하느라고 감자 하나 제대로 삶지 못했어?"

미리엄이 쳐다보았다. 그녀의 눈이 불타오르다가 사그러들고 그녀의 입이 열리다가 다물어졌다. 그녀는 분노와 수치심을 삼키고 검은 머리를 숙였다.

"저 애는 분명히 열심히 애썼다." 어머니가 말했다.

"감자 하나 제대로 삶을 줄 몰라요?" 에드가가 말했다. "쟤가 집에서 하는 일이 뭐예요?"

"식품 저장실에 남아 있는 걸 모두 먹어 치우는 일뿐이지." 모리스가 말했다.

"너희들이 우리 미리엄이 만든 감자파이를 잊지 못하는구나." 아버지가 웃었다. 미리엄은 철저히 모욕을 당했다. 어머니는 무지막지한 식탁에 어울리지 않는 일종의 성인처럼 고통을 겪으면서 말없이 앉아 있었다.

폴은 어리둥절했다. 감자 몇 알이 탔다고 해서 왜 이 모든 격렬한 감정이 흐르는지 그는 막연히 궁금했다. 그 어머니는 모든 것을, 심지어는 사소한 집안일도 종교적인 신념의 차원으로 높였다. 아들들은 이에 분개했다. 그들은 자신들이 무시당했다고 느꼈고 사납게 냉소적으로, 그리고 거만하게 반응을 보였다.

폴은 소년기에서 청년기로 막 넘어가고 있었다. 모든 것이 종교적인 가치를 띠는 이러한 분위기가 미묘한 매력을 지니고 그에게 다가왔다. 그 자신의 어머니는 논리적이었다. 이곳에는 무엇인가 다른 것, 그가 사랑했지만 이따금 증오하는 무언가가 있었다.

미리엄은 남자 형제들과 격렬하게 말다툼을 했다. 나중에 오후 늦게 그들이 집에서 다시 나가고 없을 때 그녀의 어머니가 말했다.

"너 점심 때 날 실망시켰어, 미리엄."

소녀는 고개를 떨구었다.

"그들은 형편없는 짐승들이에요!" 번쩍이는 눈으로 쳐다보면서 그녀가 갑자기 외쳤다.

"하지만 오빠들에게 대들지 않기로 약속하지 않았니?" 어머니가 말했다. "그리고 난 널 믿었다. 네가 말다툼을 하면 난 참을 수 없어."

"하지만 그들이 너무나 미워요!" 미리엄이 외쳤다. "그리고…… 그리고 수준이 낮아요."

"그래, 얘야. 하지만 에드가에게 말대답하지 말라고 얼마나 자주 얘기해야 알겠니. 오빠가 하고 싶은 대로 말하도록 내버려 둘 수 없니?"

"그렇지만 오빠는 왜 하고 싶은 대로 말을 해야 하나요?"

"날 위해서라도, 미리엄. 넌 그걸 견딜 만큼 강하잖아. 너무 약해서 그들과 다퉈야겠니."

레이버스 부인은 단호하게 이 '다른 뺨'의 원칙을 고수했다. 그녀는 그것을 아들들에게는 주입시킬 수 없었다. 딸들에게는 어느 정도 성공을 거두었고 미리엄은 그녀의 가슴속의 자식이었다. 아들들은 다른 뺨을 자기들에게 내밀면 그것을 싫어했다. 미리엄은 종종 충분히 고상하게 뺨을 내밀 수 있었다. 그러면 그들은 그녀에게 침을 뱉고 그녀를 증오했다. 그러나 그녀는 자신의 겸손 속에서 자랑스럽게 걸었고 자신의 내부 속에서 살았다.

레이버스 집안에는 언제나 이러한 다툼과 갈등의 분위기가 흐르고 있었다. 소년들은 체념과 자랑스러운 겸손의 깊은 감정에 끝없이 호소하는 것에 몹시 화를 냈지만 그것은 분명 그들에게 영향을 미쳤다. 그들은 자신들과 외부의 사람들 간에 일반적인 인간적 감정과 과장되지 않은 우정을 확립하지 못했다. 그들은 언제나 더욱더 깊은 것을 찾아 헤맸다. 보통 사람들은 그들에게 얕고, 보잘것없고 하찮게 보였다. 그래서 그들은 가장 단순한 인간관계에도 익숙하지 못하고 고통스러울 정도로 서툴고 어려움을 겪었으며 그럼에도 불구하고 우월감을 느끼며 오만했다. 그리하여 그들이 너무나 둔감했기 때문에 도달할 수 없는 영혼의 친밀함을 마음속 깊은 곳에서 동경했다. 그리고 그들은 다른 사람을 무시했기 때문에 그들이 친밀한 관계를 맺고자 했지만 그 시도는 모두 실패했다. 그들은 진정으로 친밀한 관계를 원했지만 첫 단계를 밟는 것을 조롱했고 보통의 인간적 교류의 한 부분인 사소한 일을 조롱했기 때문에 어느 누구에게도 정상적으로조차 가까이 다가갈 수 없었다.

폴은 레이버스 부인의 매력에 빠졌다. 그녀와 함께 있으면 모든 것이 종교적이고 강렬한 의미를 가졌다. 상처 입고 매우 발달한 그의 영혼은 자양분을 추구하듯이 그녀를 찾았다. 그들은 경험으로부터 핵심적인 사실을 함께 걸러 내는 것 같 았다.

미리엄은 그 어머니의 딸이었다. 오후의 햇빛 속에서 어머 니와 딸은 그와 함께 들판으로 내려갔다. 그들은 새 둥지를 찾 았다. 과수원 근처의 산울타리에 굴뚝새의 둥지가 있었다.

"난 정말 이것을 네게 보여 주고 싶어." 레이버스 부인이 말 했다.

그는 몸을 구부리고 조심스럽게 자기 손가락을 가시 속에 있는 둥지의 둥근 문으로 넣었다.

"마치 살아 있는 새의 몸 속을 느끼는 것과 비슷해요." 그 가 말했다. "아주 따뜻해요. 새가 가슴으로 둥지를 눌러 그것 을 컵처럼 둥글게 만든다고 들었어요. 그런데 어떻게 천장을 둥글게 만드는지 궁금해요." 두 여자에게 새 둥지는 생명을 갖 기 시작한 것처럼 보였다. 그날 이후 미리엄은 매일 그것을 보 러 왔다. 그것은 그녀에게 너무나 가깝게 여겨졌다. 그녀 옆에 서 함께 산울타리를 따라가면서 그는 조가비 모양으로 금이 튀어 만들어진 것 같은 애기똥풀을 도랑 가에서 보았다.

"난 애기똥풀의 꽃잎이 햇빛을 받아 활짝 피어 뒤로 평평 하게 넘어갈 때가 좋아. 마치 태양에 가까이 다가가려고 하 는 것 같아." 폴이 말했다. 그 이후 애기똥풀은 작은 매력을 지니고 그녀의 마음을 끌었다. 그녀는 자연을 인격화시켜 보았고 그녀의 이러한 경향은 폴을 자극하여 사물을 그런 방식으로 인식하게 만들었고 그러고 나서 그것은 그녀를 위해 존재했다. 그녀는 사물을 인식했다고 느끼기 전에 그것을 상상력이나 영혼 속에서 불태울 필요가 있는 것 같았다. 그리고 그녀는 종교적인 치열함 속에서 일상생활과 차단되어 있었다. 이러한 치열함으로 인해 세상은 그녀에게 수녀원의 정원이나 일종의 낙원이 되었고 그 속에서 죄와 지식은 추하고 잔인한 것이 아니었다.

그래서 바로 이러한 섬세하고 친밀한 분위기에서, 자연 속의 어떤 사물에 대해 공유하는 감정 속에서 그들의 사랑이 시작되었다.

개인적으로 그가 그녀의 존재를 깨닫기까지는 많은 시간이 지났다. 그는 앓고 난 후 십 개월 동안 집에 있어야 했다. 얼마 동안 그는 어머니와 함께 스케그니스에 갔고 완벽하게 행복했다. 그러나 해변가에서도 그는 레이버스 부인에게 해변과 바다에 대하여 긴 편지를 여러 번 보냈다. 그리고 그는 평평한 링컨 해안을 그린 소중한 스케치들을 그들에게 보여주고 싶어 가지고 갔다. 어머니보다 레이버스 씨 가족이 더 그 스케치에 관심을 보였다고 말해도 좋을 정도였다. 모렐 부인이 관심을 가졌던 것은 그의 예술이 아니라 그 자신이었고 그가 실질적으로 성취한 것이었다. 그러나 레이버스 부인과 그녀의 자식들은 거의 그의 제자가 되었다. 그의 어머니의 영향으로 폴은 조용히 결심을 하고 참고 끈덕지고 끈기 있게 된 반면에 그들은 그를 자극했고 그가 자신의 작업에서 달아오르게 했다.

그는 곧 소년들과 친구가 되었고 그들의 무례함은 표면적인 것일 뿐이었다. 신뢰할 수 있었을 때 그들은 모두 묘하게 부드럽고 매력적이었다.

"놀리는 밭에 가 보지 않겠어?" 다소 주저하며 에드가가 물었다. 폴은 즐겁게 같이 가서 괭이질을 하거나 무를 뽑으며 그의 친구를 도우면서 오후를 보냈다. 그는 헛간에 쌓인 건초 위에서 삼형제와 함께 누워서 그들에게 노팅엄과 조던사에 관해 이야기를 해 주곤 했다. 그 대신 그들은 그에게 어떻게 우유를 짜는지 가르쳐 주었고 그가 하고 싶은 양만큼 건초를 자르거나 무 잎을 제거하는 등 사소한 일을 하도록 했다. 한여름 건초 수확기 내내 그들과 함께 일했고 그러는 동안 그들을 사랑했다. 실제 레이버스 씨 가족은 세상과 완전히 차단되어 있었다. 그들은 어딘지 '멸종되어 가는 종족의 마지막 후예들' 같았다. 그들은 힘이 세고 건강했지만 모두 과민하고 망설이는 성향이 있었다. 이러한 성향이 그들은 매우 외롭게 만들었지만 일단 그들과 친밀해지면 그들은 매우 가깝고 섬세한 친구가 되었다. 폴은 그들을 깊이 사랑했고 그들도 그를 깊이 사랑했다.

미리엄은 나중에 그의 마음으로 들어왔다. 그러나 그녀가 그의 삶에 자국을 내기 전에 그가 그녀의 삶 속으로 먼저 들어갔다. 어느 지루한 오후 남자들은 들에서 일하고 나머지는 학교에 가고 집에는 미리엄과 그녀의 어머니만 있을 때 그녀가 얼마간 망설이다가 그에게 말했다.

"너 그네를 봤어?"

"아니." 그가 대답했다. "어디에 있는데?"

"외양간에." 그녀가 대답했다.

그녀는 그에게 어떤 것을 제안하거나 보여줄 때 언제나 망설였다. 남자들은 가치 기준이 여자들과 너무나 달랐고 그녀에게 소중한 것들, 그녀에게 귀중한 것들을 그녀의 남자 형제들은 너무나 종종 조롱하거나 모욕했기 때문이었다.

"그래, 가자." 그가 일어나면서 말했다.

헛간 양쪽에 각각 하나씩 외양간은 둘이 있었다. 낮고 어두운 외양간에는 소 네 마리가 서 있을 자리가 있었다. 두 사람은 머리 위의 어두운 들보에 매달려 내려와 벽의 못에 걸쳐져 있는 매우 두꺼운 밧줄을 잡으러 앞으로 나가자 암탉들이 여물통 벽 위로 꾸짖듯이 울면서 날아갔다.

"이건 밧줄 같은 거구나!" 그가 진가를 아는 듯이 외쳤다. 그리고 한번 타 보고 싶어 거기에 앉았다. 그러다가 그는 즉각 일어났다.

"이리 와서 먼저 한번 타 봐." 그가 그녀에게 말했다.

"봐." 그녀가 헛간으로 들어가며 대답했다. "우리 그네 탈 자리에 부대를 좀 깔아 놓았어." 그리고 그녀는 그가 편하도록 그네에 앉을 자리를 만들었다. 그렇게 하는 것이 그녀에게 즐거움을 주었다. 그가 밧줄을 잡았다.

"먼저 타 봐." 그가 그녀에게 말했다.

"아냐, 난 먼저 타지 않을 거야." 그녀가 대답했다.

그녀는 그녀 특유의 조용하고, 초연한 태도로 비켜섰다.

"왜?"

"네가 먼저 타." 그녀가 애원하듯 말했다.

그녀의 삶에서 거의 처음으로 그녀는 남자에게 양보하는, 남자의 기분을 좋게 하는 일에 즐거움을 느꼈다. 폴은 그녀를 바라보았다.

"좋아." 그가 앉으면서 말했다. "비켜!"

그는 발로 힘차게 한 번 찼고 공중을 날아가 거의 외양간 문 밖으로 나갈 뻔했다. 그 문은 위쪽이 반쯤 열려 있어 바깥에서 내리는 보슬비, 더러운 뜰, 컴컴한 마차 헛간을 배경으로 우울하게 서 있는 소 떼, 그리고 이 모든 것 뒤에 잿빛 녹색의 숲이 보였다. 그녀는 큰 진홍색 모자를 쓰고 아래 서서 지켜보았다. 그는 그녀를 내려다보았고 그녀는 그의 푸른 눈이 반짝이는 것을 보았다.

"재미있는 그네구나." 그가 말했다.

"그래."

그는 움직이는 즐거움으로 급강하하는 새처럼 그의 몸의 모든 부분을 흔들면서 공중에서 그네를 탔다. 그리고 그는 그녀를 내려다보았다. 그녀의 진홍색 모자가 검은 곱슬머리 위에 놓여 있었고, 생각에 잠긴 듯 아주 조용하고, 아름답고 온화한 얼굴로 그를 쳐다보고 있었다. 외양간은 어둡고 다소 추웠다. 갑자기 높은 지붕에서 제비가 내려와서 문 밖으로 쏜살같이 나갔다.

"새가 바라보고 있는 줄 몰랐어." 그가 큰소리로 말했다.

그는 별 생각 없이 아무렇게나 그네를 탔다. 그녀는 그가 어떤 힘 위에 있는 것처럼 공중을 오르락 내리락 하는 것을 느낄 수 있었다.

"이제 난 죽을 거야." 그가 죽어 가는 그네 자체인 것처럼 초연하고 꿈꾸는 듯한 목소리로 말했다. 그녀는 매료된 채 그를 지켜보았다. 갑자기 그가 그네를 멈추고 뛰어내렸다.

"아주 오래 탔어." 그가 말했다. "하지만 훌륭한 그네야. 정말 훌륭한 그네야!"

미리엄은 그가 그네를 그렇게 진지하게 여기는 것이 즐거웠고 그래서 마음이 매우 따뜻해졌다.

"아니, 네가 계속 타."

"왜…… 넌 타고 싶지 않니?" 그가 놀라서 물었다

"글쎄…… 그렇게 타고 싶지는 않아. 그냥 잠깐만 탈게."

그가 그녀를 위해 앉을 자리에 깔개를 잡고 있었고 그녀가 거기 앉았다.

"아주 멋진 그네야." 그가 그네를 움직이며 말했다. "앞으로 나갈 때 발뒤꿈치를 위로 해. 그러지 않으면 발꿈치가 여물통 벽에 부딪힐 거야."

그녀는 그가 꼭 알맞은 순간에 정확하게 자기를 잡고 꼭 적당한 힘으로 미는 것을 느꼈다. 그리고 그녀는 무서웠다. 그녀의 뱃속 아래쪽으로 뜨거운 공포의 물결이 지나갔다. 그녀는 그의 손안에 있었다. 다시 정확한 순간에 변함없이 확고하게 그가 밀었다. 그녀는 거의 졸도하다시피 그넷줄을 붙들었다.

"하!" 그녀는 공포에 싸여 웃었다. "더 높이지 마!"

"하지만 넌 조금도 높이 있지 않아." 그가 항의했다.

"그렇지만 더 높이 밀지 마."

그는 두려움에 질린 그녀의 목소리를 듣고 더 세게 밀지 않았다. 그가 그녀를 다시 앞으로 밀 순간이 왔을 때 그녀의 가슴은 뜨거운 고통 속으로 녹아들었다. 그러나 그는 그녀를 내버려두었다. 그녀는 숨을 쉬기 시작했다.

"너 더 이상 안 올라갈 거니?" 그가 물었다. "지금 거기까지만 올라가게 밀까?"

"아니, 내가 혼자서 할게." 그녀가 대답했다.

그는 옆으로 비켜서서 그녀를 지켜보았다.

"아니, 거의 움직이지 않잖아." 그가 말했다.

그녀는 수치심으로 말없이 웃었고 잠시 후에 내려왔다.

"그네를 탈 줄 알면 뱃멀미를 하지 않는다고 사람들이 말하지." 그가 다시 그네로 올라가면서 말했다. "난 결코 뱃멀미를 하지 않을 거야."

폴은 멀리 날아갔다. 미리엄에게 있어서 폴에게는 매력적인 무엇인가가 있었다. 그 순간 그는 흔들리는 한 조각일 뿐이었고 그에게서 흔들리지 않는 부분은 아무것도 없었다. 그녀는 그렇게 열중할 수 없었고 그녀의 남자 형제들도 마찬가지였다. 그것은 그녀의 내부에 따뜻함을 불러일으켰다. 공중에서 그네를 타는 동안 그는 그녀의 마음속에 있는 따뜻함에 불을 붙인 불꽃인 것 같았다.

그리고 폴이 레이버스 씨 가족에게 느끼는 친밀감은 점차 어머니, 에드가, 그리고 미리엄 세 사람에게 집중되었다. 그 어머니에게 그는 자기를 끌어내는 것처럼 보이는 공감과 호소력에 끌렸다. 에드가는 매우 친한 친구였다. 그리고 미리엄은 너무 겸손해 보여서 그녀에게 그는 다소 자기를 낮추어야 했다.

그러나 미리엄은 점점 그를 찾았다. 그가 스케치북을 가지고 오면 마지막 그림을 오랫동안 보는 사람은 그녀였다. 그러고 나서 그녀는 그를 쳐다보았다. 갑자기 그녀의 짙은 눈이 어둠 속에서 황금빛 물결과 함께 흔들리는 물처럼 빛나면서 그녀가 말했다.

"난 왜 이 그림이 그렇게 좋을까?"

언제나 그의 가슴속에 있는 무엇인가가 이 가깝고 친밀하고 황홀에 사로잡힌 그녀의 표정을 보고 움츠러들었다.

"넌 왜 그렇다고 생각해?" 그가 물었다.

"잘 모르겠어…… 그게 너무 진실하게 보여."

"그건 왜냐하면…… 그건 왜냐하면 그 속에 어떤 그림자도 거의 없기 때문이야…… 그건 흔들리는 빛 같아…… 내가 마치 나뭇잎과 모든 곳에서 흔들리는 원형을 그려내고 딱딱한 형체는 그리지 않았던 것처럼 말이지. 내게 딱딱한 형체는 죽은 것으로 보여. 이 흔들리는 빛만이 정말 살아 있는 거야. 형태는 죽은 껍질이지. 흔들리는 빛이 정말 내부에 있는 생명이야."

그러면 그녀는 새끼손가락을 입 속에 넣고서 이러한 말을 생각했다. 그 말은 그녀에게 다시 생명의 느낌을 주었고 그녀에게 아무런 의미가 없던 것들을 생생하게 만들었다. 그가 애써 말하는 추상적인 말에서 그녀는 그럭저럭 어떤 의미를 찾았다. 그리고 그것은 그녀가 소중하게 여기는 대상을 뚜렷하게 알게 하는 매개체였다.

어느 날 그녀는 석양에 앉아 있고 그는 서쪽으로부터 붉은 눈부신 빛을 받는 소나무를 그리고 있었다. 그는 말이 없었다.

"저기 봐!" 그가 갑자기 말했다. "난 저걸 원했어. 자 저걸 보고 내게 말해 봐. 저게 소나무 줄기야 아니면 불타는 석탄, 어둠 속에 서 있는 불기둥인가? 덤불에 불이 붙어 있는데도 타버리지 않는 신의 덤불이 저기 있어."

미리엄은 그것을 바라보고 무서웠다. 그러나 소나무 줄기는 그녀에게 놀라웠고 확실했다. 그는 상자를 챙기고 일어났다. 갑자기 그가 그녀를 바라보았다.

"왜 넌 항상 슬퍼 보여?" 그가 그녀에게 물었다.

"슬프다니!" 그녀가 깜짝 놀란, 놀라운 갈색 눈으로 그를 쳐다보며 외쳤다.

"그래." 그가 대답했다. "넌 언제나, 언제나 슬프게 보여."

"난 그렇지 않아…… 오, 전혀 그렇지 않아!" 그녀가 외쳤다.

"하지만 네 기쁨조차 슬픔에서 나오는 불꽃과 같아." 그가 주장했다. "넌 명랑한 적이 없고 그냥 그저 그런 적도 없어."

"그래." 그녀가 생각에 잠겼다. "왜 그럴까…… 왜……."

"왜냐하면 넌…… 왜냐하면 넌 내면이 다르기 때문이야…… 소나무처럼…… 그리고 넌 활활 타오르지…… 하지만 넌 그냥 보통 나무 같지 않아. 안달하는 잎과 명랑한……."

그는 말을 제대로 이을 수 없었다. 그러나 그녀는 그의 말에 대해 골똘히 생각했고 그는 이상하고 고양된 느낌이 들었으며 그것은 처음 느끼는 감정 같았다. 그녀는 그에게 너무나 가깝게 느껴졌다.

그러나 이따금 폴은 미리엄을 증오했다. 그녀의 어린 남동생은 겨우 다섯 살이었다. 그 아이는 기이하고 연약한 얼굴에 큰 갈색 눈을 가진 약한 소년이었다. 레이놀즈가 그린 '천사들의 합창단'의 일원처럼 장난꾸러기 같이 보였다. 종종 미리엄은 그 아이에게 무릎을 꿇고 끌어당겨 안았다.

"아, 나의 휴버트!" 그녀는 깊고 사랑에 넘치는 목소리로 노래하듯 말했다. "아, 내 휴버트!"

그리고 그 아이를 팔로 안고 그녀는 얼굴을 반쯤 쳐들고 눈은 반쯤 감은 채 사랑에 흠뻑 젖은 목소리로 아이를 가볍게 좌우로 사랑스럽게 흔들었다.

"하지 마!" 아이가 불안해하며 말했다. "하지 말라니까, 누나."

"할 거야, 넌 날 사랑하잖아!" 그녀는 거의 무아지경에 빠지고 사랑의 황홀경에서 기절한 것처럼 몸을 흔들면서 깊은 목소리로 중얼거렸다.

"그러지 마!" 반듯한 이마를 찡그리며 아이가 반복했다.

"넌 날 사랑하잖아?" 그녀가 중얼거렸다.

"왜 그렇게 법석을 떨어!" 그녀의 극단적인 감정 때문에 매우 고통스러워하며 폴이 외쳤다. "왜 그 애를 평범하게 대하지 못하니?"

그녀는 아이를 놓아주고 일어서서 아무 말도 하지 않았다. 그녀는 어떠한 감정도 정상적인 차원에 두지 않으려는 치열함이 있었고 그것은 폴을 미칠 듯이 짜증나게 만들었다. 그리고 사소한 경우에도 그녀의 영혼이 이렇게 적나라하고 두렵게 드러나는 것이 그에게 충격을 주었다. 그는 자기 어머니의 자제에 익숙해 있었다. 그래서 그러한 경우에 그는 자기에게 그렇게 분별력이 있고 건전한 어머니가 있다는 사실에 진정으로 감사했다.

미리엄의 육체의 생명력은 모두 그녀의 눈에 있었다. 그것은 보통 더할 나위 없이 어두웠지만 화염처럼 빛나게 타오를 때가 있었다. 그녀의 얼굴은 거의 변함없이 명상하는 표정이었다. 그녀는 예수가 사망했을 때 마리아와 함께 갔던 여인들 가운데 한 사람과 같았다. 그녀의 몸에는 탄력과 생명력이 없었다. 그녀는 머리를 앞으로 숙이고 골똘히 생각하며 다소 흔들면서 묵직하게 걸었다. 그녀의 동작은 투박하지는 않았지만 움직임이 어색했다. 종종 설거지를 하다가 그녀는 컵이나 큰 잔을 깨뜨리고는 당황하고 화가 나서 서 있었다. 두렵고 자신이 없어서 설거지하는 데 너무 힘을 준 것 같았다. 그녀에게는 느긋하거나 자유분방한 데가 없었다. 모든 것을 치열하게 온 힘을 다해 꽉 쥐었고 노력이 지나쳐서 노력 자체를 망쳤다.

몸을 앞으로 숙이고 몸을 흔들면서 긴장되어 걷는 그녀의 모습에는 거의 변화가 없었다. 가끔 그녀는 폴과 함께 들판에서 달렸다. 그러면 그녀의 눈은 일종의 환희로 적나라하게 불타오르고 그것은 그를 두렵게 만들었다. 그러나 그녀는 육체적으로 무서움을 느꼈다. 울타리 계단을 넘어갈 때 그녀는 다소 격렬한 고통으로 그의 손을 꼭 잡고 자신의 마음의 안정을 잃기 시작했다. 그리고 그는 별로 높지 않은 곳에서도 그녀가 뛰어내리게 할 수 없었다. 그녀의 눈은 커지고 노출되고 떨리기 시작했다.

"싫어!" 그녀는 두려움에 쌓인 채 반쯤 웃으면서 울부짖었다. "싫어!"

"해야 할걸!" 한번은 그가 소리를 지르고 그녀를 밀어서 아래로 떨어뜨렸다. 그녀는 마치 의식을 잃는 것처럼 '아!' 하고 격렬하게 고통스러운 소리를 냈고 그것이 그의 마음을 아프게 했다. 그녀는 안전하게 땅에 내렸고 나중에 이런 일에 용기를 가졌다.

종종 폴과 미리엄은 들판을 따라서 네더미어 호까지 함께 걸었다. 그는 원래 몸이 날래고 몹시 활동적이었다. 그는 한곳에서 다른 곳으로 춤추듯 옮겨갔다. 그러나 그녀는 정해진 길을 거의 벗어나지 않고 따라갔다. 그리고 점점 그는 그녀 곁에 같이 서서 그녀와 속도를 맞추고 그녀와 함께 고개를 숙이고 걸었다. 마침내 그들은 물가로 왔다. 호수의 가장자리에는 백조의 깃털이 흩어져 있었다. 그들은 자갈이 많은 둑에 앉았다. 갑자기 그는 반반한 예쁜 돌을 발견했고 벌떡 일어서서 물위로 돌팔매를 쳤다.

"너 수영할 줄 아니?" 그가 물었다.

"그렇게 잘하지는 못해." 그녀가 머리를 흔들며 대답했다. 그녀는 여전히 앉아서 그를 바라보았다.

"저것 봐!" 그가 외쳤다. "네 번 튀었어!"

"그래." 그를 칭찬하며 그녀가 말했다. "아주 멋졌어." 그러나 곧 그는 그만두고 와서 다시 그녀 곁에 앉았다.

"넌 왜 물위로 돌팔매질을 하고 싶지 않을까?" 그가 물었다.

"모르겠어." 그녀가 대답했다.

"넌 어떤 일도 하고 싶어 하지 않아." 그가 말했다.

"글쎄, 너도 알잖아. 난 집안일을 해야 해."

그는 그 문제에 대해 이야기를 계속하지 않았다. 그들은 책에 관해 이야기했다.

그녀는 자기의 처지에 불만이 매우 많았다.

"넌 집에 있는 걸 좋아하잖아?" 폴이 놀라면서 물었다.

"그걸 좋아할 사람이 어디 있겠어!" 그녀가 낮고 강렬하게 대답했다. "집안일이란 게 뭐야! 난 오빠나 동생들이 5분만 지나면 다시 더럽힐 걸 하루 종일 깨끗이 치우고 있어. 난 집에 있고 싶지 않아."

"그러면 뭘 하고 싶니?"

"중요한 일을 하고 싶어. 다른 사람들과 마찬가지로 기회를 원해. 왜 내가 여자라고 해서 집에 틀어박혀 무엇인가를 해서는 안 되지? 내게 기회가 있기나 해?"

"무슨 기회?"

"무엇이든 알 수 있는 기회…… 배울 수 있는 기회…… 무엇이든 할 수 있는 기회. 공평하지 않아. 내가 여자이기 때문이지."

그녀는 매우 신랄했다. 폴은 놀랐다. 자기 집에서 애니는 여자인 걸 기쁘게 여겼다. 애니에게는 그다지 큰 책임이 없고 그녀가 하는 일은 가벼웠다. 그녀는 여자 이외의 다른 존재가 되고 싶어 하지 않았다. 그러나 미리엄은 자기가 남자이기를 거의 열렬히 원했다. 그러면서도 그녀는 동시에 남자를 증오했다.

"하지만 여자가 되는 것은 남자가 되는 것과 마찬가지로 괜찮아." 그가 얼굴을 찡그리며 말했다.

"하! ……그래! 남자들은 모든 걸 갖고 있어."

"난 남자들이 남자여서 기쁘듯이 여자들은 여자여서 기뻐해야 한다고 생각해." 그가 대답했다.

"아냐!" 그녀가 고개를 가로 저었다. "아니야! 남자들은 모든 것을 가지고 있어."

"그러면 넌 뭘 원해?" 그가 물었다.

"난 배우고 싶어. 왜 난 아무것도 몰라야 하지!"

"어떤 것…… 수학과 불어 같은 것?"

"왜 난 수학을 몰라야 해! ……나도 알아야 해!" 그녀는 도전적으로 눈을 크게 뜨고 외쳤다.

"그러면 넌 내가 아는 만큼 배울 수 있어." 그가 말했다. "네가 원하면 내가 가르쳐 줄게."

그녀의 눈이 커졌다. 그녀는 그를 선생으로서 믿지 않았다.

"그렇게 할까?" 그가 물었다.

그녀는 고개를 숙이고 곰곰이 생각하듯이 손가락을 빨았다.

"좋아." 그녀가 주저하면서 말했다.

그는 대개 이러한 것을 모두 자기 어머니에게 말했다.

"엄마는 남자가 되고 싶으세요?" 그가 물었다.

"이따금 그래…… 하지만 그건 어리석은 거야…… 아냐, 남자든 여자든 나 자신이 되고 싶단다. 전에도 그랬지."

"가끔은 왜 남자가 되고 싶으세요?"

"글쎄, 애야." 그녀가 웃었다. "대부분의 남자들보다 훨씬 나

은 남자가 될 수 있다고 생각했어…… 그건 그렇게 놀랄 일이
아니지."

"전 여자가 되고 싶지 않아요." 그가 생각에 잠겨 말했다.
"그리고 전 여자들보다 더 나은 여자가 될 수 있을 것 같지 않
아요."

"그래." 그의 어머니가 웃었다. "나도 네가 그럴 수 있으리라
생각하지 않는다. ……하지만 이따금 여자들은 남자들보다 더
나은 남자가 될 수 있다고 느낀단다."

"아마도 어머니는 그럴 수 있을 거예요." 그가 말했다.

"글쎄다!" 그녀 특유의 작은 콧소리를 내며 그녀가 대답했
다. "그리고 애야." 그녀가 덧붙였다. "자연스러운 것은 무엇이
나 그 자체에 만족해. 그리고 어떤 여자가 아주 심하게 남자가
되고 싶어 하면 그건 자기 삶을 뒤로 물리는 것이고, 그녀는
여자로서 좋은 여자가 아냐."

"전 여자가 남자가 되고 싶어 하면 그게 싫어요." 그가 말
했다.

"그건 여자로서의 자부심이 낮다는 걸 보여 주는 거야." 그
녀가 대답했다. 그는 언제나 어머니를 표준으로 삼고 결국 그
녀에게 돌아왔다.

"전 미리엄에게 대수를 가르치려고 해요." 그가 말했다.

"글쎄." 모렐 부인이 대답했다. "그녀가 그걸 잘 배웠으면 좋
겠구나."

그가 월요일 저녁에 농장으로 갔을 때 황혼이 되고 있었다.
그가 집안에 들어섰을 때 미리엄은 막 부엌을 치우고 있었고

벽난로 앞에 무릎을 꿇고 있었다. 모두 밖으로 나가고 그녀밖에 없었다. 그녀는 얼굴을 붉히고 그를 돌아다보았다. 그녀의 검은 눈이 빛나고 가는 머리카락이 얼굴로 흘러내렸다.

"왔니?" 그녀가 부드럽고 음악처럼 말했다. "넌 줄 알았어."

"어떻게?"

"난 네 발자국 소리를 알아. 너처럼 빠르고 분명하게 걷는 사람은 없어."

그는 한숨을 내쉬며 앉았다.

"대수 공부할 준비가 되었니?" 그가 주머니에서 작은 책을 꺼내며 물었다.

"하지만!" 그는 그녀가 뒤로 물러나는 것을 느꼈다.

"하고 싶다고 말했잖아." 그가 주장했다.

"그렇지만 오늘 밤에?" 그녀가 말을 더듬었다.

"하지만 난 일부러 왔어. 그리고 네가 배우고 싶으면 시작해야지."

그녀는 쓰레받기에 재를 담고 약간 떨면서 웃으며 그를 바라보았다.

"그래, 하지만…… 당장 오늘 밤부터! ……전혀 생각하고 있지 않았어."

"참, 그렇다면…… 재를 치우고 와."

그는 뒤뜰로 나가서 돌의자에 앉았다. 거기에는 큰 우유통들이 통풍이 되도록 비스듬히 기울어져 있었다. 남자들은 외양간에 있었다. 통 속에 우유가 부딪치는 소리가 노래처럼 들렸다. 곧 그녀가 커다란 푸른 사과를 몇 개 가지고 나왔다.

"넌 이 사과를 좋아하잖아." 그녀가 말했다.

그는 한 입 깨물었다.

"앉아." 사과가 한입 가득한 채 그가 말했다.

그녀는 근시였고 그의 어깨 너머로 들여다보았다. 그것이 그를 짜증스럽게 했다. 그는 그녀에게 책을 재빨리 주었다.

"여길 봐." 그가 말했다. "숫자 대신 문자일 뿐이야. '2'나 '6' 대신에 'a'라고 쓰는 거야."

그가 설명을 하고 그녀는 고개를 숙이고 책을 보면서 공부를 했다. 그는 빠르고 성급했다. 그녀는 한 번도 대답을 하지 않았다. 가끔 그가 그녀에게 대답을 요구했다.

"알겠어?"

그녀는 두려워서 어설프게 웃으며 눈을 크게 뜨고 그를 쳐다보았다.

"알겠냐고!" 그가 소리를 질렀다.

그는 너무나 빨리 나갔다. 그러나 그녀는 아무 말도 하지 않았다. 그는 그녀에게 더 많이 질문했고 열이 올랐다. 그녀가 입을 벌리고 겁먹은 웃음을 짓고 눈을 크게 뜨고 사과하듯이 수치스러워하면서 그의 처분을 바라는 것처럼 있는 모습을 보자 그의 피가 들끓었다. 그때 에드가가 우유 두 통을 들고 왔다.

"안녕!" 그가 말했다. "뭐 하고 있어?"

"대수." 폴이 대답했다.

"대수라고!" 에드가가 신기한 듯이 그 말을 반복했다. 그러고 나서 웃으면서 지나갔다. 폴은 잊어버리고 있던 사과를 다시 한입 깨물고 닭들이 쪼아서 레이스처럼 된, 뜰의 불쌍한 배추를 바라보고 그것들을 뽑아 버리고 싶었다. 그리고 그는 미리엄을 살짝 보았다. 그녀는 책을 뚫어지게 보고 그 속에 빨려 들어간 것처럼 보였다. 그렇지만 이해하지 못할까 봐 떨고 있었다. 그녀의 모습이 그를 화나게 만들었다. 그녀는 혈색이 좋고 아름다웠다. 그렇지만 그녀의 영혼은 대수책에게 격렬하게 애원하는 것처럼 보였다. 그녀는 그가 화가 났다는 것을 알고 움츠러들었다. 그리고 바로 그 순간에 그는 그녀가 이해하지 못했기 때문에 기분이 상한 것을 보고서 부드러워졌다.

"무엇이 어려운지 말해 봐." 그가 부드럽게 물었다.

새로운 어조에 그녀는 갑자기 그를 바라보았다. 그녀의 검은 눈은 매우 열심히 애쓰는 것처럼 보였다. 그것은 그의 마음을 아프게 했고 애정이 파도처럼 그에게 밀려왔다.

"그래, 이건 나한테는 쉬운 거야." 그가 말했다. "익숙한 거니까. 그걸 잊었어. 여기 봐."

그러고 나서 그는 참을성 있고 부드럽게 되풀이했다. 에드가가 다가와서 그의 뒤에 서 있었다. 미리엄의 검은 머리가 폴의 눈 밑에 있었다. 그녀의 머리는 작았고 짧고 검은 비단 같은 곱슬머리가 흐트러져 있었다. 그녀는 아주 열심히 애쓰는 것처럼 보였다. 그의 목소리는 내내 애무처럼 부드러웠다.

"알겠어!" 에드가가 갑자기 뒤에서 소리쳤다. "하지만…… 이건……."

그리고 그의 두꺼운 집게손가락이 책으로 내려왔다. 미리엄은 물러섰다. 폴은 몸을 돌려 그의 친구를 보았다. 에드가는 잘생겼고 그의 확고하고 건강한 갈색 눈이 관심을 보이고 있었다. 그에게 설명하는 것은 신선한 공기를 호흡하는 것 같았다.

폴은 미리엄을 정기적으로 가르쳤다. 공부는 보통 거실에서 했다. 거기에서 그 젊은이는 생기 있게 시작했다. 그녀는 그 전 주에 그가 내준 과제를 언제나 공부했고 그것을 잘 익혔다. 종종 그녀는 그보다 더 정확하게 알았다. 그러나 그녀는 이해력이 느렸다. 그리고 그녀가 긴장하고 배울 때나 너무나 완벽하게 겸손을 떨 때 그는 화가 났다. 그는 그녀에게 격렬하게 야단을 퍼붓고 곧 수치심을 느끼고 공부를 계속하고 다시 맹렬하게 화를 내고 그녀를 야단쳤다. 그녀는 아무 말 없이 듣고 있었다. 가끔 아주 드물게 그녀는 자기를 방어했다. 그녀의 축축한 검은 눈이 그를 향해 번쩍였다.

"넌 내게 그걸 익힐 시간을 주지 않아." 그녀가 말했다.

"좋아." 그가 책을 탁자에 내던지고 담배에 불을 붙이면서 대답했다. 그러나 잠시 후 그는 후회하면서 다시 가르쳤다. 그렇게 공부가 계속되었다. 그는 언제나 격렬하게 화를 내든지 아니면 매우 부드러웠다.

"대수 앞에 왜 네 영혼이 떨고 있어?" 그가 외쳤다. "대수를 배우는 데 네 축복받은 영혼을 동원할 필요는 없어. 분명하고 단순한 머리로 그걸 볼 수 없어?"

그가 가끔 부엌으로 가면 레이버스 부인이 비난하는 눈빛으로 그를 바라보곤 말했다.

"폴, 미리엄에게 너무 가혹하게 대하지 마. 그 앤 바로 이해하진 못할 거야…… 하지만 틀림없이 애쓰고 있어."

"전 어쩔 수 없어요." 그가 다소 가련하게 말했다. "전 그렇게 되는 걸요."

"내게 신경 쓰지 않는 거지, 미리엄?" 나중에 그가 미리엄에게 물었다.

"괜찮아." 그녀는 아름다운 깊은 어조로 그를 안심시켰다. "괜찮아, 신경 쓰지 않으니까."

"내 말에 신경 쓰지 마. 내 잘못이야."

그러나 자기도 모르게 그녀 때문에 그의 피가 끓기 시작했다. 이상스럽게도 다른 어느 누구도 그를 그렇게 화나게 하지 않았다. 그는 그녀에게 격렬하게 화를 냈다. 한번은 그가 연필을 그녀의 얼굴에 던졌다. 침묵이 흘렀다. 그녀는 얼굴을 약간 옆으로 돌렸다.

"난 정말……." 그는 말을 시작했지만 모든 뼈마디에서 기운이 빠지는 것을 느끼며 더 이상 말을 잇지 못했다. 그녀는 결코 비난하거나 화를 내지 않았다. 그는 종종 지독하게 부끄러웠다. 그러나 여전히 그의 화는 거품이 가득 차서 터지듯이 다시 폭발했다. 그리고 그녀의 진지하고 말없는, 말하자면 표정 없는 얼굴을 보면, 그는 다시 그 얼굴에 연필을 던지고 싶은 욕망을 느꼈다. 그리고 그녀의 손이 떨리고 그녀의 입이 고통으로 조금 벌어질 때 여전히 그의 가슴은 그녀에 대한 괴로움으로 불타올랐다. 그리고 그녀가 그에게 불러일으키는 격렬한 감정 때문에 그는 그녀를 찾았다.

종종 그는 그녀를 피하고 에드가와 함께 나갔다. 미리엄과 그녀의 오빠는 원래 적대적이었다. 에드가는 합리주의자로서 호기심이 강하고 삶에 대해 일종의 과학적 관심을 가지고 있었다. 미리엄으로서는 자기보다 훨씬 수준이 낮은 에드가를 폴이 택하고 자기를 버리는 것을 바라보는 것은 쓰라리고 아픈 일이었다. 그러나 그 젊은이는 그녀의 오빠와 매우 행복해했다. 두 사람은 오후 내내 들판에서 시간을 보내거나 비가 오면 헛간의 위층에서 목공일을 했다. 그리고 함께 이야기를 하기도 하고 폴이 애니에게 피아노를 치면서 배운 노래를 에드가에게 가르쳐 주기도 했다. 그리고 종종 남자들은 모두 레이버스 씨와 토지 국유화 같은 문제에 대해 격렬하게 토론을 벌였다. 폴은 이미 그 문제에 대해 자기 어머니의 견해를 들었고 아직까지 그것이 자신의 견해였기 때문에 그녀를 대변하듯이 주장을 했다. 미리엄도 같이 참여를 했지만 언제나 토론이 끝나고 개인적인 대화가 시작되기를 기다렸다.

그녀는 마음속으로 말했다. '결국, 토지가 국유화되더라도 에드가와 폴과 나에게 달라지는 건 없을 거야.'

그래서 그녀는 그 젊은이가 자기에게 돌아오기를 기다렸다.

그는 그림 공부를 하고 있었다. 그는 밤에 집에서 계속 그림을 그리며 어머니와 단둘이 앉아 있는 것을 좋아했다. 그녀는 바느질을 하거나 독서를 했다. 그러면 그는 잠시 그림 그리던 손을 멈추고 고개를 들어 잠시 그녀의 생기 있고 따뜻하게 빛나는 얼굴을 바라보다가 다시 기쁜 마음으로 하던 일로 되돌아오곤 했다.

"엄마가 거기 흔들의자에 앉아 있을 때 전 그림이 가장 잘 그려져요, 엄마." 그가 말했다.

"그래!" 그녀는 믿지 않는 척 코웃음을 치며 외쳤다. 그러나 그녀는 그 말이 사실이라고 느꼈고 그녀의 가슴은 기쁨으로 떨렸다. 그녀는 일하거나 책을 읽고 있을 때에는 그가 힘들게 일하는 것을 거의 의식하지 못하고 여러 시간 동안 조용히 앉아 있었다. 그리고 그는 그녀의 따뜻함을 그의 내부에 힘처럼 느끼며 자기 영혼의 모든 치열함을 동원하여 연필을 움직였다. 두 사람 다 이렇게 매우 행복했지만 그것을 의식하지 못했다. 의미심장하고 정말 살아 있었던 이러한 시간을 그들은 거의 무시했다.

그는 자극을 받을 때에만 의식이 있었다. 스케치가 하나 끝나면 그는 언제나 그것을 미리엄에게 가져가고 싶어 했다. 그러면 그는 자극을 받아 자기가 무의식적으로 그린 작품을 의식하게 되었다. 미리엄과 접촉하면서 그는 통찰력을 얻었고 그의 비전은 심화되었다. 어머니로부터 그는 삶의 따뜻함과 창조하는 힘을 얻었고 미리엄은 이 따뜻함을 하얀 빛처럼 치열하게 만들었다.

그가 공장으로 돌아갔을 때 작업 조건은 더 나아졌다. 수요일 오후는 (조던 양의 배려로) 일을 하지 않고 미술 학교에 갔다가 저녁에 돌아왔다. 그리고 목요일과 금요일 저녁에 공장은 8시가 아니라 6시에 문을 닫았다.

베스트우드에는 괜찮은 작은 도서관이 있었고 가입비가 일 년에 겨우 4실링 6센트였다. 모렐 부인과 레이버스 부인은 두 사람 다 자식들이 자라면서 이 도서관에 가입했다. 도서관은 노동자 회관에서 목요일 저녁에 7시부터 9시까지 두 방을 개방했다. 폴은 책을 상당히 많이 읽는 어머니를 위해 언제나 책을 빌려 갔고 미리엄은 자기 가족을 위해 대여섯 권을 들고 터벅터벅 걸어갔다. 도서관에서 만나는 것이 두 사람에게 습관이 되었다.

폴은 벽이 책으로 둘러싸여 있는 작은 두 방을 잘 알고 있었다. 그곳은 구석에 커다란 불을 피워 놓아 따뜻했다. 사서인 슬리스 씨는 동안의 얼굴에 흰 구레나룻이 났다. 그는 키가 크고 꼬치꼬치 캐묻는 성향이 있었지만 매우 자애롭고 모든 사람과 그들에게 생기는 일을 알고 있었다. 스메들리 씨는 빈틈이 없고 통통하고 대머리였다.

슬리스 씨가 앞에 선 회원과 잡담을 끝낼 때까지 폴은 기다리며 서 있었다. 그리고 카운터에 들고 있던 책들을 털썩 내려놓았다. 슬리스 씨가 명랑하게 보이지만 흐릿하고 늙은 푸른 눈으로 그를 바라보았다.

"2257번요." 폴이 말했다.

사서는 콜리어리 회사의 주임 서기 가운데 한 명이었고 폴과 비교해 볼 때 상당히 신사였는데, 큰 장부의 페이지를 넘기면서 숫자를 기분 좋게 반복했다.

"하하!" 그가 그 페이지를 보고 외쳤다. 그러고 나서 따뜻하고 환영하는 눈길로 젊은이를 바라보고 그의 손을 비비면서 말했다.

"하! 폴! 어머니는 어떠시냐?"

"아주 잘 지내세요." 폴이 대답했다. "고마워요."

"잘됐구나! 어머니가 일요일 밤에 교회에 나오지 않았거든."

"못 가셨어요. 눈에 염증이 생기셨거든요."

"오, 저런…… 오, 저런…… 그 참 안됐구나!"

"네 어머니가 아주 잘 지낸다고 네가 말한 것 같은데." 스메들리 씨가 끼어들었다. 폴은 카운터 뒤에 있는 작은 남자에게 대답하거나 그를 바라보지 않았다. 슬레스 씨는 큰 장부에서 책들을 확인했다. 스메들리 씨는 불에 석탄을 좀 더 넣었다. 사람들 몇 명이 서가 근처에 서서 자유롭게 이야기를 하고 있었다. 그들이 벽돌이 깔린 마룻바닥을 걸을 때 그들의 뒤꿈치에서 딱딱 소리가 났다.

"하지만 어머니께서 이번 주말에는 교회에 나올 수 있겠지?" 슬리스 씨가 책을 확인하고 나서 물었다.

"네." 폴이 대답했다.

"다행이군, 다행이야. 난 네 어머니가 어디 있는지 궁금했거든."

사람들은 그의 어머니의 안부는 물어보았지만 그의 아버지에 대해서는 언급하지 않는 것이 양해된 사항이었다.

폴은 서가로 갔다. 사람들이 계속 들어와서는 통로에 우산을 놓고 즐겁게 인사를 나누었다. 그 젊은이는 사람들을 모두 알았고 그들이 어떻게 사는지도 알았다. 그들은 그의 흥미를 끌지 못했다. 아마 비 때문에 미리엄은 오지 않을 것이다. 그는 손에 쥐고 있는 책을 응시했다. 그는 그녀를 생각하느라고 잠시 그 책을 보지 못했고 그래서 그것을 다시 보았다. 시간은 잠처럼 지나갔다. 사람들이 나가는 소리가 시끄럽게 났지만 아무도 들어오지는 않았다. 만약 그녀가 오지 않는다면? 그 생각을 하자 그는 다가올 밤이 지루하고 무익하게 보였다. 그러나 그녀는 올 것이다. 밤은 여전히 포근하고 허전하지 않으며 아직 일렀다. 밤이 더 깊어지지 않아 그녀가 곧 도착할 것이다.

"거지 같은 밤이군, 알프렛. 험한 밤이야." 주위를 돌아보며 이야기할 사람을 찾으면서 슬리스 씨가 말했다. 도서관은 텅 비어 있었다.

"그런 것 같군." 스메들리 씨가 대답했다.

그때 슬리스 씨가 폴의 모습을 보았다.

"이봐, 폴!" 그가 외쳤다. "아직 원하는 책을 못 찾았어, 음?"

"폴이 기다리는 건 아마도 책이 아닐걸." 스메들리 씨가 말했다.

"오! 오!" 슬리스 씨가 큰소리로 말했다.

"진짜 기다리는 건 젊은 여자 같아." 스메들리 씨가 말했다. "하지만 윌리 숲에서 오기에는 날씨가 안 좋은 밤이야." 그때 발 소리가 통로에서 들렸다. 폴은 귀를 기울였다. 그것은 미리엄이 아니었다. 한 소년이 들어왔다. 그녀가 있어야 할 출입구에 소년이 있는 걸 보자 폴은 그를 증오했다. 그러나 미리엄은 올 것이다. 그녀는 그렇게 믿을 수 있는 사람이었다. 그 젊은이가 볼 때 그녀의 큰 매력 가운데 하나는 그녀가 인습에 얽매이지 않는다는 점이었다. 오고 싶다면 그녀는 비가 오더라도 올 것이다. 그리고 비가 그렇게 심하게 오는 것은 아니었다. 그는 날씨가 어떤지 귀를 기울였다. 비가 쏟아지고 있다는 소년의 말이 들렸다. 그는 소년이 못마땅했다. 소년이 그렇게 말했지만 그녀는 올 것이다. 그는 그녀에 대한 희망에 매달렸다. 그는 밤의 건너편에서 그녀가 오고 싶어 하는 것을 느낄 수 있었다. 그리고 그녀는 그를 실망시킨 적이 없었다. 그녀에게는 내면의 삶만이 중요했으며 외부적인 삶은 아무것도 아니었다.

폴은 홀에서 그녀의 발 소리를 들었고 그의 긴장은 완화되었다. 그는 지켜보았다. 현관에서 미리엄은 잠깐 망설였다. 그녀의 빨간 모자가 빗물로 빛났고 곱슬머리에는 빗방울이 이슬처럼 아름답게 맺혀 있었고 얼굴은 달아올라 있었다. 그녀는 갈망하듯이 그를 찾고 있었다. 그러다가 가까운 곳을 잘 보지 못하는 그녀의 눈이 그의 눈과 마주쳤다. 불길이 그녀의 눈에서 피어올랐고 그것은 그도 불태웠다. 그녀는 만족해서 카운터로 갔다. 그는 그녀에게 등을 돌렸다.

그러자 미리엄이 주저하면서 앞으로 왔다.

"내가 늦었어?" 그녀가 물었다.

"늘 그렇지." 그가 대답했다. "젖었지?"

"아니…… 아무 데도."

"철도를 따라왔니?" 그가 말했다.

"응. 내가 안 올까 봐 걱정했어?"

"약간."

그는 그녀에게 가볍게 미소를 지었다.

"와서 내가 널 위해 찾은 책들을 봐." 폴이 말했다. 미리엄은 무조건 그를 따라갔다. 책은 그녀에게 중요하지 않았다. 그러나 그는 그녀가 동의할 것을 고집했다. 그녀는 그의 팔 위의 책들을 응시했지만 그것이 무슨 책인지 보지 않았다. 그녀는 그의 팔을 만졌다.

"됐니?" 그가 물었다.

"응." 그녀가 대답했다.

미리엄의 책이 기록되고 나서 두 사람은 빨리 도서관에서 나왔다. 그들은 어둠 속에서 기뻤다. 그들은 흥분할 정도로 행복했다. 폴은 큰 검은 방수 외투를 입고 있었고 망토 아래로 책을 들었다. 그들은 나란히 맨스필드 거리를 따라 비 오는 밤에 빗물이 떨어지는 나무 아래로 나란히 걸었다.

대화는 바로 활기 있게 시작되었고 그것은 곧 책에 관한 토론이 되었다. 폴은 열정적으로 길게 말했고 미리엄은 들었으며 그녀의 영혼은 확장되었다. 책으로부터 마음속 깊이 간직한 신념으로 토론의 주제가 불가피하게 옮겨 갔다.

"한 무리에서 하나가 더 많거나 더 적은 것은 중요하지 않은 것 같아."

"그래." 미심쩍은 표정으로 심각하게 그녀가 대답했다.

"난 떨어지는 참새와…… 그리고 머리카락에 대해…… 과거에 그렇게 믿었어."

"그래." 그녀가 말했다. "그런데 지금은?"

"지금은 참새라는 종족은 중요하지만 개별적인 참새는 중요하지 않아. 내 머리카락 전체는 중요하지만 머리카락 하나는 그렇지 않고."

"그래." 그녀가 미심쩍은 표정으로 말했다.

"그리고 사람도 중요해. 하지만 한 사람, 한 사람은 그렇게 중요하지 않아. 윌리엄을 봐."

"그래." 그녀는 깊이 생각했다.

"난 그게 소모되었을 뿐이라고 말하겠어." 그가 말했다. "소모, 그뿐이야."

"그래." 그녀가 매우 낮은 목소리로 말했다.

미리엄은 사람이 많을수록 그들은 중요하지 않다고 믿었다. 그러나 그가 말하는 것을 듣는 것은 그녀에게 생명과 같았다. 새로 태어난 아기에서 숨을 쉬는 것과 같았다.

"그렇지만." 그가 말했다. "우리가 가야 할 올바른 길이 있다고 생각해…… 우리가 그 길로 가면 문제가 없어…… 그리고 우리가 그 길 근처로 가더라고 괜찮고. 하지만 우리가 잘못 가면 우리는 죽어. 난 우리 윌리엄이 어디선가 길을 잘못 갔다고 확신해."

"우리가 우리 삶의 길을 따라간다면 죽지 않는다고?" 그녀가 물었다.

"그래, 우린 죽지 않아. 내면적으로 어떠한 사람인가에 따라 우리는 어떤 특정한 길로 갈 수밖에 없어. 다른 길로는 못 가."

"하지만 참된 길을 따라가고 있을 때 우리가 그걸 알 수 있을까?" 그녀가 물었다.

"알지! 난 알아. 난 내가 내 길을 가고 있다는 걸 알아."

"넌 안다고?" 그녀가 물었다.

"그래…… 난 확신해."

폴은 가로등 아래 서서 생각에 잠겼다. 그의 비옷이 젖어서 빛이 났다. 미리엄은 그의 얼굴을 보았다. 그의 눈은 너무나 확실하고 흔들림 없이 그녀의 눈을 응시했다. 그는 매우 확고했다. 그것이 그녀를 매료했다. 그녀는 가슴이 불타오르는 가운데 집으로 갔다.

그러나 집으로 돌아가려고 뒤돌아섰을 때 그는 비를 맞으며 이렇게 멀리 걸어간 것에 대해 어머니가 화를 내리라는 것을 알았고 미리엄을 잊었다. 그럼에도 불구하고 미리엄과의 만남으로 달아오른 채 그는 서둘러 집으로 왔다. 그는 그날 밤 어느 정도 만족을 얻었다.

"오늘 같은 밤에 미리엄 레이버스와 함께 그 집까지 걸어갔다는 말이냐?" 그가 집으로 들어선 지 1분도 지나지 않아 갑자기 그를 쳐다보며 어머니가 물었다.

"도서관에서 그렇게 오래 있었어요." 폴이 대답했다.

"뭐라고, 그 애가 왔단 말이구나!" 모렐 부인이 조용히 싸늘하게 말했다. 폴은 움츠러들었다.

"오지 않으면 미리엄은 일주일 내내 읽을 게 없어요." 그가 말했다.

"비가 퍼붓는데 16킬로미터나 돌아다니도록 내버려 두다니 그 애 어머니가 뭘 하는지 모르겠구나."

"비가 그렇게 많이 오지 않았어요." 그가 말했다. "심하게 내리지 않았어요."

"네 비옷과 부츠만 봐도 알 수 있지." 그녀가 대답했다.

"제가 가져온 책들을 보세요." 그가 말했지만 그녀는 너무 화가 나서 풀어지려고 하지 않았다.

어느 여름날 저녁 미리엄과 그는 도서관에서 집으로 오면서 헤롯 농장 근처 들판을 건너갔다. 그러면 윌리 농장까지는 5킬로미터밖에 되지 않았다. 베어 놓은 풀이 노랗게 빛나고 괭이밥 꽃이 진홍색으로 불탔다. 그들이 고지를 따라 걸어가는 동안 점점 서쪽 하늘의 황금색이 붉게 변하고 붉은 색은 진홍색으로 바뀌었다. 그리고 서늘한 푸른 하늘이 붉은 노을 위로 슬그머니 올라왔다.

그들은 알프레턴으로 가는 큰길로 나왔다. 어두워져 가는 들판 가운데 그 길이 희게 나 있었다. 거기에서 폴은 망설였다. 거기서 자기 집까지는 3킬로미터였고 미리엄은 1킬로미터 반을 더 가야 했다. 두 사람은 모두 북서쪽 하늘 바로 아래 나 있는 그늘진 길을 쳐다보았다. 언덕 위에는 황량한 집들이 늘어서 있고 탄광의 주축대들이 솟아 있는 셸비 광산의 윤곽이 하늘을 배경으로 검고 작게 보였다.

그는 시계를 보았다.

"벌써 9시구나!" 그가 말했다.

두 사람은 헤어지기 싫어서 그들의 책을 안고 서 있었다.

"숲이 지금 정말 아름다워." 그녀가 말했다. "네가 그걸 봤으면 좋겠는데."

그는 천천히 그녀를 따라 길을 건너 흰 대문 쪽으로 갔다.

"식구들이 내가 늦으면 불평을 해." 그가 말했다.

"하지만 넌 나쁜 짓을 하고 있는 게 아니잖아." 그녀가 조바심을 내며 대답했다. 그는 가축들이 뜯어 먹은 풀밭을 가로질러 석양에 그녀를 따라갔다. 숲 속에는 시원한 기운이 있었다. 나뭇잎과 인동덩굴의 냄새가 나고 황혼이 보였다. 두 사람은 말없이 걸었다. 밤이 검은 나무 등걸들이 모여 있는 곳 가운데 놀라운 모습으로 찾아왔다. 그는 기대에 차 주위를 둘러보았다.

미리엄은 자기가 발견한 들장미 덤불을 폴에게 보여 주고 싶었다. 그녀는 그것이 아름답다고 생각했다. 그렇지만 그가 보고 난 후에야 그것이 자신의 영혼으로 들어온다고 느꼈다. 폴만이 그 덤불을 영원히 그녀 자신의 것으로 만들 수 있었다. 그녀는 그것이 불만이었다.

이슬이 벌써 길에 내렸다. 오래된 떡갈나무 숲에서는 안개가 올라오고 있었고 그는 멈추어 서서 저 하얗게 보이는 것이 한 줄기 안개인지 또는 구름 속에 창백하게 핀 동자꽃일 뿐인지 궁금하게 생각했다.

소나무 숲이 있는 곳에 왔을 때에 미리엄은 매우 조급하고 매우 긴장했다. 그녀가 찾는 덤불을 없어졌을지 몰랐다. 그녀는 그것을 찾을 수 없을지도 몰랐다. 거의 열정적으로 그녀는 그 꽃 앞에 서서 그와 함께 있고 싶었다. 그들은 함께 영적 교섭을 할 것이다. 그것은 신성한 것이었고 그녀를 전율시켰다. 그는 말없이 곁에서 걸어갔다. 그들은 서로 매우 가까이 있었다. 그녀는 몸을 떨었고 그는 막연히 긴장하여 귀를 기울였다.

숲가로 오자 앞쪽에 진주조개 같은 하늘이 보였고 땅은 점점 어두워졌다. 소나무 숲의 가장 바깥쪽에 있는 가지 어디선가 인동덩굴이 향기를 내고 있었다.

"어디야?" 그가 물었다.

"중간에 길을 따라서 있어." 그녀가 떨면서 중얼거렸다.

그들이 길모퉁이를 돌았을 때 그녀는 가만히 섰다. 소나무들 사이로 난 넓은 길에서 그녀는 다소 겁먹은 듯 바라보았으나 잠시 동안 아무것도 알아볼 수 없었다. 회색으로 변하는 빛이 사물들의 색깔을 앗아갔다. 그때 그녀의 덤불이 눈에 띄었다.

"아!" 그녀가 급히 앞으로 나아가며 울부짖었다.

주위는 매우 조용했다. 그 장미나무는 키가 크고 제멋대로 뻗어 있었다. 그것은 산사나무 덤불 위로 가지를 내뻗고 그 긴 가지들은 바로 풀밭까지 빽빽하게 길게 드리운 채 어둠 속 도처에 순백의 커다란 꽃들을 별처럼 뿌려 놓았다. 상아색 돌기와 뿌려 놓은 큰 별처럼 장미꽃은 어두운 잎과 줄기와 풀밭 위에서 빛이 났다. 폴과 미리엄은 가까이 서서 말없이 함께 바라보았다. 차분하게 피어 있는 장미꽃들은 한 송이씩 그들에게 환하게 빛났고 그들의 영혼 속에 있는 무엇인가에 불을 지피는 것 같았다. 석양은 연기처럼 주위에 찾아왔지만 장미꽃의 불빛을 꺼뜨리지 못했다.

폴은 미리엄의 눈을 찬찬히 보았다. 그녀는 창백했고 경이에 사로잡혀 기대로 가득 차 있었다. 입술이 조금 벌어졌고 검은 눈은 그에게 열려 있었다. 그의 눈길이 그녀의 내부 깊숙한 곳까지 이르는 것 같았다. 그녀의 영혼이 떨고 있었다. 그것은 그녀가 원했던 영적인 교섭이었다. 그는 괴로운 듯 옆으로 돌아섰다. 그는 덤불을 바라보았다.

"장미꽃이 나비처럼 날아다니고 자기 몸을 흔드는 것 같아." 그가 말했다.

그녀는 자기의 장미를 바라보았다. 그것은 하얀색이었고 일부는 안으로 오므라들어 신성해 보였으며 일부는 활짝 피어 환희에 넘치는 듯 보였다. 장미나무는 그림자처럼 어두웠다. 그녀는 충동적으로 손을 꽃에 갖다대고 앞으로 나아가 경배하듯 그것을 만졌다.

"그만 가자." 그가 말했다.

상아색 장미에서 서늘한 향기가 났고 흰색 장미에서 순결한 향기가 났다. 무엇인가 그로 하여금 조바심 나고 갇혀 있는 것처럼 느끼도록 만들었다. 두 사람은 말없이 걸었다.

"일요일에 봐." 그는 급히 말하고 그녀를 떠났다. 그리고 그녀는 자신의 영혼이 밤의 신성함으로 충족되었다고 느끼면서 천천히 집으로 걸어갔다. 그는 비틀거리며 길을 따라갔다. 그리고 숲에서 그가 숨쉴 수 있는 확 튄 넓은 들판으로 나오자마자 최대의 속도로 달리기 시작했다. 그의 핏줄에 감미로운 희열이 흐르는 것 같았다.

미리엄과 함께 나가 조금 늦게 들어올 때마다 어머니가 조바심을 내고 화를 낸다는 것을 폴은 알았다. 그 이유를 그는 이해할 수 없었다. 그가 집으로 들어가 모자를 벗어 던지자 그의 어머니는 시계를 쳐다보았다. 그녀는 눈에 냉기가 있어 책을 읽을 수 없었기 때문에 생각하며 앉아 있었다. 그녀는 폴이 이 처녀에게 끌리고 있다는 것을 느낄 수 있었다. 그리고 그녀는 미리엄을 좋아하지 않았다. '그 애는 남자의 영혼이 전혀 남지 않을 때까지 그것을 빨아들일 애야.' 그녀는 자신에게 말했다. '그리고 그 녀석은 워낙 멍텅구리여서 흡수당하고도 가만 있을 녀석이지. 그 애는 폴이 남자가 되도록 내버려 두지 않을 거야. 그녀는 절대 그러지 않을 거야.' 그래서 그가 미리엄과 함께 나가 있는 동안 모렐 부인은 더욱더 흥분했다.

그녀는 시계를 흘깃 보고 차갑게 그리고 다소 피곤한 듯 말했다.

"오늘 밤엔 꽤 멀리 갔다 왔구나."

그 처녀와의 접촉으로 따뜻해지고 열려 있던 그의 영혼이 움츠러들었다.

"바로 미리엄네 집까지 갔었던 게로군." 그의 어머니가 말을 이었다.

그는 대답하려고 하지 않았다. 모렐 부인은 그를 재빨리 바라보고 급히 오는 바람에 그의 젖은 머리카락이 이마에 내려와 있고 그가 늘 그렇듯이 우울하게 짜증내듯이 얼굴을 찡그리는 것을 보았다.

"네가 그 애에게서 빠져나오지 못하고 이 늦은 시간에 12킬로미터나 끌려다닌 걸 보니 걔가 아주 매력적인 모양이구나."

그는 조금 전에 느꼈던 미리엄의 매력과 어머니가 초조해한다는 사실 사이에서 마음이 아팠다. 그는 아무 말도 하지 않고 대답을 하지 않을 생각이었다. 그러나 그는 어머니를 무시할 만큼 무정해질 수 없었다.

"전 그 애와 이야기하는 게 좋아요." 그는 짜증을 내며 대답했다.

"다른 이야기 상대는 없니?"

"제가 에드가와 함께 나가면 아무 말씀도 하지 않으시겠지요?"

"물론 하지. 네가 누구와 나가든 노팅엄에서 일하고 나서 밤늦게 돌아다니기에는 길이 너무 머니까…… 게다가……." 그녀의 목소리가 갑자기 분노와 경멸로 타올랐다. "남자아이와 여자아이가 연애하는 건 역겨워."

"이건 연애가 아니에요." 그가 외쳤다.

"연애가 아니면 뭔지 모르겠구나."

"아니에요! 어머니는 우리가 서로 애무하고 그런다고 생각하세요? 우리 그냥 이야기만 해요."

"어디서 언제까지 그럴지 누가 알겠니." 그녀가 비꼬며 대답했다. 폴은 화를 내며 자기 부츠의 끈을 홱 잡아챘다.

"뭐가 그렇게 화나세요?" 그가 물었다. "그 애가 싫어서 그러세요?"

"그 애를 좋아하지 않는다는 게 아니다. 하지만 애들이 함께 나다니는 걸 난 좋다고 인정하지 않아. 그건 전에도 그랬다."

"그렇지만 우리 애니가 짐 잉거와 같이 나가는 건 상관하지 않으시잖아요?"

"그 애들은 너희 둘보다 더 분별력이 있어."

"어떻게요?"

"우리 애니는 그렇게 깊이 빠지는 타입이 아냐."

그는 이 말의 뜻을 이해하지 못했다. 그러나 그의 어머니는 피곤해 보였다. 윌리엄이 죽은 후 그녀는 결코 이전처럼 강하지 못했다. 그리고 눈이 그녀를 괴롭혔다.

"그런데……." 그가 말했다. "들판이 매우 아름다웠어요. 슬리스 씨가 엄마 안부를 물었어요. 엄마를 보고 싶대요…… 좀 괜찮으세요?"

"벌써 오래전에 자러 갔어야 했어." 그녀가 대답했다.

"하지만 엄마, 엄마는 10시 15분이 되어야 잠자리에 드시잖아요."

"오, 아냐, 그전에 자야 해!"

"오, 엄마, 지금 제가 마음에 들지 않으니까 아무 말씀이나 하시는 거지요, 그렇지요?"

그는 아주 잘 알고 있는 그녀의 이마에 키스했다. 눈썹 사이의 깊은 자국, 이제 회색으로 변해가는 위로 올라간 가는 머리카락, 그리고 자랑스럽게 잘생긴 관자놀이. 키스를 한 후 그의 손은 그녀의 어깨에 잠시 머물러 있었다. 그러고 나서 그는 천천히 자러 갔다. 그는 미리엄을 잊어버렸다. 그는 어머니의 머리카락이 따뜻하고 넓은 이마에서 뒤로 넘어간 모습만 볼 수 있었다. 그리고 어쨌든 그녀는 기분이 상했다.

그래서 다음에 미리엄을 만났을 때 폴은 그녀에게 말했다.

"오늘 밤에는 늦지 않도록 하자…… 늦어도 10시까지는 가야 해. 어머니가 매우 화를 내셔."

미리엄은 고개를 숙이고 생각에 잠겼다.

"왜 화를 내시지?" 그녀가 물었다.

"왜냐하면 내가 아침 일찍 일어나야 하니까 밤늦게 다니면 안 된다는 말씀이셔."

"그렇다면 됐어!" 미리엄이 비웃는 듯이 다소 조용히 말했다. 그는 그것에 짜증이 났다. 그리고 대개 다시 늦게 들어갔다.

그와 미리엄 사이에 어떤 종류의 사랑이라도 자라고 있다는 것을 두 사람은 모두 인정하지 않으려고 했다. 그는 자기가 그러한 감상에 빠지기에는 훨씬 분별력이 있다고 생각했으며 그녀는 자신이 고상하다고 여겼다. 그들은 둘 다 아직 성숙하지 않았고 심리적 성숙은 육체적 성숙보다 훨씬 뒤떨어졌다. 미리엄은 그녀의 어머니가 항상 그러했듯이 지나치게 예민했다. 아주 사소한 천박함에도 그녀는 거의 고통을 받으며 뒤로 물러났다. 그녀의 남자 형제들은 사나웠지만 말씨가 상스럽지는 않았다. 그 집 남자들은 농장 일에 관한 이야기를 모두 바깥에서 했다. 그러나 모든 농장에서 언제나 이루어지는 계속적인 수태와 출산 때문에 아마도 미리엄은 그 문제에 더욱더 극도로 예민했으며 그러한 육체적 관계가 희미하게 암시만 되어도 거의 역겨워할 정도로 그녀의 피는 정화되어 있었다. 폴은 자신의 기준을 그녀로부터 정했고 그들의 친밀한 관계는 완전히 창백하고 순결한 방식으로 지속되었다. 암말이 새끼를 배고 있다는 사실을 결코 언급할 수 없었다.

열아홉 살이 되었을 때 그는 주당 겨우 20실링을 받았지만 행복했다. 그림이 잘 그려졌고 그의 삶도 꽤 괜찮았다. 수난일에 그는 헴록 스톤으로 산책을 갈 계획을 세웠다. 그와 나이가 비슷한 청년이 셋 있었고 거기에 애니와 아서, 그리고 미리엄과 제프리가 함께 갔다. 아서는 노팅엄에서 견습 전기공으로 일하고 있었는데 휴일을 맞아 집으로 왔다. 모렐은 평상시와 마찬가지로 아침 일찍 일어나서 뜰에서 휘파람을 불고 톱질을 했다. 7시에 가족들은 그가 십자가 모양의 장식이 있는 빵을 3페니어치 사는 소리를 들었다. 그는 그 빵을 가져온 어린 소녀를 '예쁜이'라고 부르면서 신나게 이야기했다. 그는 나중에 빵을 가져온 여러 명의 소년들에게 작은 소녀보다 '한 발 늦었다.'고 말하고 그들을 돌려보냈다. 그러고 나서 모렐 부인이 일어났고 가족들은 한 명씩 아래층으로 내려갔다. 평일에 다른 날보다 늦게 이렇게 침대에 누워 있는다는 것이 모두에게 대단한 사치로 여겨졌다. 그리고 폴과 아서는 아침을 먹기 전에 책을 읽었고 씻지도 않고 윗도리도 입지 않고 앉아서 아침을 먹었다. 방은 따뜻했다. 모든 것이 근심과 걱정에서 벗어난 것처럼 느껴졌다. 집안에 풍요로운 느낌이 감돌았다.

아들들이 독서하고 있는 동안 모렐 부인은 정원으로 나갔다. 그들은 이제 오래된, 다른 집에 살고 있었다. 그들은 윌리엄이 죽고 나서 바로 스카질 스트리트의 집을 떠나 근처의 이 집으로 옮겨왔다. 이내 정원에서 흥분에 가득 찬 외침이 들렸다.

"폴! 폴! 이리 와봐!"

그것은 어머니의 목소리였다. 폴은 읽던 책을 집어 던지고 밖으로 나갔다. 들판으로 긴 뜰이 나 있었다. 그날은 음침한 추운 날이었고 날카로운 바람이 더비셔에서 불어왔다. 들판을 둘 지나면 베스트우드가 시작되었고 그곳에 지붕과 붉은 집들이 어지럽게 널려 있고 그 위로 교회의 탑과 회중주의 예배당의 첨탑이 솟아 있는 모습이 보였다. 그리고 그 너머에는 숲과 언덕이 있었고 그것은 페나인 산맥의 희미한 잿빛의 고지까지 이어졌다.

폴은 어머니를 찾아 정원으로 갔다. 그녀의 머리가 어린 까치밥나무 덤불 사이에서 나타났다.

"이리 와봐!" 그녀가 소리쳤다.

"왜요?" 그가 대답했다.

"와 보라니까."

그녀는 까치밥나무에 돋은 싹을 보고 있었다. 폴이 다가갔다.

"여기서 저걸 보지 못했으면 어떻게 할 뻔했니!" 그녀가 말했다.

아들이 그녀 곁으로 갔다. 울타리 아래 작은 화단에 아주 덜 자란 구근에서 나온 것처럼 보이는 연녹색의 잎이 초라하게 얽혀 있었고 실라꽃이 세 송이 피어 있었다. 모렐 부인은 짙은 푸른색 꽃을 가리켰다.

"자 이걸 보렴!" 그녀가 외쳤다. "까치밥나무 덤불을 보고 있다가 '아주 파란 저게 뭔가…… 설탕 봉지 조각인가?'라는 생각이 들었어. 그런데 저기를 봐! 설탕 봉지같이! 세 송이의 실라꽃이 있잖아. 저렇게 아름다운 꽃이 있다니! 그런데 도대체 어디서 저 꽃이 왔을까?"

"저는 모르겠어요." 폴이 말했다.

"정말 놀랍구나! 난 이 정원에 나는 잡초와 풀잎은 모두 안다고 생각했어. 그런데 잘 자라지 않았어! 까치밥나무 때문에 보이질 않아. 아무도 따지도 않고 건드리지도 않았어!"

그는 쪼그리고 앉아 종 모양의 작은 파란 꽃을 발견했다.

"이건 놀라운 색깔이에요!" 그가 말했다.

"정말 그렇지!" 그녀가 외쳤다. "난 저게 스위스에서 왔다고 생각해. 그곳엔 저렇게 아름다운 꽃들이 있다고들 하잖아. 눈 속에 핀 저 꽃을 상상해 봐! 그런데 어디서 왔을까? 여기로 날아올 수는 없겠지, 그렇지?"

그때 그는 쓸모 없이 보이는 수많은 작은 구근들을 여기에 자라도록 심은 기억이 났다.

"그런데 그런 얘기를 내게 한 적이 없지." 그녀가 말했다.

"하지 않았어요. 꽃이 필 때까지 말하지 않으려고 생각했어요."

"그런데 이제 봐라! 내가 저 꽃들을 못 볼 뻔했구나. 평생 내 정원에 실라꽃은 핀 적이 없었어."

그녀는 흥분되고 고양된 감정을 감출 수 없었다. 정원은 그녀에게 끝없는 기쁨이었다. 폴은 마침내 그녀를 위해 들판으로 이어지는 긴 정원이 있는 집에 살게 된 것에 감사했다. 아침마다 식사 후에 그녀는 밖으로 나가서 정원에서 왔다갔다하며 행복해했다. 그리고 그녀가 온갖 잡초와 풀잎을 안다는 것은 사실이었다.

산책 갈 사람들이 모두 나타났다. 그들은 음식을 싸고 즐겁고 기쁜 마음으로 출발했다. 그들은 물방앗간 수로의 벽 위로 기대어 종이를 터널 한쪽에서 떨어뜨려 그것이 다른 쪽으로 빠르게 나오는 것을 지켜보았다. 그들은 보트하우스 역 위의 육교에 서서 차갑게 빛나는 철로를 바라보았다.

"6시 30분에 스코틀랜드 급행열차인 플라잉 스코치맨 호가 지나는 것을 봐야 해." 자기 아버지가 철도 신호원인 레너드가 말했다. "야, 기차 소리가 시원찮아!" 그리고 그들은 철도가 한쪽으로는 런던으로 가고 다른 쪽으로는 스코틀랜드로 가는 것을 보고 이 두 곳을 매력적으로 느꼈다.

일크스턴에서 광부들이 무리를 지어 선술집이 열기를 기다리고 있었다. 그곳은 나태하고 늘어진 도시였다. 스탠턴 게이트에서 철 주물 공장이 불을 뿜었다. 모든 것에 대해 그들은 열띤 토론을 벌였다. 트로웰에서 그들은 더비셔로부터 다시 노팅엄으로 건너갔다. 점심 시간에 헴록 스톤에 도착했다. 그곳의 들판은 노팅엄과 일크스턴에서 온 사람들로 붐볐다.

그들은 유서 깊고 위엄 있는 유물을 기대했다. 그들은 작고 거칠고 일그러진 바위덩이를 발견했고 그것은 썩어 가는 버섯처럼 들판 한쪽에 애처롭게 서 있었다. 레너드와 딕은 그들 이름의 첫 글자인 'L. W.'와 'R. P.'를 오래된 붉은 사암에 즉시 새기기 시작했다. 그러나 폴은 이름을 새기는 사람들은 그런 식 말고는 불멸에 이르는 길을 모르는 사람이라는 풍자적인 글을 신문에서 읽었기 때문에 주저했다. 곧 남자들은 모두 그 바위 위에 올라가서 주위를 둘러보았다.

아래 보이는 들판 곳곳에서 공장 여직공과 남자 직공들이 점심을 먹거나 장난을 치고 있었다. 그 너머에는 오래된 장원의 정원이 있었다. 그곳은 주목 산울타리가 쳐져 있었고 잔디밭 둘레에 노란 크로커스가 두껍게 심어져서 경계를 이루고 있었다.

"저기 봐." 폴이 미리엄에게 말했다. "참 조용한 정원이지."

그녀는 검은 주목과 황금색의 크로커스를 보고 나서 고마워하는 눈빛으로 그를 바라보았다. 다른 이 모든 사람들 속에서 그는 그녀에게 속한 것 같지 않았다. 그는 평소와 달랐고 그녀의 가장 내밀한 영혼의 경미한 떨림을 이해해 주던 그녀의 폴이 아니라 그녀의 언어와는 다른 언어를 사용하는 다른 사람이었다. 그것이 얼마나 그녀에게 상처를 주고 그녀의 인식 자체를 죽였던가. 그가 그의 다른, 그녀가 생각하기에는, 하위 자아를 떠나 그녀에게 바로 돌아올 때에만 그녀는 다시 살아 있다고 느낄 것이다. 그런데 지금 그가 그녀와 다시 접촉하기를 원하면서 그녀에게 이 정원을 보라고 요청했다. 들판에 있는 같이 간 사람들이 답답하게 느껴져서 그녀는 여러 다발의 오므라든 크로커스로 둘러싸인 조용한 잔디밭으로 눈길을 돌렸다. 거의 환희에 가까운 정적의 느낌이 그녀를 휘감았다. 그녀가 그와 단둘이 이 정원에 있는 것 같은 느낌이었다.

그때 그는 다시 그녀를 떠나 다른 사람들과 어울렸다. 곧 그들은 집으로 출발했다. 미리엄은 혼자 뒤처져서 천천히 걸었다. 그녀는 다른 사람들과 어울리지 않았다. 그녀는 어느 누구와도 인간적인 관계를 좀처럼 유지하지 못했다. 그래서 자연이 그녀의 친구며, 동반자며, 애인이었다. 그녀는 태양이 힘없이 떨어지는 것을 보았다. 어둑어둑한 차가운 산울타리에 붉은 나뭇잎들이 있었다. 그녀는 뒤처져서 부드럽고 열정적으로 그것들을 모았다. 그녀 손가락 끝의 사랑이 나뭇잎들을 애무하고 가슴속의 열정이 나뭇잎 위에 빛났다.

갑자기 그녀는 자기가 낯선 길에서 혼자라는 것을 깨닫고 서둘러 앞으로 갔다. 길모퉁이를 돌다가 그녀는 폴과 마주쳤다. 그는 고개를 숙이고 서서 무엇인가에 마음을 집중하고 꾸준히 참을성 있게, 하지만 별 생각 없이 일하고 있었다. 그녀는 무엇인지 보려고 망설이면서 다가갔다.

그는 길 한복판에서 열중한 채 있었다. 그가 서 있는 뒤로 색깔 없는 잿빛 저녁에 한 줄기 짙은 금빛 햇살이 그를 어두운 부조에서 두드러져 보이게 했다. 마치 지는 해가 그를 그녀에게 준 것처럼 그녀는 그의 날씬하고 탄탄한 모습을 보았다. 깊은 아픔이 그녀를 사로잡았고 그녀는 자기가 그를 사랑하고 있다고 확신했다. 그리고 그녀는 그를 발견했고 그에게서 드문 잠재력을 발견했고 그의 외로움을 발견했다. '수태 고지(受胎告知)'라도 받은 것처럼 몸을 떨면서 그녀는 천천히 앞으로 나아갔다.

이윽고 그가 쳐다보았다.

"아니." 그가 고맙다는 듯이 외쳤다. "너 날 기다렸구나!"

그녀는 그의 눈 속에서 깊은 그늘을 보았다.

"그게 뭐야?"

"여기 스프링이 부러졌어."

그리고 그는 그녀에게 우산이 부서진 부분을 보여 주었다. 즉시 그녀는 우산을 망가뜨린 것은 그가 아니라 제프리라는 것을 알았고 약간 수치심을 느꼈다.

"그건 헌 우산일 뿐이잖아?" 그녀가 물었다.

그녀는 평소에 사소한 일에 신경 쓰지 않는 그가 왜 별일 아닌 일을 심각하게 여기는지 궁금했다.

"그렇지만 이건 윌리엄의 우산이었고…… 엄마가 망가진 사실을 알 수밖에 없어." 그는 여전히 참을성 있게 우산을 고치려고 하면서 조용히 말했다. 그 말은 미리엄의 마음에 칼날같이 지나갔다. 이것이 바로 그에 대한 그녀의 비전을 확인해 주었다! 그녀는 그를 바라보았다. 그러나 그에게는 일종의 체념의 느낌이 감돌았고 그녀는 감히 그를 위로하거나 심지어 그에게 부드럽게 말을 건네려고 하지도 않았다.

"젠장!" 그가 말했다. "난 못 고치겠어."

그리고 그들은 길을 따라 말없이 걸었다.

같은 날 저녁 그들은 네더 그린 근처의 나무 아래로 걸어가고 있었다. 그는 초조하게 그녀에게 이야기를 했고 자신을 확신시키기 위해 애쓰고 있는 것 같았다.

"너도 알다시피……." 그가 어렵게 말했다. "한 사람이 사랑하면 다른 사람도 사랑하게 되지."

"아!" 그녀가 대답했다. "내가 어렸을 때 어머니가 말했듯이 '사랑은 사랑을 낳아.'"

"그래…… 그 비슷한 거야…… 나도 그렇다고 생각해."

"나도 그러길 바라…… 그렇지 않다면 사랑이란 매우 끔직한 것이 될 테니까." 그녀가 말했다.

"그래, 하지만 사랑은 끔직한 거야…… 적어도 대다수 사람들에게는 그래." 그가 대답했다.

그리고 미리엄은 그가 그렇게 믿고 있다고 생각하고서 마음이 강해지는 것을 느꼈다. 그녀는 그 길에서 갑자기 그와 마주친 일을 항상 계시라고 여겼다. 그리고 이 대화는 그녀의 마음에 신성한 율법의 글자들 가운데 하나로 새겨졌다.

이제 미리엄은 폴과 함께 그를 위하여 서 있었다. 대략 이 시기에 그가 윌리 농장에서 거만한 모욕적인 태도로 가족들을 격분시켰을 때 그녀는 그의 편에 섰고 그가 옳다고 믿었다.

그리고 이 시기에 그녀는 그에 대해 생생하고 잊을 수 없는 꿈들을 꾸었다. 이러한 꿈들은 나중에도 계속하여 나타났고 더욱 미묘한 심리적 단계로 발전했다.

부활절 월요일에는 같은 일행이 윙필드 장원으로 소풍을 갔다. 은행 휴일 군중들이 북적거리는 가운데 레슬리 브리지에서 기차를 타는 것은 미리엄에게 대단히 즐거운 일이었다. 그들은 알프레턴에서 기차를 내렸다. 폴은 개를 끌고 다니는 광부들과 거리의 모습에 관심이 있었다. 새로운 광부 가족이 있었다. 미리엄은 그들이 교회에 도착할 때까지 활기가 없었다. 그들은 음식 가방을 들고 있어서 쫓겨날까 봐 겁이 나서 들어가는 것을 다소 머뭇거렸다. 마르고 익살맞은 레너드가 먼저 들어갔고, 쫓겨나는 것보다는 차라리 죽는 편을 택했을 폴은 맨 뒤에 들어갔다. 그곳은 부활절을 위해 장식을 해 놓았다. 성수반(聖水盤)에는 수백 송이의 흰 수선화가 자라고 있는 것 같았다. 내부는 흐릿하고 색창문을 통해 들어오는 색깔로 물들었고 백합과 수선화의 섬세한 향기로 가득했다. 이러한 분위기에서 미리엄의 영혼은 고조되었다. 폴은 그가 해서는 안 되는 일을 하지 않을까 두려웠다. 그리고 그 장소의 느낌에 민감했다. 미리엄이 그를 돌아보았다. 그가 답했다. 그들은 함께 있었다. 그는 성찬식 난간을 넘지 않을 것이다. 그녀는 그러한 그를 사랑했다. 그녀의 영혼은 그의 곁에서 기도로 확대되었다. 그는 흐릿한 종교적인 장소의 기이한 매력을 느꼈다. 그에게 내재한 모든 신비주의가 생명감으로 떨리고 있었다. 그녀는 그에게 끌렸다. 그는 그녀에게 기도와 같았다.

교회의 뜰에는 나팔수선화와 노랑수선화가 만개했고, 햇볕 속에 빛이 나서 나부끼는 것 같았다. 공원에는 수많은 양들이 낮은 소리로 울어 대어 대기가 떨리는 것 같았다. 레너드와 딕은 술을 마시러 선술집으로 들어갔고 폴과 애니는 그것이 마음에 들지 않았다.

"술집에 왜 들어갔어?" 폴이 언짢아하며 물었다.

"글쎄." 딕이 웃었다. "우린 레모네이드 마시러 갔어."

"그렇다면 그건 가게에서 살 수도 있었잖아." 애니가 말했다.

"가게라고!" 레너드가 외쳤다. "너 우리 영국의 건장한 용사들이 가게에서 레모네이드 마시는 걸 봤어?"

"볼 수 없지." 폴이 말했다. "하지만 네 건장한 영국 주둥이는 볼 수는 있어."

"내 주둥이가 잘못한 게 뭐지?" 레너드가 그의 넓은 입을 닦으며 말했다.

미리엄은 다른 남자들에게 거의 말을 하지 않았다. 그들은 그녀와 이야기하면 바로 어색해졌다. 그래서 미리엄은 보통 침묵을 지켰다.

한낮이 지나서야 그들은 장원으로 가는 가파른 길을 올라갔다. 햇볕은 놀랍도록 따뜻했으며 모든 것이 햇빛 속에서 생기를 부여받았고 부드럽게 빛났다. 애기똥풀과 제비꽃이 피어 있었다. 일행은 모두가 더할 나위 없이 행복했다. 빛나는 담쟁이덩굴, 부드럽고 분위기 있는 잿빛 성벽, 폐허 근처의 안온한 느낌, 모든 것이 완벽했다.

장원은 단단하고 엷은 잿빛의 돌로 지어졌고 외벽은 장식이 없고 고요했다. 젊은이들은 황홀함에 사로잡혔다. 그들은 이 유적을 탐험하는 그들의 기쁨이 거부될지 모른다고 거의 두려워하며 떨면서 들어갔다. 높고 부서진 성안에 있는 첫번째 안뜰에 수레들이 있었다. 수레의 굴대들이 한가롭게 땅에 뒹굴고 바퀴에는 붉은 황금색 녹이 빛났다. 그곳은 정적에 싸여 있었다.

그들은 모두 기꺼이 6펜스를 내고 머뭇거리며 내부에 있는 안뜰의 훌륭하고 깨끗한 아치를 지나갔다. 그들은 수줍어했다. 그곳에는 이전에 홀이 있었던 포장된 보도 위에 가시나무 고목에 싹이 나 있었다. 온갖 이상한 입구와 허물어진 방들이 그들 주위의 그늘에 있었다.

"이거 그럴 듯하지 않아!" 레너드가 소리쳤다.

"정말 그렇지!" 폴이 맞장구를 쳤다.

그리고 그들은 탐험을 계속하기 위하여 밖으로 뛰어나왔다.

"이봐, 얘들아!" 레너드가 외쳤다. "여기 화덕이 있어!"

그리고 그는 즉시 굴로 기어 들어갔다. 딕과 폴이 그 뒤를 따라 기어갔고 세 사람은 앉아서 지구의 내장에서 나오는 소리 같은 소의 울음소리를 크게 냈다.

"그들은 이 속에서 소를 한두 마리 요리할 수 있었을 거야." 딕이 말했다.

"그리고 사슴도 한두 마리." 폴이 덧붙였다.

"그리고 말도 한두 마리." 레너드가 덧붙였다.

얼마 후 레너드는 크게 말이 우는 소리를 내었고 다른 두 사람은 그를 주먹으로 때렸다. 폴은 밖으로 뛰쳐나왔고 탐험은 계속되었다. 마침내 그들은 제프리와 여자들과 다시 합류했다. 제프리는 무엇인가 먹고 있었다.

"먹을 때가 된 거 같은데." 레너드가 말했다.

"난 벌써 시작했어." 제프리가 말했다. 그는 출발할 때부터 이것저것 먹고 있었다.

"어디에 앉을까?" 미리엄이 물었다.

"연회실로 들어가자." 폴이 말했다.

"그 방이 연회실인지 어떻게 알아?" 레너드가 물었다.

"그림책에서 봤으니까."

"좋아, 그러면 우린 연회를 여는 거야." 레너드가 말했다.

폐허가 된 큰 방에는 부서진 울퉁불퉁한 벽이 푸른 하늘을 배경으로 높이 솟아 있었다. 그들은 햇빛을 받으며 앉아서, 큰 창문의 장식 격자에 앉아 지저귀는 새들을 쳐다보면서 음식을 먹었다.

"자 퍼즈볼 경." 레너드가 폴에게 말했다. "이 사슴 고기 파이를 먹어 보겠오?"

"아니오, 스테이본 경." 폴이 대답했다. "난 이 빵과 치즈 조각이나 먹을 거요."

"그리고 바라건대……." 제프리가 말했다. "좀 더 붙어 앉아서 자리를 내어 주시오."

"대단히 미안한 말이오만, 경은 너무 자리를 많이 차지하오." 레너드가 말했다.

"폴!" 애니가 말했다. "네가 좋아하는 단단하게 삶은 계란을 먹어 봐."

"친애하는 귀족 여러분, 오늘 우리는 불사조 알 잔치를 열 겠소. 이 알은 한 마리밖에 없는 우리 불사조가 낳은 것으로서 저기 아주 협조적인 우리의 새가 새긴 문장(紋章)이 있고⋯⋯." 폴이 말했다.

"말하자면, 오물이지요." 레너드가 말했다.

"그것은 수세기 동안 우리의 자랑스러운 가문의 문장이었습니다. 아멘"

"어디서나 볼 수 있는 검댕입니다." 폴이 덧붙였고 이 말에 미리엄이 웃었다.

점심을 먹은 후 그들은 다시 한번 이 폐허를 탐험하기 시작했다. 이번에는 안내자이자 해설자의 역할을 할 수 있을 청년들과 여자들이 함께 갔다. 모퉁이에 스코틀랜드의 메리 여왕이 감금되었다고 하는, 다소 불안해 보이는 아주 높은 탑이 있었다.

"여왕이 여기를 올라가고 있다고 생각해 봐." 미리엄이 텅 빈 계단을 올라가며 낮은 목소리로 말했다.

"여왕이 신경통으로 몹시 고생했는데 그녀가 일어날 수 있 었겠어." 폴이 말했다. "그들이 여왕을 형편없이 대했어."

"당연히 그런 대접을 받아야 한다고 생각하지 않지?" 미리 엄이 물었다.

"아니, 그렇게 생각하지 않아. 그녀는 단지 명랑했을 뿐이야."

그들은 나선식 계단을 계속 올라갔다. 세찬 바람이 구멍으로 들어와 통로를 타고 올라와서 미리엄의 치마를 풍선처럼 부풀렸다. 그녀는 수치스러웠고 마침내 그녀를 위해 그가 옷자락을 잡고 치마를 내려 주었다. 그는 그녀의 장갑을 집듯이 이 일을 매우 간단하게 했다. 그녀는 이 순간을 늘 기억했다.

허물어진 탑 꼭대기 둘레에는 오래된 담쟁이덩굴이 멋있게 나 있었다. 또한 창백하고 차가운 싹이 난 향꽃장대가 몇 그루 있었다. 미리엄은 몸을 내밀어 덩굴을 따고 싶었지만 폴은 그렇게 하지 못하게 했다. 그 대신 그녀는 그의 뒤에 서서 그가 덩굴을 따서 순수한 기사도 방식으로 그녀에게 하나씩 건네주는 것을 받아야 했다. 그 탑은 바람에 흔들리는 것 같았다. 그들은 수십 킬로미터에 걸쳐 펼쳐져 있는 숲과 초원의 빛으로 가득 찬 땅을 굽어보았다.

장원 밑의 지하실은 아름다웠고 완벽하게 보존되어 있었다. 폴은 그림을 그렸다. 미리엄은 그와 함께 있었다. 그녀는 스코틀랜드의 메리 여왕이 왜 자신이 비참하게 되었는지 이해하지 못하고 긴장되고 희망이 없는 눈으로 도와주는 사람이 아무도 오지 않는 언덕을 굽어보거나, 이 토굴에 앉아서 자신이 앉아 있는 장소만큼 차가운 신에 관해 이야기를 듣고 있는 모습을 상상했다.

그들은 언덕에 깔끔하고 거대하게 서 있는 아름다운 장원을 둘러보며 다시 즐겁게 출발했다.

"네가 저 농장을 가질 수 있다고 가정해 봐." 폴이 미리엄에게 말했다.

"그래!"

"널 보러 오는 일이 멋있지 않겠어!"

그들은 이제 돌담이 있는 허허 벌판에 왔다. 그는 이곳을 좋아했고, 이곳은 미리엄의 집에서 16킬로미터밖에 떨어져 있지 않았지만 그녀에게는 아주 생소했다. 일행은 각각 흩어져 걸어갔다. 그들은 태양을 등지고 수없이 많고 작은 보석으로 장식된 듯 반짝이는 길을 따라 경사진 넓은 들판을 건너갔다. 폴이 미리엄의 곁에서 걸어가면서 그녀가 들고 있는 가방의 끈에 자기 손가락을 넣었고 그녀는 뒤에서 따라오며 지켜보던 애니가 즉시 질투하는 것을 느꼈다. 그러나 들판은 찬란한 햇빛을 흠뻑 받고 길에는 보석이 뿌려져 있는 것 같았다. 그가 그녀에게 어떤 신호를 보내는 경우는 드물었다. 그녀는 가방 끈 사이로 자기 손가락을 아주 가만히 잡고 있었고 그녀의 손가락에 그의 손가락에 닿았다. 그리고 그곳은 비전과 같이 황금빛이었다.

마침내 그들은 집들이 흩어져 있는 우중충한 고지의 크리치 마을에 들어섰다. 그 마을 너머에는 집 정원에서 볼 수 있었던 유명한 크리치 스탠드가 있었다. 일행은 계속 걸어갔다. 거대하게 넓은 벌판이 아래쪽에 펼쳐져 있었다. 청년들은 열심히 언덕 위로 올라갔다. 언덕 위는 반쯤은 잘라져 나간 둥근 둔덕이었고, 옛날에 노팅엄셔와 레이체스터셔의 평지 아래까지 신호를 보내기 위해 세운 튼튼하고 낮고 오래된 기념비가 서 있었다.

높고 노출되어 있는 언덕 위에는 바람이 워낙 세게 불어 바람을 피하는 유일한 방법은 바람에 못 박힌 듯 탑 벽에 붙어서 있는 것이었다. 그들의 발밑으로는 절벽이 있었고 그곳에서 석회암을 채석해 내었다. 아래쪽으로 언덕과 매틀록,[4] 앰버게이트, 스토니 미들턴 등 작은 마을이 어지럽게 흩어져 있는 모습이 보였다. 청년들은 왼편에 약간 숲으로 덮인 벌판에서 멀리 떨어진 곳에 베스트우드 교회를 찾으려고 애썼다. 그들은 교회가 들판에 서 있는 것처럼 보여서 실망했다. 그들은 더비셔의 언덕들이 남쪽으로 펼쳐진 내륙 지방의 단조로움에 빠져 있는 것을 보았다.

미리엄은 바람에 약간 겁을 먹었지만 청년들은 그것을 좋아했다. 그들은 수마일을 계속 걸어서 왓스탠드웰로 갔다. 음식을 다 먹어 치웠고 모두 배가 고팠으며 집까지 돌아갈 돈도 부족한 형편이었다. 그러나 그들은 이럭저럭 빵 한 덩이와 건포도빵을 사서 주머니칼로 여러 조각을 내어 다리 근처의 담장에 앉아 먹으면서 맑은 더웬트강이 빠르게 흘러가는 광경과 매틀록에서 온 대형 사륜마차가 여관 앞에 멈춰 서는 모습을 지켜보았다.

폴은 피곤하여 창백해졌다. 그는 하루 종일 일행을 책임졌으며 이제 그는 기운이 빠졌다. 미리엄이 얼른 알아차리고 그에게 다가가자 그는 자신을 미리엄에게 맡겼다.

그들은 앰버게이트 역에서 한 시간을 기다려야 했다. 기차

---

4) Matlock. 잉글랜드 더비셔주의 더비셔데일스 구에 있는 지역. 더웬트강 주변으로 아름다운 골짜기들과 바위투성이의 언덕들로 유명하다.

가 왔고 맨체스터와 버밍햄과 런던 등지로 돌아가는 소풍객들로 붐볐다.

"우리도 그쪽으로 갈 수 있어…… 우리도 그렇게 멀리 가고 있다는 것처럼 보일 거야." 폴이 말했다.

그들은 다소 늦게 돌아왔다. 미리엄은 제프리와 함께 집으로 걸어가면서 달이 크고 붉고 몽롱하게 떠오르는 모습을 보았다. 그녀는 자신의 내부에 무엇인가가 실현되는 것을 느꼈다.

미리엄에게는 학교 선생인 언니 애거사가 있었다. 둘은 사이가 좋지 않았다. 미리엄은 애거사가 세속적이라고 여겼다. 그리고 자신도 학교 선생이 되고 싶었다.

어느 토요일 오후 애거사와 미리엄은 위층에서 옷을 갈아입고 있었다. 그들의 침실은 외양간 위에 있었다. 그 방은 천장이 낮았고 별로 넓지 않고 썰렁했다. 미리엄은 베로네세[5]가 그린 「성 캐서린」의 복사화를 벽에 못으로 걸어 놓았다. 미리엄은 창가에 꿈꾸며 앉아 있는 그 여인을 사랑했다. 미리엄 자신의 창문은 앉아 있기에는 너무 작았다. 그러나 앞 창문에는 인동덩굴과 양담쟁이가 드리워져 있고 거기에서 뜰 건너편에 있는 떡갈나무 숲의 나무 위 부분을 볼 수 있었다. 뒤 창문은 손수건 정도 크기밖에 되지 않았고 동쪽으로 난 통풍용 창으로서 아름다운 둥근 언덕 위로 새벽이 찾아오는 광경을 볼 수 있었다.

---

5) 파올로 칼리아리 베로네세(Paolo Caliari Veronese, 1528~1588). 색채의 대가로 알려졌으며 실제 공간 너머까지 시야를 확장시키는 환영적인 구도에도 뛰어난 솜씨를 보였다.

두 자매는 서로에게 별로 말을 걸지 않았다. 애거사는 예쁘고 자그마하고 의지가 굳었으며 집의 분위기에 반항하고 '다른 뺨' 교리에 반발했다. 그녀는 이제 바깥 세상에 나갔으며 웬만큼 독립할 수 있는 길에 들어섰다. 그리고 그녀는 외모와 매너와 지위 등 미리엄이 기꺼이 무시할 세상의 가치를 옹호했다.

폴이 올 때 두 처녀는 자리를 피해서 위층에 있기를 좋아했다. 그들은 달려 내려와서 계단 밑의 문을 열고 그가 그들을 기다리며 바라보고 있는 모습을 좋아했다. 미리엄은 서서 그가 준 묵주를 머리에 끼워 넣어 목에 걸려고 애썼다. 그것은 그녀의 엉킨 머리카락에 걸렸다. 그러나 마침내 그녀는 그것을 목에 걸었고 적갈색의 나무 구슬은 그녀의 시원한 갈색 목에 잘 어울렸다. 그녀는 몸이 잘 발달되었으며 매우 매력적이었다. 그러나 흰 페인트를 칠한 벽에 걸린 작은 거울에서 그녀는 자신의 전신을 한 번에 볼 수 없었다. 애거사는 작은 거울을 샀고 그것을 자기에게 편리하도록 세워 놓았다. 미리엄은 창문 가까이 있었다. 갑자기 그녀는 귀에 익은 쇠사슬 문고리 소리를 들었고 폴이 문을 활짝 열고 자전거를 뜰로 밀어 넣는 것을 보았다. 그녀는 그가 집 쪽을 바라보는 것을 보고 뒤로 물러섰다. 그는 무관심한 태도로 걸었고 그의 자전거는 살아 있는 것처럼 그와 함께 왔다.

"폴이 왔어!" 미리엄이 소리를 질렀다.

"기쁘지 않아?" 애거사가 신랄하게 말했다.

미리엄은 놀라고 당황하여 가만히 서 있었다.

"그런데, 넌 안 그래?" 미리엄이 물었다.

"그래, 하지만 난 티를 내서 내가 보고 싶어 한다는 것을 그가 알게 하진 않을 거야."

미리엄은 깜짝 놀랐다. 그녀는 그가 아래 외양간에 자전거를 두고 한때 광산에서 일했고 초라해진 말 지미와 이야기하는 소리를 들었다.

"헤이, 지미, 잘 있었니? 아프고 슬프기만 해? 안됐구나, 이 친구야!"

폴의 손길에 말이 고개를 들자 밧줄이 구멍으로 흘러 들어가는 소리를 미리엄은 들었다. 말 이외에는 아무도 들을 수 없을 것이라고 생각하고서 그가 말하는 소리를 듣는 것이 그녀는 얼마나 좋았던가. 그러나 그녀의 에덴 동산에는 뱀이 있었다. 그녀는 자기가 폴 모렐을 원하는지 알기 위해 자신의 내부를 진지하게 탐구했다. 그녀는 그것에 어떤 수치심이 있으리라고 느꼈다. 꼬인 감정으로 가득 차 있어 그녀는 자기가 그를 정말로 원하는 게 아닌지 두려웠다. 그녀는 스스로를 단죄한 상태였다. 그러자 새로운 수치심에서 고뇌가 찾아왔다. 그녀는 고통의 소용돌이에서 마음이 위축되었다. 자기가 폴 모렐을 원하는가? 그는 그녀가 자기를 원한다는 것을 알고 있는가? 그녀에 대한 얼마나 미묘한 오명인가! 그녀는 자신의 영혼 전체가 수치심의 매듭으로 휘감기는 것처럼 느꼈다.

애거사가 옷을 먼저 입고 아래층으로 달려갔다. 미리엄은 언니가 그 청년을 명랑하게 맞이하는 소리를 들었고 그녀의 잿빛 눈이 그 어조와 함께 얼마나 빛났을지 정확히 알았다. 그러나 미리엄은 그를 원한다고 스스로를 비난하고 고문의 말뚝에 매여 거기 서 있었다. 쓰라린 혼란에 휩싸여 그녀는 무릎을 꿇고 기도했다.

'오 주님, 폴 모렐을 사랑하지 않게 하소서. 제가 그를 사랑하지 말아야 한다면 사랑하지 않도록 하소서.'

그러나 그 기도는 정상적이 아니었고 그녀는 기도를 멈추었다. 그녀는 고개를 들고 곰곰이 생각했다. 그를 사랑하는 것이 어떻게 나쁠 수가 있는가? 사랑은 신의 은혜가 아닌가. 그런데 사랑이 그녀에게 수치심을 불러일으켰다. 그것은 그 사람, 폴 모렐 때문이었다. 그러나 그것은 그의 일이 아니라 그녀 자신의 일이며, 그녀와 신 사이의 일이었다. 그녀는 희생양이 되어야 했다. 그러나 그것은 신의 희생이지 폴 모렐이나 그녀의 희생이 아니었다. 몇 분이 지난 후 그녀는 얼굴을 베개에 묻고 다시 기도했다.

'하지만 주여 그를 사랑하는 것이 당신의 뜻이라면 그를 사랑하게 하소서…… 인간의 영혼을 위해 죽으신 그리스도처럼 사랑하게 하소서. 그는 당신의 아들이니 제가 그를 찬란하게 사랑하게 하소서.'

그녀는 잠시 매우 조용히 그리고 깊이 감동을 받고서 무릎을 꿇고 있었다. 그녀의 검은 머리카락이 붉은 사각형 천 조각과 대조를 이루었고 라벤다꽃이 사각형의 누비이불을 잔가지로 장식했다. 기도는 그녀에게 거의 본질적인 것이었다. 기도가 끝난 후 그녀는 희생하신 신과 자신을 동일시하고, 수많은 인간의 영혼에 가장 깊은 축복을 준 저 자기 희생의 환희에 빠져들었다.

그녀가 아래층으로 내려갔을 때 폴은 안락의자에 기대어 앉아서 애거사에게 매우 열심히 길게 이야기하고 있었고 애거사는 그가 그녀에게 보여 주려고 가져온 작은 그림을 조롱하고 있었다. 미리엄은 두 사람을 한 번 보고 그들이 장난하는 모습을 피해 혼자 있기 위해 거실로 갔다.

차 마시는 시간이 되어서야 그녀는 폴과 이야기를 할 수 있었고 그때 그녀의 태도가 너무나 쌀쌀하여 그는 자기가 그녀의 감정을 상하게 했다고 생각했다.

미리엄은 매주 목요일 저녁 베스트우드의 도서관에 가는 일과를 중단했다. 봄철 내내 정기적으로 폴을 찾아가고 나서 여러 차례 사소한 사건을 겪고 그의 가족에게 작은 모욕을 당한 후 그 집 식구들이 자기를 어떻게 생각하는지 깨달았고 더이상 폴의 집을 방문하지 않기로 작정했다. 그래서 어느 날 저녁 그녀는 폴에게 목요일 밤마다 그를 보러 다시는 그의 집을 찾아가지 않을 것이라고 선언했다.

"왜?" 그가 매우 짧게 물었다.

"별일 아냐. 그냥 안 가는 게 좋겠어."

"그렇게 해."

"하지만." 그녀가 말을 더듬었다. "네가 만나고 싶으면 우린 여전히 함께 갈 수 있어."

"널 어디서 만나?"

"어디든…… 네가 좋은 곳에서."

"난 아무 데서도 널 만나지 않을 거야. 왜 날 찾아오지 않겠다는 건지 이유를 알 수 없어. 하지만 찾아오지 않겠다면 널 만나고 싶지 않아."

그래서 그녀와 그에게 그렇게 소중했던 목요일 저녁은 없어졌다. 그 대신 그는 열심히 일했다. 모렐 부인은 이렇게 사태가 진행되는 데 대해 만족스러운 콧소리를 냈다.

폴은 그들이 연인이라고 인정하려 들지 않았다. 그들 사이의 친밀함은 영혼의 문제나, 사상, 또는 의식을 고양시키기 위한 피곤한 노력 등 너무나 추상적인 것이어서 그는 그것이 플라토닉한 우정이라고만 여겼다. 그는 자기들 간에 다른 무엇이 있다는 것을 단호하게 부인했다. 미리엄은 아무 말을 하지 않거나 매우 조용하게 동의했다. 그는 자신에게 일어나는 일을 모르는 바보였다. 암묵적으로 동의함으로써 그들은 친구들이 하는 말과 암시하는 바를 무시했다.

"우리는 연인이 아냐. 우리는 친구야." 그가 그녀에게 말했다. "우리는 그걸 알아. 다른 사람들은 마음대로 말할 수 있어. 다른 사람들이 말하는 게 무슨 소용이 있어."

이따금 그들이 함께 걸어갈 때 미리엄은 머뭇거리며 가만히 팔짱을 끼었다. 그러나 폴은 언제나 이것을 싫어했고 그녀는 그것을 알았다. 그것은 그의 마음에 격렬한 갈등을 일으켰다. 그의 자연스러운 사랑의 불꽃이 고상한 사고로 전달될 때 미리엄이 보기에 그는 언제나 높은 추상의 차원에 있었다. 그녀는 그렇게 원했다. 폴이 명랑하면, 미리엄의 표현대로 까불까불하면, 그녀는 그가 자기에게 돌아올 때까지, 그에게 다시 변화가 일어날 때까지 기다렸고 그는 이해받고 싶은 욕망에 불타 인상을 쓰고 자신의 영혼과 씨름하고 있었다. 그리고 이해 받고 싶은 열망이 불탈 때 그녀의 영혼은 그의 영혼에 가까이 있었고 그녀는 그를 전적으로 소유했다. 그러나 그는 먼저 추상화되어야 했다.

그런데 미리엄이 그의 팔짱을 끼면 그것은 그에게 거의 심한 고통을 일으켰다. 그의 의식이 분열되는 것 같았다. 그녀가 만지는 곳은 마찰로 화끈거렸다. 그의 마음속에 격렬한 전투가 벌어지고 있었으며 이 때문에 그는 그녀에게 잔인하게 되었다.

한여름의 어느 날 저녁 미리엄이 그의 집을 방문했다. 그녀는 거기까지 올라오느라고 더웠다. 폴은 혼자 부엌에 있었고 그의 어머니가 위층에서 움직이는 소리가 들렸다.

"완두꽃을 보러 가자." 그가 그녀에게 말했다.

그들은 정원으로 갔다. 작은 마을과 교회 뒤로 보이는 하늘은 붉은 오렌지색이었고 화단에는 이상하고 따뜻한 빛이 쏟아져 모든 잎들이 의미심장한 모습을 띠고 있었다. 폴은 크림색과 옅은 푸른색의 완두꽃을 여기저기서 따면서 완두콩을 심어 놓은 좁은 길을 따라 지나갔다. 향기를 맡으면서 미리엄이 뒤따랐다. 그녀는 꽃을 자신의 일부로 만들어야 한다고 느낄 정도로 강렬하게 꽃에 이끌렸다. 그녀가 몸을 굽혀 꽃의 향기를 맡을 때 그녀와 꽃이 서로 사랑하는 것 같았다. 폴은 이것 때문에 그녀를 증오했다. 그녀의 행동에는 일종의 노출이, 너무나 내밀한 것이 있는 것 같았다.

그가 웬만큼 꽃을 꺾고 나서 그들은 집으로 돌아왔다. 그는 잠시 위층에서 그의 어머니가 조용히 움직이는 소리에 귀를 기울이다가 말했다.

"이리 와. 꽃을 달아 줄게."

그는 그녀의 가슴에 두세 송이씩 한번에 달고 이따금 뒤로 물러나 보기 좋은지 확인했다.

"있잖아." 그가 자기 입에서 핀을 집으며 말했다. "여자는 항상 자기가 거울을 보면서 꽃을 달아야 해."

미리엄이 웃었다. 그녀는 아무렇게나 꽃을 옷에 달아야 한다고 생각했다. 폴이 그녀를 위해 꽃을 정성스럽게 달아 주는 것은 그의 기분이었다.

그는 그녀의 웃음에 조금 기분이 상했다.

"그렇게 하는 여자들도 있어…… 점잖게 보이는 여자들 말이야."

미리엄이 다시 웃었지만 그것은 즐거운 웃음이 아니었다. 그는 일반적인 방식으로 그녀를 다른 여자들 속에 포함시키고 있었다. 다른 남자에게 이 말을 들었다면 그녀는 그것을 무시했을 것이다. 그러나 그에게 이런 말을 듣는 것은 그녀에게는 상처였다.

그가 꽃을 거의 다 달아 주었을 때 그는 계단을 내려오는 어머니의 발 소리를 들었다. 그는 서둘러 마지막 핀을 꽂고 돌아섰다.

"엄마에게 말하지 마." 그가 말했다.

미리엄은 자기 책을 집어 들고 현관에 서서 화난 채 아름다운 석양을 바라보았다. 더 이상 폴을 찾아오지 않으리라고 그녀는 속으로 말했다.

"안녕하세요, 모렐 부인." 그녀가 공손하게 말했다. 그녀의 말은 그녀가 그곳에 있을 권리가 없다고 느끼는 듯이 들렸다.

"오 미리엄이구나!" 모렐 부인이 냉담하게 말했다.

그러나 폴은 자신과 미리엄의 우정을 모두가 받아들이라고 주장했고 모렐 부인은 현명하게도 불화를 겉으로 드러내 보이지 않았다.

그가 스무 살이 되어서야 그의 가족은 휴일에 여행을 할 수 있을 정도로 사정이 나아졌다. 모렐 부인은 결혼하고 나서 언니를 보러 간 것을 제외하고는 한 번도 멀리 떠난 적이 없었다. 이제 마침내 폴이 충분히 돈을 모아서 그들은 모두 함께 떠나게 되었다. 애니의 친구 몇 사람, 폴의 친구 한 명, 전에 윌리엄이 일했던 사무실에서 일하는 청년, 그리고 미리엄이 동행하기로 했다.

방을 예약하기 위해 편지를 쓰는 것은 대단한 즐거움이었다. 폴과 어머니는 서로 끝없이 토의했다. 그들은 가구가 갖추어진 작은 집에서 두 주일을 보내고 싶었다. 그녀는 일 주일이면 충분하다고 생각했지만 그는 이 주일을 고집했다. 그는 아침에 우편물이 도착하기 전에 집을 떠났다. 그래서 그가 집으로 돌아오면 그의 어머니의 첫 마디는 이러했다.

"폴, 스케그니스에 있는 고양이 같은 여자 알지…… 그 여자가 그 보잘것없는 방갈로를 일주일에 4기니만 원한다는구나."

"그러면 그 여자에게 계속 그렇게 나팔 불라고 하세요." 폴이 말했다.

"나도 그렇게 생각해." 그의 어머니가 분개하며 말했다. 그리고 그날 저녁 그는 또 다른 편지를 썼다. 마침내 그들은 마블소프에서 그들이 원하는 집이 일주일에 30실링이라는 답장을 받았다. 가족들은 대단히 환호했다. 폴은 어머니를 위하여 몹시 기뻐했다. 그녀는 이제 진정한 휴가를 갖게 될 것이다. 그와 그녀는 저녁에 함께 앉아 휴가가 어떨지 생각했다. 애니가 들어오고 레너드와 앨리스, 그리고 키티도 들어왔다. 모두 열렬하게 좋아했고 기대에 가득 찼다. 폴은 미리엄에게 이야기했다. 그녀는 기쁘게 여행에 대해 숙고하는 것처럼 보였다. 그러나 모렐 가는 흥분으로 가득 찼다.

그들은 토요일 아침 7시 기차로 떠나게 되어 있었다. 폴은 미리엄이 아침에 걸어오기에는 너무 멀리 사니까 집에 와서 자는 것이 낫겠다고 제안했다. 그녀는 전날 저녁을 먹으러 왔다. 모든 식구들이 흥분에 싸여 있어 미리엄에게조차 우호적이었다. 그러나 그녀가 집으로 들어오자마자 집안의 분위기는 긴장되고 답답해졌다. 그는 마블소프가 언급된 진 인겔로의 시를 발견했고 그것을 미리엄에게 꼭 읽어 주고 싶었다. 그는 가족들에게 시를 읽어 줄 정도로 감상적인 방향으로 나아가지는 않았을 것이다. 그러나 이제 그들은 기꺼이 듣겠노라고 했다. 미리엄은 소파에 앉아 그에게 열중해 있었다. 폴이 있으면 그녀는 언제나 그에게 열중해 있었다. 모렐 부인은 질투하며 자기 의자에 앉아 있었다. 그녀도 들을 작정이었다. 그리고 애니와 아버지조차 그 자리에 있었다. 모렐은 설교를 들으면서 그 사실을 의식하는 사람처럼 머리를 한쪽으로 기울이고 있었다. 폴은 시집 위에 머리를 숙였다. 그는 지금 자기가 좋아하는 관객을 모두 모았다. 그리고 모렐 부인과 애니는 누가 가장 잘 듣고 그의 총애를 받을 것인지 경쟁하고 있었다. 그는 매우 신바람이 났다.

"그런데." 모렐 부인이 가로막았다. "종이 울리도록 되어 있는 「엔더비의 신부」가 무슨 곡이냐?"

"그건 물에 대한 경고를 담은 가사로 종으로 연주한 오래된 곡이에요. 엔더비의 신부는 홍수 때에 물에 빠져 죽었을 거예요." 그가 대답했다. 폴은 그것이 무엇인지 전혀 몰랐지만 여자들에게 모른다고 고백할 정도로 자신을 낮추고 싶지 않았다. 그들은 그에게 귀를 기울였고 그의 말을 믿었다. 그도 자기가 한 말을 믿었다.

"사람들은 그 곡의 의미를 알았니?" 그의 어머니가 말했다.

"네…… 스코틀랜드 사람들이 「숲 속의 꽃」을 들을 때 아는 것 처럼요……. 그리고 경고하기 위해 종을 거꾸로 울릴 때와 마찬가지예요."

"어떻게 그럴 수 있지!" 애니가 말했다. "종은 거꾸로 울릴 때나 바로 울릴 때나 똑같이 들릴 텐데."

"하지만……." 그가 말했다. "낮은 종에서 시작해서 높은 종으로 가면 달라. 더―더―더―더―더―더―더―더!"

그는 음계를 높이며 소리를 냈다. 모두가 그럴 듯하다고 생각했다. 그도 그렇게 생각했다. 그러고 나서 잠시 기다린 후 그는 시를 계속 읽었다.

"흠!" 그가 시를 다 읽었을 때 모렐 부인이 신기한 듯이 말했다. "하지만 난 글들이 그렇게 슬프지 않으면 좋겠구나."

"난 그 사람들이 왜 물에 빠져 죽고 싶어 했는지 알 수 없다." 모렐이 말했다. 잠시 이야기가 끊어졌다. 애니가 식탁을 치우려고 일어났다.

"전 '엘리자베스'가 매우 아름다운 이름이라고 생각해요." 미리엄이 낮은 목소리로 말했다. "'내 아들의 아내 엘리자베스…….'"

"그래." 폴이 말했다.

"맞아." 그의 어머니가 말했다. "하지만 난 '리지'는 싫어. 그리고 '리자'는 혐오스러울 정도야."

폴이나 미리엄에게 '리지'나 '리자'는 그것과 아무런 관계가 없는 것으로 보였다.

"하지만 '엘리자베스'는!" 미리엄이 중얼거렸다.

"그리고 엘리자베스 여왕은 '위대한 엘리저'로 불리는 걸 몹시 좋아했어요." 폴이 말했다.

"그 이야기는 내일 또 해요. 지금은 해결 날 것 같지 않아." 모렐이 외쳤다.

모렐 부인이 웃었다. 폴도 웃었다.

"그녀는 분명히 거지였을 거야." 모렐이 덧붙여 말했다.

"여왕에게 너무 무례하지 마세요." 애니가 말했다.

"여왕이라고!" 모렐이 말했다. "아니, 너희들도 모두 여왕이 아니면 뭐냐? 폼 잡고 앉아 있는 일 말고 무슨 할 일이 있냐."

미리엄이 일어나 그릇 씻는 것을 도우려 했다.

"내가 설거지를 도울게요." 그녀가 말했다.

"그건 안 돼요." 애니가 놀라서 말했다. "가서 앉아 있어요. 얼마 안 돼요."

그래서 편하게 사람을 대하거나 주장할 줄 모르는 미리엄은 다시 앉아서 폴을 바라보거나 책을 읽었다.

폴은 일행의 대장이었다. 그의 아버지는 도움이 되지 않았다. 폴은 양철로 된 짐상자가 마블소프 대신에 퍼스비에 잘못 내려지지 않도록 대단히 신경을 썼다. 그리고 그는 마차를 구할 수 없었다. 자그마하지만 대담한 그의 어머니가 그 일을 했다.

"이봐요!" 그녀가 마부에게 외쳤다. "이봐요!"

폴과 애니는 어머니가 창피스러워 웃으면서 다른 사람들 뒤에 가서 서 있었다.

"브룩 코티지까지 얼마예요?" 모렐 부인이 말했다.

"2실링 주쇼."

"아니, 거리가 얼마나 되는데요?"

"꽤 되지요."

"그럴 리 없어요." 그녀가 말했다.

그러면서 그녀는 올라탔다. 여덟 명이 오래된 해변 마차에 빽빽하게 탔다.

"그것 봐." 모렐 부인이 말했다. "한 사람에 겨우 3펜스야. 그런데 전차였다면……."

마차가 달렸다. 작은 시골집을 지날 때마다 모렐 부인이 외쳤다.

"이 집이니? ……바로 이 집이구나!"

모두가 숨을 죽이고 앉아 있었다. 그들은 지나쳐서 달렸다. 한결같이 한숨을 내쉬었다.

"저 형편없는 집이 아니어서 다행이야." 모렐 부인이 말했다. "난 걱정이 됐어."

그들이 탄 마차는 계속해서 달려갔다.

"그 못된 여편네가 바다까지 10분밖에 안 걸린다고 했어!" 모렐 부인이 소리쳤다.

"1분이라고 하면 그게 한 시간이지." 모렐이 대답했다.

모두가 화를 내며 그를 공격했다.

"우린 결코 그곳에 도착하지 못할 거야." 모렐 부인이 외쳤다.

"엄마, 그렇게 소리지르지 마세요." 애니가 말했다. "저 사람이 어떻게 생각하겠어요?"

모렐 부인은 미심쩍게 마부를 쳐다보았다.

"분명히 그렇게 말할 수는 없어. 하지만 마부의 표정으로 보니 별 생각이 없는 사람 같아."

마침내 그들은 한길 옆의 둑 위에 홀로 서 있는 집에서 내렸다. 앞쪽 정원으로 들어가기 위해서 그들은 작은 다리를 건너야 했기 때문에 몹시 흥분했다. 그러나 그들은 아주 외따로 서 있는 그 집이 마음에 들었다. 한쪽으로는 바다가 초원처럼 펼쳐져 있고 다른 쪽으로는 거대한 벌판이 평평하게 펼쳐져 하늘과 맞닿아 있고 군데군데 흰 보리, 노란 귀리, 붉은 밀, 그리고 녹색의 뿌리 작물들이 심어져 있었다.

폴이 경리를 맡아 보았다. 그와 어머니가 일을 도맡았다. 숙소와 음식 등 모든 것을 포함해서 한 사람당 총비용이 일주일에 16실링이었다. 그와 레너드는 아침에 목욕하러 갔다. 모렐은 꽤 아침 일찍 밖으로 나가 산책을 했다.

"얘, 폴!" 그의 어머니가 침실에서 불렀다. "버터 바른 빵 한 조각 먹으럼."

"알았어요." 그가 대답했다.

폴이 돌아왔을 때 어머니는 위풍당당하게 아침 식사를 주재하고 있었다. 이 집의 안주인은 젊었다. 그녀의 남편은 장님이었고 그녀는 세탁일을 했다. 그래서 모렐 부인은 언제나 부엌에서 그릇을 씻거나 침대를 정리했다.

"엄마는 정말 휴가를 즐기겠다고 하셨잖아요." 폴이 말했다. "그런데 지금 일하고 계세요."

"일이라니!" 그녀가 소리쳤다. "그게 무슨 말이니?"

폴은 어머니와 함께 들판을 지나 마을과 바다로 나가기를 좋아했다. 그녀는 나무다리를 무서워했고 그는 그녀가 어린애 같다고 놀렸다. 대체로 그는 그녀의 남편인 것처럼 그녀에게 붙어 있었다.

아마도 다른 사람들이 '쿤즈'에 갈 때를 제외하고는, 미리엄은 별로 폴과 같이 있지 못했다. 미리엄에게 미국 스타일의 노래와 춤인 쿤즈는 참을 수 없을 정도로 어리석어 보였고 그래서 폴 역시 그렇다고 생각했으며 쿤즈에 귀를 기울이는 것이 얼마나 멍청한 짓인지 애니에게 아는 척하며 설교까지 했다. 그러나 그도 그 노래를 모두 알고 있었으며 길을 가면서 요란하게 불렀다. 그리고 자기가 그 노래를 듣고 있다는 것을 발견하면 그 어리석음으로 인해 더욱더 즐거움을 느꼈다. 그렇지만 애니에게는 설교를 계속했다.

"바보처럼! ……그 노래는 전혀 말이 안 돼. 메뚜기처럼 멍청한 사람이 아니면 거기 가서 듣고 앉아 있지 않을 거야." 그리고 미리엄에게는 애니와 다른 사람들에 대해 심하게 경멸하는 투로 말했다.

"다들 쿤즈에 간 것 같아."

미리엄이 쿤 스타일의 노래를 부르는 모습을 보면 이상한 느낌이 들었다. 그녀의 턱은 일직선이었고 아래 입술에서 턱이 굴곡을 이루는 곳까지 수직이었다. 그녀가 노래를 부를 때면 폴은 언제나 보티첼리가 그린 슬픈 천사가 생각났다. 그 노래가 연가일 경우에도 마찬가지였다.

'사랑의 오솔길을 따라와요. 나와 함께 걷고 나와 얘기해 줘요……'

폴이 스케치를 하거나 저녁에 다른 사람들이 쿤즈에 있을 때에만 미리엄은 그를 차지했다. 그는 자기가 지평선과 수평선을 얼마나 사랑하는지 그녀에게 끝없이 이야기했다. 지평선은, 링컨셔에서 하늘과 대지가 맞닿은 지평선은 그에게 의지의 영원함을 뜻했다. 마치 계속 연결되어 있는 교회의 굽은 노면식 아치가 어디서 끝날지 모르는 인간 영혼의 지속적인 끈질긴 도약과 전진을 나타내는 것과 마찬가지였다. 이와는 대조적으로 수직선과 고딕 아치는 천국으로 도약하여 환희를 접하고 그 신성함 속에서 자신을 상실하는 것을 의미한다고 그는 주장했다. 그 자신은 노르만식이고 미리엄은 고딕식이라고 그는 말했다. 그녀는 그 말에도 동의하듯이 고개를 숙였다.

어느 날 저녁 폴과 미리엄은 거대하고 넓게 펼쳐진 모래사장을 따라 세들소프 쪽으로 갔다. 부서지는 긴 파도가 해변가에 밀려와서 거품을 내뿜으며 치솟았다가 떨어졌다. 포근한 저녁이었다. 멀리 이어진 모래사장에는 그들밖에 없었고 바다의 소리 이외에는 아무 소리도 들리지 않았다. 폴은 파도가 육지에 부딪치는 모습을 좋아했다. 그는 바다의 시끄러운 소리와 모래사장이 펼쳐진 해변가의 정적 사이에서 자신을 느끼기를 좋아했다. 미리엄은 그와 함께 있었다. 모든 것이 매우 긴장감을 띠었다. 그들이 발길을 돌렸을 때는 상당히 어두웠다. 집으로 돌아오는 길은 모래언덕 사이를 지나고 두 제방 간에 돋우어 놓은 풀밭길을 따라와야 했다. 주위는 캄캄하고 고요했다. 뒤쪽 모래언덕에서 바다의 속삭임이 들려왔다. 폴과 미리엄은 말없이 걸었다. 그는 갑자기 깜짝 놀랐다. 그의 피가 온통 불꽃처럼 터지는 것 같았고 그는 거의 숨을 쉴 수 없었다. 거대한 오렌지색 달이 모래언덕 위에서 그들을 응시하고 있었다. 그는 가만히 서서 그것을 바라보았다.

"아!" 미리엄이 달을 보고 소리를 냈다.

그는 거대한 불그레한 달을 응시하고 꼼짝하지 않고 가만히 서 있었다. 그것은 끝없이 이어지는 수평의 어둠 속에서 유일하게 보이는 것이었다. 그의 심장은 무겁게 뛰었고 팔의 근육은 수축되었다.

"무슨 일이야?" 그를 기다리며 그녀가 중얼거렸다.

폴은 돌아서서 미리엄을 바라보았다. 그녀는 영원히 그늘 속에 있듯이 그의 곁에 서 있었다. 그는 알아채지 못했으나 모자 그늘 아래로 그녀의 눈은 그를 지켜보고 있었다. 그러나 그녀는 숙고하고 있었다. 그녀는 약간 두려웠다. 깊이 감동을 받아 종교적이 되었다. 그럴 때가 미리엄이 가장 어울리는 순간이었다. 그는 그 앞에서 무력했다. 그의 피는 불꽃처럼 그의 가슴에 집중되었다. 그러나 그는 그녀에게 건너갈 수 없었다. 그의 핏속에 불꽃이 튀었다. 그러나 왜 그런지 그녀는 그것을 무시했다. 그녀는 그에게서 일종의 종교적인 상태를 기대하고 있었다. 여전히 갈구하면서, 그녀는 그의 열정을 어렴풋이 느끼고 불안해하며 그를 응시했다.

"무슨 일이야?" 그녀가 다시 속삭였다.

"달을 봐." 그는 얼굴을 찡그리며 대답했다.

"그래." 그녀가 대답했다. "굉장하지?" 그녀는 그에게 호기심이 났다. 위기는 지나갔다.

폴 자신은 무엇이 문제인지 몰랐다. 그의 몸은 아주 젊었고 그들의 친밀함은 매우 추상적인 성격이어서 그는 자기가 미리엄을 가슴에 힘차게 껴안아 그곳의 고통을 덜고 싶어한다는 것을 몰랐다. 그는 그녀를 두려워했다. 남자가 여자를 원하듯이 자기가 그녀를 원할지도 모른다는 사실이 그의 마음속에서 억압되어 수치심이 되었다. 그녀가 그와 같은 것을 생각하고 밧줄에 감긴 듯한 격렬한 고통으로 위축되어 있을 때 그는 자신의 영혼의 바닥까지 움츠렸다. 그리고 이제 이 '순수함'은 그들에게 최초의 사랑의 키스조차 가로막았다. 마치 그녀는 육체적인 사랑의 충동을, 열정적인 키스의 충격조차 견디어 내지 못할 것 같았고 그 또한 너무나 위축되고 예민하여 키스할 수 없을 것 같았다.

어두운 소택지의 초원을 걸어가면서 폴은 달을 바라보고 아무 말이 없었다. 미리엄은 그의 곁에서 터벅터벅 걸었다. 그는 그녀를 증오했다. 그녀 때문에 어쩐지 그는 자신을 경멸하게 된 것 같았다. 그는 앞쪽의 어둠 속에서 한 줄기 빛을 보았다. 그것은 램프가 켜진 그들이 머무는 작은 집의 창문에서 나왔다.

그는 어머니와 그 밖의 다른 유쾌한 사람들을 생각하고 싶었다.

"흠, 다른 사람들은 모두 오래전에 들어왔어!" 그들이 들어가자 어머니가 말했다.

"그게 무슨 상관이에요!" 그가 짜증을 내며 외쳤다. "가고 싶을 때 산책도 갈 수 없어요?"

"난 네가 함께 저녁을 먹으러 들어올 거라고 생각했지." 모렐 부인이 말했다.

"전 제가 하고 싶은 대로 할 거예요." 그가 대꾸했다. "그리고 늦지 않았어요. 전 제가 원하는 대로 할 거예요."

"그러려무나." 그의 어머니가 날카롭게 말했다. "네가 좋을 대로 하려무나."

그리고 모렐 부인은 그날 밤 더 이상 그를 거들떠보지 않았다. 폴은 모르는 척, 개의치 않는 척하고 앉아서 책을 읽었다. 미리엄도 자신의 모습을 지우는 것처럼 책을 읽었다. 모렐 부인은 아들을 이렇게 만든 미리엄을 증오했다. 그녀는 폴이 점점 짜증을 내고 까다로워지고 우울해지는 것을 지켜보았다.

그녀는 그것이 미리엄 탓이라고 여겼다. 애니와 애니의 친구들도 모두 미리엄을 싫어했다. 미리엄은 폴 이외에는 친구가 없었다. 그러나 그녀는 다른 사람들을 하찮다고 경멸했기 때문에 그렇게 고통을 받지 않았다.

폴은 아무튼 미리엄이 그의 편안한 마음과 원래 모습을 망쳤다고 여기고 그녀를 증오했다. 그리고 그는 모욕감에 싸여 몸부림 쳤다.

8 사랑의 갈등

아서는 그의 도제 기간을 끝내고 민턴 탄광에서 전기 부서에 일자리를 얻었다. 그의 임금은 매우 낮았지만 그는 성공할 가능성이 컸다. 그러나 그는 거칠고 침착하지 못했다. 술을 마시지도 않았고 놀음도 하지 않았다. 그러나 어쩐 일인지 언제나 다소 성급하고 주의가 부족하여 끝없이 곤경에 빠져들었다. 그는 밀렵꾼처럼 숲으로 토끼를 잡으러 가거나 또는 집에 돌아오지 않고 밤새도록 노팅엄에 머물거나 베스트우드의 운하에 잘못 생각하고 다이빙을 해서 바다의 울퉁불퉁한 돌과 깡통에 가슴을 부딪쳐 잔뜩 상처를 입었다.

그는 여러 달 동안 일을 하지 않다가 어느 날 밤 또 집으로 오지 않았다.

"아서가 어디 있는지 아세요?" 폴이 아침 식탁에서 물었다.

"모르겠어." 그의 어머니가 대답했다.

"걔는 바보예요." 폴이 말했다. "그리고 걔가 무슨 짓을 하더라고 전 개의치 않아요! 그 녀석은 휘스트 놀이에서 절대 벗어날 수 없어요. 카드 게임을 하지 않으면 스케이트장에서 여자 친구를 집에까지, 아주 예의 바르게 바래다주어야지요…… 그래서 집에 올 수 없어요. 그 앤 바보예요."

"걔가 우리 모두가 수치스러워할 일을 한다고 하더라도 뭐가 나아질지 모르겠다." 모렐 부인이 말했다.

"그러면 아서를 더 존경해야지요." 폴이 말했다.

"그럴지 의심스럽구나." 그의 어머니가 차갑게 말했다.

그들은 계속 아침을 먹었다.

"엄마는 그 앨 무척 좋아하지요?"

"그건 왜 묻는 게냐?"

"엄마들은 언제나 막내를 가장 좋아하잖아요."

"그럴지 모르지…… 하지만 난 아냐…… 아냐, 그 녀석은 날 피곤하게 해."

"그렇다면 엄마는 걔가 착한 아들이기를 정말 원하시는군요?"

"그보다 걔가 남자로서 철이 났으면 좋겠구나."

폴은 마음이 아프고 짜증이 났다. 그 역시 곧잘 어머니를 피곤하게 했다. 그녀는 그에게서 명랑함이 사라진다고 느꼈고 그것에 화가 났다.

아침을 거의 다 먹었을 때 우체부가 더비에서 온 편지를 갖다주었다. 모렐 부인은 주소를 보려고 눈을 가늘게 떴다.

"제게 주세요. 앞을 못 보시다니!" 그녀로부터 편지를 낚아 채며 폴이 소리쳤다. 그녀는 놀라서 거의 쥐어박으려고 했다.

"엄마의 아들 아서가 보낸 거예요." 그가 말했다.

"뭐라고!" 모렐 부인이 외쳤다.

"사랑하는 엄마." 폴이 읽었다. "제가 왜 이렇게 바보 같은 짓을 했는지 모르겠어요. 엄마가 이리 와서 저를 데리고 가셨으면 좋겠어요. 전 어제 일하러 가지 않고 잭 브레던과 여기로 와서 입대했었어요. 잭이 자기는 앉아서 의자를 닳게 하는 데 넌더리가 났대요. 엄마도 알다시피 전 천치처럼 잭과 함께 왔어요.

전 입대했지만 엄마가 절 데리러 오면 어쩌면 함께 돌아가도록 허락을 받을지 몰라요. 여기 온 것은 바보짓이었어요. 전 군대에 있고 싶지 않아요. 사랑하는 엄마, 전 엄마에게 말썽만 피웠어요. 하지만 여기에서 빼내 주시면 정신 차려 분별력 있는 인간이 되겠어요."

모렐 부인은 흔들의자에 앉았다.

"자 이제" 그녀가 외쳤다. "그만두라고 해!"

"네." 폴이 말했다. "그만두라고 하지요."

침묵이 흘렀다. 어머니는 앞치마에 두 손을 포개고 굳은 얼굴로 생각하며 앉아 있었다.

"아유, 지겨워!" 그녀가 갑자기 울부짖었다. "정말 지겨워!!"

"자!" 폴이 얼굴을 찡그리며 말했다. "이 문제로 속을 썩이지 말아요. 아시겠죠."

"그럼 축복으로 여겨야 하겠구나." 그녀가 아들을 돌아보며 화를 냈다.

"그렇다고 이 일을 비극으로 격상시키지는 않으시겠죠." 그가 반박했다.

"바보 같은 녀석! ……철없는 바보 녀석!" 그녀가 울부짖었다.

"군복이 그 녀석에게 잘 어울릴 거예요." 폴이 짜증을 내며 말했다.

그의 어머니는 격노하여 그를 돌아보았다.

"그래, 잘 어울릴 거야!" 그녀가 외쳤다. "내 눈에는 그렇지 않아!"

"그 녀석은 기갑 연대에 들어가야 해요…… 자기 인생의 절정일 거고 무지무지하게 멋지게 보일 거예요."

"멋있다고! ……멋있다고!! ……정말 몹시 멋있을 거야! ……일반 병사가 말이냐!"

"글쎄요." 폴이 말했다. "저도 일반 서기일 뿐이지요?"

"그만하면 됐어, 얘야." 그의 어머니가 비수에 찔린 듯 울부짖었다.

"네?"

"어쨌든 넌 사람이지 붉은 군복을 입은 물건이 아냐."

"붉은 군복이든…… 암청색 군복이든 제게 잘 맞으면 개의치 않겠어요…… 군대에서 상관들이 지나치게 못살게 굴지 않는다면 말이에요."

그러나 그의 어머니는 더 이상 듣고 있지 않았다.

"걔가, 그 골치 아픈 녀석이 직장에서 잘하고 있었는데, 아니 잘하고 있었을 거야. 그런데 이제 평생 자기 인생을 망치고 있잖아. 이러고 나서 그 녀석이 어디에 소용이 있을 거라 생각하니?"

"이번 일이 그 녀석에게 좋은 경험이 되어 제대로 사람이 될 거예요."

"좋은 경험이 되어 사람이 될 거라고! ⋯⋯그 애에게 좋은 경험이 되어 뼈에서 골수라도 빠져나오겠지. 병사! ⋯⋯일반 병사! ⋯⋯호령을 들으면 움직여야 하는 몸뚱이에 불과하지! 그건 대단한 존재지!"

"왜 엄마가 화를 내시는지 이해할 수 없어요." 폴이 말했다.

"그래, 넌 아마 이해할 수 없을 게다. 하지만 난 이해해." 그리고 그녀는 턱을 한손에 괴고 팔꿈치를 다른 손으로 잡고 분노와 원통함에 넘쳐서 자기 의자에 기대어 앉았다.

"더비에 가실 거예요?" 폴이 물었다.

"가 봐야지."

"소용없어요."

"내가 직접 확인해 봐야겠다."

"그런데 엄마는 도대체 왜 그 녀석을 내버려 두지 않으세요. 그게 바로 아서가 원하는 거예요."

"물론이지." 어머니가 외쳤다. "걔가 뭘 원하는지 네가 아는구나."

그녀는 채비를 차리고 첫 기차로 더비에 가서 아들과 하사관을 만났다. 그러나 그것은 소용없는 짓이었다.

그날 저녁 모렐이 저녁을 먹고 있을 때 그녀가 갑자기 말했다.

"오늘 더비에 가야 할 일이 있었어요."

그 광부는 검은 얼굴에 흰 이빨을 드러내며 눈을 치켜떴다.

"그 녀석이…… 무슨 일로 갔소?"

"아서 때문이에요!"

"오! 그런데 이번에는 무슨 일이오?"

"걔가 입대했을 뿐이에요."

모렐은 칼을 내려놓고 의자에 뒤로 기대고 앉았다.

"아니." 그가 말했다. "그놈이 그런 적이 없었는데!"

"그리고 내일 올더숏 훈련소로 내려간다는군요."

"저런!" 광부가 소리쳤다. "놀라운 일이군."

모렐은 잠시 생각하다가 '흠!' 하는 소리를 내고 계속 저녁을 먹었다. 갑자기 그의 얼굴이 분노로 일그러졌다.

"그 녀석이 다시는 이 집에 발을 들여놓지 않기를 바라오." 그가 말했다.

"어떻게 그런 생각을!" 모렐 부인이 외쳤다. "그런 말을 할 수 있다니!"

"난 그러길 바라." 모렐이 반복했다. "군인이 되겠다고 달아나는 멍청이는…… 알아서 하라고 하시오…… 그런 녀석을 위해 난 아무 일도 안할 거요."

"지금까지 당신이 한 일이 뭐가 있길래, 참 대단한 말씀이군요."

그리고 그날 저녁 모렐은 술집에 가는 일이 거의 수치스러웠다.

"그래, 더비에 가셨어요?" 폴이 집에 들어와서 그녀에게 물었다.

"갔었다."

"그 녀석을 보셨어요?"

"그래."

"뭐라고 해요?"

"내가 나올 때 엉엉 울더구나."

"흠!"

"그리고 나도 엉엉 울었지. 그러니 '흠!'이라고 할 필요가 없구나."

모렐 부인은 그의 아들 때문에 속이 탔다. 그녀는 그가 군대를 좋아하지 않으리라는 것을 알았다. 그는 좋아하지 않았다. 훈련은 그에게 견딜 수 없는 것이었다.

"하지만 그 군의관이 하는 말이⋯⋯." 그녀는 약간 자랑스럽게 폴에게 말했다. "걔가 완벽하게 균형이 잡혔다는구나⋯⋯ 거의 조금도 틀림없이 말이다. 걔의 모든 치수가 정확하단다. 사실 걔가 잘생겼지."

"그 녀석은 지독하게 잘생겼어요. 하지만 윌리엄처럼 여자들을 데리고 오지는 않아요. 그렇지요?"

"그래⋯⋯ 그건 종류가 다르지. 걔는 몹시 아버지를 닮았어. 무책임한 것도 그렇고."

어머니를 위로하기 위하여 폴은 이 무렵 윌리 농장에 자주 가지 않았다. 그리고 캐슬 미술관의 추계 학생 전시회에 습작을 두 편 내놓았다. 하나는 수채화로 그린 풍경화이고 또 하나는 유화로 그린 정물화였는데 두 작품 모두 일등상을 받았다. 그는 매우 흥분했다.

"엄마, 제 그림이 몇 등이나 했을 거라고 생각하세요?" 어느 날 저녁 집으로 와서 그가 물었다. 그녀는 그의 눈을 보고 그가 기쁘다는 것을 알았다. 그녀의 얼굴이 붉어졌다.

"글쎄, 내가 어떻게 알겠니, 애야!"

"유리그릇 그림은 일등상이고요……."

"흠!"

"그리고 윌리 농장에서 그린 스케치도 일등상이에요."

"둘 다 일등이라고?"

"네."

"흠!"

그녀는 아무 말도 하지 않았지만 장밋빛의 밝은 표정이 되었다.

"근사하죠." 그가 말했다. "그렇지 않아요?"

"그렇구나."

"왜 절 비행기 태우지 않으세요?"

그녀는 웃었다.

"다시 끌어내려야 하는 수고를 해야 할 테니까." 그녀가 말했다.

그러나 그럼에도 불구하고 그녀의 마음은 기쁨으로 가득 찼다. 윌리엄은 운동 경기에서 트로피들을 타서 그녀에게 가져왔다. 그녀는 그것들을 아직도 간직했다. 그리고 그녀는 그의 죽음을 용서하지 않았다. 아서는 잘생겼고, 적어도 훌륭한 종자였다. 그는 마음이 따뜻하고 너그러우며 아마도 결국은 잘해 나갈 것이다. 그러나 폴은 뛰어나게 될 것이다. 그녀는 그에게 대단한 믿음을 가졌고 그것은 그가 자기의 능력을 인식하고 있지 않기에 더욱 그러했다. 그는 뛰어난 잠재력을 지니고 있었다. 그녀의 삶은 가능성으로 넘쳤다. 그녀는 자신이 실현되는 것을 보게 될 것이다. 그녀의 고투는 헛된 것이 아니었다.

모렐 부인은 전시회 기간 동안 여러 차례 폴 몰래 캐슬로 갔다. 그녀는 전시된 다른 작품들을 구경하면서 긴 전시실을 따라 어슬렁거렸다. 그래, 이 작품들이 훌륭하구나. 그러나 그것들은 그녀가 요구하는, 그녀가 만족할 만한 무엇인가가 결여되어 있었다. 작품들 가운데 일부는 그녀에게 질투심을 불러일으켰다. 매우 훌륭했기 때문이다. 그녀는 흠을 찾으려고 오랫동안 그 작품들을 바라보았다. 그러다가 갑자기 깜짝 놀라 가슴이 뛰었다. 거기에 폴의 그림이 걸려 있는 게 아닌가! 그녀는 자기 가슴에 새겨져 있는 것처럼 그 그림을 알아보았다.

'성명—폴 모렐—일등.'

그녀가 평생 아주 많은 그림을 보았던 캐슬 미술관의 벽에 모든 사람이 볼 수 있도록 아들의 그림이 걸려 있는 것을 보니 이상한 느낌이 들었다. 그리고 그녀는 자기가 같은 스케치 앞에 다시 서 있는 것을 혹시 누군가 눈치채지 않았나 보려고 주위를 흘긋 둘러보았다.

그러나 그녀는 자랑스러웠다. 고급 주거지인 노팅엄 파크의 집으로 가는 잘 차려입은 숙녀들을 보고 그녀는 속으로 생각했다.

'그래, 댁들 참 보기 좋군요…… 하지만 당신네들 아들이 캐슬에서 일등상을 둘이나 받았을까.'

그리고 그녀는 노팅엄에 있는 어느 여인보다 자랑스럽게 계속 걸었다. 폴 또한 자기가 어머니를 위해 보잘것없긴 하지만 무엇인가 했다고 느꼈다. 그의 모든 작품은 그녀의 것이었다.

어느 날 그는 성문으로 올라가다가 미리엄을 만났다. 그는 그녀를 일요일에 보았고 그래서 시내에서 만나리라고 기대하지 않았다. 그녀는 금발에 샐쭉한 표정을 짓고 도전적인 태도를 지닌, 다소 눈에 잘 띄는 여자와 함께 있었다. 이상하게도 고개를 숙이고 숙고하는 미리엄의 모습이 잘생긴 어깨를 가진 이 여자 곁에서 작아 보였다. 미리엄은 폴을 탐색하듯이 바라보았다. 그의 시선은 모르는 여인에게 가 있었고 그녀는 그를 무시했다. 미리엄은 그의 남성적인 기질이 고개를 드는 것을 알았다.

"안녕!" 그가 말했다. "시내에 나올 거라고 말하지 않았잖아."

"그래." 미리엄이 거의 사과하듯이 말했다. "아빠와 함께 가축 시장에 마차를 타고 왔어."

그는 그녀와 같이 있는 여자를 바라보았다.

"도스 부인에 대해 이야기한 적이 있지." 미리엄이 쉰 목소리로 말했다. 그녀는 떨고 있는 것처럼 보였다. "클라라, 폴을 알아요?"

"전에 본 적이 있는 것 같아요." 도스 부인이 그와 악수를 하면서 아무렇지 않게 대답했다. 그녀는 조소하는 듯한 잿빛 눈을 가지고 있었으며 피부는 하얀 꿀 같았고 입술은 두툼했다. 윗입술이 약간 치켜 올라갔는데 그것이 남자들을 모두 경멸해서 그런지 키스를 받고 싶어서 그러한지 알 수 없었다. 아마도 전자이리라. 그녀는 머리를 뒤로 젖히고 있었는데 이것역시 아마도 남자를 경멸하여 몸을 빼내는 것처럼 보였다. 그녀는 유행에 뒤진 큰 검은 해리모피 모자를 썼고, 약간 티를 낸다고 할 수 있는 단순한 옷을 입은 모습이 다소 부대자루처럼 보였다. 그녀는 분명히 가난했고 취향이 대단해 보이지 않았다. 미리엄은 늘 멋지게 보였다.

"어디서 날 보았어요?" 폴이 그 여자에게 물었다.

그녀는 대답하기 귀찮다는 듯이 그를 바라보았다. 그리고 말했다.

"루이 트래버스와 산보하는 걸 봤어요."

루이는 나선과의 여공이었다.

"루이를 어떻게 알아요?" 그가 물었다.

그녀는 대답하지 않았다. 그는 미리엄을 향했다.

"어디 가는 길이니?" 그가 물었다.

"캐슬에."

"몇 시 기차로 집에 갈 거야?"

"아빠와 마차로 가. 너도 갔으면 좋겠네. 몇 시에 시간이 있어?"

"8시가 지나야 된다는 거 알잖아. 제길."

그리고 두 여인은 바로 떠났다.

폴은 클라라 도스가 레이버스 부인의 오랜 친구의 딸이라는 사실을 기억했다. 미리엄은 클라라가 한때 조던사에서 나선과의 감독이었고 남편인 백스터 도스가 그 공장의 대장간을 맡아 장애자용 기구에 쓸 철물을 만들기 때문에 그녀를 찾아서 만났다. 미리엄은 그녀를 통해 조던사와 직접 관련을 맺고 폴의 위치를 더 잘 짐작할 수 있으리라 느꼈다. 그러나 도스 부인은 남편과 헤어졌고 여성의 권리 문제에 관심을 가졌다. 사람들은 그녀가 똑똑하다고들 했다. 이러한 여러 가지가 폴의 관심을 끌었다.

폴은 백스터 도스가 누군지 알았고 그를 싫어했다. 그 대장장이는 나이가 서른하나인가 둘이었다. 그는 폴의 자리로 이따금 왔다. 덩치가 크고 균형이 잡혀 있으며, 역시 눈에 잘 띄고 잘생겼다. 그들 부부는 유달리 닮은 데가 있었다. 그도 투명하고 황금빛이 나는 피부를 가졌다. 그의 머리색도 부드러운 갈색이며 콧수염은 황금색이었다. 그리고 그도 몸가짐이나 태도가 도전적이었다. 그러나 차이점도 있었다. 그의 눈은 암갈색이었고 자주 움직이며 타락해 보였다. 눈은 약간 앞으로 튀어나왔고 그 위에 붙은 눈썹은 거의 증오심을 드러내는 것 같았다. 그의 입도 감각적이었다. 그의 매너 전체가 겁먹은 반항자의 느낌을 주었다. 사실은 그가 자신을 승인하지 않기 때문에, 자기를 승인하지 않는 사람은 누구든 때려눕힐 준비가 되어 있는 것 같았다.

첫날부터 그는 폴을 싫어했다. 폴이 감정을 섞지 않고 생각이 깊은 예술가적인 시선으로 그의 얼굴을 바라보자 그는 벌컥 화를 냈다.

"뭘 보는 거야?" 그는 위협적으로 비웃으며 말했다.

폴은 눈길을 얼른 돌렸다. 그러나 이 대장장이는 카운터 뒤에 서서 패플워스 씨와 종종 이야기를 했다. 그의 말은 썩었다고 할 수 있을 정도로 지저분했다. 그는 소년의 서늘하고 비판적인 시선이 자기 얼굴에 고정된 것을 알았다. 대장장이는 마치 자기가 무엇에 찔린 것처럼 놀라서 뒤를 돌아보았다.

"뭘 보고 있어, 형편없는 어린 녀석이."

소년은 어깨를 가볍게 으쓱했다.

"왜 넌!" 도스가 소리쳤다.

"그 앨 내버려 둬." 패플워스 씨가 알랑거리는 목소리로 말했다. 그것은 '쟨 어쩔 수 없는 멍청한 녀석일 뿐이야'라는 의미를 담고 있었다.

그때부터 그 소년은 그 남자가 올 때마다 호기심에 찬 비판적인 시선으로 그를 바라보다가 대장장이의 눈과 마주치기 전에 얼른 눈길을 돌렸다. 이러한 행동은 도스를 격노하게 만들었다. 그들은 말없이 서로를 증오했다.

클라라 도스에게는 아이가 없었다. 그녀가 남편을 떠날 때 그 집안은 깨어졌고 그녀는 자기 어머니 집에 살게 되었다. 도스는 누이와 함께 살았다. 바로 그 집에 처제가 살았고 폴은 처제인 루이 트래버스가 이제 도스의 정부라는 것을 어떻게 알게 되었다. 그녀는 잘생기고 오만한 바람둥이였다. 그녀는 그 소년을 비웃었지만 그녀가 집에 가는 길에 그가 함께 역까지 가면 얼굴을 붉혔다.

그 이후 폴이 미리엄을 보러 간 것은 토요일 저녁이었다. 그녀는 거실에 불을 피워 놓고 그를 기다리고 있었다. 그녀의 아버지와 어머니, 그리고 어린 동생들을 제외하고 나머지 식구들은 외출 중이어서 두 사람만 거실에 있었다. 거실은 길고 천장이 낮고 따뜻했다. 폴의 스케치 소품 가운데 세 작품이 벽에 걸려 있었고 그의 사진이 벽난로 위에 놓여 있었다. 식탁 위와 높고 오래된 자단 피아노 위에는 물들인 나뭇잎을 담은 그릇이 있었다. 그는 안락의자에 앉았고 그녀는 그의 발치에 벽난로 깔개 위에 쪼그리고 앉았다. 그녀가 마치 신봉자처럼 무릎을 꿇고 거기 앉아 있을 때 불빛이 애수를 띤 그녀의 예쁜 얼굴에 따뜻하게 비쳤다.

"도스 부인을 어떻게 생각해?" 그녀가 조용히 물었다.

"그녀는 그렇게 상냥해 보이지 않아." 그가 대답했다.

"그렇지만 좋은 여자라고 생각지 않아?" 그녀가 깊은 어조로 말했다.

"멋진 여자야…… 키는. 하지만 취향이 낮아 보이더군. 몇 가지는 마음에 들어. 그녀는 불친절한 사람인가?"

"그렇지 않아. 그녀는 불만이 있어서 그래."

"무엇에 대해서?"

"글쎄…… 그런 남자에게 평생 매여 있다면 넌 어떻겠어?"

"그렇게 빨리 싫어할 결혼을 왜 했지?"

"그래, 왜 했지!" 미리엄이 신랄하게 되풀이했다.

"남편의 상대가 될 만큼 투지가 만만해 보이던데." 그가 말했다.

미리엄은 고개를 숙였다.

"그래?" 그녀는 비꼬듯이 물었다. "왜 그렇게 생각해?"

"그녀의 입을 봐…… 열정적으로 보이지…… 그리고 목을 뒤로 젖히는 모습도……."

그는 클라라처럼 도전적인 방식으로 자기 머리를 뒤로 젖혔다.

미리엄은 고개를 좀 더 숙였다.

"맞아." 그녀가 말했다.

잠시 침묵이 흘렀고 그는 클라라를 생각했다.

"그런데 그녀의 어떤 부분이 마음에 들어?" 그녀가 물었다.

"잘 모르겠어…… 그녀의 살결과 그녀의…… 그녀의 어떤 결 같은 것…… 모르겠어…… 그녀의 어딘가에 일종의 치열함 같은 게 있어…… 난 예술가로서 그녀를 봐. 그게 전부야."

"그래."

그는 왜 미리엄이 그렇게 이상스러운 방식으로 생각에 잠겨 앉아 있는지 의아했다. 그것은 그를 안달나게 만들었다.

"넌 그 여자를 정말 좋아하지는 않지?" 그가 미리엄에게 물었다.

그녀는 크고 눈부셔하는 검은 눈으로 그를 바라보았다.

"난 좋아해." 그녀가 말했다.

"아냐…… 넌 그럴 수 없어…… 정말 아냐."

"그러면 뭐야?" 그녀가 천천히 물었다.

"아, 나도 모르겠어…… 어쩌면 그녀가 남자들에게 불만을 가지고 있어 좋아하는지 모르지."

그것은 아마도 오히려 그가 도스 부인을 좋아하는 이유 가운데 하나였을 것이다. 그러나 그런 생각이 그에게 들지 않았다. 그들은 말이 없었다. 그의 미간이 찌푸려졌다. 그것은 특히 미리엄과 함께 있을 때 나타나는 습관이 되었다. 그녀는 그것을 펴서 없어지게 하고 싶었고 그것을 두려워했다. 그것은 폴 모렐의 내부에 그녀가 차지할 수 없는 남자가 있는 표식처럼 보였다.

그릇의 나뭇잎 가운데는 진홍색 베리 열매가 있었다. 그는 손을 뻗어 한 줌을 꺼냈다.

"빨간 베리를 네 머리에 놓으면……." 그가 말했다. "즐기는 사람처럼 보이지 않고 마녀나 여사제처럼 보이는 이유가 뭘까."

그녀는 적나라하게 괴로운 소리를 내며 웃었다.

"모르겠어."

그의 활력에 넘치는 따뜻한 손이 베리 열매를 가지고 재미있게 놀고 있었다.

"넌 왜 웃을 수 없어?" 그가 말했다. "웃는 것처럼 웃질 못해. 어떤 것이 이상하거나 어울리지 않을 때만 웃어. 그런 때에도 웃음이 널 괴롭히는 것처럼 보여."

그녀는 그가 자기를 야단치는 것처럼 고개를 숙였다.

"네가 날 보고 1분만…… 단 1분만이라도 웃을 수 있으면 좋겠어. 그러면 난 무엇인가로부터 해방된 것처럼 느낄 거야."

"하지만!" 그리고 그녀는 겁먹고 괴로운 눈으로 그를 쳐다보았다. "난 널 보고 웃고 있어…… 널 보고 웃고 있잖아."

"결코 아냐! 언제나 어떤 치열함이 있어. 네가 웃을 때 난 언제나 울음이 나와. 네 웃음이 네 고통을 드러내는 것처럼 보이니까. 아, 넌 내 영혼의 이마를 찌푸리게 하고 날 생각하게 만들어."

천천히 그녀는 절망적으로 고개를 가로 저었다.

"그럴 생각은 전혀 없어."

"난 너와 있으며 늘 지독하게 정신적이 돼." 그가 외쳤다.

그녀는 '그러면 다르게 되면 되잖아.'라고 생각하며 아무 말도 하지 않았다. 그러나 그는 고개를 숙이고 숙고하는 그녀의 모습을 보았고 그의 마음은 둘로 찢어지는 것 같았다.

"하지만, 그래, 이제 가을이야." 그가 말했다. "가을에는 사람들이 모두 실체가 없는 정신처럼 느끼지."

또다시 침묵이 이어졌다. 그들 사이의 이 특이한 슬픔은 그녀의 영혼에 전율을 느끼게 했다. 그는 너무나 아름답게 보였고 그의 검은 눈은 가장 깊은 샘처럼 깊어 보였다.

"넌 날 너무나 정신적으로 만들어." 그가 한탄했다. "그런데 난 정신적이 되고 싶지 않아."

그녀는 작은 소리를 내며 손가락을 입에서 빼고 거의 도전적으로 그를 쳐다보았다. 그러나 그녀의 크고 검은 눈 속에서 그녀의 영혼은 여전히 벌거벗은 상태였고 그녀에게는 여전히 갈망과 애원이 느껴졌다. 추상적이고 순수하게 그녀에게 키스할 수 있었다면 그는 그렇게 했을 것이다. 그러나 그는 그녀에게 그렇게 키스할 수 없었다. 그리고 그녀는 다른 길을 열어 두고 있지 않았다. 그리고 그녀는 그를 열망했다.

그는 짧게 웃었다.

"자." 그가 말했다. "저 불어 책 좀 가져와 봐. 우리 베를렌을 약간…… 약간 읽어 볼까?"

"그래." 그녀가 거의 체념하며 낮은 목소리로 말했다. 그리고 일어나서 책을 가져왔다. 약간 붉고 겁내는 듯한 그녀의 손이 너무나 가엾게 보여서 그는 미치도록 그녀를 위로하고 그녀에게 키스하고 싶었다. 그러나 그는 감히 그렇게 하지 않았다. 아니할 수 없었다. 무엇인가가 그를 막았다. 그가 키스하는 것은 그녀에게 옳지 않은 일이었다. 그들은 10시까지 책을 읽다가 부엌으로 갔고 폴은 그녀의 부모와 함께 있게 되자 다시 자연스럽고 명랑해졌다. 그의 눈은 검고 빛났으며 그의 주위에는 일종의 매력이 있었다.

그가 자전거를 가지러 헛간에 가 보니 자전거의 앞바퀴에 펑크가 나 있었다.

"그릇에 물을 좀 갖다줄래." 그가 그녀에게 말했다. "늦으면 야단맞는데."

그는 내풍(耐風) 램프를 켜고 윗도리를 벗고 자전거를 뒤집어서 재빨리 일을 시작했다. 미리엄이 대야에 물을 떠 와서 가까이 서서 그를 지켜보았다. 그녀는 그가 손으로 일하는 것을 보는 것이 좋았다. 그는 날씬하고 원기가 넘쳤으며 바삐 서두를 때에도 일종의 여유가 있었다. 그리고 일에 정신이 팔려 그녀의 존재를 잊고 있는 것 같았다. 그녀는 깊이 그를 사랑했다. 그녀는 손으로 그의 허리를 죽 더듬고 싶었다. 그녀는 그가 자기를 원치 않는 한 언제나 그를 안고 싶어 했다.

"다됐어!" 그가 갑자기 일어나면서 말했다. "자, 이보다 더 빨리 끝낼 수 있었겠어?"

"아니!" 그녀가 웃었다.

그는 자기 몸을 곧바르게 폈다. 그의 등이 그녀를 향했다. 그녀는 그의 허리에 두 손을 대고 빠르게 더듬어 내려갔다.

"넌 너무나 잘 빠졌어!" 그녀가 말했다.

폴은 미리엄의 목소리를 증오하면서 웃었다. 그렇지만 그녀의 손이 닿자 그의 피는 흥분되어 불꽃 같은 파도가 일어났다. 그녀는 이 모든 것에서 결코 그를 깨닫지 못했다. 그녀에게 그는 한 대상이었다. 그녀는 그가 어떤 남자라는 것을 결코 깨닫지 못했다.

그는 자전거 램프를 켜고 자전거를 헛간 바닥에 툭툭 쳐서 타이어가 튼튼한지 확인하고는 윗도리 단추를 채웠다.

"아무 이상이 없어!" 그가 말했다.

그녀는 고장 난 걸 알고 있는 브레이크를 시험해 보았다.

"브레이크는 고쳤니?" 그녀가 물었다.

"아니!"

"왜 고치지 않았어?"

"뒤 브레이크가 그런 대로 들어."

"하지만 그건 안전하지 않아."

"발을 쓰면 돼."

"브레이크를 고쳤으면 좋았을 텐데." 그녀가 중얼거렸다.

"걱정하지 마…… 내일 에드가와 차 마시러 와."

"그럴까?"

"와…… 4시쯤에…… 내가 마중 나올게."

"좋아."

그녀는 기분이 좋았다. 그들은 어두운 정원을 지나 대문으로 갔다. 건너편에 커튼을 치지 않은 부엌의 창문을 통해 따뜻한 불빛 속에 레이버스 씨와 레이버스 부인의 머리가 보였다. 그 광경은 매우 아늑해 보였다. 앞쪽에 소나무가 난 길은 매우 컴컴했다.

"내일 봐." 자전거에 올라타며 그가 말했다.

"조심해." 그녀가 애원하듯 말했다.

"알았어."

그의 목소리는 이미 어둠 속에서 들려왔다. 그녀는 자전거 램프에서 나오는 빛줄기가 땅으로 희미하게 춤추는 모습을 보며 잠시 서 있었다. 그녀는 매우 천천히 집안으로 들어갔다. 오리온 좌가 숲 위로 떠올랐고 오리온의 개가 그의 뒤에서 반쯤 가려져 반짝거렸다. 나머지 세상은 어둠 속에 고요했다. 우리 속의 가축들이 숨쉬는 소리만 들렸다. 그녀는 그날 밤 그의 안전을 위해 열심히 기도했다. 그가 떠난 후 종종 그녀는 그가 집에 무사히 도착했는지 걱정하며 불안하게 누워 있었다.

그는 자전거를 타고 비탈진 언덕을 내려갔다. 길이 미끄러워서 자전거가 가는 대로 내버려 두었다. 그는 자전거가 더 가파른 두번째 언덕을 곤두박질치듯 내려갈 때 쾌감을 느꼈다. "간다!" 그가 말했다. 언덕 아래쪽은 어둠 속에서 커브가 보이지 않는 데다 술 취한 마부가 잠자고 있는 양조장의 마차가 있을 수 있기 때문에 그것은 위험한 짓이었다. 자전거가 그의 밑에서 떨어지는 것 같았고 그는 그것이 재미있었다. 무모함은 남자들에게 애인에 대한 일종의 복수와 같은 것이다. 남자는 애인이 자기를 소중하게 여기지 않는다고 느끼면 애인의 모든 것을 앗아가기 위해 자신을 파괴할 위험을 무릅쓴다.

그가 자전거를 타고 지나갈 때 호수 위의 별들이 메뚜기처럼 암흑 속에 은빛으로 뛰어올랐다. 그러고 나서 긴 오르막을 지나 집에 도착했다.

"엄마 보세요!" 그가 베리 열매와 나뭇잎들을 식탁 위에 던지며 말했다.

"흠!" 그녀는 그것을 흘깃 보고 나서 눈길을 다시 돌리며 말했다. 그녀는 여느 때와 마찬가지로 혼자 책을 읽고 있었다.

"예쁘지 않아요?"

"예쁘구나."

그는 그녀가 자기에게 화가 나 있다는 것을 알았다. 잠시 후 그가 말했다.

"에드가와 미리엄이 내일 차 마시러 올 거예요."

그녀는 대답하지 않았다.

"그래도 괜찮지요?"

여전히 그녀는 대답하지 않았다.

"싫으세요?" 그가 물었다.

"내가 싫어하는지 아닌지 네가 알잖아."

"왜 싫어하시는지 전 알 수 없어요…… 전 그 집에서 자주 식사를 해요."

"그래."

"그러면 왜 그들에게 차를 주는 걸 아까워하세요?"

"내가 누구에게 차를 아까워한다는 거냐?"

"왜 그렇게 못마땅해하세요?"

"오, 그만두자. 그 애에게 차 마시러 오라고 했지. 그걸로 충분하다. 그 애는 올 거다."

그는 어머니에게 매우 화가 났다. 그녀가 싫어하는 것은 미리엄뿐이라는 것을 그는 알고 있었다. 그는 부츠를 벗어 던지고 잠자리에 들었다.

폴은 다음 날 오후 친구를 맞으러 나갔다. 그는 그들이 오는 것을 보고 반가웠다. 그들은 집에 4시쯤 도착했다. 일요일 오후라 모든 곳이 깨끗하고 조용했다. 모렐 부인은 검은 드레스를 입고 검은 앞치마를 두른 채 앉아 있었다. 그녀는 방문객을 맞으러 일어섰다. 에드가에게 그녀는 매우 친절했지만 미리엄에게는 차갑고 약간 싫어하는 기색을 보였다. 그러나 폴은 갈색 캐시미어 드레스를 입은 미리엄이 매우 근사해 보인다고 생각했다.

그는 어머니가 차를 준비하는 것을 도왔다. 미리엄은 자기도 돕겠다고 기꺼이 나설 수 있었겠지만 그녀는 두려웠다. 폴은 다소 자기 집이 자랑스러웠다. 그 집에는 지금 일종의 특색이 있다고 생각했다. 의자는 모두 나무로 만든 것이었고 소파도 오래되었다. 그러나 벽난로 깔개와 쿠션은 아늑했고 그림은 훌륭한 취향이 나타나 있었다. 모든 것이 단순했으며 책도 많이 있었다. 그는 자기 집을 조금도 부끄럽게 여기지 않았으며 미리엄도 자기 집에 대해 마찬가지였다. 왜냐하면 두 집 모두 갖출 것은 모두 갖추었고 아늑했기 때문이다. 그리고 그는 식탁을 자랑스러워했다. 그릇이 예뻤고 식탁보가 훌륭했다. 숟가락이 은으로 만든 것이 아니고 칼의 손잡이가 상아로 되어 있지 않은 것은 문제가 되지 않았다. 모든 것이 보기에 좋았다. 모렐 부인은 아이들이 자라는 동안 훌륭하게 집을 돌보았고 그래서 어느것 하나 어울리지 않는 것이 없었다.

미리엄은 책에 관해 조금 이야기했다. 그것은 그녀가 언제나 관심을 가진 주제였다. 그러나 모렐 부인은 따뜻하게 대해주지 않았고 곧 에드가에게 몸을 돌렸다.

처음에 에드가와 미리엄은 교회에서 모렐 부인의 자리로 가곤 했다. 모렐은 절대 교회에 가지 않았고 술집을 더 좋아했다. 모렐 부인은 당당하게 신도 좌석의 제일 앞에 앉았고 폴은 끝에 앉았다. 처음에 미리엄은 그의 곁에 앉았다. 그러면 교회는 집과 같았다. 그곳은 어두컴컴한 좌석들, 날씬하고 우아한 기둥들, 그리고 꽃들이 있는 아름다운 교회였다. 그곳에서는 그의 소년 시절부터 똑같은 사람들이 똑같은 자리에 앉아 있었다. 미리엄 곁에서, 그리고 그의 어머니 가까이에 한 시간 반 동안 앉아서 경배하는 장소의 마술로 두 여성에 대한 그의 사랑을 결합하는 것은 그에게 놀랍도록 감미롭고 위안이 되었다. 그때 그는 따뜻하고 행복하고 경건한 느낌이 한꺼번에 들었다. 그리고 예배가 끝난 후 미리엄과 함께 집으로 걸어갔고 모렐 부인은 저녁의 나머지 시간을 그녀의 오랜 친구인 번즈 부인과 함께 보냈다. 에드가와 미리엄과 함께 가는 일요일 밤의 산책길에 그는 예민하고 생명력이 넘쳤다. 탄광, 불 켜진 램프집, 높고 검은 주축대(主軸臺)와 줄지어 서 있는 화차들, 그림자처럼 천천히 돌아가는 환풍기를 지날 때면 언제나 견딜 수 없이 날카롭게 미리엄에 대한 느낌이 다시 돌아왔다.

미리엄은 모렐 가의 자리에 그렇게 오래 같이 앉아 있지 않았다. 그녀의 아버지가 자기 가족석을 다시 차지했다. 그것은 모렐네 가족석 맞은편으로 작은 회랑 아래 있었다. 폴과 그의 어머니가 교회에 들어왔을 때 레이버스가의 자리는 항상 비어 있었다. 그는 그녀가 오지 않을까 걱정되어 조바심이 났다. 교회는 윌리 농장에서 너무 멀었고 비가 오는 일요일이 너무나 많았다. 미리엄이 정말 매우 늦게 고개를 숙이고 암녹색 벨벳 모자에 얼굴을 가린 채 성큼성큼 들어오는 경우가 종종 있었다. 맞은편에 앉은 그녀의 얼굴은 언제나 그늘 속에 있었다. 그러나 거기 있는 그녀의 모습을 보면 그의 영혼 전체가 내부에서 격동하는 것처럼 매우 날카로운 느낌이 들었다. 그의 어머니가 앞장 설 경우에 어머니에 대해 느끼는 열정과 행복감과 긍지와는 다른 것이었다. 그것은 마치 그가 도달할 수 없는 무엇인가 있는 것처럼 더 신기하고 덜 인간적이며 고통으로 말미암아 더 치열한 느낌이 드는 어떤 것이었다.

이 무렵 그는 정통 교리를 의심하기 시작하고 있었다. 그는 스물한 살이었고 미리엄은 스무 살이었다. 그녀는 봄을 두려워하기 시작했다. 그는 너무나 난폭해졌고 그녀를 너무나 괴롭혔다. 그는 내내 잔인하게 그녀의 믿음을 깨트리려고 했다. 에드가는 그것을 즐겼다. 폴은 선천적으로 비판적이고 다소 냉정했다. 미리엄은 자기가 사랑하는 남자가 칼날 같은 지성으로 그녀가 살아가고 움직이고 자신의 존재를 인식하는 종교를 검토하자 격렬한 고통을 느꼈다. 그러나 그는 그녀를 봐

주지 않았다. 그는 잔인했다. 그리고 그들만 있을 때 그는 그녀의 영혼을 죽이기라도 할 것처럼 훨씬 더 사나워졌다. 그는 그녀가 거의 의식을 잃을 때까지 그녀의 믿음에 피를 흘리게 했다.

'저 계집애가 기뻐 날뛰는구나…… 폴을 내게서 빼앗아가며 기뻐서 날뛰고 있구나.' 모렐 부인은 폴이 가고 없을 때 가슴속에서 울부짖었다. '보통 여자와 달리 조금도 내게 폴을 남겨 주지 않는다. 저 계집애는 폴을 흡수하고 싶어 한다. 폴에게조차 아무 것도 남지 않을 때까지 그 애를 남김없이 끌어내어 차지하고 싶어 해. 폴은 결코 자기 발로 설 수 있는 남자가 될 수 없을 거야…… 저 계집이 그 애를 흡수해 버리고 말 거야.' 그 어머니는 비통하게 앉아서 이렇게 홀로 싸우고 생각에 잠겼다.

그리고 폴은 미리엄과 산책하고 집으로 돌아오면서 고통으로 미칠 것 같았다. 그는 입술을 깨물고 두 주먹을 꼭 쥔 채 매우 빠르게 걸었다. 마침내 울타리를 넘는 계단에 와서 몇 분 동안 서서 움직이지 않았다. 그의 앞에는 거대한 어둠의 공동이 그를 마주 보았고 컴컴한 오르막에는 작은 불빛들이 여기저기 깜박이며 밤의 가장 낮은 골에는 탄광의 불길이 너울거렸다. 모든 것이 이상하고 무서웠다. 왜 그는 이렇게 분열되고 어찌 할 바를 모르고 움직일 수도 없을까? 왜 어머니는 집에 앉아서 괴로워하는가? 그는 어머니가 심하게 고통받고 있다는 것을 알았다. 그러나 그녀는 왜 그래야 하는가? 그리고 왜 그는 어머니를 생각하면 미리엄을 미워하게 되고 그녀에게 그렇게 잔인한 마음이 드는가? 미리엄이 어머니에게 고통을 일으키면 그는 그녀를 증오했다. 그것도 쉽게 했다. 왜 그녀 때문에 불확실하고 불안하게 느끼며, 자기가 분명치 않은 존재인 것처럼 느끼는가? 왜 그녀는 암흑과 빈 공간이 침입하는 것을 막을 덮개가 없는 것처럼 느끼도록 만드는가? 얼마나 자기는 그녀를 증오했던가! 그러고 나서 밀려드는 애정과 겸양의 마음은 무엇인가!

갑자기 그는 집으로 뛰면서 다시 돌진했다. 그의 어머니는 그에게서 고뇌의 흔적을 보았고 아무 말도 하지 않았다. 그러나 그는 그녀가 자기에게 말하도록 만들어야 했다. 그런데 그녀는 미리엄과 멀리 나간 것에 대해 그에게 화가 나 있었다.

"엄마, 왜 그 애를 좋아하지 않으세요?" 그가 절망감에 차서 외쳤다.

"모르겠다, 애야." 그녀는 애처롭게 대답했다. "난 분명히 좋아하려고 애썼어. 애쓰고 또 애썼지…… 하지만 안 되는구나, 안 돼……."

그는 두 사람 사이에서 쓸쓸하고 절망적으로 느꼈다.

봄은 최악의 계절이었다. 그는 변덕스럽고 치열하고 잔인했다. 그래서 그는 그녀로부터 떨어져 있기로 마음먹었다. 그러다가 미리엄이 자기를 기대하고 있다는 것을 그가 아는 순간들이 왔다. 그의 어머니는 그가 점점 불안해하는 것을 지켜보았다. 그는 자기 일을 계속할 수 없었다. 그는 아무 일도 할 수 없었다. 마치 무엇인가 그의 영혼을 윌리 농장으로 끌어내는 것 같았다. 그래서 그는 모자를 쓰고 아무 말 없이 밖으로 나갔다. 그리고 그의 어머니는 그가 나갔다는 것을 알았다. 그는 밖으로 나오자마자 안도의 한숨을 내쉬었다. 그리고 그녀와 있게 되면 다시 잔인해졌다.

3월의 어느 날 그는 네더미어 호의 둑에 누워 있고 미리엄이 곁에 앉아 있었다. 빛나는, 하얗고 푸른 날이었다. 커다란 구름이 매우 찬란하게 머리 위로 지나갔고 그 그림자가 물위로 움직였다. 하늘의 맑은 공간은 깨끗하고 차가운 푸른색이었다. 폴은 늘 눕던 풀 위에 누워 하늘을 쳐다보았다. 그는 차마 미리엄을 바라볼 수 없었다. 그녀는 그를 원하는 것처럼 보였지만 그는 거부했다. 그는 언제나 거부했다. 그는 지금 그녀에게 열정과 부드러움을 주고 싶었지만 그럴 수 없었다. 그는 그녀가 그의 몸에서 영혼을 원하지 그를 원하는 것이 아니라고 느꼈다. 그녀는 그의 모든 힘과 에너지를 그녀에게 끌어내어 어떤 통로를 통해 그들을 결합했다. 그녀는 그를 만나 남자와 여자 두 사람으로 있는 것을 원하지 않았다. 그녀는 그의 모든 것을 이끌어 내어 자기 속으로 흡수하고 싶었다. 그것은 그를 광란 같은 치열함으로 몰아갔다. 그것은 마약이 힘을 빼앗듯이 그를 매혹했다.

폴은 미켈란젤로에 대해 이야기했다. 미리엄은 그의 말을 들으면서 자기가 떨고 있는 세포 조직 자체, 삶의 바로 그 원형질을 손가락으로 만지는 것처럼 느꼈다. 그것은 그녀에게 가장 깊은 만족감을 주었다. 그리고 결국에는 그녀를 두렵게 했다. 그가 저기 누워서 대단히 치열하게 자신의 탐색에 몰두해 있었다. 그런데 그 목소리는 너무나 억양이 없어서 무아지경에 있는 것처럼 인간의 목소리로 들리지 않았다. 그것은 점차 그녀를 두려움으로 가득 채웠다.

"더 말하지 마." 미리엄이 자기 손을 폴의 이마에 놓으며 부드러운 목소리로 애원했다. 그는 거의 움직일 수 없어 아주 가만히 누워 있었다. 그의 몸이 어딘가 버려지는 것 같았다.

"왜…… 피곤해?"

"그래, 그리고 네가 지치겠어."

그는 무슨 말인지 알고 짧게 웃었다.

"하지만 넌 항상 내가 그걸 좋아하도록 만들잖아." 그가 말했다.

"그러고 싶지 않아." 그녀가 매우 낮은 목소리로 말했다.

"네가 지나칠 땐 원치 않지. 그럴 때는 그것을 견딜 수 없다고 느끼지. 하지만 네 무의식적 자아는 언제나 내게 그걸 요청하고 있어. 그리고 나도 그걸 원하는 것 같아."

"어쩔 수 없을까?"

"어쩔 수 없이 늘 그렇게 하지. 넌 어디선가 내가 생각을 하지 못하게 하고 날 나 자신한테서 끌어내. 난 거의 유령같이 되고 육체가 분리되지."

"그만해!" 그녀가 애원했다.

"지금도." 그가 계속했다. "지금도 난 내 손을 보고 그게 뭘 하고 있는지 궁금해. 저기 저 물이 나를 바로 통과해서 흘러가지. 난 내가 저 찰랑거리는 잔물결이라고 확신해. 잔물결이 바로 나를 뚫고 흐르고 나는 그것을 뚫고 흐르지. 우리 사이에는 장벽이 없어."

"하지만!" 그녀가 말을 더듬었다.

"일종의 산포된 의식, 그게 내게 있는 전부야. 난 내 몸이 텅 빈 채 누워 있는 것처럼, 내가 다른 사물, 구름과 물 속에 있는 것처럼 느껴."

그녀는 그를 바라보았고 그는 마치 사람이 아니라 사물인 것처럼 이상한 표정을 짓고 있었다. 그것은 그녀에게 너무나 매력적이었고 동시에 그녀가 두려워하는 것이었다. 하지만 두려워하기 때문에 그녀는 더 많이 가져야 했다. 그러나 지금 그녀는 그가 그만두기를 원했다.

"그리고." 그는 계속했다. "개인적인, 육체적인 나는 버려졌어. 하지만 그렇다면 난 여기 살아 있지 않아. 그것이 날 파괴하리라는 것을 난 확신해. 네가 원하는 건 나를 살찌우고 정상적으로 만드는 것이지 유령처럼 만드는 건 아니지. 넌 내 영혼을 영혼의 칼집 속에 고이 고정시키기를 원해. 그 영혼은 칼이 느슨한 칼집에서 미끄러져 나와 바다로 빠지듯이 언젠가는 빠져나올 거야."

미리엄은 고통스럽게 생각에 잠겼다. 갑자기 그녀가 고개를 들고 빛나는 눈으로 그를 바라보았다.

"그러면 내가 네 칼집이 될게." 그녀가 말했다.

그녀의 손이 떨리면서 그에게 다가왔다.

"할 수 있다면 그렇게 해." 그가 말했다. "하지만 우리의 무의식적 자아가 우리를 만들지. 우리가 원하는 것이 우리가 아냐. 우리는 둘 다 정상이 아니야…… 하지만 이제 난 정상적이고 싶어 하지만 넌 그렇지 않아. 넌 평범하게 되기를 원하지 않아."

"원해." 그녀가 소리쳤다. 그러나 그녀의 목소리에는 다시 두려움이 배어 있었다.

"어쨌든." 그는 그의 무감각한 방식으로 말을 계속했다. "지금은 아냐. 넌 지금 날 평범한 방식으로 받아들일 수 없어. 지금 이 순간 너와 나는 모두 영혼일 뿐이고 열정이 없기 때문이지. 그리고 그것은 실제 고통처럼 이것과 교차할 다른 진동을 시작할 거야…… 내가 널 위해 지껄여 대는 말이 아니라 나를 원할 수만 있다면 좋을 텐데!"

"내가!" 그녀가 비통하게 울부짖었다. "내가! 언제 넌 내가 널 차지할 수 있게 할 거니?"

"그렇다면 그건 내 잘못이야." 그가 말했다. 그리고 기운을 차리고 일어나서 사소한 일에 대해 이야기하기 시작했다. 그는 실체가 없는 것처럼 느꼈다. 막연하지만 그는 이것에 대해 그녀를 증오했다. 그리고 그는 자기에게도 마찬가지로 책임이 있다는 것을 알았다. 그래도 그녀에 대한 증오는 없어지지 않았다.

이 무렵 어느 날 저녁 폴은 미리엄과 함께 집으로 걸어가고 있었다. 그들은 헤어지지 못하고 숲으로 이어지는 풀밭 옆에 서 있었다. 별들이 나오고 구름이 모여들었다. 그들은 서쪽으로 자신들의 성좌인 오리온 성좌를 흘깃 보았다. 오리온의 보석들이 잠시 반짝거렸고 오리온의 개가 거품 같은 구름을 뚫고 어렵게 애쓰면서 낮게 달렸다.

오리온 좌는 그들에게 성좌들 가운데 가장 중요한 의미를 지니고 있었다. 그들은 감정이 넘쳐흐르는 기이한 순간에 오리온을 응시했었고 그러면 마침내 자신들이 그의 별들 하나하나에서 사는 것 같았다. 그날 저녁 폴은 변덕스럽고 뒤틀린 심사였다. 오리온은 그에게 그저 평범한 성좌로만 보였다. 그는 오리온의 신비스러움과 매력에 저항하여 싸웠다. 미리엄은 애인의 기분을 조심스럽게 지켜보았다. 그러나 폴은 자기의 기분을 드러낼 말을 한마디도 하지 않았다. 마침내 헤어질 순간이 왔고 그는 모여드는 구름을 우울하게 얼굴을 찡그리고 바라보았다. 그 구름 뒤에 그 위대한 성좌가 여전히 힘차게 걸어가고 있을 것이다.

다음 날 폴의 집에서 작은 파티가 열릴 예정이었고 미리엄도 참석할 예정이었다.

"마중을 안 나갈게." 그가 말했다.

"그렇게 해…… 바깥이 그렇게 좋지 않을 거야." 그녀가 천천히 대답했다.

"그런 게 아니라…… 집에서 내가 마중 나가는 걸 좋아하지 않아서 그래. 집에서는 내가 식구들보다 널 더 좋아한다는 거야. 이해하겠지? ……우린 친구 사인데 말이야."

미리엄은 깜짝 놀라고 그런 말을 하는 폴을 위해 마음이 아팠다. 그 말을 하기가 그에게는 쉽지 않았다. 그녀는 그에게 더 이상 모욕을 주지 않으려고 그만 떠났다. 그녀가 걸어갈 때 가랑비가 얼굴을 때렸다. 그녀는 마음속 깊이 상처를 입었다. 그리고 조금만 권위가 보여도 갈팡질팡 하는 폴을 경멸했다. 가슴 속 깊은 곳에서 자기도 모르는 사이에 그녀는 폴이 자기한테서 도망가려고 애쓰고 있다고 느꼈다. 미리엄은 이것을 결코 인정하지 않으려 했다. 그녀는 그를 동정했다.

이때 폴은 회사의 창고에서 중요한 인물이 되었다. 패플워스 씨는 회사를 그만두고 자기 사업을 시작했으며 폴이 나선과 감독으로 회사에 남았다. 사정이 좋으면 연말에 그의 임금은 30실링으로 오를 것이다.

금요일 밤에 미리엄은 여전히 종종 불어를 공부하러 왔다. 폴은 윌리 농장에 그렇게 자주 가지 않았고 그녀는 공부가 끝나 간다는 생각에 마음이 아팠다. 더욱이 두 사람 사이에는 불협화음이 있었다. 그러나 그들은 모두 함께 있는 것이 좋았다. 그들은 발자크를 읽고 작문도 했는데 그러면서 자기들이 매우 세련되어 간다고 느꼈다.

금요일 밤은 광부들의 임금을 계산하는 날이었다. 모렐은 동료 채탄 청부인들이 원하는 대로 브레티의 뉴인이나 자기 집에서 ('계산을 했다.') 채탄장의 돈을 나누었다. 요사이는 바커가 술을 끊어서 모렐의 집에서 계산을 했다.

애니는 교사로 나가서 아이들을 가르치다가 다시 집으로 돌아왔다. 그녀는 여전히 말괄량이였다. 그리고 결혼하기 위해 약혼한 상태였다. 폴은 디자인을 공부하고 있었다.

모렐은 그 주의 수입이 적지 않으면 금요일 저녁에는 언제나 기분이 좋았다. 그는 저녁을 먹고 바로 부산스럽게 서둘러 씻을 준비를 했다. 남자들이 계산하는 동안 여자들이 자리를 비켜주는 것이 예의였다. 여자들은 채탄 청부인들의 계산과 같은 남성적 프라이버시를 엿보지 않도록 되어 있었다. 또한 그 주의 수입이 정확하게 얼마인지 알지 못했다. 그래서 애니는 아버지가 식기실에서 푸푸거리고 있을 동안 이웃에서 한 시간을 보내기 위해 나갔다. 모렐 부인은 빵 굽는 일에 전념했다.

"그 문 닫아!" 모렐이 화를 벌컥 내며 고함쳤다.

애니는 뒤로 문을 세게 닫고 사라졌다.

"내가 씻고 있을 때 다시 한번 문을 열면 턱을 날려 버릴 거야." 그가 비누 거품을 얼굴에 가득 묻힌 채 위협적으로 말했다. 폴과 어머니는 그의 말에 얼굴을 찌푸렸다.

곧 그는 비눗물을 뚝뚝 떨어뜨리고 추위에 벌벌 떨며 식기실에서 달려나왔다.

"여보!" 그가 말했다. "내 수건 어디 있어?"

수건은 따뜻해지도록 불 앞의 의자에 걸려 있었다. 그렇게 해 놓지 않으면 그는 윽박지르고 고함을 질렀다. 그는 뜨거운 불 앞에 쪼그리고 앉아 몸을 말렸다.

"푸우우!" 그는 추워서 떠는 척하며 소리를 냈다.

"이봐요, 제발 어린애처럼 굴지 말아요!" 모렐 부인이 말했다. "별로 춥지 않아요."

"당신도 저 식기실에서 발가벗고 한번 씻어 봐." 머리를 말리면서 그 광부가 말했다. "꼭 냉동실 같소!"

"그래도 난 당신처럼 그렇게 법석을 떨진 않아요." 그의 아내가 말했다.

"맞아, 당신은 허리가 약해서 뻣뻣하게 굳어져 문의 손잡이처럼 마비가 될 거요."

"하필이면 왜 문의 손잡이예요?" 폴이 궁금해하며 물었다.

"에, 나도 몰라…… 사람들이 그렇게들 말해." 그의 아버지가 대답했다. "하지만 저 식기실은 외풍이 너무 세. 창살이 겨우 다섯 개 달린 문틈으로 바람이 들어오듯이 갈비뼈를 뚫고 바람이 들어와."

"바람이 당신 갈비뼈를 뚫고 들어오기는 힘들 거예요." 모렐 부인이 말했다.

모렐은 애처롭게 자신의 옆구리를 내려다보았다.

"내 몸이라!" 그가 소리쳤다. "난 껍질을 벗긴 토끼에 불과하오. 내 뼈가 곳곳에 튀어나온 걸 보시오."

"어디가 그런지 알고 싶군요." 그의 아내가 반박했다.

"안 그런 데가 어딨소! 난 잔가지 다발을 넣어 놓은 부대에 불과하오."

모렐 부인이 웃었다. 그의 몸은 아직도 놀라울 정도로 젊고 군살이 없고 근육질이었다. 피부는 부드럽고 깨끗했다. 석탄 가루가 피부 밑에 남아 문신처럼 검푸르게 자국이 많이 나 있고 가슴에 털이 너무 많이 난 것을 제외하면 그의 몸은 스물여덟 살 된 남자의 몸과 다름 없었다. 그러나 그는 자기 손을 그의 옆구리에 애처롭게 대고 있었다. 그는 군살이 없기 때문에 자기가 굶주린 쥐처럼 말랐다고 굳게 믿고 있었다.

폴은 손톱이 부서지고 상처투성이인 아버지의 두툼한 갈색 손이 자기의 매끈한 옆구리를 쓰다듬는 모습을 바라보며 두 부분이 서로 어울리지 않는다는 생각이 들었다. 그것이 같은 몸이라는 것이 이상했다.

"아버지는 한때 몸이 훌륭했을 것 같아요." 그가 아버지에게 말했다.

"뭐!" 놀라서 주위를 돌아보고 아이처럼 수줍어하면서 그 광부가 외쳤다.

"그랬지." 모렐 부인이 소리쳤다. "아주 좁은 공간으로 들어가려고 애쓰는 것처럼 여기저기 부딪치지 않았다면 좋았겠지."

"내 몸!" 모렐이 소리쳤다. "내 몸이 좋았다고! 난 항상 해골에 불과했어."

"이봐요!" 그의 아내가 소리쳤다. "그렇게 우는 소리 내지 말아요!"

"사실이오!" 그가 말했다. "당신은 내가 빠르게 내리막을 내려가기 시작했을 때 날 만났소." 그녀는 앉아서 웃었다.

"당신은 강철 같은 체격을 가지고 있었어요." 그녀가 말했다. "중요한 것이 신체였다면 당신처럼 좋은 조건으로 시작한 남자는 없어요. 젊을 때 아버지 모습을 네가 봤어야 하는데⋯⋯." 한때 멋있었던 남편의 모습을 흉내 내기 위해 몸을 곧추 세우고 그녀가 갑자기 폴에게 외쳤다. 모렐은 수줍어하며 그녀를 지켜보았다. 그는 옛날에 아내가 자기에 대해 갖고 있었던 열정을 다시 보았다. 그 열정이 그녀에게 잠깐 불타올랐다. 그는 수줍어하고 다소 겁먹고 겸손해했다. 그러나 그는 다시 자신의 옛 감정을 느꼈다. 그리고 곧 지난 세월 동안 그가 얼마나 망가졌는지 느꼈다. 그는 이 상태에서 벗어나고 싶어 부산을 떨었다.

"내 등 좀 씻어 주시오." 그가 그녀에게 부탁했다.

그의 아내는 비누를 잘 칠한 플란넬 수건을 가져와 그의 어깨를 툭 쳤다. 그가 펄쩍 뛰었다.

"아, 이 심술 궂은 여편네!" 그가 외쳤다. "죽을 정도로 차가워!"

"당신은 분명 불도마뱀이었을 거예요." 그의 등을 씻으며 그녀가 웃었다. 그녀가 그를 위해 이렇게 다정한 행동을 하는 경우는 드물었다. 주로 아이들이 이러한 일을 했다.

"저승에 가도 당신에게는 별로 뜨겁지 않을 거예요." 그녀가 덧붙였다.

"그렇소." 그가 말했다. "바람이 들어와 내게는 추울 거요."

씻는 일이 끝났다. 그녀는 그를 대충 씻고 2층으로 올라가서 그의 헐렁한 바지를 가져왔다. 그는 몸을 말리고 나서 끙끙대며 셔츠를 입었다. 그리고 그의 얼굴은 불그레하고 빛났으며 머리카락은 곤두서고 플란넬 셔츠는 탄광의 작업용 바지 위로 나와 있었다. 그는 자기가 입을 바지를 따뜻하게 하면서 서 있었다. 그는 옷을 돌리면서 안팎을 뒤집어 따뜻하게 하려고 불 가까이 가져갔다.

"이런" 모렐 부인이 소리쳤다. "어서 옷 입어요!"

"당신 같으면 목욕물처럼 차가운 바지를 입고 싶겠소!" 그가 말했다.

마침내 그는 탄광용 바지를 벗고 점잖은 검은 바지를 입었다. 그는 벽난로 앞깔개 위에서 이러한 모든 행동을 했으며, 애니와 그녀의 친한 친구들이 있었더라도 그렇게 했을 것이다.

모렐 부인은 오븐 속의 빵을 뒤집었다. 그러고 나서 구석에 있는 반죽용 붉은 질그릇에서 밀가루 반죽을 또 한 덩이 떼어다가 적당한 모양으로 만들어 빵 굽는 그릇에 떨어뜨렸다. 이 일을 하고 있을 때 바커가 문을 두드리고 들어왔다. 그는 조용한 사람이었고 체구는 작았지만 돌벽이라도 뚫고 지나갈 것처럼 탄탄한 사람이었다. 그는 검은 머리카락을 짧게 깎았으며 뒤통수가 튀어나왔다. 광부들이 대개 그렇듯이 그도 창백했지만 건강하고 단정했다.

"안녕하시오, 부인." 그는 모렐 부인에게 고개를 끄덕이고 한숨을 내쉬며 앉았다.

"안녕하세요." 그녀가 상냥하게 대답했다.

"발꿈치 괜찮은가, 발 소리가 크던데." 모렐이 말했다.

"그랬나." 바커가 말했다.

남자들이 모렐 부인의 부엌에서 언제나 그렇듯이 그도 눈에 띄지 않게 행동하면서 앉았다.

"부인은 어떠세요?" 그녀가 그에게 물었다.

그는 언젠가 그녀에게 "저, 우린 지금 막 둘째를 기다리고 있소."라고 말했었다.

"글쎄요." 바커가 머리를 만지작거리며 대답했다. "집사람은 그럭저럭 잘 지내는 것 같소."

"그런데, 언제예요?" 모렐 부인이 물었다.

"글쎄요…… 지금 당장 나와도 놀라지 않을 거요."

"아! 그런데 상태는 괜찮아요?"

"네…… 좋은 편이오!!"

"다행이군요. 부인은 그렇게 튼튼하지 않거든요."

"맞아요…… 그런데 내가 또 어리석은 짓을 했어요."

"무슨 일인데요?"

모렐 부인은 바커가 아주 어리석은 행동을 하지 않으리라는 것을 알고 있었다.

"나오면서 시장 바구니를 잊었군요."

"제 걸 쓰세요."

"안 되지요, 부인도 그게 필요할 거예요."

"난 필요없어요…… 전 실로 짠 가방을 가지고 가요…… 언제나요."

그녀는 야무진 작은 광부가 한 주일간 먹을 음식과 고기를 금요일 저녁에 사는 모습을 떠올리고 감탄했다. "체구는 작지만 바커 씨는 당신보다 열 배는 더 남자다워요." 그녀가 남편에게 말했다.

바로 그때 웨슨이 들어왔다. 그는 마르고 다소 약해 보였으며 아이가 일곱이나 되었지만 소년처럼 순진했고 약간 바보스러워 보이는 미소를 띠고 있었다. 그러나 그의 아내는 열정적인 여자였다.

"자네가 나보다 먼저 왔군." 그가 약간 김 빠지게 웃으며 말했다.

"그래." 바커가 대답했다.

웨슨은 모자와 큰 털목도리를 벗었다. 그의 코는 뾰족하고 붉었다.

"추운 모양이죠, 웨슨 씨." 모렐 부인이 말했다.

"꽤 추운 날씨예요." 그가 대답했다.

"그러면 불가로 오세요."

"아니오, 여기도 괜찮아요."

두 광부는 난로에서 떨어져 앉았다. 그들은 난로가로 오라고 해도 오려고 하지 않았다. 벽난로는 가족들에게 신성한 것이다.

"안락의자에 앉게." 모렐이 쾌활하게 말했다.

"아냐, 고맙네. 난 여기가 아주 편하다네."

"그러지 말고 이리 오세요." 모렐 부인이 주장했다.

그는 어색하게 일어나서 모렐의 안락의자에 거북하게 앉았다. 그것은 지나친 환대였다. 그러나 난롯불은 그를 더없이 행복하게 해주었다.

"그런데 가슴은 어떠세요?" 모렐 부인이 물었다.

그는 다시 미소 지었고 그의 푸른 눈은 명랑하게 보였다.

"오, 그런 대로 괜찮아요." 그가 말했다.

"가슴에 가르랑거리는 소리가 북소리처럼 크게 나서 문제지." 바커가 무뚝뚝하게 말했다.

"쯧쯧쯧쯧!" 모렐 부인이 빠르게 혀를 찼다. "플렌넬 내의는 만들게 했어요?"

"아직 하지 않았어요." 그가 미소 지었다.

"왜 않았어요?" 그녀가 외쳤다.

"곧 할 거요." 그가 미소 지었다.

"아, 그렇게 되면 세상의 마지막 날이지." 바커가 소리쳤다.

바커와 모렐은 두 사람 다 웨슨을 답답하게 여겼다. 그렇지만 그들은 웨슨과 달리 몸이 무쇠처럼 단단했다.

모렐이 거의 준비가 되자 폴에게 돈자루를 밀었다.

"세어 보거라, 얘야." 그가 부드럽게 부탁했다.

폴은 성급하게 책과 연필을 놓고 몸을 돌려 탁자 위에 자루를 비웠다. 은화와 1파운드 금화들과 잔돈이 든 5파운드짜리 자루가 놓여 있었다. 그는 재빨리 세고 석탄 양을 적은 서류와 전표를 참조하여 돈을 정리했다. 그러고 나서 바커가 전표를 힐끔 보았다.

모렐 부인은 2층으로 갔고 세 남자가 탁자로 왔다. 가장인 모렐은 등을 뜨거운 난롯불을 향한 채 안락의자에 앉았다. 두 채탄 청부인은 덜 따뜻한 자리에 앉았다. 그들은 아무도 돈을 계산하지 않았다.

"심슨의 몫은 얼마로 해야 하지?" 모렐이 물었고 그들은 그 일용 노동자의 수입에 대해 떠들썩하게 이야기를 했다. 그러고 나서 그의 몫을 떼어 놓았다.

"그리고 빌 네일러의 몫은?"

그 돈도 따로 떼어 놓았다.

그러고 나서 웨슨이 회사 사택에서 살고 있었기 때문에 그의 집세를 공제하고 모렐과 바커는 각각 4실링 6펜스를 가졌다. 그리고 모렐은 탄광에서 석탄이 배달되었지만 석탄값이 지불되지 않았기 때문에 바커와 웨슨은 4실링씩 가졌다. 그후 계산은 순풍에 돛단 듯 진행되었다. 모렐은 1파운드 금화가 없어질 때까지 금화를, 반 크라운이 없어질 때까지 반 크라운을, 실링이 없어질 때까지 실링을 그들에게 각각 나누어 주었다. 마지막에 나눌 수 없는 것이 남으면 모렐이 그것을 차지하고 술을 샀다.

그러고 나서 세 사람은 일어나서 나갔다. 모렐은 아내가 내려오기 전에 황급하게 집에서 달아났다. 그녀는 문이 닫히는 소리를 듣고 내려왔다. 그녀는 급히 오븐의 빵을 보았다. 그리고 식탁 위를 흘깃 보고 자기 돈이 놓여 있는 것을 발견했다. 폴은 자기 일을 계속하고 있었다. 그는 어머니가 주급을 세고 있으며 그녀의 분노가 끓어오르는 것을 느꼈다.

"쯧쯧쯧쯧!" 그녀가 혀를 찼다.

그는 얼굴을 찌푸렸다. 그녀가 화가 나 있으면 그는 일을 할 수 없었다. 그녀는 다시 세었다.

"겨우 25실링밖에 안 되다니!" 그녀가 외쳤다. "전표가 얼마였니?"

"10파운드 11실링요." 폴이 성급하게 말했다. 그는 일어날 일이 두려웠다.

"이번주에 겨우 25실링을 주고는 술집으로 가다니! 왜 그런지 잘 알지…… 네가 돈을 버니까 자기는 더 이상 집안을 돌볼 필요가 없다고 생각하는 거야. 그래, 자기가 버는 돈으로는 매일 술이나 퍼마시겠다는 거지. 하지만 어디 두고 봐."

"오, 엄마 그러지 마세요!" 폴이 외쳤다.

"뭘 그러지 말라는 거냐!" 그녀가 소리쳤다.

"그만하세요…… 제가 일을 할 수 없어요."

그녀는 매우 조용해졌다.

"그래, 다 좋아." 그녀가 말했다. "하지만 내가 어떻게 집안을 꾸려 나갈 수 있겠니?"

"글쎄요, 화를 내고 괴로워해 봐야 나아질 게 없잖아요."

"네가 이 모든 걸 다 견디어야 한다면 어떻게 할지 알고 싶구나!"

"곧 괜찮아질 거예요…… 제 돈을 가지세요…… 아버지는 무시하세요."

그는 다시 하던 일을 했고 그녀는 단호하게 보닛 끈을 맸다. 그녀의 속이 타면 폴은 참을 수가 없었다. 그러나 이제 그는 어머니가 자기의 존재를 인정해 주기를 주장하기 시작했다.

"위에 있는 빵 두 덩이는 20분 후면 다 익을 거야. 잊지 마." 그녀가 말했다.

"알았어요." 그가 대답했고 그녀는 시장에 갔다.

그는 혼자 남아 일을 했다. 그러나 평소와 달리 강한 집중력이 흔들렸다. 그는 정원 문소리에 귀를 기울였다. 7시 15분에 낮은 노크 소리가 들렸고 미리엄이 들어왔다.

"혼자 있어?" 그녀가 말했다.

"응."

그녀는 마치 자기 집에 있는 것처럼 큼직한 베레모와 긴 외투를 벗어서 걸었다. 그녀의 그러한 행동은 그를 전율시켰다. 이 집이 그와 그녀, 그들 두 사람의 집인 것 같았다.

곧 미리엄이 돌아와서 그의 그림을 자세히 들여다보았다.

"무슨 그림이야?" 그녀가 물었다.

"아직 디자인 단계야…… 장식물과 자수를 위한 거야."

그녀는 근시인 것처럼 몸을 숙여 그림을 보았다.

"그런데 이게 마음에 드니?" 그녀가 물었다.

"마음에 들어. 난 이제 인습적으로 보이는 사물들을 만드는 게 매우 좋아."

"그래."

미리엄은 인습적인 분야를 좋아하지 않았다. 그녀는 그가 그러한 것들에 대하여 가장 잘 알고 있다고 생각했다. 그것들은 남자들의 영역이었고 그녀에게 속하지 않았다. 그러나 그녀는 왜 그가 인습적인 것들을 좋아하는지 알아낼 것이다. 인습적인 것들의 어떠한 면에 그가 끌렸을까?

"왜 이걸 좋아해?" 그녀가 골똘히 생각하며 물었다.

그는 자신을 정당화하기 위해 따분한 시도를 시작했다. 중력이 사물의 모양을 형성하는 거대한 힘이다. 중력이 제대로 작용하면 정확한 기하학적인 선과 균형을 갖춘 장미를 만들수 있다. 등등의 이론을 그녀에게 설명하려고 애썼다. 이 설명으로 인해 그녀는 과거에는 단지 거짓으로만 보였던 인습적인 그림에 대해 일종의 호감을 갖게 되었다. 마침내 그는 책을 팔에 안아 들어 올렸다.

"내가?" 그가 균형을 잡고 잠깐 멈추며 말했다.

"뭔데?"

"네게 보여 줄까? ……완성될 때까지 보여 줄 생각이 아니었는데."

폴은 자기가 하는 일 어느것도 그녀에게 감출 수 없었다. 그는 거실로 가서 갈색 린넨 보자기로 싼 꾸러미를 가지고 왔다. 그는 조심스럽게 그것을 풀어서 마루에 펼쳤다. 그것은 장미 도안이 아름답게 찍혀 있는 커튼 또는 칸막이 커튼이라고 할 수 있는 것이었다.

"아, 정말 아름다워!" 그녀가 외쳤다.

미리엄의 발치에 붉은 빛을 띤 멋진 장미와 암녹색의 줄기가 그려진 천이 펼쳐졌다. 모든 것이 매우 단순하면서도 어쩐지 매우 화려하게 보였다. 그녀는 검은 곱슬머리를 늘어뜨리고 무릎으로 기어서 그 앞으로 갔다. 그녀가 그의 작품 앞에서 관능적으로 웅크리고 앉은 모습을 보고 그의 가슴이 빠르게 뛰었다. 갑자기 그녀는 그를 쳐다보았다.

"왜 이게 잔인하게 보일까?" 그녀가 물었다.

"뭐라고?"

"잔인한 느낌이 들어." 그녀가 말했다.

"어쨌든 잘된 작품이야." 그가 아주 소중하게 자기 작품을 접으며 말했다. 그녀는 생각에 잠긴 채 천천히 일어났다.

"그런데 이걸 어떻게 할 거야?"

"리버티 직물 백화점으로 보내야지. 엄마를 위해 만들었는데…… 하지만 엄마는 돈으로 받는 걸 더 원할 것 같아서."

"그래." 미리엄이 말했다. 그는 약간 씁쓸한 마음으로 말했고 미리엄도 공감했다. 미리엄에게 돈은 아무런 의미가 없었을 것이다.

그는 그 천을 도로 거실로 가져갔다. 그가 돌아와서 미리엄에게 좀 더 작은 것을 내밀었다. 그것은 같은 디자인으로 된 쿠션 커버였다.

"널 위해 만들었어." 그가 말했다.

그녀는 떨리는 손으로 그 작품을 만졌고 아무 말도 하지 않았다. 그는 당황했다.

"아 참, 빵을 잊었네!" 그가 소리쳤다.

그는 위칸의 빵을 꺼내서 활기 있게 톡톡 쳤다. 빵이 다 구워졌다. 그는 빵을 식히기 위해 벽난로 위에 놓았다. 그러고 나서 식기실로 가서 손을 적시고 질그릇에서 마지막 남은 흰 반죽을 떼어서 오븐에 넣었다. 미리엄은 여전히 그림이 그려진 천을 들여다보고 있었다. 그는 손에 붙은 반죽을 문질러 떼어내며 서있었다.

"마음에 드니?" 그가 물었다.

미리엄은 사랑이 불타는 검은 눈으로 그를 쳐다보았다. 그는 거북하게 웃었다. 그러고 나서 디자인에 대해 이야기하기 시작했다. 그는 미리엄에게 자기 작품에 관해 이야기할 때 가장 강렬한 즐거움을 느꼈다. 작품을 이야기하고 구상할 때 그의 열정과 뜨거운 피가 그녀와의 대화로 흘러 들어갔다. 여인이 언제 자궁 속에 아이를 수태했는지 알 수 없듯이 미리엄도 이해할 수 없었지만 그녀는 그로부터 상상력을 이끌어 내었다. 그러나 그것은 미리엄과 폴에게 생명과 같은 것이었다.

그들이 이야기하는 동안 스물두 살가량 되어 보이는 젊은 여자가 방으로 들어왔다. 그녀는 작고 창백하며 눈이 움푹 들어갔다. 그렇지만 전체적으로 냉혹한 표정을 지니고 있었다. 그녀는 모렐가의 친구였다.

"옷을 벗지 그래요." 폴이 말했다.

"아니에요…… 오래 있지 않을 거예요."

폴과 미리엄은 소파에 앉아 있었고 그녀는 그들 반대편 안락의자에 앉았다. 미리엄은 몸을 움직여서 그로부터 약간 떨어져 앉았다. 방안은 더웠고 갓 구워 낸 빵의 향기로 가득 찼다. 갈색의 갓 구워낸 바삭바삭한 빵이 벽난로 위에 놓여 있었다.

"오늘 밤 여기서 당신을 만날 줄 몰랐어요, 미리엄 레이버스." 비어트리스가 짓궂게 말했다.

"왜요?" 미리엄이 쉰 목소리로 낮게 말했다.

"글쎄요, 당신 신발을 보세요."

미리엄은 거북하게 가만히 있었다.

"보지 않는 건 겁이 나서 그런 거예요." 비어트리스가 웃었다.

미리엄은 옷에 가려져 있는 발을 빼냈다. 그녀의 부츠는 이상하고 어색하게 보였고 약간 애처로운 느낌을 주었다. 그것은 그녀가 얼마나 자의식적이고 자기 회의적인지 보여 주었다. 그리고 부츠는 진흙으로 덮여 있었다.

"어머나…… 진흙투성이군요!" 비어트리스가 외쳤다. "부츠는 누가 닦아요?"

"내가 직접 닦아요."

"그러면 당신은 구두가 그렇게 되었으면 했군요." 비어트리스가 말했다. "나라면 오늘 같은 밤에는 많은 남자들이 불러냈어야 이곳까지 왔을 거예요…… 하지만 사랑은 진창 같은 걸 비웃지요…… 그렇지 않은가요, 사도님?"

"인터 에일리아." 그가 말했다.

"오 맙소사, 당신 외국어로 말하는 거예요! ……미리엄 저 말이 무슨 뜻이에요?"

이 질문에는 미세한 조롱이 담겨 있었지만 미리엄은 알아차리지 못했다.

"'다른 무엇보다도'라는 뜻일 거예요." 그녀가 겸손하게 말했다.

비어트리스는 이빨 사이로 혀를 내밀고 짓궂게 웃었다.

"'다른 무엇보다도' 사도님?" 그녀가 반복했다. "사랑이 엄마와 아버지와 자매와 형제와 남자 친구와 여자 친구와 심지어는 사랑하는 자신까지도 비웃는다는 의미인가요?"

그녀는 대단히 순진한 척했다.

"사실 그건 하나의 거대한 미소지요." 그가 대답했다.

"까불지 말아요, 사도 모렐. 당신은 날 믿어요." 그녀가 말했다.

그리고 그녀는 다시 혼자서 짓궂게 웃음을 터뜨렸다.

미리엄은 아무 말 없이 자신에게 침잠하여 앉아 있었다. 폴의 친구들은 모두 그녀의 반대편에 서는 데 즐거움을 느꼈고 그는 그녀를 곤경에 내버려 두고 그녀에게 일종의 복수를 하는 것처럼 보였다.

"아직 학교에 있어요?" 미리엄이 비어트리스에게 물었다.

"그래요."

"그러면 아직 통보를 받지 못했군요?"

"부활절에 받을 걸로 기대하고 있어요."

"단지 시험에 통과하지 못했다고 해서 해고하는 것은 너무 심해요!"

"글쎄요." 비어트리스가 차갑게 말했다.

"언니가 당신은 어느 곳의 어느 누구 못지않은 훌륭한 선생님이라고 하더군요. 말이 안 돼요. 그런데 왜 당신이 시험에 합격하지 못했을까요!"

"머리가 모자라서죠, 안 그래요, 사도님?" 비어트리스가 간단히 말했다.

"못살게 구는 머리는 있어요." 폴이 웃으면서 대답했다.

"이런 나쁜 사람!" 그녀가 소리쳤다. 그리고 자리에서 벌떡 일어나 그에게 달려들어 따귀를 때렸다. 그녀의 손은 작고 예뻤다. 그녀가 그와 씨름하면서 그는 그녀의 손목을 잡았다. 마침내 그녀는 자유롭게 되어 그의 숱이 많은 짙은 갈색 머리카락을 두 손으로 잡고 흔들었다.

"때려 봐요." 그가 손가락으로 머리를 다듬으면서 말했다. "난 당신이 싫어요."

그녀는 재미있어하며 웃었다.

"조심해요!" 그녀가 말했다. "난 당신 옆에 앉고 싶어요."

"난 차라리 암여우 곁에 앉겠어요." 그는 이렇게 말하면서도 자기와 미리엄 사이에 그녀가 앉을 자리를 만들었다.

"그럼 암여우가 아름다운 머리를 헝클어뜨렸군요!" 그녀는 소리를 지르고 자기 빗으로 그의 머리를 똑바로 빗겼다.

"그리고 멋진 코밑수염도!" 그녀는 그의 머리를 뒤로 젖히고 젊은 코밑수염을 빗겼다.

"사도님, 이것은 사악한 수염이에요." 그녀가 말했다. "위험을 나타내는 빨간색이군요…… 담배 가진 것 있어요?"

그는 주머니에서 담배 케이스를 끄집어냈다. 비어트리스는 그 속을 들여다보았다.

"코니가 당신에게 준 멋있고 작은 엽궐련은 없어요?"

"어딘가 하나가 있을 건데⋯⋯."

그는 주머니를 뒤져 작은 상자를 찾았다. 비어트리스는 그
것을 받았다.

"오 그래요, 하나뿐이군요!" 그녀가 말했다. "하지만 이건 미
리엄 거예요. 코니가 남긴 궐련을 피워 보겠어요, 미리엄?"

"고맙지만 생각 없어요." 미리엄이 대답했다. "코니가 누구
예요?"

"폴이 말해 주지 않았어요?" 비어트리스가 몹시 놀라서 소
리쳤다. "그런데 모렐 사도, 가엾은 그녀에게 알려 주지 않은
건 옳지 않아요.

"담배 피워 보겠어?" 폴이 미리엄에게 물었다.

"내가 피우지 않는 거 알잖아." 그녀가 대답했다.

"내가 코니의 마지막 담배를 피우다니 재미있군요." 비어트
리스가 담배를 이빨 사이에 물면서 말했다. 그는 성냥불을 그
녀에게 내밀었고 그녀는 우아하게 연기를 내뿜었다.

"아주 고마워요, 자기" 그녀가 조롱하듯 말했다.

이 일은 그녀에게 짓궂은 즐거움을 주었다.

"그가 친절하게 불을 붙여 주었다고 생각지 않아요, 미리
엄?" 그녀가 물었다.

"오, 정말 그래요!" 미리엄이 말했다.

그도 담배를 집었다.

"불 붙여요, 아저씨?" 비어트리스가 자기 담배를 그쪽으로

기울이면서 말했다.

그는 그녀의 담뱃불로 자기 담배에 불을 붙이려고 그녀에게 몸을 굽혔다. 그가 그렇게 할 때 비어트리스가 그에게 윙크를 했다. 미리엄은 그의 눈이 장난스럽게 떨리고 그의 두툼하고 관능적인 입술이 경련하는 것을 보았다. 그는 제정신이 아니었고 그녀는 그것을 참을 수 없었다. 그가 저런 사람이라면 그녀는 그와 아무런 관계가 없고 차라리 존재하지 않았던 것이 나았다. 그녀는 담배가 그의 붉고 두꺼운 입술에서 춤추는 것을 보았다. 그의 숱이 많은 머리카락이 이마 위에 느슨하게 늘어진 모습도 싫었다.

"달콤한 사람!" 비어트리스가 그의 턱을 가볍게 치고 뺨에 가볍게 키스하면서 말했다.

"나도 당신에게 키스할 거요, 비어트." 그가 말했다.

"원한다면!" 그녀가 벌떡 일어나 달아나며 깔깔거렸다. "미리엄, 이 사람이 수치심이 없지 않아요?"

"정말 그렇군요!" 미리엄이 말했다. "그런데, 빵이 어떻게 됐는지 잊어버린 거 아냐?"

"맙소사!" 그가 오븐을 열어젖히며 외쳤다. 푸르스레한 연기가 나왔고 빵이 탄 냄새가 났다.

"오, 어머나!" 비어트리스가 그의 곁으로 오면서 외쳤다. 그는 오븐 앞에 쪼그리고 앉았고 그녀는 그의 어깨 너머로 그 속을 들여다보았다. "이건 옛 사랑을 망각해서 생긴 일이에요, 이 봐요."

폴은 애처롭게 빵을 꺼냈다. 하나는 바닥 쪽이 시커멓게 탔고 다른 하나는 벽돌처럼 딱딱해졌다.

"가엾은 엄마!" 폴이 말했다.

"탄 부분을 갈아 없애는 게 좋겠어요." 비어트리스가 말했다. "육두구 강판을 가져와요."

그녀는 오븐에 있는 빵을 정리했다. 그가 강판을 가져왔고 그녀는 식탁의 신문지 위에 빵의 탄 부분을 갈아내었다. 그는 빵 탄 냄새를 없애려고 문을 열었다. 비어트리스는 담배를 피우며 가엾은 빵에서 탄 부분을 떼어내며 빵을 갈아 내었다.

"미리엄, 당신 이번에는 혼날 거예요." 비어트리스가 말했다.

"내가!" 미리엄이 놀라서 외쳤다.

"폴의 어머니가 돌아올 때 당신이 없는 게 나을 거예요······ 난 왜 앨프레드 대왕이 케이크를 태웠는지 알겠어요. 이제 알겠어요. 사도가 그림 그리다가 잊었다고 하는 것이 믿을 만하다고 생각하면 그렇게 이야기를 꾸며 댈 거예요. 아주머니가 약간 일찍 들어왔다면 그녀는 가엾은 앨프레드가 아니라 뻔뻔스런 여자의 따귀를 때렸을 거예요······."

그녀는 빵을 긁어 내면서 깔깔거렸다. 미리엄도 무심코 웃었다. 폴은 애처롭게 불을 되살렸다.

정원의 문이 탕하고 닫히는 소리가 났다.

"빨리!" 비어트리스가 폴에게 긁어낸 빵을 주면서 외쳤다. "젖은 수건으로 이걸 싸요."

폴은 식기실로 사라졌다. 비어트리스는 긁어 낸 빵 부스러기를 잽싸게 난로 속에 불어 버리고 아무 일도 없는 듯이 앉았다. 애니가 뛰어 들어왔다. 그녀는 당돌하고 아주 똑똑한 처녀였다. 그녀는 강한 불빛에 눈을 깜박거렸다.

"뭔가 타는 냄새가 나는데!" 애니가 소리쳤다.

"담배 냄새야." 비어트리스가 점잖게 대답했다.

"폴은 어디 있어?"

레너드가 애니를 따라 들어왔다. 그의 얼굴은 길고 희극적으로 생겼으며 푸른 눈은 매우 슬퍼 보였다.

"문제를 두 사람 사이에서 해결하라고 떠난 모양인데." 그가 말했다.

그는 미리엄에게 호의적으로 고개를 끄덕이고 비어트리스에게는 점잖게 풍자적인 태도를 취했다.

"아냐." 비어트리스가 말했다. "폴은 9번과 함께 나갔어."

"조금 전에 5번을 만났는데 폴에 관해 물어보더군." 레너드가 말했다.

"그래…… 우린 그를 솔로몬의 아이처럼 나누어 가질 거야." 비어트리스가 말했다.

애니가 웃었다.

"오, 그래?" 레너드가 말했다. "그럼 어느 부분을 네가 가질 거야?"

"모르겠어." 비어트리스가 말했다. "다른 사람들이 먼저 고르도록 할 거야."

"그리고 넌 남는 것을 갖는다고. 예를 들면?" 레너드가 희극적인 얼굴을 찡그리며 말했다.

애니가 오븐 속을 들여다보았다. 미리엄은 무시당한 채 앉아 있었다. 폴이 들어왔다.

"빵 모양이 참 좋구나, 폴." 애니가 말했다.

"그러면 네가 나가지 말고 살폈어야지." 폴이 말했다.

"넌 네가 하고 싶은 대로 하고." 애니가 대답했다.

"그럼, 그래야지!" 비어트리스가 외쳤다.

"폴이 해야 할 일이 너무 많은 것 같아." 레너드가 말했다.

"오는 데 힘들었지, 미리엄?" 애니가 말했다.

"그래…… 하지만 이번 주 내내 집에 있었어."

"그래서 바람 쐬러 나왔군요. 말하자면." 레너드가 친절하게 돌려서 말했다.

"그래, 집안에 내내 틀어박혀 있을 수 없지." 애니가 동의했다. 그녀는 꽤 상냥했다. 비어트리스는 외투를 입고 레너드와 애니와 함께 나갔다. 그녀는 자기 남자 친구를 만나러 가는 길이었다.

"폴, 그 빵 잊지 마." 애니가 외쳤다. "잘 놀다 가, 미리엄. 비가 안 올 것 같아."

그들이 모두 사라지고 나서 폴은 수건으로 싼 빵을 가져와 풀어놓고 슬프게 바라보았다.

"엉망이야!" 그가 말했다.

"하지만." 미리엄이 성급하게 대답했다. "이게 뭐 대단한 일인가, 결국…… 2펜스 반짜리 빵이잖아."

"그래, 그렇지만…… 이건 엄마의 소중한 빵이고, 엄마는 마음에 두실 거야…… 그러나 걱정해 봐야 소용없지."

그는 빵을 식기실로 다시 가져갔다. 그와 미리엄 사이에는 약간 거리감이 있었다. 그는 잠시 비어트리스와 자기의 행동을 생각하고 숙고하면서 그녀 앞에 자세를 똑바로 하고 서 있었다. 그는 마음속으로 죄의식을 느끼면서도 또한 기뻤다. 설명할 수는 없었지만 미리엄이 고소했다. 후회 같은 것은 하지 않을 것이다. 그가 주저하며 서 있는 동안 그녀는 그가 무엇을 생각하는지 궁금했다. 그의 숱이 많은 머리카락이 이마 위에 헝클어져 있었다. 왜 자기는 그의 머리를 다시 빗어 올리고 비어트리스의 빗이 남긴 자국을 없애지 않을까? 왜 두 손으로 그의 몸을 만지지 않을까. 그의 몸은 매우 단단하고 모든 부분이 활력이 넘쳤다. 그는 다른 여자들이 자기를 만져도 그대로 놔두었을 것이다. 자기는 왜 그렇게 하면 안 되나?

갑자기 폴은 생기가 넘쳤다. 그가 잽싸게 이마의 머리카락을 위로 쓸어 올리고 그녀에게 다가왔을 때 그녀는 거의 공포로 몸을 떨었다.

"8시 15분이야!" 그가 말했다. "우리 서두르자. 불어 책 어디 있어?"

미리엄은 수줍고 약간 서운해하면서 연습장을 꺼냈다. 매주 그녀는 불어로 자기 내면 생활에 대한 일종의 일기를 그에게 썼다. 그는 이것이 그녀에게 작문 연습을 시킬 수 있는 유일한 방법이라는 것을 알았다. 그리고 그녀의 일기는 대체로 연애편지였다. 그는 지금 그것을 읽을 것이고, 그가 현재 상태에서 자신의 영혼의 기록은 읽는 것은 그것을 더럽히는 것이라고 느꼈다. 그는 그녀의 곁에 앉았다. 그녀는 그의 단단하고 따뜻한 손이 그녀의 작품을 열심히 평가하는 모습을 바라보았다.

폴은 불어만 읽을 뿐 거기 담겨 있는 미리엄의 영혼은 무시했다. 그러나 점차 그의 손은 할 일을 잊었다. 그는 말없이 움직이지 않고 읽었다. 그녀는 몸을 떨었다.

"오늘 아침 새들이 나를 깨웠다." 그가 읽어 내려갔다. "아직까지 날이 다 새지 않았다. 하지만 침실의 작은 창문은 창백했다가 노랗게 되었다. 숲 속의 온갖 새들이 힘차게 울려 퍼지는 소리로 노래하기 시작했다. 새벽이 온통 떨리고 있었다. 난 당신의 꿈을 꾸고 있었다. 당신도 새벽을 보고 있나? 새들이 거의 매일 아침 나를 깨우고, 개똥지빠귀의 울음소리에는 언제나 뭔지 모를 두려움이 있다……."

미리엄은 수치심에 몸을 떨며 앉아 있었다. 폴은 의미를 이해하려고 애쓰면서 매우 조용히 있었다. 그는 그녀가 자기를 사랑한다는 것만 알았다. 그는 그녀의 사랑을 두려워했다. 그 사랑은 자기에게 과분했고 그는 받을 자격이 없었다. 그의 사랑이 잘못된 것이었고 그녀의 사랑은 문제가 없었다. 수치심에서 그는 그녀의 단어 위에 겸손하게 적으면서 그녀가 쓴 글을 고쳤다.

"여기 봐." 그가 조용히 말했다. "'avoir'와 같이 나오는 과거 분사는 앞에 오는 직접 목적어와 일치해야 돼."

미리엄은 몸을 앞으로 숙이고 들여다보고 이해하려고 애썼다. 그녀의 흩어진 가는 곱슬머리가 그의 얼굴을 간질였다. 그는 그 머리카락이 벌겋게 뜨거운 것처럼 깜짝 놀라 몸을 떨었다. 그녀가 몸을 내밀어 쓴 글을 바라보았다. 붉은 입술이 애처롭게 벌어져 있었고 검은 머리는 황갈색의 불그레한 뺨에 가는 가닥으로 탄력 있게 내려와 있었다. 그녀의 얼굴은 잘 익은 석류처럼 물들어 있었다. 그는 그녀를 바라보다가 숨이 가빠졌다. 갑자기 그녀가 그를 쳐다보았다. 그녀의 검은 눈은 사랑을 적나라하게 담고서 두려워하며 갈망하고 있었다. 그의 눈도 검은색이었으며 그 눈이 그녀에게 상처를 주었다. 그것은 그녀를 지배하려는 것처럼 보였다. 그녀는 자제력을 잃고 두려움에 노출되었다. 그리고 그는 그녀에게 키스를 하려면 자기 내부에서 무엇인가를 몰아내어야 한다는 것을 알았다. 그리고 그녀를 증오하는 마음이 다시 생겨났다. 그는 그녀가 쓴 글을 다시 고치기 시작했다.

갑자기 그는 연필을 내던지고 오븐으로 단숨에 달려가서 빵을 뒤집었다. 미리엄이 보기에 그는 너무나 날렵했다. 그녀는 깜짝 놀랐고 고통스럽게 상처를 받았다. 그가 오븐 앞에 쪼그리고 앉은 모습조차 그녀의 마음에 상처를 주었다. 그의 모습에는 그녀에게 잔인한 무엇인가가 있었다. 그가 잽싸게 빵 굽는 그릇에서 빵을 꺼내어 던졌다가 다시 잡는 방식에는 무엇인가 잔인한 데가 있었다. 그의 움직임이 부드럽기만 했다면 그녀는 훨씬 풍부하고 따뜻하게 느꼈을 것이다. 정말 그녀는 상처를 받았다.

폴은 다시 돌아왔고 작문 연습은 끝났다.

"이번 주엔 아주 잘했어." 그가 말했다.

그녀는 그가 일기를 읽고 기분이 좋아진 것을 보았다. 그러나 그녀의 기분은 회복되지 않았다.

"넌 가끔 정말 꽃처럼 피어나는 것 같아." 그가 말했다. "넌 시를 써야 해."

그녀는 기뻐하며 얼굴을 들었다가 믿지 않는 듯이 고개를 흔들었다.

"난 자신이 없어." 그녀가 말했다.

"한번 해 봐!"

다시 그녀는 고개를 흔들었다.

"책 읽을까. 너무 늦었나?" 그가 물었다.

"늦었어…… 하지만 조금은 읽을 수 있어." 그녀가 애원하듯 말했다.

미리엄은 이제 다음 한 주 동안의 진정한 삶의 양식을 얻고 있었다. 폴은 그녀가 보들레르의 「발코니(Le Balcon)」를 베껴 쓰게 했다. 그리고 그것을 읽어주었다. 그의 목소리는 부드럽고 따뜻했지만 거칠게 변해 갔다. 그는 아주 감동을 받았을 때 열정적이고 격렬하게 입술을 올리고 이빨을 드러내는 경향이 있었다. 지금 그는 그런 상태였다. 그의 모습을 보고 미리엄은 그가 자기를 짓밟고 있는 것 같은 느낌이 들었다. 그녀는 감히 그를 바라보지 못하고 고개를 숙이고 앉아 있었다. 그가 왜 그러한 격정과 분노에 빠져들게 되었는지 이해할 수 없었다. 그것은 그녀를 비참하게 만들었다. 그녀는 대체로 보들레르를 좋아하지 않았으며 베를렌도 마음에 들지 않았다.

보라, 들판에서 노래하는
저 산골의 외로운 아가씨—.

워즈워스의 이 구절은 그녀의 마음에 자양분을 주었다. 「예쁜 아이네즈」도 그러했다.

아름다운 저녁이었다. 조용하고 순수한,
수녀처럼 신성하고 고요하게 호흡하는…….

이러한 시들이 그녀와 같았다. 그런데 그는 감정에 북받쳐
쓸쓸하게 시를 읽고 있었다.

"그대는 우리 애무의 아름다움을 기억하리라."

시 낭송을 끝내고 폴은 빵을 오븐에서 꺼내 탄 빵은 질그
릇의 바닥에 놓고 잘 구워진 것은 그 위에 놓았다. 마른 빵은
천에 싼 채 식기실에 그대로 두었다.

"엄마는 아침까지 모르는 게 나아." 그가 말했다. "아침이 되
면 오늘 밤처럼 화를 내지는 않을 거야."

미리엄은 책꽂이를 들여다보고 그가 무슨 엽서와 편지를
받고 어떤 책이 있는지 보았다. 그녀는 그가 관심을 가졌던 책
을 집었다. 그리고 그는 가스등불을 약하게 하고 그들은 출발
했다. 그는 문을 잠그지도 않았다.

폴은 10시 45분이 되어서야 집으로 돌아왔다. 어머니는 흔
들의자에 앉아 있었다. 애니는 등뒤로 땋은 머리를 늘어뜨리
고 우울하게 팔꿈치를 무릎에 대고 난롯불 앞의 낮은 의자에
앉아 있었다. 식탁에는 천을 벗겨 놓은 빵이 놓여 있었고 그
것은 기분을 상하게 했다. 폴은 다소 숨이 차서 들어왔다. 아
무도 말을 하지 않았다. 어머니는 지방 신문을 읽고 있었다.
그는 윗저고리를 벗고 소파에 앉으러 갔다. 그가 지나갈 수 있

도록 어머니가 무뚝뚝하게 몸을 옆으로 움직였다. 아무도 말을 하지 않았다. 그는 매우 마음이 편치 않았다. 잠시 그는 식탁 위의 신문을 읽는 척했다. 그러고 나서 말했다.

"저, 빵을 깜빡 잊었어요, 엄마."

두 여인 가운데 누구도 대답하지 않았다.

"뭐." 그가 말했다. "2펜스 반밖에 안 돼요. 제가 물어 놓을게요."

그는 화가 나서 식탁에 3펜스를 놓고 어머니 쪽으로 밀었다. 그녀는 고개를 돌렸다. 그녀의 입이 굳게 닫혀 있었다.

"그래." 애니가 말했다. "넌 엄마가 얼마나 상태가 안 좋은지 모르겠어!"

그녀는 시무룩하게 난롯불을 응시하며 앉아 있었다.

"왜 안 좋으시지?" 폴이 건방진 태도로 물었다.

"글쎄!" 애니가 말했다. "집에도 겨우 오셨어."

그는 어머니를 자세히 쳐다봤다. 그녀는 몹시 아팠다.

"왜 집에도 겨우 오셨어요?" 그는 여전히 날카롭게 물었다. 그녀는 대답하려고 하지 않았다.

"집에 오니까 엄마가 백짓장처럼 하얗게 여기 앉아 계셨어." 애니가 말했다. 애니의 목소리에서 그녀가 눈물을 흘리고 있다는 것을 알 수 있었다.

"그런데 왜 그러셨어요?" 그는 양미간을 찌푸렸고 눈이 격렬하게 커졌다.

"저 꾸러미들…… 고기, 채소 그리고 커튼 등…… 저것들을 안고 오면 누구나 화가 나게 돼지……." 모렐 부인이 말했다.

"그러면, 왜 안고 오셨어요. 그럴 필요가 없잖아요."

"그럼 누가 들고 와?"

"고기는 누나가 가져오면 되잖아요."

"그래. 내가 고기를 가져왔을 거야. 하지만 이렇게 될 줄 내가 어떻게 알았겠어. 엄마가 오셨을 때 넌 미리엄과 나가고 집에 없었어."

"그런데 대체 어디가 안 좋으세요?" 폴이 어머니에게 물었다.

"가슴에 문제가 있는 것 같아." 그녀가 대답했다. 분명히 그녀는 입가가 푸르스름했다.

"전에도 이렇게 느꼈어요?"

"그래…… 꽤 종종 그랬다."

"그러면 왜 제게 말씀하지 않으셨어요? 왜 의사에게 가지 않으셨어요?"

모렐 부인은 그의 허세에 화가 나서 의자에서 자세를 바꾸었다.

"넌 아무것도 눈치채지 못했지." 애니가 말했다. "미리엄과 나다니느라고 열심이었으니까."

"오 내가 그랬니…… 그러면 누나가 레너드와 다니는 건 어떻고?"

"난 9시 45분에 왔어."

잠시 방안에 침묵이 흘렀다.

"난 오븐에 든 빵을 전부 태울 정도로 그 애가 네 마음을 사로잡고 있는 줄은 몰랐다." 모렐 부인이 비통하게 말했다.

"미리엄 말고 비어트리스도 함께 있었어요."

"그랬겠지. 하지만 빵이 왜 저 지경이 되었는지는 알아."

"왜죠?" 그의 눈이 번득였다.

"네가 미리엄에게 빠져 있었기 때문이지." 모렐 부인이 흥분하며 말했다.

"오 그래요…… 하지만 그렇지 않아요!" 그가 화를 내며 대답했다.

폴은 괴롭고 비참했다. 그는 신문을 집어 들고 읽기 시작했다. 애니는 블라우스 단추를 풀고 길게 땋은 머리를 늘어뜨린 채 그에게 아주 짧고 무뚝뚝하게 잘 자라고 말하고 자러 갔다.

폴은 읽는 척하면서 앉아 있었다. 그는 어머니가 자기를 비난하고 싶어 한다는 것을 알았다. 그는 또한 그녀의 어디가 아픈지 걱정이 되어 알고 싶었다. 그래서 잠자러 도망가고 싶었지만 그렇게 하는 대신 거기 앉아서 기다렸다. 긴장된 침묵이 흘렀다. 시계가 똑딱거리는 소리가 크게 들렸다.

"네 아버지가 돌아오기 전에 자러 가는 게 좋겠다." 어머니가 냉정하게 말했다. "그리고 뭘 먹고 싶으면 갖다 먹어라."

"아무것도 먹고 싶지 않아요."

광부들에게 사치의 날인 금요일 저녁에 그에게 스펀지케이크를 해 주는 것이 어머니의 습관이었다. 그는 지금 너무나 화가 나서 식료품 저장실에 가서 그것을 가져오고 싶지 않았다. 이것이 그녀에게 모욕감을 주었다.

"만약 내가 금요일 밤에 네게 셸비 시장에 갔다 오기를 원했다면 어떤 일이 일어났을지 상상할 수 있구나." 모렐 부인이 말했다. "그런데 그 애가 널 보러 온다면 넌 아무리 피곤해도 나갈 거야. 아니, 넌 먹고 싶지도 마시고 싶지도 않지."

"미리엄이 혼자 가도록 할 수는 없었어요."

"할 수 없다고…… 그러면 그 앤 왜 오냐?"

"제가 오라고 해서 오는 게 아니에요."

"네가 원하지 않으면 그녀는 오지 않는다……."

"그렇다면, 만약 제가 정말 원한다면요!" 그가 대답했다.

"글쎄, 그게 사리에 맞고 분별력이 있는 행동이라면 문제 될 게 없지. 하지만 거기까지 진탕길을 터벅터벅 수 킬로미터씩 가서 자정이 되어서야 집으로 돌아오고 다음 날 아침에 노팅엄에 가야 한다면……."

"제가 그렇게 하지 않았더라도 엄마는 마찬가지였을 거예요."

"그래, 그랬겠지. 왜냐하면 네 행동은 말이 안 되니까. 네가 그 먼 길을 따라가야 할 정도로 그 애가 그렇게 매력이 있니?" 모렐 부인은 신랄하게 쏘아붙였다. 그녀는 얼굴을 돌리고 검은 면수자 앞치마를 규칙적이고 반사적으로 쓰다듬으면서 조용히 앉아 있었다. 그 동작이 폴의 마음을 아프게 했다.

"전 미리엄을 좋아해요." 그가 말했다. "하지만……."

"좋아한다고!" 모렐 부인이 여전히 신랄한 어조로 말했다. "내가 보기에 넌 그 애 말고는 아무것도 아무도 좋아하지 않는다. 지금 네게는 애니도, 나도, 아무도 없다."

"그런 터무니없는 말씀을, 엄마…… 제가 미리엄을 사랑하지 않는다는 걸 엄마도 아시잖아요…… 전…… 전 그 애를 사랑하지 않아요…… 제가 원하지 않기 때문에 미리엄은 걸어갈 때 제 팔을 잡지도 않아요."

"그렇다면 넌 왜 그렇게 자주 그 애를 찾아가느냐?"

"전 미리엄과 이야기하는 게 정말 좋아요…… 그게 좋지 않다고 말한 적은 없어요. 하지만 미리엄을 사랑하지는 않아요."

"다른 사람은 이야기 상대가 되지 않니?"

"우리가 이야기하는 주제에 대해서는 없어요. 엄마가 관심이 없는 주제가 수없이 있어요, 그리고……."

"어떤 것들인데?"

모렐 부인의 태도가 너무나 격렬하여 폴은 맥박이 마구 뛰기 시작했다.

"말하자면…… 그림이나…… 책이나. 엄마는 허버트 스펜서에 관심이 없으시죠."

"그래." 그녀는 슬프게 대답했다. "내 나이가 되면 너도 그럴 거다."

"하지만 지금은 전 관심이 있어요…… 그리고 미리엄도 그래요……."

"그런데 내가 관심이 없으리라는 걸 넌 어떻게 아니?" 모렐 부인이 도전적으로 눈을 번득였다. "내게 시도해 본 적이 있니!"

"하지만 엄마, 엄만 관심이 없어요. 그림이 장식적인지 아닌지 그런 문제에 엄마가 관심이 없다는 걸 아시잖아요…… 그림이 어떤 양식에 속하는지도 마찬가지죠."

"내가 관심이 없는지 어떻게 아니…… 내게 시도해 본 적이 있니? 그런 것들을 시도해 보라고 내게 이야기해 본 적이 있어?"

"하지만 그건 엄마에게 중요한 문제가 아니잖아요. 그걸 엄마도 아시잖아요."

"그렇다면 내게 중요한 문제는…… 내게 중요한 문제는 뭐냐?" 그녀는 눈을 번득였다. 그는 고통으로 양미간을 찌푸렸다.

"엄마는 연세가 드셨고, 엄마, 우리는 젊어요."

그는 그녀 연령의 관심사가 자기 연령의 관심사가 아니라는 것을 의미했을 뿐이었다. 그러나 그는 자기가 이렇게 말한 순간 잘못 말했다는 것을 알았다.

"그래, 나도 그걸 잘 알아…… 난 늙었어! 그래서 비켜서 있어야지. 너와 더 이상 아무런 관계도 없고. 넌 내가 시중 드는 것만 원하지…… 나머지는 모두 미리엄 차지야."

그는 참을 수 없었다. 본능적으로 그는 자기가 그녀에겐 생명과 같다는 것을 알았다. 그리고 결국 그녀가 그에게 가장 중요한 존재이며 단 하나의 최고의 존재였다.

"엄마는 그렇지 않다는 것을 알아요, 엄마. 그렇지 않다는 걸 아시잖아요."

그녀는 그의 부르짖음에 감동하여 연민의 감정에 싸였다.

"내가 보기엔 충분히 그런 것 같은데." 자기 실망은 반쯤 젖혀두고 그녀가 말했다.

"아니에요, 엄마…… 전 정말 미리엄을 사랑하지 않아요. 전 그 애와 이야기를 해요…… 하지만 엄마가 있는 집으로 돌아오고 싶은 걸요."

폴은 칼라와 넥타이를 풀고 목을 드러낸 채 자러 가려고 일어섰다. 그가 어머니에게 키스하려고 몸을 굽혔을 때 그녀는 그의 목을 껴안고 어깨에 그녀의 얼굴을 묻고 흐느껴 울었다. 그것은 평소의 어머니 모습과 너무나 달라서 그는 고통으로 몸부림쳤다.

"난 참을 수 없다. 다른 여자는 허용할 수 있어…… 하지만 미리엄은 안 돼…… 그 애는 내게 아무런 여지도 남기지 않을 거야, 조금도 남기지 않을 거야……."

즉시 그는 미리엄을 격렬하게 증오했다.

"난 결코…… 너도 알지, 폴…… 난 남편다운 남편이 없었어…… 정말 그래……."

그는 어머니의 머리를 어루만졌고 그의 입술은 그녀의 목에 닿아 있었다.

"그런데 미리엄은 기뻐 날뛰면서 널 내게서 빼앗아 가는구나…… 그 애는 보통 여자와는 달라."

"하지만, 전 미리엄을 사랑하지 않아요, 엄마." 고통으로 고개를 숙이고 눈을 그녀의 어깨에 묻으며 그가 말했다. 그의 어머니는 그에게 길고 격렬하게 키스했다.

"애야!" 그녀는 열정적인 사랑으로 떨리는 목소리로 말했다. 자기도 모르는 사이에 그는 그녀의 얼굴을 부드럽게 어루만졌다.

"자, 이제 자러 가렴. 넌 아침에 너무 고단할 거야." 그의 어머니가 말했다.

이렇게 말하는 동안 그녀는 남편이 들어오는 소리를 들었다.

"네 아버지가 오는구나…… 이제 가……." 갑자기 그녀는 거의 공포에 쌓인 것처럼 그를 바라보았다. "아마 내가 이기적인가 봐. 네가 미리엄을 원한다면 네 여자로 만들어라, 애야."

어머니는 너무 이상스럽게 보여서 폴은 떨면서 그녀에게 키스했다.

"왜 그러세요…… 엄마!" 그가 부드럽게 말했다.

모렐은 제대로 균형을 잡지 못하고 들어왔다. 그의 모자가 한쪽 눈을 가렸다. 그는 현관에서 균형을 잡았다.

"또 무슨 궁리를 하고 있소?" 그가 악의에 차서 말했다.

모렐 부인의 감정은 이렇게 급습한 술주정꾼에 대한 갑작스러운 증오심으로 바뀌었다.

"적어도, 난 제정신이에요." 그녀가 말했다.

"흠흠! 흠흠!" 그가 코웃음을 쳤다.

그는 복도로 들어가서 모자와 외투를 걸었다. 그러고 나서 식료품 저장실로 세 발자국 내려가는 소리가 들렸다. 그가 돼지고기 파이 한 조각을 손에 들고 돌아왔다. 그것은 모렐 부인이 아들을 주려고 산 것이었다.

"그건 당신 주려고 산 게 아니에요. 당신이 25실링밖에 주지 않는데, 당신 먹으라고 돼지고기 파이를 놔 놓을 것 같아요? 그것도 배가 터지도록 맥주를 마신 후에 말이에요."

"뭐어라고…… 뭐어라고 했소!" 모렐이 넘어질 듯 비틀거리며 으르렁거렸다.

"뭐어라고 했소…… 내게는 안 준다고 했소?" 그는 고기와 빵 조각을 바라보다가 갑자기 성질을 심하게 내면서 파이를 불속으로 집어던졌다.

폴이 벌떡 일어났다.

"어떻게 우리 음식을 버릴 수 있어요." 그가 소리쳤다.

"뭐, 뭐라고!" 모렐이 벌떡 일어나 주먹을 쥐면서 갑작스럽게 소리를 질렀다. "내 이 버릇없는 어린놈에게 버릇을 가르쳐 주마!"

"그러세요!" 폴이 머리를 한쪽으로 기울이며 악의에 차서 말했다. "제게 가르쳐 주세요!"

그 순간 모렐은 무엇인가 지독하게 갈겨 주고 싶었다. 그는 반쯤 몸을 웅크리고 주먹을 쥐고 달려들 준비를 했다.

폴은 입가에 미소를 짓고 서 있었다.

"어샤!" 아버지가 쉿 하는 소리를 내며 주먹을 크게 휘둘렀지만 아들의 얼굴을 지나쳤다. 두 사람의 거리가 매우 가까웠지만 그는 정말 아들을 때릴 용기가 없었으며 2센티미터가 넘게 빗나갔다.

"좋아요!" 폴이 다음 순간 자신의 주먹이 날아갈 수도 있는 아버지 입가를 보면서 말했다. 그는 일격을 날리고 싶었다. 그러나 뒤에서 가느다란 신음소리를 들었다. 어머니는 극도로 창백했고 입가가 검었다. 모렐은 다시 가격하려고 춤추듯 다가왔다.

"아버지!" 폴이 그 말이 울려 퍼지도록 말했다.

모렐이 흠칫하고 깜짝 놀라 똑바로 섰다.

"엄마!" 청년이 부르짖었다. "엄마!"

그녀는 자신과 투쟁하기 시작했다. 그녀는 움직일 수 없었지만 그녀의 뜬눈은 그를 바라보았다. 그녀는 점점 정신이 들었다. 폴은 그녀를 소파에 누이고 2층으로 달려가 위스키를 가져왔고 마침내 그녀는 한 모금 마실 수 있었다. 눈물이 그의 얼굴에서 뚝뚝 떨어졌다. 그는 그녀 앞에 무릎을 꿇고 앉아 소리를 내어 울지 않았지만 눈물이 그의 얼굴에서 빠르게 흘러내렸다. 모렐은 방의 반대편에서 건너편을 노려보면서 팔꿈치를 무릎에 대고 앉아 있었다.

"도대체 무슨 일이야?" 모렐이 물었다.

"기절하셨어요!" 폴이 대답했다.

"흠!"

모렐은 부츠끈을 풀기 시작했다. 그는 비틀거리면서 침대로 갔다. 그의 마지막 싸움은 그 집에서 일어났다.

폴은 무릎을 꿇고 어머니의 손을 어루만졌다.

"아프지 마세요, 엄마……아프지 마세요!" 그가 계속 말했다.

"아무 일도 아니란다, 얘야." 그녀가 낮은 소리로 말했다.

마침내 폴이 일어나서 큰 석탄 덩어리를 가져와 불을 휘저었다. 그러고 나서 그는 방을 치우고 모든 것을 정리하고 아침 식사에 필요한 것들을 놓은 다음 어머니의 초를 가져왔다.

"주무실 수 있겠어요?"

"그래, 자러 가마."

"아버지와 함께 주무시지 말고 애니와 함께 주무세요, 엄마."

"아냐, 난 내 침대에서 잘 거야."

"아버지와 함께 주무시지 마세요, 엄마."

"난 내 침대에서 잘 거야."

어머니가 일어났고 그는 가스등을 끄고 나서 촛불을 들고 그녀 뒤를 바짝 따라 계단을 올라갔다. 충계참에서 그는 그녀에게 다정하게 키스를 했다.

"안녕히 주무세요, 엄마."

"잘 자거라!" 그녀가 말했다.

폴은 비참함과 분노로 얼굴을 베개에 깊이 묻었다. 그러나 그는 여전히 어머니를 가장 사랑했기 때문에 그의 영혼 어디선가 평화로웠다. 그것은 체념에서 오는 쓰라린 평화였다.

다음 날 그의 아버지는 아들을 달래려고 애썼고 그 노력은 폴에게 대단한 모욕이었다.

모두가 그 장면을 잊으려고 노력했다.

세계문학전집 **59**

아들과 연인 1

1판 1쇄 펴냄 2002년 1월 30일
1판 41쇄 펴냄 2022년 6월 14일

지은이 D. H. 로렌스
옮긴이 정상준
발행인 박근섭, 박상준
펴낸곳 (주)민음사

출판등록 1966. 5. 19. (제 16−490호)
서울특별시 강남구 도산대로1길 62(신사동) 강남출판문화센터 5층 (우편번호 06027)
대표전화 02−515−2000 팩시밀리 02−515−2007
www.minumsa.com

ISBN 978−89−374−6059−3 04800
ISBN 978−89−374−6000−5 (세트)

* 잘못 만들어진 책은 구입처에서 교환해 드립니다.

세계문학전집 목록

세계문학전집은 계속 간행됩니다.